Helga Glaesener wurde in Niedersachsen geboren und studierte in Hannover Mathematik. Heute lebt sie in Oldenburg. 1990 begann die Mutter von fünf Kindern mit dem Schreiben historischer Romane, von denen gleich das Debüt, «Die Safranhändlerin», zum Bestseller avancierte. Seitdem hat sie zahlreiche weitere erfolgreiche Romane geschrieben, darunter auch diverse Krimis. Im Rowohlt Verlag erschienen ist bereits der historische Roman «Das Seehospital». Für den hier vorliegenden Hamburg-Krimi aus der Weimarer Zeit hat Helga Glaesener intensiv zum spannenden historischen Hintergrund recherchiert: In Hamburg entstand in den 1920er-Jahren eine der ersten weiblichen Kriminalpolizei-Einheiten in Deutschland, die Verbrechen an Frauen aufklären sollte. Nach «Die stumme Tänzerin» ist dies der zweite Band um Hamburgs erste Kommissarinnen.

Die Presse über «Die stumme Tänzerin»:

«Helga Glaesener gelingt es, die Leser nicht nur durch den spannenden Krimi zu führen, sondern auch in die Welt der späten 20er-Jahre des letzten Jahrhunderts, in denen Frauen immer noch Probleme haben, beruflich selbstständig zu sein. (...) Ein besonderer Krimi, der das Lesen lohnt.» *Ruhr Nachrichten*

«Spannend, klug und mit Witz.» *Die Presse*

HELGA GLAESENER

DAS KIND DER LÜGEN

KRIMINALROMAN

ROWOHLT
TASCHENBUCH VERLAG

Die Arbeit an diesem Buch wurde gefördert im Rahmen von
NEUSTART KULTUR der VG Wort.

VG WORT

NEU START KULTUR

Die Beauftragte der Bundesregierung für Kultur und Medien

Originalausgabe
Veröffentlicht im Rowohlt Taschenbuch Verlag,
Hamburg, September 2022

Redaktion Silke Jellinghaus
Covergestaltung Hafen Werbeagentur, Hamburg
Coverabbildung Richard Jenkins; Bruce Yuanyue Bi / Getty Images
U4: Karl Heinrich Lämmel / mauritius images / akg-images
Satz aus der Adobe Caslon bei Dörlemann Satz, Lemförde
Druck und Bindung GGP Media GmbH, Pößneck, Germany
ISBN 978-3-499-00489-6

Die Rowohlt Verlage haben sich zu einer nachhaltigen Buchproduktion verpflichtet. Gemeinsam mit unseren Partnern und Lieferanten setzen wir uns für eine klimaneutrale Buchproduktion ein, die den Erwerb von Klimazertifikaten zur Kompensation des CO_2-Ausstoßes einschließt.
www.klimaneutralerverlag.de

MIX
Papier aus verantwortungsvollen Quellen
FSC® C014496
FSC www.fsc.org

DAS KIND DER LÜGEN

1. KAPITEL

MONTAG, 5. AUGUST 1929

Ein schöner Tag», meinte der bullige Mann mit den breiten Schultern. Sein Blick hob sich zur Sonne, die in den Innenhof schien und den Efeu an den hohen, roten Backsteinmauern zum Leuchten brachte. Als ihm auffiel, dass sich niemand rührte, räusperte er sich verlegen. «Also … vom Wetter her, meine ich, so allgemein.»

Und damit hatte er recht: Die laue Luft streichelte als leichte Brise die Haut, die Baumkronen erbebten in vielstimmigen Vogelkonzerten, draußen in den Straßen krakeelten Kinder … Ja, es war ein wunderbar heiterer Tag.

Für alle, die nicht gleich sterben müssen.

Der Vorname des Mannes, dem das Wetter so gut gefiel, lautete Carl, den Nachnamen hatte Paula Haydorn vergessen. Er hieß Kröpel oder Gröpel oder etwas in dieser Art. Seine Augen blickten verschmitzt, den rötlichen Schnurrbart hatte er mit viel Pomade in Form gebracht. Er wirkte wie der nette Nachbar, der zur Stelle war, wenn eine helfende Hand gebraucht wurde. Bei seiner Ankunft hatte er ihnen verraten, dass er früher einmal als Musiker gearbeitet habe. Vor allem Salonmusik. Damals sei er noch ein Träumer gewesen. Später hatte er in einer Dampfwäscherei ausgeholfen und war dann zu einem Pferdemetzger gewechselt. Dort sei es gut gewesen, aber als man ihm vor Jahren eine sichere Stellung bei Vater Staat anbot, hatte er natürlich dankbar zugegriffen. Man musste sehen, wo man blieb, so war es doch. Und nun wartete er mit dem Beil in der Hand darauf, dass er mit der Arbeit beginnen konnte.

Sein Gehilfe, ein ältlicher Mann mit Schmerbauch, rollte einen Holzklotz in die Mitte des Hofs. Er kippte ihn am oberen Ende einer Bank, die ebenfalls dort stand, auf die Seite. Mit abschätzendem Blick begutachtete er beides, dann ging er zu einem dunkelbraunen Ledersack neben der Tür, zog eine etwa zwei Zentimeter dicke Holzplatte heraus und schob sie unter den Holzklotz, sodass dessen Oberfläche sich auf einer Ebene mit der Oberfläche der Bank befand. Auch er: ein Mann, der sein Handwerk verstand und saubere Arbeit verrichten wollte.

«Du solltest verschwinden», sagte Martin Broder, der Leiter der Hamburger Mordkommission, der neben Paula stand.

Sie rührte sich nicht. Ihr Blick hing an Carl. Auf der breiten Schneide seines Beils spiegelte sich die Sonne.

«Wirklich», sagte Martin. «Hau ab.»

Als sie den Kopf wandte, sah sie, dass seine Gesichtszüge wie eingefroren waren, als wollte er verbergen, wie es in ihm aussah, aber sie wusste es trotzdem. Er hasste Gewalt, er hasste Blut und Verletzungen, und vor allem hasste er den Tod. Nur deshalb hatte sie ja darauf bestanden, mit ihm in den Innenhof des Holstentor-Untersuchungsgefängnisses zu gehen, um als weitere Zeugin der Hinrichtung zu fungieren. Weil sie nicht wollte, dass er sich dem Entsetzlichen allein aussetzen musste.

Sie zuckte zusammen, als aus einem der Fenster in ihrem Rücken plötzlich eine kreischende Frauenstimme drang. War sie das? Mette Gerdes, die Verurteilte, die hier gleich zu Tode kommen sollte? Paula hatte die zierliche Frau mit der warmen Stimme in den vergangenen Monaten gut kennengelernt. Mette hatte ein Heim für die körperlich und seelisch Verkrüppelten geführt, die nach Kriegsende in die Heimat zurückgespült worden waren und von den meisten Menschen ignoriert oder verachtet wurden, weil sie ihnen zu deutlich vor Augen führten, was der Krieg den Menschen antat.

Mette hatte keine Verachtung empfunden. Sie hatte ihre Gäste mit sorgfältiger Pflege und gutem Essen verwöhnt und sie mit launigen Gesprächen aufgeheitert. Eine großartige Frau – da waren sich alle einig gewesen. Der Arzt, der die Heimbewohner medizinisch betreute, hatte sich gar nicht lobend genug über die psychischen Fortschritte äußern können, die die Kranken in ihrem *Kameliengarten* machten. Und sich furchtbar erbost gezeigt, als sie Mette des Mordes an mehreren ihrer Pfleglinge beschuldigt hatten.

Und wenn wir uns geirrt haben?, dachte Paula. Wenn uns das Misstrauen, das der Beruf uns einimpft, den Blick verstellt hat? Wenn diese Mette tatsächlich unschuldig ist? Nein, dachte sie – die Beweise waren unwiderlegbar. Erneut sah sie zu Broder hinüber, der blass und elend aussah und zweifellos genau wie sie das Ende dieses schrecklichen Aktes der Gerechtigkeit herbeisehnte.

Es war fast eine Erlösung, als die Tür zum Innenhof aufgestoßen wurde. «Die Verurteilte ist bereit», ertönte die heisere Stimme einer Justizwachtmeisterin – und wurde sofort widerlegt. Mette Gerdes stolperte von zwei kräftigen Frauen gehalten in den Hof und schrie, wie Paula noch nie einen Menschen hatte schreien hören. Das war pures Entsetzen, kein Flehen um Erbarmen mehr, einfach nur ein Grauen vor dem, was kommen würde. «Ich will den Pastor haben!» Vögel flatterten auf und suchten über die Mauern das Weite.

«Sie hat sich bis eben geweigert, den Pastor zu empfangen», erklärte die Wachtmeisterin erschöpft. In Hamburg wurden selten Todesurteile vollzogen, und eine Frau war seit Jahrzehnten nicht hingerichtet worden. Die Wärterin war blass und sah aus, als wünschte sie sich ans andere Ende der Welt.

«Und wenn wir etwas übersehen haben?», flüsterte Paula Martin zu.

«Was denn?»

«Weiß ich nicht.»

«Wir ermitteln, die Richter urteilen.»

Und die hätten mit dem Urteil zumindest warten können, bis Mettes Mann nach Hamburg zurückgekehrt ist, dachte Paula. Habbo Gerdes fuhr als Kapitän um die Welt und hätte zu den Mordtaten wohl wenig Erhellendes beitragen können. Dennoch: Hätte man ihm nicht zumindest die Möglichkeit geben müssen, sich von seiner Frau zu verabschieden?

Die Delinquentin wurde zu der Bretterbank geschleift und genötigt, sich bäuchlings darauf zu legen. Ihr Gesicht wurde mit der Wange auf den Holzklotz gedrückt. Sie versuchte sofort, wieder hochzukommen, doch die Wärterinnen ließen es nicht zu. Mettes Gesicht wurde zu einer geifernden Grimasse. Zu klar war, was jetzt folgen würde.

«Der Pastor! Ich habe ein Recht darauf!», kreischte sie. Ihr blondes Haar war kurz geschoren worden, ein dünner Ratscher verlief blutrot vom fülligen Kinn bis in den Nacken, in dem sich Schweiß gesammelt hatte.

Der Henkershelfer ermahnte sie zur Ruhe und legte ihr eine Augenbinde an, doch sie wollte auch danach nicht still sein. Er zog ein weiteres Brett aus seinem Ledersack, mit dessen Hilfe er ihren Kopf resolut auf den Holzklotz drückte. Paula wandte das Gesicht ab. Sie hörte Mettes Hilfeschreie, dann feste Schritte auf den Pflastersteinen … Stille … einen dumpfen Schlag … Und danach wieder Stille, diesmal eine fürchterliche.

Martin griff nach ihrem Arm. «Komm.»

Sie folgte ihm, ohne noch einmal zur Bank zu schauen, ins Gebäude zurück und schritt wie betäubt durch die Flure. Eine Tür nach der anderen wurde vor ihnen aufgeschlossen und hinter ihnen wieder verriegelt. Endlich erreichten sie die große Halle. Treppen wanden sich hier wie Würmer aus Stahl in die oberen Geschosse, es sah kalt und hässlich aus. Die Gittertür, die ins Freie führte, wirkte wie ein Tor, das sie aus der Hölle entließ.

«Und wenn wir *doch* etwas übersehen haben?», flüsterte Paula mit belegter Stimme.

«Haben wir nicht.»

«Aber wir …»

Martin drückte ihren Arm, und sie verstummte. Die nette Mette Gerdes, die ihnen sogar dann noch einen Kaffee vorsetzte, als sie verstanden hatte, warum sie kamen … Sie hatten tatsächlich alles unter die Lupe genommen, auch, was sie hätte entlasten können. Aber sie war schuldig gewesen.

Stumm stieg Paula in den Polizeiwagen, den Martin vor dem Gefängnis geparkt hatten. Sie fuhren zu dem Block in der Lohmühlenstraße, in dem sie beide in unterschiedlichen Stockwerken zur Miete wohnten. Es war kurz vor Feierabend, ins Stadthaus zurückzukehren, lohnte nicht. Und Paula hätte es in ihrem Zustand auch gar nicht geschafft. Martin setzte sie ab, dann fuhr er weiter, um das Auto in den Hof des Polizeipräsidiums zurückzubringen.

Auch ihm war nicht nach Sprechen zumute.

2. KAPITEL

DIENSTAG, 6. AUGUST

Paula erwachte am folgenden Morgen mit Schmerzen im Kreuz und einem eisernen Ring aus Kopfweh um die Stirn. Während sie sich aus dem Bett stemmte, flackerten die verblassenden Bilder ihres Traums noch einmal auf: ein Strand und Eidechsen, die in eine Badetasche krabbeln wollten. Eine Szene ohne Sinn, die ihr plötzlich vorkam, als würde sie ihr eigenes Leben spiegeln: Sinnlos, alles war sinnlos.

Obwohl sie das Fenster über Nacht hatte offen stehen lassen, rann ihr der Schweiß den Rücken hinab. Ihr Nachthemd war feucht.

So wie das Armesünderkleid, das Mette Gerdes gestern getragen hat.

Sie hob die Waschschüssel, die in einer Ecke ihrer Schlafkammer stand, aus dem eisernen Ständer und füllte sie in der Küche mit kaltem Wasser. Anschließend trug sie sie zurück, zog sich aus und begann, sich von Kopf bis Fuß zu waschen. Sie scheuerte ihre Hände, bis sie brannten, als könnte sie mit dem Lappen Mette Gerdes' Blut, das daran klebte, fortschrubben.

Ihre Ermittlungen waren durch eine Anzeige ausgelöst worden. Der Großneffe eines der Opfer war aus den Kolonien zurückgekehrt und hatte herausgefunden, dass sein verstorbener Verwandter kurz vor dem Tod eine Lebensversicherung zugunsten von Mette Gerdes abgeschlossen hatte. Martin hatte sich mit Josefine Erkens, der Leiterin der Weiblichen Kriminalpolizei, kurzgeschlossen, und sie hatten Paula und ihre Kollegin Carolina Wagner in den *Kameliengarten* geschickt.

«Der Neffe ist nur neidisch», hatte Paula zu ihrer Kollegin gesagt, nachdem sie dem Loblied der Heiminsassen auf die vorbildliche Betreuung gelauscht hatten.

«Und du bist naiv», hatte Caro gespöttelt und darauf bestanden, die Gesellschaft aufzusuchen, bei der der Verstorbene die Lebensversicherung abgeschlossen hatte. Dort fanden sie heraus, dass mindestens drei weitere ehemalige Heimbewohner Mette als Begünstigte eines Lebensversicherungsvertrags eingesetzt hatten – und dass sie alle kurz darauf verstorben waren. Zwei hatten sich umgebracht, den dritten hatte angeblich ein Magengeschwür dahingerafft. Bis auf den Großonkel des misstrauischen Manns, der Anzeige erstattet hatte, waren sie sämtlich ohne Angehörige gewesen. Daraufhin hatte Martin eine Mordkommission eingerichtet.

«Und das musste er auch, und wir haben sauber ermittelt», sagte Paula zu dem Spiegelbild, das ihr hinter dem Ständer mit der Waschschüssel von der Wand aus entgegenstarrte. «Jammerlappen!» Sie streckte sich die Zunge heraus und zog sich hastig an. Dann verließ sie, ohne zu frühstücken, ihr karges Zuhause.

Martin Broder wohnte in der Etage unter ihr. Als eine seiner Nachbarinnen vor Monaten auf tragische Weise verstorben war, hatte er Paula ihre Wohnung vermittelt. Sie hatte sie gemeinsam mit ihren Kolleginnen und Kollegen renoviert, alles sah jetzt hübsch und gemütlich aus. Und trotzdem konnte Paula die beiden Zimmerchen immer noch nicht leiden. Es war, als verfolgte sie der Geist der verhungerten Frau, sobald sie die Räume betrat. Sie war froh, als die Tür hinter ihr ins Schloss fiel.

Da Martin genau wie sie selbst auf Pünktlichkeit hielt, trafen sie einander wie fast immer an der Haltestelle der Tram.

«Wieder besser?», fragte er, als wären sie gerade erst auseinandergegangen.

«Und du?»

«Der Staat sollte keine Menschen umbringen.»

Sie nickte.

Und schon versiegte ihr Gespräch wieder. Das geschah oft in letzter Zeit, ohne dass sie dafür einen Grund hätte nennen können. Sie hatte Martin vor gut einem Jahr bei ihrer Arbeit als Sekretärin für die Weibliche Kripo kennengelernt. Aufgrund innerer Querelen hatte man sie der Mordkommission zugeteilt, die er leitete. Es hatte sofort zwischen ihnen gekribbelt, und bei einem weiteren Fall hatte sie bereits als Kriminalassistentin mitarbeiten dürfen. Eine Sparkassenangestellte war ermordet worden, und die gemeinsamen Ermittlungen hatten ihre Beziehung enger werden lassen. Sie waren, meist mit Kollegen, auf das eine oder andere Feierabendbier losgezogen, hatten sich zu Hause mit Eiern und Zucker ausgeholfen, über ähnliche Dinge gelacht und gelegentlich lange Stunden über die Arbeit geredet.

Der will dich ins Bett kriegen, hatte Caro damals gemeint – aber sich geirrt. Martin war, was das Körperliche anging, immer auf Distanz geblieben. Gut, ihr Leben war auch so aufregend gewesen. Sie konnte warten.

Doch während sie sich mit Mette Gerdes beschäftigten, hatte die Distanz zwischen ihnen plötzlich eine andere Färbung bekommen. Er schien sich von ihr zurückziehen. Weil ihn der Fall belastete? Oder war sie ihm womöglich zu dicht auf die Pelle gerückt? Letzteres konnte sie klar verneinen. Sie war verliebt, aber sie war auch dünnhäutig und zu stolz, um eine Abfuhr zu riskieren.

Paula schreckte aus ihren Gedanken auf, als die Tram heranratterte. Da die Bänke entlang der Fenster besetzt waren, blieben sie im Mittelgang stehen und hielten sich an den Lederschlaufen fest, die von der Decke baumelten. Martin starrte auf die Straße, auf der sich Fußgänger, Kutschen, Fahrräder und Karren den Platz streitig machten.

«Ich will mit Caro und Gertrud Augspurg am Wochenende schwimmen gehen. Kommst du mit? Wir könnten auch Fritz und Volker fragen», schlug sie vor.

«Gute Idee», antwortete er mit so wenig Begeisterung, als hätte sie ihn gebeten, eine Akte anzulegen. Sie erreichten das Stadthaus, und Paula fühlte sich von seinem beklemmenden Schweigen so angestrengt, dass sie hinter der Treppe zu den Toiletten abbog. War sie wütend? Ja. Was sollte dieses bescheuerte Benehmen? Zum Glück traf sie eine der beiden Sekretärinnen, die für die Kripo arbeiteten, Elsbeth Neumann, und nach einem Zehnminutenplausch über den Reiz kunstseidener Strümpfe ging es ihr ein wenig besser.

Als sie in den Flur zurückkehrte, hastete Caro an ihr vorbei. «Wir essen nachher zusammen in der Kantine! Halb eins?»

Natürlich, warum nicht? Caro, die keinen Wert auf seidene Strümpfe legte, sondern provokant in Hosen mit breiten Gürteln und weißen Hemden herumlief, über denen bunte Schlipse baumelten, war schwer in Ordnung. Empfindlich, wenn es um die Liebe zu ihrer Kollegin Gertrud ging, die ebenfalls bei der Weiblichen Kriminalpolizei arbeitete, aber scharfsinnig und mit vollem Einsatz bei der Arbeit. Und darauf kam es letztlich an.

Paula erklomm die Treppe in den ersten Stock. Sie konnte

nicht verhindern, dass ihre Gedanken wieder zu Martin abschweiften. Vielleicht hatte sie sich die zarten Schwingungen zwischen ihnen bloß eingebildet? Waren die nachdenklichen Gespräche, das gemeinsame Lachen und seine gelegentlichen Berührungen nur Bestandteile einer kollegialen Freundschaft gewesen? Und war ihm erst jetzt aufgegangen, dass sie sich möglicherweise mehr erhoffte? Dann soll er doch zum Teufel gehen, dachte sie und meinte es nicht so und wartete auf Tränen, die sie sich auf keinen Fall gestatten würde, die aber auch nicht kamen, und …

Und dann traf sie auf die Fremde.

Zuerst hörte Paula nur ein lautes Schimpfen aus dem schmalen Gang, der vom Flur zu den Büros der Inspektion für Wirtschaftsverbrechen abging. Die Frauenstimme klang hell und … Paula hasste das Wort *hysterisch*, weil es vor allem dazu diente, Ängste von Frauen kleinzureden, aber jetzt drängte es sich auf: Diese Frau klang *hysterisch*!

Als sie die Abzweigung erreichte, erblickte Paula zu ihrer Überraschung eine elegante Dame mittleren Alters. Sie trug ein graublaues Sommerkleid mit hängender Taille, außerdem eine Perlenkette, zweimal um den Hals geschlungen, wobei der längere Teil ihr immer noch bis zum Bauchnabel reichte. Etliche Bürotüren standen wegen der Hitze offen, und Paula sah mehrere Männer grinsend hinauslugen. Aber an der Hysterikerin war nichts amüsant. In ihren zartgliedrigen Händen lag ein schlaffes, flauschiges Etwas, das auf ihrem Bauch einen unförmigen Blutfleck hinterlassen hatte. Ein Hund. Ein Pekinese, nach dem üppigen, braunweißen Fell und dem platten Kopf zu urteilen.

Die Flurtüren zwischen Paula und der Fremden begannen sich zu schließen, wohl weil die Frau hektisch nach einem

Ansprechpartner zu suchen begann. Niemand hatte Lust, seine Zeit mit einer Irren zu vergeuden. Schließlich blieb ihr Blick an Paula haften. «Hören Sie, Fräulein, ich will Anzeige erstatten …»

Außer ihrer kostspieligen Aufmachung fiel ihr interessantes Gesicht mit den strahlend grünen Augen auf. Unter einem schmalen Hut mit einem Federbäuschchen ringelten sich dunkelbraune Locken hervor. Ihr Mund war schmal und wirkte rechthaberisch, dabei aber trotzdem attraktiv. Sie wäre auch ohne den blutigen Kadaver ein Mensch gewesen, der die Blicke auf sich zog.

Eilig kam sie auf Paula zu und drückte den toten Hund dabei so fest an sich, dass aus seinem Bauch ein Stück Gedärm heraustrat. «Man kann das doch nicht einfach ignorieren!», schimpfte sie.

Paula nickte, ohne etwas zu begreifen.

Die Frau zog mit dem Daumen das zerfaserte Ende eines Stricks aus dem Nackenfell des Tieres. «Jemand hat meinen Hund unter meinem Auto festgebunden, damit ich ihn überfahre, verstehen Sie? Das ist doch … schändlich. Ich will, dass Sie diesen Verbrecher suchen!»

Paula räusperte sich. «Hören Sie, Frau …»

«Signe von Arnsberg.»

«Hunde sind Tiere, und Verbrechen können nur an Menschen began…»

«Kommen Sie bitte mit», ordnete die Frau an. «Mein Name ist Signe von Arnsberg», schob sie noch einmal hinterher, als wäre es ein Argument.

Wider Willen fasziniert folgte Paula ihr. Wie brachte die Frau es nur fertig, einen zermatschten Kadaver so dicht an sich zu pressen? War sie irre? Reich und irre – das musste ja kein Widerspruch sein. Vielleicht war in der Zentrale bereits der Anruf einer Anstalt eingegangen, die eine ihrer Patientinnen vermisste.

Die Frau eilte mit raschen Schritten hinab in den Innenhof des Stadthauses, wo die Polizeiwagen parkten. Sie hatte ihr eigenes Auto – einen knallig roten Ford mit herabgelassenem Verdeck – unbeeindruckt von allen Warntafeln, die so etwas verboten, neben den Behörden-Pkws abgestellt. «Sie müssen darunterschauen. Unter den Wagen», verlangte sie.

Paula starrte auf Signes Kleid, auf deren Stoff sich in Kniehöhe schmutzige Flecken abzeichnen. Ihr eigener Rock war nicht annähernd so elegant, aber trotzdem ungeeignet, damit auf dem Boden herumzukriechen.

«Wo geht's denn drum?» Ein neugieriger Schupo kam näher, und Paula erklärte die Sache mit knappen Worten. Der Mann betrachtete zuerst den Strick am Hals des Pekinesen und ließ sich dann auf die Knie nieder. «Jau, die Dame hat recht. Da hängt was an der Vorderachse. Soll ich's losmachen? Also: abschneiden?»

«Ja, bitte.»

Der Mann zog ein Klappmesser aus der Hosentasche, und kurz drauf hielt Paula ein schmutziges Stück Strick in der Hand.

«Jemand muss Berti aus dem Auto geholt haben, während ich … Ich habe eine Bekannte besucht und wollte ihn nicht mit hineinnehmen. Als ich zurückkehrte, dachte ich, er würde auf dem Rücksitz schlafen, und bin deshalb einfach losgefahren. Dann hörte ich plötzlich sein Jaulen …» Signe von Arnsberg verlor die Contenance, ihre Stimme brach.

Verlegen suchte Paula nach Worten. «Wahrscheinlich haben sich irgendwelche Lausebengel einen Spaß …»

«Ach, einen Spaß nennen Sie das hier?» Empört hielt Frau von Arnsberg ihr den Kadaver entgegen.

«Natürlich nicht. Aber ich fürchte …»

«Ich will zu jemandem gebracht werden, der meine Anzeige aufnimmt und nach dem Tierquäler fahndet!»

Ja, hysterisch, dachte Paula. Sie hatten einen Krieg mit Millionen Todesopfern hinter sich. Wer rannte wegen eines toten Köters zur Polizei? «Kommen Sie mit», sagte sie, plötzlich wieder so müde wie beim Aufstehen.

Nachdem die Frau den Kadaver umständlich in eine lederne Hutschachtel auf dem Rücksitz gepackt hatte, folgte sie ihr zur *WKP*, wo Martha Gutschmidt, die Sekretärin, die vor gut einem Jahr Paulas Platz eingenommen hatte, das Protokoll aufnahm. Paula ließ Frau von Arnsberg ihre Aussage unterschreiben, während Martha wie hypnotisiert auf ihr blutiges Kleid starrte. Als sich die Tür hinter der eleganten Schönheit schloss, tippte sie sich an die Stirn.

Genau.

Die Kantine des Stadthauses platzte bereits aus allen Nähten, als Paula, eine Viertelstunde zu spät, den geräumigen Saal betrat. An einigen Tischen drängten sich die Männer der Schutzpolizei, die im Stadthaus ihren Dienst versahen, an anderen die Kommissare aus den Inspektionen. Die Sekretärinnen hatten mehrere Tische an den Fenstern belegt, die sie schon so lange verteidigten, dass sie ihnen niemand mehr streitig machte. Nur die Frauen der *WKP* besaßen keine festen Plätze. Sie verteilten sich immer dort, wo gerade Stühle frei waren. Paula entdeckte Caro und Gertrud am hinteren Ende einer Tischreihe, wo sie ihr einen Platz freigehalten hatten. Sie ließ sich über den Tisch vor der Küchentür einen der Teller mit dampfender Linsensuppe geben und gesellte sich zu ihnen.

«Albträume gehabt?», wollte Gertrud noch vor Paulas erstem Löffel wissen. Sie war eine dunkelhaarige Frau Anfang dreißig mit Geheimratsecken, die sie unter einer kunstvollen Frisur verbarg. Gertrud war eine nette Kollegin – erheblich umgänglicher als Caro, mit der sie zusammenlebte und das Bett teilte. Aber diese Frage, mit der sie natürlich auf die Hinrichtung anspielte, hätte sie sich sparen können.

«I wo», winkte Paula einsilbig ab.

«Also, ich finde, man hätte dieses Weib ins Irrenhaus stecken sollen. Das ist doch verrückt, wenn jemand, der auf der einen Seite vor Mitgefühl weint, wenn die Veteranen traurige Geschichten erzählen, sie andererseits kaltblütig ermordet, um …»

Ausgerechnet Caro, die normalerweise lustvoll in jeder Wunde stocherte, lenkte vom Thema ab. «Ich habe gehört, du musstest dich heute mit einer reichen Schrulle herumärgern, die dir ihren plattgefahrenen Pekinesen als Mordopfer angeschleppt hat?»

Die folgenden Minuten lästerten sie gemeinsam über Signe von Arnsberg. Merkwürdig, in welchen realitätsfernen Welten manche Leute lebten. Wegen eines Hundes zur Polizei zu rennen!

«… liegt daran, dass solche Frauen nichts zu tun haben, als um ihre Männer rumzuschwenzeln», meinte Gertrud. «Wer genügend Kohle auf dem Konto liegen hat, kann es sich natürlich leisten, seine Zeit …» Ihr Blick huschte zur Tür. «Na, da ist er ja endlich.»

Paula sah über eine Spiegelfläche an der Wand, dass Martin hereingekommen war. Er holte sich seinen Teller Suppe und steuerte damit zielstrebig auf einen Tisch auf der anderen Raumseite zu. Kaum anzunehmen, dass er seine Kolleginnen übersehen hatte.

«Habt ihr euch gestritten, du und Martin?», fragte Caro, die auf unheimliche Weise in Gesichtern lesen konnte.

«Ich hab keinen Schimmer, was mit ihm los ist. Interessiert mich auch nicht!»

«Ach ja? Dabei hatte ich mir eingebildet, dass zwischen euch beiden ein Funke übergesprungen ist.»

«Tatsächlich?»

«Tatsächlich.» Caro lachte, und Paula schnappte sich erbost ihren Teller mit dem Rest Suppe und brachte ihn zum Tisch vor der Küche zurück.

Dann sah sie zu, dass sie wieder ins Büro kam. Aber sie hatte sich kaum auf ihren Stuhl gesetzt, als Josefine Erkens sie durch ihre Sekretärin zu sich rufen ließ. Ein Todesfall auf dem Kiez. Vermutlich Selbstmord. In einer der Sprechzellen saß die Schwester der Verstorbenen.

«Bitte reden Sie mit ihr, und suchen Sie nach Unstimmigkeiten.»

Routine.

Paula achtete darauf, das Stadthaus erst nach Martin zu verlassen, sodass sie nicht dieselbe Tram nach Hause nutzen musste. Als sie ihren Wohnblock erreicht hatte, stieg sie geräuschlos die Treppe hinauf. Ihr Zorn war verraucht und einem bitteren Gefühl der Demütigung gewichen.

In ihren eigenen vier Wänden warf sie erst einmal die Kleidung ab. Während ihrer Abwesenheit hatten sich die Räume hinter den geschlossenen Fenstern derart aufgeheizt, dass sie sich wie in der Sahara vorkam. Martin Broder war ein langweiliger Mann. Klug, ja, und witzig auf eine Art, dass man gut hinhören musste, um es mitzubekommen. In einer verfluchten Klemme hatte er ihr das Leben gerettet. Aber er war auch stur und pedantisch, seine Kleider, sein ganzes Äußeres: ordentlich, aber ohne jeden Pfiff! Kriegte er morgens überhaupt mit, was er anzog?

Andere Frauen in ihrer Situation warfen sich aufs Bett und heulten. Doch das würde sie sich nicht gestatten. Sie würde … ausgehen? Warum nicht? Ins *Hansatheater*. Da versprühten sie angeblich in den Pausen *4711* zur Lufterfrischung. Szenen von lachenden Menschen, die sich miteinander amüsierten, geisterten durch ihren Kopf. Und wurden ersetzt durch eine Vision ihrer selbst, wie sie wie ein vergessener Regenschirm zwischen den anderen Theatergästen saß, bemitleidet von den aufgedonnerten Damen mit ihrem Gespür für anderer Leute Einsamkeit. Schlimmstenfalls würde sie sogar Bekannte ihrer Eltern treffen.

Nein, dann lieber in eine Bar und sich besäuseln. Am besten ins *Siedler* am Steindamm, wo eine der besten Jazzbands die Luft zum Schwingen brachte. Und dann? Wiederum allein an einem der Tische sitzen und zu dem Gesang von *Fräulein, woll'n Se nicht ein Kind von mir?* blöde Sprüche kassieren?

Paula entschied sich für ihr Bett. Nur das Heulen verkniff sie sich.

3. KAPITEL

FREITAG, 9. AUGUST

Die folgenden Tage verstrichen in öder Routine. Ein Mann hatte aus Ärger über die ständige Nörgelei seiner Frau zum Messer gegriffen – und sich anschließend gestellt. Auch das war mehr Papierkram als Ermittlung.

Freitagabend traf Paula sich pünktlich beim Schlag der Rathausglocke mit ihren Kolleginnen auf der Treppe des Stadthauses. Allerdings war ihr Feierabendtrupp zu einem kleinen Kreis zusammengeschmolzen: Außer Gertrud und Caro hatte sich nur noch Alice Dornapfel zum Schwimmengehen aufraffen können. Umso besser, dann brauchten sie nicht raus nach Ohlsdorf zu fahren, wo Männer und Frauen sich gemeinsam ein Familienbad teilten, sondern konnten direkt an die Außenalster zum *Schwanenwik*, das neben einem Herrenbad auch noch ein eigenes Damenbad besaß.

Sie gingen zu Fuß die Binnenalster entlang und dann an der Außenalster weiter und freuten sich darauf, die Hektik des Arbeitstages abzuschütteln zu können. Doch als sie eine gute halbe Stunde später ihr Ziel erreichten, blieben sie enttäuscht vor dem braunen Bretterzaun des Bads stehen. Männer in Badeanzügen und Frauen in bunten, knappen Badekleidchen bevölkerten die Rasenflächen und Schwimmbecken. Im Wasser war kaum ein freier Fleck zu entdecken.

Und überall paddelten und rannten kreischende Kinder … Ihre Lust, sich ebenfalls Eintrittskarten zu holen, schwand. Alice fing einen Ball auf, der bei ihnen hinter dem Zaun gelandet war, warf ihn zurück und fragte: «Im Ernst? Ihr wollt euch in dieses Getümmel stürzen?»

«Wir könnten *Vorsicht, Bombe* rufen», witzelte Caro.

Kurz schauten sie einander an – dann schlenderten sie unter den Bäumen Richtung Alsterdamm zurück. Gertrud erzählte von einer Kollegin, die bei einem Trödler eine Geheimkamera in Form eines Buchs ergattert hatte. «Kannst du mit Fotos schießen, und keiner merkt's.»

«Außer dass sie sich im Kiez wundern würden, wenn eine von uns mit einem Buch unterm Arm erschiene und ständig rufen würde: Tschuldigung, bitte mal kurz still stehen», meinte Caro ironisch.

«Dir fehlt die Fantasie», lachte Gertrud. «Stell dir vor, ich sitze in einem Café und warte auf eine Zeugin, die unerkannt bleiben will und natürlich gar nicht auf das Buch achtet.» Sie spann sich eine Geschichte zurecht, gegen die Caro und Alice grinsend Einwände erhoben.

Kurz vor der Lombardsbrücke tauchte ein von Rasen umgebenes Bootshaus auf. Eine Familie hatte dort gerade die Picknickdecke zusammengerollt, und sie belegten den freiwerdenden Platz rasch für den eigenen Feierabend. Als sie wenig später in den zartblauen Himmel schauten, merkte Paula, wie die Anspannung von ihr abzufallen begann. Müde lauschte sie dem spöttischen Lied eines Grünspechts. Es war schön hier, fast noch schöner als in einem Bad. Sie drehte den Kopf zum Wasser und beobachtete, wie junge Männer die Damen ihrer Herzen über die Alster ruderten. Sportler lieferten sich Bootsrennen, in der Ferne dümpelte eine der Fähren. Sie gähnte.

«Martin hat sich übrigens für morgen freigenommen», sagte Caro, die neben ihr lag. «Er hat seinen Koffer gleich mit ins Büro gebracht. Als könnte er es gar nicht abwarten, ins lange Wochenende zu verschwinden.»

«Schön für ihn», murmelte Paula.

«Ja, nicht wahr?»

Glücklicherweise wurde sie durch das Trappeln von Hufen abgelenkt, das von der Uferstraße zu ihnen drang. Paula reckte den Hals und erblickte einen Mann mittleren Alters, der vier muskulöse Pferde an den Zügeln führte. Er leitete sie zu einer gepflasterten Rampe, die sich neben dem Rasenstück, auf dem die Kommissarinnen den Feierabend genossen, in die Alster hinabsenkte. Der Zugang war durch ein Eisengitter gesichert, und der Mann band seine Tiere an den Streben des Gitters fest. Er ging zum Bootshaus, holte einen eigenartigen Sitz auf hohen Rädern heraus, der mit einem Pferdegeschirr verbunden war, schleppte ihn zum Weg und legte zweien seiner Pferde das Geschirr an. Dann band er sie los, stieg auf den Sitz und lenkte seine Schützlinge, die das Prozedere offenbar kannten und genossen, ins Wasser hinab.

«Martin ist völlig durch den Wind. Er vergisst, was er eben erst gesagt hat, starrt Löcher in die Luft …»

Paula tat, als hörte sie nicht, was Caro von sich gab.

«Ich kann mich nicht erinnern, dass er jemals einen einzelnen Urlaubstag eingereicht hätte. Der nimmt seinen Urlaub in einem Stück, wie jemand, der was Bitteres schlucken muss …» Ihre Kollegin stemmte sich auf den Unterarm und drehte sich zu ihr auf die Seite. «Liebe tut weh, Paula. Wenn's nicht gelegentlich wehtut, ist es auch keine Liebe. Aber man sollte sich den Kummer von der Seele reden.»

«Ich habe keinen Kummer. Ich weiß überhaupt nicht …»

«Redet ihr über Broder?», wollte Alice wissen.

Paula erhob sich. Sie wollte runter zum Wasser, um den Pferden zuzusehen, wurde aber von einem lauten Fluch aufgehalten. «Autsch, verdammt!»

Dort, wo die beiden zurückgelassenen Hengste auf ihr Bad warteten, standen einige junge Männer beisammen. Einer von ihnen, ein blonder Bursche, war offenbar einem der Tiere zu nahegekommen und von ihm in den Arm gebissen worden. Caro begann zu lachen. Nicht wegen des Bisses – was sie zum Lachen reizte, war, wie närrisch sich der Blondschopf aufführte. Er beschimpfte das Tier und trat nach ihm.

Paula sah, wie der Pferdepfleger sich irritiert nach den jungen Leuten umblickte. Er rief etwas, das sie nicht verstehen konnte, aber der Gebissene knöpfte daraufhin seine Hosenträger ab und begann, auf den Hengst einzudreschen. Die Träger besaßen eiserne Schnallen, und das Pferd wieherte zornig und stieg auf die Hinterhufe. Das Leder des Halfters schnürte sich ihm ins Fleisch, was es noch wilder machte.

«Nu lass das mal sein!», brüllte der Mann vom Wasser herauf.

«Das Scheißvieh hat's verdient!»

Die Freunde des Schlägers lachten, das zweite Pferd wich ängstlich zurück. Einer der jungen Kerle, Studenten, nahm Paula an, denn sie waren gut gekleidet, mit Weste und Anzughose, zog einen Ledergürtel aus seiner Hose.

«Jetzt reicht's aber. Finger weg von den Pferden!» Dieses Mal war es Caro, die brüllte. Ihr fehlten das Talent und der Wille, sich den Schlägern mit weiblichem Charme zu nähern, um die Situation zu entschärfen.

«Gott, wen haben wir denn da? Aphrodite hat Mars die Klamotten geklaut!» Der Schläger mit dem Gürtel wich zurück und tat ängstlich. «Hilfe, sie will mich hau'n! Die will mich schlagen. So helft mir doch, Leute ...» Die Pferde waren vergessen. Die Frau in Hosen bot amüsantere Unterhaltung.

Caro erhob sich, und auch Gertrud und Alice sprangen auf. Im nächsten Moment rannte einer der jungen Randalierer im Bogen um die Pferde herum und auf den Rasen. Er schnappte sich Caro von hinten, umfasste ihre Brüste und drückte ihr einen Kuss auf die Wange. Paula, die entsetzt zu ihnen hinüberstarrte, wurde ebenfalls von groben Händen gepackt.

Die Kommissarinnen waren zu viert, die jungen Männer ein Trupp von acht oder zehn Leuten. Keine Chance, sich zu wehren. Einige Passanten drehten die Köpfe, aber niemand machte Anstalten, ihnen zu Hilfe zu eilen. Jungvolk!, war in ihren verächtlichen Gesichtern zu lesen. Einige beschleunigten auch den Schritt, um nicht in die Verlegenheit zu kommen, sich einmischen zu müssen.

Die Studenten waren dümmliche Bengel, aber ihre Muskeln machten sie jeder der Kommissarinnen überlegen. Vergeblich versuchte Paula sich zu befreien. Der Kerl, der sie festhielt, leckte mit der Zunge über ihre Wange. Sie fühlte sich gedemütigt wie nie in ihrem Leben. Aus dem Augenwinkel sah sie, wie Caro ihrem widerwärtigen Spötter den Ellbogen in den Magen zu rammen versuchte. Alice schrie um Hilfe. Nichts davon half.

Es war der Pferdepfleger, der sie schließlich erlöste. Er sprang von seinem Gefährt und stapfte durch das Wasser die Rampe herauf. Die Peitsche, mit der er seine Schützlinge gelenkt hatte, knallte durch die Luft. Schmerzschreie gellten auf, und plötzlich meldeten sich auch zwei ältere Herren, die auf dem Uferweg stehen geblieben waren, mit aufgebrachten Kommentaren zu Wort. Die Studenten ließen ihre Opfer los. Sie schwankten kurz – und suchten das Weite, die feigen

Schweine. Einen humpelnden Kameraden, den die Peitsche am Bein erwischt hatte, zerrten sie mit sich.

Einen Moment stand Paula wie betäubt auf dem Rasen, dann gab sie sich einen Ruck, ging auf den Pferdelenker zu und bedankte sich bei ihm.

«Nee, zu danken habe ich, Fräulein. Ihnen allen. Das ist doch … Ich find dafür gar keine Worte. Da hau'n die auf die Pferde drauf, als würden sie nichts fühlen, als wären sie aus Holz. Und dann auch noch Damen belästigen, diese Dreckskerle!» Er schnaufte, kreuzte die Hände auf der Brust und neigte verlegen den Kopf. Sein blondes Haar war licht und klebte am Kopf. Die Ohren standen ab. Über dem breiten Mund mit den bräunlichen Zähnen wuchs ein dünner Schnurrbart. Ein hässlicher Mann mit einer Säufernase – trotzdem flog ihm Paulas Sympathie zu. Anstand ließ sich nicht am Äußeren ablesen. Er kehrte zu seinen Pferden zurück und sprach beruhigend auf sie ein.

«Kleine Scheißer», flüsterte Caro, die immer noch den Studenten nachstarrte. Sie war so blass wie selten. Stumm sammelten sie ihre Sachen ein und taten, als wäre nichts geschehen – als hätten ihnen nicht wieder einmal ein paar Bartträger gezeigt, dass Frauen im Ernstfall die Unterlegenen waren und nur durch Mannes Gnaden Autorität besaßen.

Der Samstagvormittag verlief schleppend. Alice und Irene Scheideweg waren auf dem Kiez unterwegs, wo in einem Kellerpuff angeblich ein halbwüchsiger Junge zur Prostitution genötigt wurde, und die anderen irgendwo im Haus beschäftigt. Im Nebenzimmer klapperte Karla Gutschmidt auf ihrer Mercedes Elektra.

Da nichts Dringliches anlag – was selten genug vorkam –, hatte Paula sich einige *Kriminalistische Monatshefte* geschnappt, für die eine gewisse Berta Ratsam einen Artikel über Aktenvermerke geschrieben hatte. Sie warnte vor Beurteilungen, die von der Polizei leichtfertig in den Berichten eingestreut wurden und gegen die sich die Betroffenen nicht wehren konnten. Ihre Befürchtung: Sie würden in deren Zukunft wie Bleigewichte an ihnen hängen. Paula dachte an die Karteikarten, die sie über Beschuldigte und Täter anfertigten, und fand, dass die Frau recht hatte. *Hang zur Gewalttätigkeit* ... Solche Floskeln fanden sich ständig. Und sie wusste ja, wie sie selbst auf solche Notizen reagierte.

Gegen Mittag ließ ein Klopfen an der offen stehenden Tür sie aus ihren Gedanken hochschrecken. Martin stand in der Tür. Wieso Martin? Der hatte sich doch Urlaub genommen.

Er trat ins Zimmer. «Langeweile?»

«Fortbildung», sagte Paula – und ärgerte sich, dass sie sich rechtfertigte.

«Kann nie schaden. Klüger werden, meine ich.» Er stellte seinen abgeschabten dunkelbraunen Lederkoffer in die Ecke, schnappte sich einen Stuhl und setzte sich ihr mit einem Lächeln gegenüber. Ach, plötzlich war dem Herrn also wieder gesellig zumute? Nach wochenlangem Schweigen? Draußen auf der Straße begannen einige Autos zu hupen, ein Hintergrundgeräusch, das sie zusätzlich nervös machte.

Nach einem Räuspern fragte sie: «Und? Was treibt dich in deiner freien Zeit ins Stadthaus?»

Das Lächeln in seinen Mundwinkeln ärgerte sie genauso wie die grundlos schlechte Laune, die er in letzter Zeit gepflegt hatte. «Ich bin zu Hause rausgeflogen.»

«Bitte?»

«Meine Eltern. Sie haben mich rausgeschmissen.»

Paula verschlug es die Sprache. «Ich wusste gar nicht, dass du welche hast», meinte sie schmallippig.

«Wer denn nicht?»

«Tja, dann … Glückwunsch? Da du so guter Laune bist?»

«Die beiden sind schwierige Menschen.» Er zuckte mit den Achseln. «Ist nicht schön, so zu denken, aber ehrlich: Ich bin wahnsinnig erleichtert, dass dieses Kapitel abgeschlossen ist.»

Wollte er, dass sie nachhakte und fragte, was schiefgelaufen war? Da hoffte er vergeblich. Vor ein paar Tagen hatte er sich nicht einmal mit ihr zum Essen an einen Tisch setzen wollen, und nun sprach er über seine Familie in einer Art, die sich … also, wirklich nicht gehörte!

In das Hupen der Autos mischte sich das Klingeln einer Tram. Im Flur wurden aufgeregte Stimmen laut. Wieder war Paula kurz abgelenkt.

«Und hier? Ist irgendwas passiert?»

«Sieht es danach aus?» Sie klappte das Heft zu, legte es in den Ordner zurück, in den es gehörte, und trat zum Fenster. Hatte es draußen einen Unfall gegeben? Von hier aus konnte sie nur den Neuen Wall überblicken, und da war nichts Ungewöhnliches zu erkennen. Bei der Kreuzung mit der Stadthausbrücke staute sich allerdings der Verkehr.

Martin erhob sich, um nachzuschauen, was im Flur los war. Er wurde von Caro angerempelt, die im selben Moment ins Zimmer stürmte.

«Tschuldigung», sprudelte sie hervor und lachte. «Die Irre mit dem Köter! Leute, es ist nicht zu fassen …» Sie verdrehte die Augen. «Jetzt hat sie die Kreuzung zum Qualmen gebracht. Sie ist mit ihrer schicken Karosse gegen eine Grüne Minna geknallt, die gerade raus auf die Straße wollte, und hat dann das Haltestellenschild umgenietet. Unfassbar, dieses Weib! Martin, was machst du denn hier? Ich dachte, du hast frei.»

«Wer soll das sein – die Irre mit dem Köter?», wollte er wissen.

Caro begann zu erklären, doch sie kam nicht weit. Im Flur klapperten plötzlich Absätze, und im nächsten Moment stürzte Signe von Arnsberg in Paulas Büro. Der eleganten Frau war der hübsche Hut auf den Locken verrutscht und ihr Augen-Make-up verwischt, als hätte sie geweint. Außerdem schwitzte sie, was allerdings bei den Temperaturen draußen kein Wunder war.

«Wo ist denn …? Ach, da sind Sie ja!» Sie stürzte auf Paula zu und krallte sich an ihren Blusenärmeln fest. «Ich brauche Ihre Hilfe. Bitte, ich flehe Sie an, Fräulein Haydorn …»

Sie hatte sich ihren Namen gemerkt. Interessant.

«Meine Tochter …» Ein Schupo war Signe gefolgt. Er versuchte, sie in den Flur zurückzuziehen, aber sie wehrte sich, indem sie ihm eine Ohrfeige gab. Ihre Stimme zitterte, als sie sich wieder an Paula wandte. «Bitte, es ist keine Zeit zu verlieren … Dorothee, das ist meine Tochter …» Ihre Stimme schraubte sich in schrille Höhen und brach. «Versteht das denn keiner hier? Sie ist verschwunden!»

«Wie alt ist sie denn?», brach Martin das Schweigen, das ihrem Ausbruch folgte.

«Sechs. Sie ist erst sechs. Und hat nur einen Arm», fügte Signe hinzu, als spielte das bei dem Verschwinden eine Rolle.

«Und wohin könnte sie gegangen sein?», fragte Paula. «Stromert sie vielleicht durch Ihr Hotel?» Die Frau hatte bei ihrer Anzeige angegeben, im *Atlantic* zu residieren, einem der besten Hotels der Stadt, direkt gegenüber der Außenalster, ganz in der Nähe des Pferdebads.

«Aber nein! Alma ist doch bei ihr, das Kindermädchen.» Signes Augen waren weit aufgerissen. «Die beiden sollten einen kleinen Spaziergang machen. Ein Stündchen, mehr nicht, damit ich mich ankleiden kann. Alma hält sich genau an meine Anweisungen. Inzwischen sind aber fast drei Stunden daraus geworden!»

«Drei Stunden?» Martin runzelte verärgert die Stirn.

«Womöglich haben die beiden sich verlaufen oder die Zeit vergessen», meinte Paula.

«Aber ich sage doch: Alma ist korrekt! Deshalb habe ich sie angestellt!»

Martin schaute unauffällig zur Uhr. Auch Caro sah aus, als wollte sie das Weite suchen. Ein Kindermädchen, das sich mit seinem Schützling bei einem Spaziergang in einer fremden Stadt verspätete, vermutlich, weil es sich verlaufen hatte!

Der Schupo hüstelte: «Sie haben draußen einen Unfall verursacht, Gnädige. Ich muss Sie erst einmal bitten, unten ihre Personalien …»

«Jemand hat sie entführt!»

Plötzlich tat die Frau Paula leid. Gleich wie unsinnig ihre Panik sein mochte – echt war sie auf jeden Fall. «Ich schlage vor, Sie geben dem Schupo Ihren Namen und Ihre Anschrift und lassen ihn einen Blick in Ihre Fahrerlaubnis werfen. Und dann gehen wir gemeinsam in Ihr Hotel», schlug sie vor.

Der Schupo kehrte den Herrn über Recht und Ordnung heraus – sie saßen fast eine Stunde bei ihm fest, weil er glaubte, überprüfen zu müssen, ob die Identität der Unfallfahrerin samt Anschrift echt war. Dafür führte er sogar ein Telefonat mit dem Meldeamt von Bielefeld, das sich inklusive Vermittlung über eine Viertelstunde hinzog.

Signe von Arnsberg explodierte mehrere Male, doch es half nicht. Geduld war gefragt. «Alma kümmert sich doch um Dorothee», versuchte Paula, sie zu beruhigen. Als sie den behördlichen Aufwand hinter sich gebracht hatten, war die

Frau endgültig mit den Nerven fertig. Trotzdem gingen sie zu Fuß zum *Atlantic*. Paula hatte keine Lust, für diese relativ kurze Strecke einen der Polizeiwagen zu ordern, obwohl sie inzwischen ebenfalls eine Fahrerlaubnis und Zugriff auf die Autos hatte.

«Und wenn sie tot ist?», fragte Signe, als sie vor dem mehrstöckigen Prachthotel mit dem überdachten Eingang stehen blieben.

Martin und Caro lagen anscheinend richtig mit ihrer Einschätzung: Die Frau war verrückt. Paula verspürte inzwischen nur noch kribblige Ungeduld. Sie hielt ein wenig Abstand, als sie die weitläufige Eingangshalle mit den Säulen, dem Empfangsbereich und der mit Teppich ausgelegten breiten Treppe in die Obergeschosse betraten. Signe erkundigte sich bei dem Concierge, ob Alma Schütte, ihr Kindermädchen, inzwischen mit ihrer kleinen Tochter ins Hotel zurückgekehrt sei. Der Mann blätterte in einem Ordner – es dauerte lange –, dann schüttelte er den Kopf. «Tut mir leid.» War er so umständlich, weil es die beiden Personen in Wirklichkeit überhaupt nicht gab? Versuchte er, sich aus einer kniffligen Situation mit einem wohlsituierten, aber schwierigen Gast zu winden?

Signes Blick ging zu der Porzellanuhr, die hinter ihm an der Wand hing. Es war mittlerweile kurz nach zwei. Sie drehte sich zu Paula um. In ihren Augen schwammen Tränen.

Gemeinsam erklommen sie die Treppe in den ersten Stock. Der Flur entlang der Zimmertüren war mit Tiffanylampen verschwenderisch beleuchtet, an den Zimmertüren prangten goldene Nummern. Alles strahlte Eleganz aus. Auch in Signes gemieteter Suite umgab sie purer Luxus. Durch die Flügeltür eines großzügigen Wohnraums hindurch erblickte Paula zwei Schlafzimmer und ein Bad mit einer Badewanne auf weiß lackierten Füßen. Aber weder ein Kind noch dessen Kindermädchen war zu entdecken.

«Sehen Sie? Verstehen Sie endlich?», brach es aus Signe heraus.

Paula ging in das linke Zimmer, in dem ein Kinderbett stand. Dorothee war, was kaum überraschte, bei Alma untergebracht worden. In einem Schrank fand sie neben schlichten Damenkleidern einiges an Kindergarderobe und unten im Bodenraum kleine Lackschuhe.

«Das ist sie.» Signe, die Paula in das Zimmer gefolgt war, hatte ein Bild aus einer Schublade gekramt. Nicht irgendeines, sondern eine Fotografie im Autochromverfahren, bei dem ihre Tochter in Farbe abgelichtet worden war. Wahnsinnig teuer, berührend schön. Paula sah ein kleines Mädchen, schüchtern und ohne Lächeln, aber mit wachen Augen. In ihrer Hand baumelte eine Puppe mit einem Kopf aus Porzellan – eine der kürzlich in Mode gekommenen Käthe-Kruse-Puppen. Der Porzellankopf war bemalt, ein blaues Mützchen saß darauf, außerdem trug die Puppe eine bestickte rote Schürze. Was aber beim Anschauen des Fotos wirklich fesselte, war der fehlende linke Arm des Kindes. Der Ärmel – sie trug eine hellblaue Bluse – hing schlaff herab.

«Was für ein niedliches Kind.» Paula versuchte, das beklemmende Gefühl, das sie überkam, zu unterdrücken. «Kann ich das erst mal behalten?» Sie steckte das Foto ein und sah sich weiter in dem Zimmer um. Dabei fand sie Kosmetikartikel, Spielzeug und mehrere Kinderbücher, von denen eines, ein Häschenbuch, vom vielen Blättern ganz zerfleddert war.

«Also gut», sagte sie, während sie eine Schranktür schloss. «Und Sie halten es für ausgeschlossen, dass Alma mit Dorothee … vielleicht in den Zoo gegangen ist? Oder anderswo die Zeit vergessen hat?»

«Ich sagte doch: Die Frau ist korrekt.»

«Es ist gut, dass Sie sie zu uns gekommen sind.» Sie starrten einander an: die Mutter, deren Kind verschwunden war, und die Kommissarin, die gezögert hatte, ihr Glauben zu schenken.

«Dann glauben Sie mir endlich, dass Dorothee etwas zugestoßen sein muss?»

Paula nickte.

«Ich bin so froh, dass es Sie gibt», sagte Signe leise. «Ich bin so froh, ich wusste, dass Sie etwas unternehmen würden …» Ihre Stimme zitterte. Unvermittelt schloss sie sie in die Arme und schmiegte das Gesicht an ihre Wange. Paula spürte, wie sich auf ihrem Rücken eine Gänsehaut bildete – die Berührung war ihr unangenehm.

Martin hatte Caro hinzugerufen. Zu dritt saßen sie in seinem Büro. Es war ein schlichter Raum mit einem unaufgeräumten Schreibtisch, einigen Stühlen und einem kleineren Tisch in der Ecke, an dem Elsbeth Neumann bei Bedarf mitstenografierte, wenn Zeugen verhört wurden. Paula hatte das Büro bei ihrem ersten Fall im vergangenen Jahr *Mordbude* getauft – ein Name, der sich mittlerweile auch bei den Kollegen eingebürgert hatte.

«Kinderkleidung muss kein Beweis für die Existenz eines Kindes sein – dann nämlich, wenn wir es mit einer Frau zu tun haben, die …», Martin suchte nach einem nicht allzu harten Ausdruck, «… übergeschnappt ist.»

«Warum sollte sie das sein?», fragte Paula.

«Na ja, ihr Verhalten …»

«Auf mich wirkt sie inzwischen anders.»

«Die Frau ist komplett irre, Mensch, das sieht man doch!», meinte Caro verächtlich.

«Weil sie die Sache mit dem Hund zur Anzeige bringen wollte?»

Martin lehnte sich zurück. «Frau von Arnsberg ist seit einer Woche in der Stadt, und in dieser Zeit wird ihr Hund auf üble Weise von einem Unbekannten getötet und anschließend werden ihre Tochter und ihr Kindermädchen von einem ebenfalls Unbekannten entführt. Zwei Ereignisse, von denen auch jedes für sich allein nicht gerade alltäglich ist.»

«Vielleicht hängt ja beides zusammen.»

«Da fällt mir nichts ein. Einen Hund unter einem Auto festzubinden, damit er überfahren wird, ist sinnloser Sadismus. Wenn ein Kind reicher Eltern entführt wird, geschieht das in der Regel, um Lösegeld zu erpressen.»

«Und wenn sich ein Perverser an die Familie rangemacht hat?»

«Für solche Mistkerle gibt es leichtere Opfer. Warum ist diese von Arnsberg überhaupt nach Hamburg gekommen?»

«Um eine alte Bekannte zu besuchen.»

Martin nickte. Das klang harmlos.

«Und wo steckt der Vater?», wollte Caro wissen.

«Der ist vor einem Jahr verstorben.»

«Lass mich raten: Er wurde umgebracht.» Für Caro war die Sache klar. Diese Signe war eine reiche Irre, die sich die Zeit damit vertrieb, Dramen zu erfinden.

«Auf jeden Fall werden wir uns mit den Kollegen in … wo ist die Frau zu Hause?», fragte Martin.

«Bielefeld.»

«Mit den Kollegen in Bielefeld in Verbindung setzen. Vielleicht haben sie ja bereits Erfahrungen mit Frau von Arnsberg gesammelt.»

«Aber die Kinderkleider …»

«Wer weiß schon, was in den Köpfen geisteskranker Menschen vor sich geht?», unterbrach Martin sie ungeduldig. «Es gibt seelische Krankheiten, bei denen Menschen sich in einer komplett zusammenfantasierten Realität einrichten.»

Aha? Und das wusste er woher, der Schlaumeier? Paula zog das Foto von Dorothee aus ihrer Handtasche und legte es auf den Schreibtisch. «Das ist das Mädchen.»

Sie sah, wie Martin beim Anblick des schlenkernden linken Ärmels kurz stutzte.

«Und ein Bilderbuch, das ich im Hotel gefunden habe, war zerfleddert, als würde es oft benutzt.»

«Das Foto kann auch von einem fremden Kind stammen – oder von jemandem aus Signes Bekanntenkreis oder Verwandtschaft», wandte Caro ein. «Und das Buch … keine Ahnung. Hat die Frau vielleicht aus der eigenen Kindheit rübergerettet. So was machen viele Leute.»

Sie starrten einander an – und wurden vom Läuten des Telefons unterbrochen, das zwischen den Papierstapeln auf dem Schreibtisch stand. Martin nahm den Hörer auf. Er lauschte, sein Mund verzog sich zu einem Lächeln, gelegentlich streute er ein *Oh* oder ein *ich verstehe* ins Gespräch ein. Aus dem Hörer musste ein wahrer Wortschwall dringen, den langen Pausen nach zu urteilen.

Schließlich legte er auf. «Das war Frau von Arnsberg. Sie wollte uns mitteilen, dass ihr Kind und das Kindermädchen vermutlich mit dem Chauffeur unterwegs sind.»

«Mit welchem Chauffeur?», wollte Paula wissen.

«Genau, mit welchem Chauffeur, da die Dame es ja offenbar vorzieht, ihren Wagen selbst zu lenken und ihn übrigens vorhin zu Schrott gefahren hat? Er ist schon sonderbar, dieser Chauffeur, der plötzlich aus der Versenkung auftaucht wie das Kasperle auf der Bühne.» Martin schlug mit den Handflächen auf den Tisch. «Ich hab genug, Leute: Feierabend.»

«Also keine Fahndung nach dem Kind?»

Er schüttelte den Kopf. Signe war ein Fall für den Psychiater! Als Paula an der Tür stand, fragte er: «Kommst du mit zur Tram?»

«Ich habe noch eine Stunde Dienst.» *Und nicht die geringste Lust, mich mit dir zu unterhalten.* Zudem nagte in ihr eine bohrende Unruhe. Sie spürte wieder Signes Umklammerung. *Ich bin so froh, dass es Sie gibt …* Und fühlte sich wie ein Rettungsring, aus dem gerade die Luft herausgelassen wurde.

Martin verschwand, und eine Stunde später leerten sich auch die Nachbarzimmer. Die Kollegen auf den Fluren lachten und freuten sich auf einen freien Sonntag bei allerbestem Wetter.

Und Paula dachte an ein Kind, dem ein Arm fehlte.

Schließlich beschloss sie, noch einmal ins *Atlantic* zurückzukehren, und sei es nur zur eigenen Beruhigung. Auch wenn sie mittlerweile davon ausging, dass der Chauffeur wirklich existierte und inzwischen im Hotel angerufen hatte, um ausrichten zu lassen, dass er Alma und Dorothee gerade herumkutschiere. Vielleicht hatte ihn etwas aufgehalten. Ein Schaden am Auto zum Beispiel.

Andererseits: Würde ein Chauffeur, so es ihn denn wirklich gab, auf eigene Faust einen Wagen mieten? Wenn wiederum Signe den Wagen bestellt hatte, hätte sie von dem geplanten Ausflug gewusst und nicht das Kommissariat aufgescheucht. Natürlich war auch möglich, dass Alma mit dem Chauffeur eine heimliche Liebelei unterhielt. Vielleicht hatte er sie und das Kind auf einem Spaziergang begleitet, und die beiden hatten vor lauter Verliebtheit das Zeitgefühl verloren? War das Signes Überlegung gewesen? Hatte sie darum im Kommissariat angerufen, um Entwarnung zu geben?

Der Concierge erinnerte sich an Paula und ließ sie kommentarlos die Treppe hinauf. Sie klopfte an der 114, und als sich nichts rührte, öffnete sie die Tür.

Signe saß auf dem kleinen Sofa, zwischen ihren Fäusten steckte ein zerknülltes Taschentuch. Allerdings waren ihre Augen nicht gerötet, wie Paula sich mechanisch merkte. Als sie ihre Besucherin erkannte, sprang sie auf. Wieder krallten ihre Fingernägel sich in Paulas Oberarme. «Ernst – das ist mein Chauffeur … Er war gar nicht mit meiner Tochter und dem Kindermädchen unterwegs. Er hat in seiner Pension darauf gewartet, dass ich ihn rufen lasse. Er hat einfach nur in seiner Pension gewartet.» Sie brach ab, ihr Blick ging an der Kommissarin vorbei.

Paula machte sich vorsichtig los und drehte sich um. Ein Mann mit einer Mütze in den Händen stand vor einer Kommode. Sein Gesicht war schmal, der Schnauzbart steif, die Augen klar, die Miene betreten. Sie schätzte ihn auf etwa fünfzig Jahre.

«Bucmeister mein Name», stellte er sich nach einem Räuspern vor. «Das mit dem Kind und Alma …» Hilflos schüttelte er den Kopf.

«Sie wissen nichts. Sie können also gehen», befahl Signe.

Ah ja? Nicht so schnell. Paula zog ihre Dienstmarke heraus und hielt sie ihm hin. «Bitte warten Sie in der Empfangshalle auf mich», ordnete sie an. Vielleicht war es besser, wenn sie ihn allein vernahm? Gut möglich, dass er dann Dinge verriet, die er im Beisein seiner Arbeitgeberin lieber für sich behielt.

Bucmeister nickte und machte sich davon.

Als sich die Tür hinter ihm geschlossen hatte, sagte Signe: «Alma und mein Kind sind seit acht Stunden verschwunden. Glauben Sie immer noch, dass sich die beiden einfach irgendwo vertrödelt haben?» Sie sprach mit einer Ruhe, die in merkwürdigem Gegensatz zu ihrer vorherigen Auflösung stand. Aber die Knöchel ihrer Finger, die sie um das Taschentuch krallte, waren weiß.

Paula gab sich einen Ruck. Es war egal, was Martin vermutete – die Lage hatte sich geändert. «Bitte machen Sie sich fertig. Ich werde inzwischen unten beim Empfang mit meinen Kollegen telefonieren, und anschließend fahren wir gemeinsam ins Kommissariat.»

Bucmeister wartete in einer Ecke der Empfangshalle auf sie. Er schien nicht sonderlich erpicht darauf zu sein, von ihr vernommen zu werden. Sie kehrte ihm den Rücken zu, bat den neugierigen Concierge um das Telefon, wartete, bis er außer Hörweite war, und ließ sich mit Martins Diensttelefon in seiner Wohnung verbinden. Sie schilderte ihm die Lage. Erst wirkte er abwehrend, dann stöhnte er. «Ist der Mann wirklich ihr Chauffeur? Nicht irgendein Bediensteter aus dem Hotel?»

«Bin ich blind oder taub?»

«Also gut: Bring die beiden ins Stadthaus. Ich komme.»

Als Paula mit Signe Martins Büro im Stadthaus betrat, stürmte die Frau sofort auf ihn los, aber er hob abwehrend die Hände und wies einen der Wachtmeister an, sie und Bucmeister in die Verhörzellen zu bringen, separat, weil zunächst einige Dinge geklärt werden müssten.

Er hätte nicht *Verhörzellen* sagen sollen. Warum nicht *Warteräume* oder etwas Ähnliches? Und wieso musste er das Wort *separat* so betonen? Überhaupt: Warum befragte er Signe nicht auf der Stelle? Die Frau protestierte unter Tränen. Ihr Kind war verschwunden, und man behandelte sie wie eine Verbrecherin! Sie drohte mit einflussreichen Bekannten. Aber weder ihre Aufregung noch der Versuch des Chauffeurs, ihr beizustehen, konnte Martin umstimmen.

«Wir werden alles tun, um Ihre Tochter zu finden!», versprach Paula ihr.

«Wenn Dorle wegen Ihrer mangelnden Tatkraft ein Leid geschieht, sorge ich dafür, dass Sie des Lebens nicht mehr froh werden», fauchte Signe Martin an, bevor sie dem Wachtmeister folgte und die Tür hinter sich zuknallte.

Martin atmete tief durch, dann wandte er sich an Paula. «Was muss ich wissen?»

Jetzt keine Diskussion über sein Vorgehen. Nur nicht noch mehr Zeit verlieren! Sie kramte Dorothees Foto, das Signe ihr überlassen hatte, aus der Tasche und wiederholte noch einmal, was sie im Hotel vorgefunden hatte: die aufgelöste Mutter auf dem Sofa und den Chauffeur, der ihr später unten in der Hotelhalle glaubhaft versichert hatte, dass er nicht wisse, wo die beiden Verschwundenen abgeblieben seien. «Das alles wirkte echt, die haben mir nichts vorgespielt.»

«Was für Kleidung haben die Verschwundenen getragen?», fragte er.

Paula wusste es nicht. Warum hatte sie sich nicht danach erkundigt? War doch wichtig. Sie hastete zu den Verhörzellen im Keller und notierte, was die aufgebrachte Signe ihr berichtete: Alma habe ein hellblaues Kleid mit kurzen Ärmeln und eine dunkelblaue Kappe angehabt, die kleine Dorothee ein rosa Blümchenkleid und vermutlich Sandalen.

«Gibt es noch eine Äußerlichkeit, die uns helfen könnte, die beiden zu finden?»

«Meine Tochter hat nur einen Arm», erinnerte Signe sie sarkastisch.

Beschämt beugte Paula sich vor und umfasste ihre Hände. «Wir setzen Himmel und Hölle in Bewegung. Das verspreche ich Ihnen, Frau von Arnsberg.»

Signe entzog ihr die Hände.

«Existiert auch von Alma ein Foto?»

«Jedenfalls keines, das ich mit nach Hamburg genommen hätte.»

«Und Sie können sich nicht vorstellen, wohin die beiden gegangen sein könnten? Irgendein Lieblingsplatz, von dem Alma oder Dorothee in den letzten Tagen gesprochen haben?»

Die Frau schüttelte den Kopf.

Paula entschuldigte sich und ging ins Nebenzimmer, wo Bucmeister wartete. Aber auch er konnte ihr bei der Frage nach der Kleidung der Verschwundenen nicht weiterhelfen. Und die Orte, die Alma aufgesucht haben könnte? «Tut mir leid. So vertraut war ich nicht mit ihr», meinte er ratlos.

Als sie Martin Bericht erstattet hatte, begann er zu telefonieren und gab eine sofortige Radiofahndung in Auftrag. Ein sechsjähriges, einarmiges Kind, Dorothee von Arnsberg, und ihr etwa dreißigjähriges Kindermädchen Alma Schütte seien verschwunden. Er gab die Details der Kleidung durch und ordnete an, dass über die Telefonzentrale sämtliche Polizeiwachen informiert werden sollten. Einer seiner Männer sei bereits beim Fotografen, um Kopien von Dorothees Foto machen zu lassen. Man würde sie sofort nach Fertigstellung zu den einzelnen Wachen bringen lassen.

«Also gut, wir beginnen mit dem Verhör der Mutter», entschied er, nachdem er den Hörer aufgelegt hatte. «Hole sie bitte rauf, Paula.»

Fünf Minuten später saß Signe ihnen gegenüber, das Gesicht rot vor Zorn. War das merkwürdig? Dass der Zorn ihre Angst überlagerte? Paula nahm sich ihr Misstrauen übel. Was wusste sie schon von solchen Ausnahmesituationen? Und reagierte da nicht jeder anders?

Martin stellte den Parlographen an und richtete den Trichter so, dass Signe hineinsprechen konnte. «Warum sind Sie hierher nach Hamburg gekommen, Frau von Arnsberg?»

«Um mich zu erholen», antwortete sie schmallippig. «Mein Mann ist vor einem Jahr verstorben, und mein Arzt hat mir zu einem Tapetenwechsel geraten, um auf andere Gedanken zu kommen. Das ist es also, was Sie interessiert? Warum ich verreise? Dass sich meine Tochter womöglich in den Händen eines Verbrechers befindet ...»

«Die Fahndung nach ihr läuft bereits. Warum gerade Hamburg?»

«Bitte?»

«Wäre ein Kurort am Meer oder im Harz nicht angenehmer gewesen?»

«Da geht es im Sommer doch zu wie in einem Hornissennest.»

«Anders als in Hamburg?», fragte Martin lächelnd.

«Ich bin hier aufgewachsen.»

«Tatsächlich!»

«Ja, aber schon in jungen Jahren nach Bielefeld umgezogen.»

«Leben hier noch Verwandte von Ihnen?»

Sie schüttelte den Kopf. «Hamburg ist mir einfach so in den Sinn gekommen. Es hätte auch jede andere Stadt sein können.»

«Wo stand denn Ihr Wagen, als der Hund darunter festgebunden wurde?», fragte Caro.

«Am Steindamm.»

«Dorthin ist es nur ein kurzer Spaziergang, vom *Atlantic* aus», meinte Martin.

«Muss ich mir vorschreiben lassen, wann ich mein Auto benutze?» Die klagende Frage war an Paula gerichtet.

«Wir wollen nur alles möglichst gut verstehen, damit wir Dorothee bald wiederfinden.»

«Was haben Sie am Steindamm gemacht?», bohrte Martin weiter.

«Eine alte Bekannte aus früheren Zeiten besucht.»

«Darf ich wissen, um wen es sich dabei handelt?»

«Was hat diese Frau denn mit Dorles Verschwinden zu tun?»

«Vermutlich nichts. Aber wir müssen jeder Spur folgen.»

«Es handelt sich um Hella Modersen. Die Dame ...»

«Ist sie mit Karl Modersen verwandt, dem Besitzer der Horner Rennbahn?»

«Er ist ihr Ehemann.»

«Verstehe.» Martin klang enttäuscht. Offenbar handelte es sich um eine Freundschaft in gehobenen Kreisen. Dass ein Verbrechen wie eine Entführung dort ihren Ursprung hatte, war nicht anzunehmen. «Sind Sie öfter hier in der Stadt?»

«Nein, nicht mehr, seit ich sie vor vielen Jahrzehnten verlassen habe.»

«Und Sie haben keine Idee, wer Ihre Tochter und Alma Schütte entführt haben könnte?»

Signe schüttelte den Kopf. Und brach unvermittelt in Tränen aus. Paula kramte hektisch nach einem Taschentuch, hatte aber vergessen, eines einzustecken. Signe wurde in ihrem eigenen Handtäschchen fündig. Sie betupfte sich die Augen, dann schnäuzte sie sich undamenhaft laut. «Jemand muss gesehen haben, wie Alma und Dorothee aus dem Hotel gekommen sind, und ihnen gefolgt sein. Das ist die einzige Erklärung!»

«Dann sollte dieser Jemand sich bald wegen einer Lösegeldforderung mit Ihnen in Verbindung setzen», meinte Martin.

«Wenn es nur um Geld geht – ich würde doch zahlen.»

Zum ersten Mal wurde Martins Gesicht weicher. Er bat Paula, einen Stuhl in den Flur zu stellen, und Signe, dort auf ihren Chauffeur zu warten, den er natürlich ebenfalls noch anhören wollte.

Ernst Bucmeister wirkte nervös, als Paula ihn in die Mordbude brachte. Misstrauisch beäugte er den Parlographen, als Martin den Trichter des Geräts in seine Richtung drehte. Auf Nachfrage nannte er seinen Namen und erklärte, dass er bei der Familie von Arnsberg ein Zimmer im Gesindetrakt bewohne.

«Wie sind Sie an die Stelle als Chauffeur gekommen?», fragte Martin.

«Ich hab Herrn von Arnsberg vor mehreren Jahren helfen können, als er mit einer Autopanne liegen geblieben ist. Damit kenne ich mich ein bisschen aus. Also mit Autos und Maschinen.»

«Erzählen Sie mal, wie das ablief.» Martin neigte dazu, die Menschen in der ersten Phase eines Verhörs kaum zu unterbrechen. Sie reden lassen und hoffen, dass sie etwas ausplaudern, was sie eigentlich gern verheimlicht hätten – aus purer Nervosität.

«Ich war mit meinem Fahrrad Richtung Herford unterwegs, so wie Herr von Arnsberg mit dem Wagen auch. Bei ihm war ein Keilriemen gerissen, den konnte ich flicken. Und da hat er mich gefragt, ob ich an einer Stelle als Chauffeur interessiert bin. Da hab ich natürlich sofort zugesagt. Nach dem Krieg war es ja höllisch schwer, was zu finden. Erst sollte es nur für einen Monat sein – er wollte sehen, ob ich zuverlässig bin. Aber auf mich kann man sich verlassen, und so wurde eine Dauerstellung draus. Bald hat er mir aufgetragen, die gnädige Frau spazieren zu fahren. Frau von Arnsberg liebt es, durch die Gegend zu gondeln. Und ich war mir der Verantwortung natürlich bewusst.»

«Was für einer Verantwortung?»

Bucmeister zögerte. «Dass es keinen Unfall gibt.»

«Aha?»

«Die Zahl der Autos hat ja mächtig zugenommen. Und auf den Wegen, wo die Gnädige gern fahren wollte, draußen, im Wald, waren oft Reiter unterwegs. Pferde scheuen vor Autos, wegen des Lärms.»

«Herr von Arnsberg hatte nichts dagegen, dass seine Frau auch selbst fährt?»

Bucmeister grinste verlegen. «Je nun, das hat sie einfach gemacht. Ich habe natürlich daneben gesessen, damit nichts schief geht.»

«Als Frau von Arnsberg heute den roten Ford kaputtgefahren hat, waren Sie aber nicht dabei», sagte Paula.

«Das war eine Ausnahmesituation. Normalerweise ruft sie mich, wenn ich sie fahren soll. Aber sie war sicher aufgeregt, weil die kleine Dorle weg war, und wollte keine Zeit verlieren.»

«Wo sind Sie eigentlich untergebracht? Auch im *Atlantic*?», wollte Paula wissen.

«Nein, das ist dort nicht üblich. Nur Zofen und Kindermädchen werden mit ins Hotel genommen, damit sie der Herrschaft ständig zu Diensten sein können. Für mich hat die Gnädige ein Zimmer in der Gurlittstraße gemietet, im *Kaffeeböhnchen*. Alma holt mich immer, wenn meine Dienste gebraucht werden.»

«Und wo steht gewöhnlich das Auto?», fragte Martin.

«Vor dem Hotel.»

«Aha.»

Paula bemerkte, dass Bucmeister schwitzte. «Ist Frau von Arnsberg das erste Mal in Hamburg?», fragte sie, obwohl sie es ja eigentlich schon wussten.

«Ja. Also – zumindest, seit ich in ihren Diensten stehe.»

«Was war der Anlass für diese Fahrt?»

«Herr von Arnsberg ist vor einem Jahr bei einem Unfall ums Leben gekommen. Die Gnädige hat sehr unter seinem Tod gelitten. Ich denke, sie wollte sich und ihrer Tochter ein bisschen Abwechslung verschaffen.»

Das stimmte mit Signes Aussage überein.

«Sind die beiden schon im Tierpark gewesen?», fragte sie.

Bucmeister zog ein Taschentuch aus seiner Hose und wischte seinen Nacken trocken. «Weiß ich nicht. *Ich* habe sie jedenfalls nicht dorthin gefahren. Frau von Arnsberg ist eine wunderbare Mutter.»

«Warum sagen Sie das?», fragte Martin.

«Nur so. Weil es stimmt.»

Paula fühlte ihre Haut kribbeln. Signe wirkte nicht wie eine Frau, die ihrem Kindermädchen Flausen durchgehen ließ. Sie konnte nicht glauben, dass diese Alma einfach von sich aus mit dem Kind irgendwo herumschwirrte. Die Wahrscheinlichkeit, dass die beiden unversehrt heimkehrten, sank mit jeder Minute.

Martin beugte sich vor. «Gibt es etwas, das Sie uns anvertrauen wollen?», fragte er Bucmeister mit ernster Miene.

«Da wüsste ich nichts. Ich habe alles in das Ding reingesprochen.»

Martin nickte. «Also gut. Wenn Sie bitte noch Ihren Namen und Ihre Wohnadresse in den Parlographen diktieren würden. Den Nachnamen Buchstabe für Buchstabe.»

Der Chauffeur tat, wie geheißen.

«Das war's. Sie können jetzt gehen. Bringen Sie Frau von

Arnsberg in ihr Hotel zurück. Ich muss Sie bitten, bei Ihrer Arbeitgeberin zu bleiben, bis Alma und das Mädchen wieder aufgetaucht sind.»

Bucmeister nickte stumm.

4. KAPITEL

SAMSTAG, 10. AUGUST

N*icht laut sein … Nicht schreien …*

Die Stimme dröhnte in Darlings Kopf. Mutters Stimme. *Hör … auf … zu … schreien!* Dabei brüllte sie auch selbst immer, wenn sie es sagte. Weil Darling das nicht verstanden hatte, hatte sie Alma danach gefragt, und die hatte es ihr erklärt: «Wenn Erwachsene etwas Ungehöriges tun – also beispielsweise schreien –, ist das etwas anderes als bei einem Kind. Merk dir einfach: Kinder darf man sehen, aber nicht hören!» Sie hatte bei den Worten lachen müssen und sich rasch die Hand über den Mund gelegt, weil Mutter ja möglicherweise noch in der Nähe war. Da musste man vorsichtig sein. Seitdem hatte sie begonnen, Darling zu ermahnen, bevor sie das Kinderzimmer verließen: «Sehen, aber nicht hören!»

«Weiß ich doch», sagte Darling dann immer und streckte ihr die Zunge raus. Wenn Alma lachte und sie umarmte, spürte Darling, wie es in ihrem Bauch warm wurde, weil sie einander so lieb hatten. Solange Alma bei ihr war, war alles gut. Nur wenn sie zu Charlie gingen, wurde Alma manchmal komisch. Dann sperrte sie sie in ein anderes Zimmer ein und kaufte ihr später ein Eis. Darling hatte verstanden, dass diese Ausflüge verboten waren, und erzählte auch niemandem davon, aber eigentlich mochte sie Charlie nicht. Er war komisch. Und er war schuld daran, dass sie nun hier saß.

Darling zog die Beine an. Es war heiß in dem Raum, in dem sie saß, aber sie fror trotzdem. Und war dabei so müde, dass ihr immer wieder die Augen zufielen. Wenn das passierte, schreckte sie jedes Mal sofort wieder hoch, weil die Angst in ihrem Bauch zu rumoren begann. Sie starrte dann zu dem Dach hinauf. Es war kaputt, sodass sie ein Stück Himmel sehen konnte. Oben standen die Sterne und der halbe Mond. Das war schön. Aber sie wusste, dass dort auch ein Drache wohnte. Er hieß Luzifer und fraß ungezogene Kinder. Das hatte ihr die Köchin erzählt, und die wusste es vom Pfarrer, und der wusste es von Gott.

Darling war ungezogen gewesen. Sie hatte gequengelt, weil sie Pferde sehen wollte, und deshalb war sie jetzt hier. Und Alma war auch hier, nur in einem anderen Zimmer, und weinte.

Darling drückte die Knie so fest gegen den Bauch, dass es wehtat. Sie wusste nicht, was größer war. Ihre Angst vor dem Drachen oder ihr Kummer, weil Alma weinte. Darling merkte, wie sich auch ihre eigenen Augen mit Tränen füllten, die über ihr Gesicht liefen und die Nase verstopften.

5. KAPITEL

SAMSTAG, 10. AUGUST

Es war kurz vor Mitternacht. Sie starrten einander an. Was getan werden konnte, hatten sie getan, weiteres Grübeln brächte sie nicht weiter. Falls ein wichtiger Anruf einging, würden die Telefonistinnen Martin informieren. Er stemmte sich von seinem Schreibtisch hoch. «Ich nehme einen Wagen. Kommst du mit?», fragte er Paula.

«Nein, ich geh zu Fuß, ich brauche noch frische Luft.»

Sie griff sich ihre Handtasche, und Martin blickte ihr stirnrunzelnd nach, während sie im Flur verschwand. War was zwischen ihnen? Sein Blick fiel auf seine Aktentasche. Doch statt sie sich ebenfalls zu schnappen, sackte er auf seinen Stuhl zurück. Er fühlte sich elend. Ein kleines Mädchen, dem ein Arm fehlte … Er trug die Verantwortung dafür, dass sie unbeschadet zurückkehrte. Hatte er vielleicht doch etwas übersehen?

Er rieb sich die Augen und lehnte sich zurück. Seine Gedanken irrten zu Mette Gerdes, die aufgrund seiner Ermittlungen eines so grässlichen Todes gestorben war. Er dachte daran, wie er sich an einem Nachmittag mit einigen der Kriegskrüppel auf eine Bank im *Kameliengarten* in die Sommersonne gesetzt hatte. Dort erfuhr er, dass Mette Gerdes auch andere Heimbewohner zu einer Lebensversicherung hatte überreden wollen, die zu ihren Gunsten ausfallen sollte. Am folgenden Tag hatte er sämtliche Kriegsversehrte offiziell verhört und im Anschluss die infrage kommenden Versicherungen in Hamburg kontaktiert – und von vier weiteren Versicherungsabschlüssen erfahren, bei denen die Erblasser kurz nach der Unterzeichnung verstorben waren.

Er hatte die Erlaubnis erwirkt, die angeblichen Selbstmörder zu exhumieren, und es war Dr. Schuppe, dem Pathologen der Kripo, gelungen nachzuweisen, dass mindestens zwei der Männer mit Zelio-Paste, einem thalliumhaltigen Rattengift, umgebracht worden waren. Der Erkennungsdienst fand bei einer Hausdurchsuchung die entsprechende Tube, und als Blasse, der Leiter des Trupps, Mettes Fingerabdrücke darauf nachwies, war die Frau verhaftet worden.

Ihre Verurteilung war aufgrund erdrückender Beweise erfolgt. Und doch waren auch Fragen offengeblieben: Nachbarn der Heimleiterin hatten ausgesagt, dass sie nie unter Geldproblemen gelitten habe. Ihr Ehemann, ein Kapitän, sei oft jahrelang nicht nach Hamburg zurückgekehrt, aber er habe sie stets zuverlässig versorgt. Geldüberweisungen auf ihr Konto belegten diese Aussage. Warum also diese grässlichen Verbrechen?

Bedrückt beugte Martin sich vor und stützte die Ellbogen auf der Schreibtischplatte ab. Seine Gedanken kehrten zu Signe von Arnsberg zurück. Auch sie war eine sonderbare Frau. Obwohl er sich bemühte, konnte er für sie so wenig Mitgefühl aufbringen wie für Mette Gerdes. Warum war das so? Mette war ihm rasch verdächtig vorgekommen, weil sie im Umgang mit ihren Schützlingen so übertrieben fürsorglich getan hatte. Aber was störte ihn an Signe? Ging ihm das Aufgeblasene und gleichzeitig Hysterische gegen den Strich? Davon durfte er sich natürlich auf keinen Fall beeinflussen lassen. Der Chauffeur hatte Dorothees Existenz bestätigt, sie hatte also die Wahrheit gesagt.

Martin rieb sich die schmerzenden Schläfen. Das Vernünftigste war, auszuschlafen und sich dem Fall morgen mit wachem Geist zu widmen. Doch stattdessen griff er erneut zum Telefon. Problematisch war, dass die Frau nicht in Hamburg wohnte und man deswegen keine Freunde oder Personal befragen konnte. Und an dieser Stelle musste er einhaken.

Die Telefonistin brauchte ein bisschen, dann hatte sie über die Zentrale der Bielefelder Polizei einen Kriminalinspektor aufgetrieben, der offenbar wie er selbst gerade keinen Schlaf fand. Der Mann stellte sich gut gelaunt als Felix Kister vor. Wie hieß der Bursche, um den es ging? Ernst Bucmeister? Doch, da klingele etwas bei ihm. Kister erbat sich ein paar Minuten, um einen Blick in die Akten zu werfen, und versprach, anschließend zurückzurufen.

Nach knapp zwanzig Minuten hatte Martin ihn wieder am Apparat. Er hörte sich mit wachsender Aufmerksamkeit an, was Kister in den Bielefelder Karteikästen entdeckt hatte. Das Gespräch dauerte lange. Anschließend rief Martin bei Paula an.

Sie trafen sich beim Hauptbahnhof und nahmen den nächsten Zug nach Hannover, auf den sie glücklicherweise nur eine Kaffeetasse lang warten mussten. Paula war schweigsam. Sie fragte das Nötigste, verlor aber kein Wort darüber, warum er gerade sie mit nach Bielefeld nahm. Wahrscheinlich war sie hundemüde, genau wie er selbst. Als sie einander auf den grün gepolsterten Sitzen des Zugabteils gegenübersaßen – er hatte sich und ihr die billigere Holzklasse ersparen wollen –, nickten sie beide ein.

Der Fahrkartenkontrolleur weckte sie kurz vor ihrer Ankunft in Hannover und erklärte nach einem Blick ins Fahrtenbuch, wann ihr Anschlusszug nach Bielefeld fahren würde.

«Wir wollen also mit dem Bruder von Bucmeister sprechen?», fragte Paula, nachdem der Mann weitergegangen war.

Genau das hatte er ihr vor Stunden am Telefon und später noch einmal in dem kleinen Café des Hamburger Hauptbahnhofs erklärt. Martin nickte. «Das Verhältnis zwischen den Brüdern ist offenbar eng. Angeblich hat Ernst Bucmeister sogar versucht, seinem Bruder Gustav mit ins Gefängnis geschmuggelter Kleidung bei einer Flucht zu helfen. Tatsächlich konnte Gustav die Wärter täuschen, aber sie haben ihn schon zwei Stunden später wieder gefasst. Ernst Bucmeister konnten sie leider nichts nachweisen.» Das hatte er ihr ebenfalls bereits erzählt.

«Und warum behauptet dieser …»

«Kommissar Kister.»

«Warum behauptet er, dass Ernst Bucmeister der Fluchthelfer gewesen ist, wenn es keine Beweise gibt?»

«Die Brüder stammen aus einer kriminellen Familie. Die halten fest zusammen, sagt er.»

«Ich finde es billig, jemandem einfach aus dem Bauch heraus etwas unterzuschieben. Ist Ernst Bucmeister jemals ein eigenes Verbrechen nachgewiesen worden?»

«Angeblich hat er einige Villen in der Nachbarschaft seines Arbeitgebers ausgespäht, in die später seine Brüder eingebrochen sind.»

«Angeblich!» Paula begann von einem Artikel zu reden, in dem davor gewarnt wurde, Vermutungen über den Charakter eines Verdächtigen in dessen Akte niederzuschreiben. «Ist er selbst einmal im Gefängnis gewesen? Was ist? Ich versuche nur, unparteiisch zu sein.»

Im Gegensatz zu dir … Warum war sie nur so angriffslustig? «Wenn wir nicht alle Informationen nutzen, die wir in die Finger kriegen können, kommen wir nicht weit. Dass wir nichts als gegeben nehmen, versteht sich von selbst.»

«Und warum glaubst du, dass dieser Gustav uns nachher etwas erzählen würde, das seinen geliebten Bruder belasten könnte?»

Die Antwort war einfach: Gustav Bucmeister sollte auf Bewährung entlassen werden. Wenn er nicht über Ernst auspackte, könnte es diese Bewährung gefährden. Deshalb wollte Kister auch mit ihnen ins Gefängnis kommen: als leibhaftige Drohung sozusagen. Natürlich würden sie das, was Gustav aussagte, auf seinen Wahrheitsgehalt überprüfen. Es ging ihnen schließlich nicht darum, einen beliebigen Schuldigen festzunageln. Aber sie hatten, verdammt noch mal, ein verschwundenes Kind und ein Kindermädchen aufzuspüren!

Martin sparte sich diese Erklärung. Was, zum Teufel, war mit Paula los? Wenn sie ihn gefragt hätte, warum er gerade sie mit nach Bielefeld genommen hatte, hätte er ihr übrigens erklären können, dass er den richtigen Moment abzupassen versuchte, um ihr von den verfluchten letzten Monaten zu erzählen, die ihm wie ein Sack voller Steine auf dem Rücken gehangen hatten. Er hatte auf dieses befreiende Gespräch gehofft, weil ihm natürlich nicht entgangen war, wie kühl sie in letzter Zeit geworden war. Aber jetzt war es, als hätte sie eine unsichtbare Mauer zwischen ihnen hochgezogen.

Er war schlechtester Laune, als er zwei Stunden später auf dem Bielefelder Bahnhof nach Kister Ausschau hielt.

Sein Kollege war, gemessen an der lebhaften Telefonstimme, bereits alt. Martin schätzte ihn auf etwa sechzig. Das gescheitelte Haar war fahlgelb, und er litt an einem Husten, der

Schlimmes befürchten ließ. Während er sie nach Sennefeld fuhr – das Gefängnis lag ein Stück außerhalb –, war er ununterbrochen am Reden und Lachen. Er beichtete ihnen, dass er von seiner Arbeit wie besessen sei, besonders nach dem Tod seiner Frau, die an Tuberkulose gestorben war. «Mein Wahlspruch ist: Morgenstund hat zwar Gold im Mund, aber nachts kommen einem die wirklich guten Ideen. Weil du da nämlich Zeit und Ruhe zum Nachdenken hast. Stimmt's, Kollege?»

Ein Bau aus rotem Klinker tauchte vor ihnen auf – das Gefängnis. Es sah noch ziemlich neu aus verglichen mit dem, was sie in Hamburg hatten. War wahrscheinlich kurz vor dem Krieg gebaut worden. Der Wärter kannte Kister, er öffnete ihnen nach einem kurzen Gruß die Tür. Offenbar hatte der Kollege sie bereits angemeldet, denn Gustav Bucmeister wartete in einer Sprechzelle auf sie.

Sie nahmen Platz, und der Blick des Sträflings blieb an Paula hängen. Er starrte sie so durchdringend an, dass es sofort unangenehm wurde. Doch Kister kam Martin, der ihn zurechtweisen wollte, zuvor.

«Ist ganz einfach, Mann. Du erzählst uns ein bisschen was von deinem Bruder Ernst: Was er bei der Familie von Arnsberg so treibt, wie seine Pläne sind, was er vielleicht gerade so …»

«Sie sind verflucht hübsch, junge Dame», fiel Gustav Bucmeister ihm ins Wort.

«Klappe!», herrschte Kister ihn an.

«Ja, weiß ich selbst, dass ich die Klappe halten sollte. Kann ich nur nicht.» Gustav lächelte Paula an, und Martin bildete sich ein, eine flüchtige Erwiderung des Lächelns in ihrem Gesicht zu sehen. «Ist nämlich so», sagte Gustav, während er sich zu den beiden Kommissaren wandte: «Ich bin bekloppt.

Das ist passiert, als ich zum ersten Mal zur Beichte war. Ernst hatte mir das ans Herz gelegt.»

«Dass du zur Beichte gehen sollst?» Kisters Stimme troff vor Hohn.

«Ja, wirklich. Wir, also die Jungs in unserer Familie, haben es ja nicht so mit dem Gesetz.» Kister grinste, als spräche er von einer Marotte seiner Angehörigen. «Aber dann ist die Sache mit dem Sparkassenfritzen passiert, Sie wissen schon, mit diesem …» Er wedelte mit der Hand.

«Kaspar Lachmeier hieß der arme Mann. Er hat eine Witwe und sechs Töchter hinterlassen, die sich jetzt mehr schlecht als recht durchs Leben schlagen.»

«Ich weiß. Ernst wirft denen manchmal ein paar Münzen durch den Briefschlitz. Du bist geläutert, habe ich zu ihm gesagt. Ich aber leider nicht. Ich wollte ausbüxen und in mein altes Leben zurückkehren. Hilf mir, hab ich zu ihm gesagt.»

Kister starrte ihn verblüfft an. «Wie jetzt? Soll das ein Geständnis werden?»

«Auf gar keinen Fall.» Gustav schüttelte den Kopf. «Aber das ist ja mein Problem.»

«Wie bitte?», fragte Paula.

Er strahlte sie an. «Sie sind so schick – auf eine ganz besondere Weise. Auf eine so nette Weise, die auf einem Mann nicht rumtrampelt. Ich …»

«Und was ist Ihr Problem?», wiederholte sie ihre Frage.

«Dass ich, als ich wieder geschnappt wurde, gedacht habe, folg ich doch dem Rat von Ernst und geh mal zur Beichte. Der Anstaltspfaffe drängt ja sowieso immer drauf, und wenn man nachgibt, kriegt man öfter mal Wurst aufs Brot.»

«Aber?», fragte Paula, dieses Mal mit einem echten Lächeln.

«Ich lass mich also in die Kapelle bringen und renn plötzlich mit dem Kopf gegen einen Balken, der von der Decke her den Beichtstuhl stützt. Und da isses passiert: Seither krieg ich's nicht mehr hin zu lügen. Ernst sagt, das kommt von der Beichte, die ich ja danach noch hinter mich gebracht habe. Und er könnte recht haben, weil ich dem Pfaffen tatsächlich alles aufgebunden habe, was ich in meinem Leben angestellt habe, egal, wie sehr ich mich dagegen gewehrt habe, es ist einfach aus mir rausgesprudelt. Aber inzwischen sehe ich das anders. Mich hat danach nämlich ein Irrenarzt untersucht, für die Wissenschaft, und der meint, in meinem Gehirn ist bei dem Rumms was kaputtgegangen. So wie ich es verstanden habe, gibt es in unseren Köpfen einen Ort, in dem wir unsere Lügen zusammenbasteln, und der ist bei mir jetzt ramponiert.»

Er blickte sie der Reihe nach an, aber niemand antwortete.

«Jedenfalls rutscht mir ständig die Wahrheit raus. Das ist jetzt mein Kreuz. Und ich bitte Sie deshalb, mich nicht zu fragen, ob es Ernst war, der mir die Klamotten für den Ausbruch gebracht hat, denn ...»

«Hat er?», wollte Martin wissen.

«Ja. Aber nur, weil ich ihm so leidgetan habe. Man kann es rausschaffen aus dem Milieu, hat er mich bekniet. Er hat mir von sich selbst erzählt. Wie sich sein Leben zum Guten gewandelt hat, seit er sich damals, nach dem Tod von dem Sparkassenfritzen, von der Familie abgewandt hat. Er ist nach Bielefeld gegangen – wir kommen eigentlich aus Osnabrück – und hat beschlossen, gesetzestreu zu werden. Er hat als Chauffeur angefangen. Anfangs ging das immer schief, und ich hab zu ihm gesagt ...»

«Ich dachte, Ernst hätte mit der Familie gebrochen», warf Martin ein.

«Ja, mit den anderen. Aber ich bin sein Zwillingsbruder.

Wir sind sozusagen derselbe Geist, nur in unterschiedlichen Körpern. Deshalb bin ich ihm damals auch nach Bielefeld gefolgt – um ihn zurückzuholen. Aber er wollte nicht. Gustav, hat er zu mir gesagt, kau mir nicht das Ohr ab. Ich bin anständig geworden. Er wollte nicht mal Geld annehmen, obwohl ihm der Magen bis vor die Knie hing. Gerade, dass ich ihm einen Kanten Brot zwischen die Zähne schieben durfte. Als er dann diesem reichen Trottel begegnet ist, hat er zu mir gesagt: Gott hat mich geprüft und seiner Gnade für würdig befunden. Ich habe jemand bei einer Autopanne geholfen …»

«Hör auf, uns zu verscheißern», unterbrach ihn Kister.

«Tu ich nicht. Ich hab das doch erklärt. Ich bin gegen den Balken …»

«Wie war das mit dem Mann, den Ihr Bruder getroffen hat? Mit Herrn von Arnsberg?», unterbrach Paula ihn.

«Na, der hat ihm 'ne Stellung gegeben, als Chauffeur. Und zwar sollte er die gnädige Frau durch die Gegend kutschieren und aufpassen, dass sie keinen Mist baut. Die ist nämlich ein bisschen spleenig. Ernst hat das auch gemacht. Dann ist der Edle von und zu leider letztes Jahr beim Skifahren von einer Lawine verschüttet worden. Und damit, hab ich zu Ernst gesagt, ist dein Pakt mit dem Herrgott zu Ende gegangen, der hat sich auch nur einen Spaß mit dir erlaubt. Jetzt wirste wieder auf der Straße landen. Das hat meinen Bruder furchtbar aufgebracht. Und als er das nächste Mal kam, hat er mir erzählt, dass diese Arnsberg ihm nicht nur seine Stelle gelassen, sondern ihm sogar die Aufsicht über das Personal übertragen hat. Weil sie ihm vertraut. Sie hat zu ihm gesagt: Du bist ein ehrlicher Mensch, Ernst – und meine Stütze. Bleib bei mir.» Selbst Gustav wirkte erstaunt, als er sie zitierte.

«Und da …?», fragte Martin.

«Hat er gesagt: Geh zur Beichte, Bruder, knie nieder vor

unserem lebendigen Gott, und bitte ihn um Vergebung. Also hab ich das getan – und bin gegen den Balken gerannt. Und seitdem kann ich nicht mehr lügen. Ist einfach nicht mehr möglich. Fragen Sie den Deppenarzt und den Pfaffen.» Treuherzig blickte Gustav sie an.

«Er lügt sich was zurecht», meinte Martin, als sie wieder im Auto saßen.

«Ja, aber geschickt», nickte Kister. «Die Sache mit dem Opfer aus der Sparkasse stimmt. Dass Ernst anschließend nach Bielefeld übergesiedelt ist und Gustav ihm später folgte, ebenso. Auch, dass Ernst ihn im Knast besucht hat. Und was den Rest des spinnerten Märchens angeht – das müsste man erst mal widerlegen.» Er brachte sie zum Bahnhof, und mit einem kleinen Spurt erreichten sie gerade noch den Zug zurück nach Hannover.

Beim Halt im Hannoverschen Bahnhof eilte Martin zu einer Telefonzelle und rief von dort in der Hamburger Polizeizentrale an. Bedauerlicherweise gab es in der Vermisstensache Dorothee von Arnsberg und Alma Schütte immer noch nichts Neues. Deprimiert kehrte er auf den Bahnsteig zurück, wo Paula neben einem Reklameschild auf ihn wartete. Dieses Mal gönnte er sich und ihr den Salonwagen, in dem etwas zu essen angeboten wurde.

«Warum hast du dich mit deinen Eltern zerstritten? Inwiefern sind sie schwierig?», fragte Paula, während sie in einem Stück Pflaumenkuchen stocherte.

Das Abteil war gut gefüllt, er hätte nicht gerade diesen Ort gewählt, um über private Zerwürfnisse zu reden. Aber er überwand sich, schob seine Kaffeetasse beiseite, beugte sich ein wenig vor und begann leise zu erklären.

«Eigentlich ist es lächerlich, und ich sollte nicht so ein

Aufheben darum machen. Aber mein Vater macht mich wahnsinnig mit seiner Kriegsschwärmerei. Ja, wirklich, er beschwört immer noch Deutschlands Stolz und Kampfgeist und den ganzen Dreck, als hätte es die Millionen Toten gar nicht gegeben. Und meine Mutter …» Ein Seufzer löste sich aus seiner Brust. «Sie liest zu viel. Und damit meine ich: die falschen Sachen. Hedwig Courths-Mahler, Fräulein Lehne oder wie die alle heißen.»

«Das hört sich nicht wie ein unverzeihlicher Frevel an.»

«Das Dumme an der Sache ist: Ihre Fantasie hat sie selbst zu einer ihrer Romanheldinnen werden lassen. Zur weisen Übermutter, die die Geschicke der unerfahrenen Jugend lenkt. Natürlich zu deren Glück, und selbstverständlich erwartet sie nach unseren Gesprächen Tränen der Dankbarkeit …» Er brach ab. Paulas Gesicht spiegelte blanke Ablehnung. Weil du selbst so gut mit deiner Mutter auskommst, ja?, dachte er gereizt. «Sie will mich mit jemandem verheiraten, und dazu habe ich keine Lust.»

«Weil die Ehe bekanntermaßen die Hölle ist.»

Bitte? Er kapierte gar nichts mehr. Sprach sie jetzt allgemein? Oder meinte sie … Martin versuchte in ihrem Gesicht zu lesen. Zwischen ihm und Paula passierte etwas, schon seit er sie kennengelernt hatte. Er hatte es genossen und gleichzeitig gefürchtet und zu ignorieren versucht. Die Gründe? Wollte er nicht drüber grübeln. Sobald er an Liebe oder gar an Körperlichkeit dachte, begann sich in ihm etwas zu krümmen. Seine Haut war dünn geworden, der Krieg hatte sie in mürbes Pergament verwandelt. Er wollte nicht, dass ihm etwas sein mühsam zusammengekleistertes Leben wieder zerriss. Das Bild, wie Paula bei ihrem ersten gemeinsamen Fall halbnackt auf dem Teppich der Villa hinter dem Harvestehuder Weg dem Tod entgegensah, hatte sich mit denen aus dem Krieg vermischt, als seine Kameraden in einem kleinen Dorf die Türen der Häuser eintraten und über die Frauen und Mädchen hierfielen. Er wollte etwas Ähnliches – Körperlichkeit zwischen Männern und Frauen – nicht noch einmal erleben.

«Willst du meinen Kuchen? Ich habe keinen Hunger mehr.» Paula schob ihm ihren Teller zu, und er zwang sich, die Bröckchen auf die Gabel zu spießen und hinunterzuwürgen. Paula lehnte sich zurück und schloss die Augen. Er glaubte nicht, dass sie eingeschlafen war, aber er war froh, dass er nicht weiter mit ihr reden musste.

6. KAPITEL

MONTAG, 12. AUGUST

Nachdem Martin die Kollegen am Montagvormittag über die Geschehnisse informiert hatte, bat er Paula und Fritz Pepper, Signe von Arnsberg im *Atlantic* aufzusuchen. «Mir scheint, ihr beide seid am geeignetsten, um den Kontakt zu der Frau zu halten», meinte er und wandte sich übermüdet seinem Telefon zu.

Signe hatte verweinte Augen, als sie den Beamten wenig später öffnete. Der Geruch, der aus dem Badezimmer drang, deutete darauf hin, dass sie sich kurz vor ihrer Ankunft übergeben haben musste. Zwei geleerte Weinflaschen mochten der Grund dafür sein.

Auf dem Sofatisch lagen eine geöffnete Tablettenschachtel und außerdem zwei Zeitungen. Eine davon war das Hamburger Fremdenblatt. Auf der aufgeschlagenen Seite befand sich ein Artikel zum Verschwinden der kleinen Dorothee von Arnsberg. Schon ein flüchtiger Blick reichte, um die Intention des Textes zu erkennen: Eine reiche Witwe war nach dem tragischen Tod des Gatten ihres einzigen verbliebenen Schatzes beraubt worden: der kleinen Tochter. Welches Ungeheuer konnte eine derart unmenschliche Tat begehen? Ein kleines Foto von der einarmigen Dorle und ein etwas größeres von Signe, die mit leeren Augen auf die Außenalster starrte, bewiesen, dass sie an dem Artikel mitgewirkt hatte. Hätte ich auch getan, dachte Paula. So ein Artikel und eine fortschreitende Berichterstattung erregten sicher größere Aufmerksamkeit als die Fahndung im Radio und die Plakate in den Fenstern der Polizeiwachen. Damit stieg die Aussicht, dass die Leute Beobachtungen meldeten.

Signe deutete auf zwei Sessel, ohne aber Anstalten zu machen, sich ebenfalls zu setzen. Nervös schaute sie zum Bad.

«Hat sich in der Zwischenzeit jemand bei Ihnen gemeldet?», fragte Fritz.

Sie starrte ihn mit einer Miene an, als hätte er ihr gerade den Tod ihrer Tochter verkündet. Dann brach sie in Tränen aus.

«Was, wenn sie tot ist?», schluchzte sie.

Ja, was, wenn das Kind tot war? «Halten Sie es für möglich, dass Ihr Chauffeur etwas mit Dorles Verschwinden zu tun hat?», fragte Fritz.

«Sie sind ja verrückt!» Signe wandte sich empört ab und begann das Loblied des Mannes zu singen, der ihr im vergangenen Jahr, nach dem Tod ihres Mannes, zur Seite gestanden hatte. «Ernst hatte mir schon als Chauffeur immer zuverlässig gedient. Aber nachdem mein Mann verstorben war …» Ihre Stimme schraubte sich in die Höhe. «Er war mein Trost, verstehen Sie? Er war der Einzige, der sich um mich gekümmert hat!»

«Wir ermitteln in alle Richtungen, das müssen wir ja tun», versuchte Paula, sie zu beruhigen.

«Und natürlich gehört er zu den Verdächtigen», ergänzte Fritz. «Das Kindermädchen hätte ihm vermutlich vertraut, wenn er die beiden in ein Auto geladen hätte und mit ihnen irgendwo in die Einsamkeit hinausgefahren wäre.»

Signe rannte ins Bad und übergab sich in die Kloschlüssel. Zumindest ihre Erregung ist also echt, dachte Paula und starrte auf die Tabletten. Ein bekanntes Schmerzmittel namens Aspirin, das auch ihre Mutter oft einnahm. «Hör auf, die Frau zu malträtieren», zischte sie ihrem Kollegen zu.

«Hör auf, dich wie ihre Mutter zu gebärden», gab er lässig zurück.

Das tat sie doch überhaupt nicht! Seit wann war Kriminalbeamten Anteilnahme für die Opfer verboten?

Signe kehrte mit bleichem Gesicht ins Zimmer zurück. «Wir tun unser Möglichstes, die beiden zu finden», versprach Paula, Fritz' Blick ignorierend. «Können Sie uns noch die Adresse Ihrer Bekannten geben, die Sie nach Ihrer Ankunft hier besucht haben? Sie wissen schon, vor deren Haus der arme Hund ...»

Signe zögerte. Dann nahm sie die Speisekarte des Hotelrestaurants von einem Bord und schrieb eine Straße und eine Hausnummer auf. Steindamm 23.

«Und sie heißt?»

«Hella Modersen. Glauben Sie ihr nicht alles, was sie sagt. Sie ist leider eine unverbesserliche Geschichtenerfinderin.»

Als sie ins Stadthaus zurückkehrten, rief Martin die anderen Kollegen aus dem Nebenzimmer herein und erklärte ihnen, was er gerade von der Polizeiwache in der Kirchenallee Neues erfahren hatte. Ein Mann lief in St. Georg mit einem Foto von Dorothee von Arnsberg durch die Straßen und hielt es Passanten vor die Nase. Einer der Wachtmeister hatte ihn dabei beobachtet, aber als er auf ihn zugegangen war, hatte der Kerl leider die Flucht ergriffen.

«Haben die Leute, mit denen der Mann gesprochen hat, gesagt, was er von ihnen wollte?», fragte Volker.

«Auskunft, ob sie das Mädchen gesehen haben.»

«Das hört sich menschlich an», meinte Paula mit einem Seitenblick zu Fritz. «Vielleicht wollte er nur helfen.»

«Er sah aus wie ein armer Schlucker», wandte Martin ein. «Wenn der Geldbeutel leer ist, neigt man nicht dazu ...»

«Er hat ein paar Groschen für eine Zeitung ausgegeben, weil ihm ein einarmiges Kind leidgetan hat. Ein schöner Zug, finde ich.»

Martin nickte zögernd.

«Wir haben übrigens die Adresse der Frau bekommen, bei der Signe von Arnsberg gewesen ist, als ihr Köter unter dem Auto festgebunden wurde», erklärte Fritz.

«Schön. Vielleicht bringt uns das einen Schritt weiter. Außerdem müssen wir uns in der Unterkunft des Chauffeurs umhören. Möglicherweise ist jemandem vom Personal oder einem Gast etwas Verdächtiges aufgefallen.» Martin kam noch einmal auf ihre Ermittlung in Bielefeld zurück. «Mir kommt dieser Ernst Bucmeister sonderbar vor. Wie hieß gleich noch mal das Haus, in dem seine Chefin ihn eingemietet hat?»

«*Kaffeeböhnchen*», half ihm Volker auf die Sprünge. «Das ist hinten links in der Gurlittstraße und hat den Ruf, dass man dort neben gutem Kaffee auch noch anderes kaufen kann.»

«Koks oder Frauen?», fragte Fritz.

Volker zuckte mit den Schultern.

«Gut, dann gehst du mit Fritz dorthin, und ich verhöre mit Paula die angebliche Arnsbergfreundin», entschied Martin. «Ihr anderen bringt die Damen an den Karteikästen auf Trab. Sie sollen nach ähnlichen Fällen in der Vergangenheit suchen.»

Obwohl der Weg zum Steindamm nicht allzu weit war, nahmen sie einen der Polizeiwagen. Paula nestelte während der

Fahrt an ihrem Ohrring und starrte wortlos zum geöffneten Wagenfenster hinaus.

Die Modersens wohnten in einem eleganten weißen, sechsstöckigen Haus, vor dessen unterster Etage sich ein Arkadengang befand. Ein Juwelier und ein Damenbekleidungsgeschäft boten dort Luxuswaren an. Sie erklommen das Treppenhaus, und Martin klingelte an einer Wohnung mit dem Namenszug *Modersen* auf einer Messingscheibe. Das ältliche Hausmädchen, das ihnen öffnete, war von ihren Kriminaldienstmarken sichtlich eingeschüchtert. Sie ließ sie in einem hellen, geräumigen Flur warten, um die Hausherrin zu benachrichtigen, und führte sie anschließend in einen Salon, aus dem sie mit einem Knicks flüchtete.

Eine alte Dame, die aus einem der Fenster in einen Garten geschaut hatte, drehte sich zu ihnen um. «Ich bin Hella Modersen», stellte sie sich vor und nahm mit einem Nicken ihre eigenen Namen und die Tatsache, dass sie von der Kriminalpolizei kamen, zur Kenntnis. Sie war schlank und wirkte so elegant wie ihre Wohnung mit den großen Fenstern, die geschmackvoll mit Blumen geschmückt waren. Ihre mütterlichen Züge waren freundlich, die Stimme trotz des fortgeschrittenen Alters kraftvoll. Hella Modersen war auf jeden Fall schon über siebzig. Den Hals, an dem die Zeichen des Alters sich am unerbittlichsten zeigten, hatte sie geschickt hinter einem hochgeschlossenen Rundkragen verschwinden lassen.

«Natürlich habe ich von der furchtbaren Sache gelesen. Es stand ja in jeder Zeitung», meinte sie, nachdem Martin ihr den Grund ihres Besuchs erklärt hatte. «Eine furchtbare Geschichte. Haben Sie das Mädchen schon gefunden?»

«Wir folgen verschiedenen Spuren», erklärte Martin sparsam.

«Die Kleine heißt Dorothee, nicht wahr?»

Er nickte.

«Frau von Arnsberg hat Sie vor ein paar Tagen besucht?», fragte Paula.

Hella Modersen machte keine Anstalten, es zu leugnen. «Hat Sie Ihnen von mir erzählt?» Sie lächelte. «Natürlich hat sie, sonst wären Sie ja nicht hier. Ich hatte sie seit vielen Jahren nicht gesehen. Ihr Besuch kam … überraschend.» Eine Pause entstand, die sich bis zur Peinlichkeit zog. Hoffte Hella Modersen, die Kommissare würden offenbaren, was sie bereits wussten, damit sie ihre eigene Aussage darauf abstimmen konnte? Paula dachte an Signes Warnung, die Frau sei eine Geschichtenerfinderin.

Als das Schweigen gar zu drückend wurde, zeigte Frau Modersen auf zwei Bilder, die über dem Sofa an der Wand hingen. «Das dort ist Magnus. Er ist Signes Sohn.» Sie seufzte. «Falls Sie es nicht bereits wissen, werden Sie es ohnehin bald erfahren. Signe war bei uns in Pflege. Mein Mann und ich haben sie, als sie noch ein kleines Kind gewesen ist, während einer Kur kennengelernt. Ihre Mutter war ein Jahr zuvor verstorben, ihr Vater hatte sich aus Kummer zu Tode getrunken. Die Familie lebte in Döse. Kennen Sie den Ort? Bei Cuxhaven?»

Paula nickte. Martin blieb still.

«Signe war damals sieben Jahre alt. Sie besaß einen älteren Bruder, Anton, der bereits sechzehn war und den Hof der Eltern weiterführen wollte. Aber sich auch noch um ein kleines Mädchen zu kümmern, war zu viel für ihn, natürlich. Ich habe Signe damals sofort ins Herz geschlossen und hatte Mitleid mit ihr. Also habe ich meinen Mann überredet, dass wir sie mit zu uns nach Hamburg nehmen. Ich hatte damals einen fast erwachsenen Sohn, aber leider keine weiteren Kinder. Besonders nach einem Mädchen hatte ich mich immer gesehnt. Signe ist also bei uns eingezogen. Hat sie Ihnen davon erzählt?»

Als keine Reaktion erfolgte, fuhr sie fort: «Es war eine gute Zeit. Für die Kleine zu sorgen, hat mir Freude gemacht. Zumindest die ersten Jahre. Doch als Signe älter wurde, kam etwas … Unangenehmes über sie. Trotz ihres kindlichen Alters begann sie … Ich weiß gar nicht, wie ich es ausdrücken soll.»

«Was hat sie getan?», fragte Martin.

«Mein Mann hat damals die Horner Rennbahn auf Vordermann gebracht, und so kamen viele seiner Geschäftspartner zu uns. Außerdem stand unser Haus natürlich auch unseren Freunden und denen unseres Sohns offen. Es war also immer etwas los. Signe begann ein unziemliches Interesse an Männern zu zeigen, sich ihnen in einer für ein Kind völlig unnatürlichen Weise aufzudrängen. Natürlich war ich schockiert. Aber es sollte noch schlimmer kommen.»

Hella Modersen wandte sich wieder zum Fenster, als wäre es ihr unerträglich, sich bei den nächsten Sätzen ins Gesicht blicken zu lassen. Paula sah, wie sich ihre Schultern unter dem dünnen Seidenkleid verkrampften.

«Als sie begriff, dass wir ihr aufdringliches Verhalten nicht dulden würden, verließ sie immer öfter heimlich das Haus, um … Sie traf sich mit Männern, Mistkerlen, die sich nicht scheuten, die Dummheit eines Kindes auszunutzen. Eine meiner Freundinnen hat mir erzählt, dass sie sich beim Hauptbahnhof herumtrieb. Bitte ersparen Sie mir die Einzelheiten. Wir haben eindringlich mit ihr geredet und sie in ihrem Zimmer eingeschlossen. Sogar den Pfarrer haben wir geholt. Wir haben alles Menschenmögliche getan, um ihre Einsicht zu wecken und sie zu läutern. Leider vergeblich. Sie ist uns immer wieder entwischt, als würde sie von etwas Unheilvollem getrieben. Vielleicht war es ein unseliges Erbe – wir wissen ja kaum etwas über ihre ursprünglichen Familie. Jedenfalls wurde sie schwanger.»

Hella Modersen drehte sich wieder um und blickte die Beamten an. «Jeder andere hätte sie hinausgeworfen, ich weiß. Meine Schwägerin hat mir damals dringend geraten, sie an die Fürsorge zu übergeben. Dort weiß man, wie man mit so einem Früchtchen umgehen muss, hat sie zu mir gesagt. Aber ich konnte nicht. Ich habe immer noch das Kind in ihr gesehen, dem ich eine gute Zukunft ermöglichen wollte. Also habe ich sie hier im Haus behalten, bis ihr eigenes Kind geboren wurde. Und dann …», sie hob die Hände, «ist sie fortgelaufen. Einfach so. Sie war von einer Stunde auf die andere verschwunden. Wir konnten uns nicht dazu überwinden, nach ihr zu suchen, weil … Sie hatte ihren Weg ja selbst gewählt, verstehen Sie? Entsprechend überrascht war ich, als sie dann am Dienstag bei mir auftauchte.»

«Wie ist der Besuch verlaufen?», fragte Paula.

«Nun, sie wollte wissen, was aus ihrem Sohn geworden ist.»

«Und?», fragte Martin.

Hella Modersen ging zum Sofa und starrte auf die beiden Fotos. Auf dem linken war ein etwa achtjähriger Junge mit wachen Augen und einem fröhlichen Lächeln zu sehen, auf dem rechten derselbe Junge etwa zehn Jahre später. «Ich habe ihn Magnus genannt – und natürlich bei mir behalten. Der arme Wurm trug schließlich keine Schuld am Verhalten seiner Mutter.» Sie seufzte.

«Wo befindet er sich momentan?»

«Bei einem Freund an der Ostsee. Normalerweise unterstützt er meinen Mann bei der Arbeit auf der Rennbahn, aber im Augenblick hat er sich ein wenig Urlaub genommen.» Ihr

Gesicht wurde weicher. «Magnus ist ein prächtiger Mensch. Er ist für uns zu dem Kind geworden, das wir in Signe zu finden gehofft hatten.»

«Will Ihre Pflegetochter ihn aufsuchen?»

«Ich bin mir nicht sicher, ob es den beiden zu wünschen wäre.» Hella Modersen drückte auf einen Klingelknopf. «Tut mir leid, aber ich fürchte, Sie müssen mich nun entschuldigen. Ich erwarte Gäste und habe noch einiges vorzubereiten.»

Es war halb sechs, als sie das Haus der Modersens verließen. Spät genug, um Feierabend zu machen. Paulas Schädel brummte von der unruhigen Nacht. Sie verabschiedeten sich ohne viele Worte.

Vater kündigte sich nicht an. Er läutete einfach nach Feierabend an Paulas Tür. Wahrscheinlich ahnte er, dass sie sich andernfalls womöglich mit einer Ausrede herausgewunden hätte. Strahlend streckte er ihr einen Blumenstrauß entgegen. Blauer Enzian. Die Blumen, mit denen er ihr zur Reifeprüfung gratuliert hatte. Die Blumen, die sie seither liebte. Sie nahm sie entgegen, spürte etwas wie Rührung und machte ihm Platz, sodass er eintreten konnte.

Er folgte ihr in die kleine Stube. «Hübsch», meinte er nach einem Blick in die Runde. «Du hast ein Händchen für Gemütlichkeit, genau wie deine Mutter.»

Das hätte er wohl auch gesagt, wenn sie in Pappkartons gehaust hätte.

«Ich habe gedacht, wir beide sollten mal wieder zusammen ausgehen», schlug er ihr so aufgeräumt vor, als hätte nie etwas zwischen ihnen gestanden. «Was denkst du? Gleich heute Abend?»

Sein Bauch war noch ein bisschen ausladender geworden, und sie bildete sich ein, unter seinen Augen Falten zu sehen, die vor einem Jahr noch nicht dort gewesen waren. Die Wangen wirkten schlaffer. Das Schicksal hatte ihr ein Lebensjahr gemeinsam mit dem Mann gestohlen, der in ihrem Leben so wichtig gewesen war, und plötzlich tat das weh.

«Wohin wollen wir denn?»

«Ich dachte in den Alsterpavillon?»

Natürlich, darunter machte er es nicht. Die eleganteste und vermutlich auch teuerste Lokalität Hamburgs. Grauer Marmor an den Wänden, glitzernde Deckenbeleuchtung, eine Bühne, auf der internationale Spitzenorchester auftraten …

«Bitte, dieser Abend ist mir wichtig.» Vaters joviale Fassade bekam Risse. Das gab den Ausschlag. Paula holte ihren Mantel und die Handtasche und folgte ihm hinunter zum Auto.

Ihr Vater hatte einen Tisch in einer abgelegenen Ecke reserviert, sicher, weil er sich ungestört mit ihr unterhalten wollte. Ein Ober eilte herbei und begrüßte ihn und auch das reizende Fräulein Tochter mit Namen – man kannte sie. Früher waren sie hier oft gemeinsam mit Mutter zu Gast gewesen, gelegentlich auch mit ihrem so tragisch verstorbenen Onkel.

Dass sie sich eine derart teure Lokalität leisten konnten, war nicht selbstverständlich. Paulas Vater stammte aus ärmlichen Verhältnissen. Doch mit Klugheit und ungestümer Zuversicht war es ihm gelungen, eine Zündholzfabrik aufzubauen, die nicht nur den Krieg, sondern auch die anschließende Inflation überstanden hatte. Das Grundkapital dafür hatte Paulas Mutter Amanda beigesteuert, die aus wohlhabendem Haus stammte, aber den Respekt der Hamburger Gesellschaft hatte sich Vater mit seiner geschickten Unternehmensführung erworben.

Hinter vorgehaltener Hand munkelten die Leute manchmal von Berechnung bei der Wahl seiner Ehefrau. Das wusste Paula von ihrer Mutter. Doch damit lagen sie falsch. Ihre Eltern hatten aus Liebe geheiratet. Nach diversen Auseinandersetzungen hatte Vater allerdings begonnen, Mutter mit einer der lockeren Damen aus dem Kiez zu betrügen, und zwar immer wieder, aus einem Knäuel unterschiedlicher Motive, von denen der Wunsch, Amanda zu kränken, sicher nicht der unwichtigste gewesen war. Er liebt mich immer noch, hatte Mutter Paula damals, bei ihrer Beichte, versichert, aber Paula wurde immer noch von Ratlosigkeit und Wut gepackt, wenn sie an das Gespräch zurückdachte.

«Der Paganini des Fünf-Uhr-Tees.» Ihr Vater deutete zur Bühne.

«Was?»

«Der Mann mit der Geige da drüben. Er heißt Barnabás von … keine Ahnung. Sie nennen ihn den Paganini des Fünf-Uhr-Tees. Er bringt Schwung in die Bude, was?»

«Wie geht es Mutter?», fragte Paula.

«Schlecht.»

Mit einer solch klaren Antwort hatte sie nicht gerechnet. Sie starrte auf die geäderten Hände des Obers, der ihnen blutroten Wein eingoss. Als er zum nächsten Tisch geeilt war, fragte sie: «Und was genau soll das bedeuten?»

«Der Tod von Onkel Kurt macht ihr immer noch zu schaffen. Nein, halt …» Vater legte seine Hand auf ihre, obwohl sie gar nicht beabsichtigt hatte, aufzuspringen. Er senkte den Kopf und suchte nach Worten. «Du weißt, dass Onkel Kurt um einiges älter gewesen ist als deine Mutter. Aber was dir wahrscheinlich nie jemand erzählt hat: Amanda hatte kein gutes Verhältnis zu ihren Eltern. Ihr Vater ist gestorben, als sie sechzehn war. Sie hatte ihn kaum je zu Gesicht bekommen. Und ihre Mutter ...» Er seufzte. «Ich weiß nicht, ob du dich noch an sie erinnern kannst. Wahrscheinlich nicht, du hast bei ihrem Tod ja gerade erst laufen gelernt. Jedenfalls war sie eine kalte Frau, so muss man es wohl nennen. Ich habe sie kein einziges Mal lächeln sehen und nie gehört, dass sie zu Amanda ein gutes Wort gesagt hätte. Kurt ist wohl der einzige Mensch gewesen, der deiner Mutter von Herzen zugetan war und sich um sie gekümmert hat, schon als sie ein kleines Kind gewesen ist. Er war es auch, der sich für unsere Heirat stark gemacht hat, und dafür werde ich ihm ewig dankbar sein. Tja, und nun steckt deine Mutter in der Klemme.»

Paula nickte, da brauchte Vater nichts zu erklären. Sie hatte den Tod ihres Onkels indirekt mitverschuldet, dadurch dass sie als Kriminalkommissarin bei der Polizei angefangen hatte. Er war als Täter eines Hurenmordes in Verdacht geraten, und Paula hatte sich nicht schützend vor ihn gestellt. Wäre er noch am Leben, wenn sie damals mehr Vertrauen zu ihm gehabt hätte? Das ließ sich schwer einschätzen. Sie hatte auf jedem Fall einen herzlosen Beitrag zu seinem Tod geleistet.

«Amanda liebte euch beide, und dich, Kindchen, liebt sie immer noch. Von ganzem Herzen. Der Kummer hat sie schmal wie einen Strich werden lassen. Man muss sie mittlerweile zu jedem Bissen überreden.»

«Warum kommt sie dann nicht bei mir vorbei?»

«Vielleicht, weil sie fürchtet, dass du sie zurückweist?»

Der Pagagini des Fünf-Uhr-Tees drehte auf. Sein Körper bog sich, der Bogen flog über die Saiten, und auch sein Orchester wurde lauter. Einige Gäste begannen, im Rhythmus mitzuklatschen. Paula erhob sich und ging hinüber zum Buffet, wo sie vor den Goldrandplatten mit den Austern und Garnelen stehen blieb. Ihr Blick schweifte weiter, hinaus zur

Terrasse des Alsterpavillons, hinter dem sich die Innenalster erstreckte. Ein kleines Segelboot zog durch ihr Sichtfeld. Die Abendsonne färbte das weiße Segel rot.

Sie dachte an Onkel Kurts Beerdigung, bei der sie hatte feststellen müssen, dass ihre Eltern ihr keinen Platz bei sich in der ersten Reihe freigehalten hatten. An ihre Versuche, zu Hause anzurufen, die immer damit geendet hatten, dass aufgelegt wurde, sobald Mutter ihre Stimme erkannt hatte. Sie dachte daran, wie sie an der Tür geklingelt, aber niemand geöffnet hatte. Ihr Herz war schwer – allerdings nicht mehr so bitter wie noch zu Beginn des Abends.

Paula lud einige Leckereien auf Teller für sich und ihren Vater und kehrte an den Tisch zurück. Sie begannen zu essen, beide mit wenig Appetit.

Als sie Messer und Gabeln ablegten, hatte Paula einen Vorschlag. «Bald ist doch Mutters Geburtstag. Wie wäre es, wenn du sie hierherbringst? Und ich werde dann auch kommen.»

Sie war hundemüde und bekam doch kein Auge zu. Wenn sie einnickte, schreckte sie kurz darauf wieder hoch. Sie träumte von der Hinrichtung, die sie hatte miterleben müssen – nun kamen die Albträume also mit etwas Verspätung doch noch. Die grellen Schreie … das Beil, dessen Schneide in der Sonne blitzte … Nur zerrte der Henkersknecht in ihren Kurzträumen nicht Mette Gerdes zu der Bank, sondern abwechselnd ein Kind, dann Signe, deren Haare wie die des Struwwelpeters abstanden, dann wieder das Kind … Und niemand konnte ihnen beistehen, das Grauen nahm einfach seinen Lauf …

Als sie am Dienstagmorgen im Stadthaus eintraf, fühlte sie sich völlig zerschlagen. Dass sie auch noch zehn Minuten zu spät kam, weil die Tram sich verbummelt hatte, ärgerte sie zusätzlich.

Schon im Flur hörte sie die Stimme von Dr. Schlanbusch. Paula verdrehte die Augen. Der Leiter der Kriminalpolizei beherrschte die Kunst, seine Untergebenen mit leiser Stimme niederzubrüllen. Als Signes Name fiel, überlegte sie kurz, sich in die Damentoilette zu flüchten. Aber dazu war sie dann doch zu stolz. Mit geradem Rücken – danke, Mutter, für diese Lektion – betrat sie die Mordbude. Mitgegangen, mitgefangen …

Doch Schlanbusch beachtete sie gar nicht. Er stand zwischen den Kommissaren und wedelte mit einer Zeitung. «Und das wird mir nicht mitgeteilt, ja? Die Herrschaften ziehen es vor, ihren freien Sonntag zu genießen. Hat Zeit, ist ja nur ein Kind, das vermisst wird! Wann bitte …», das ging an Martin, «wurde die Radiofahndung eingeleitet?»

«Samstagnachmittag.» Martin sprach genauso leise wie Schlanbusch, nur völlig ruhig. Paula kam es immer so vor, als würde der reizbare Regierungsdirektor ihn mit seinen Wutanfällen in eine leichte Narkose versetzen.

«Ach ja, und was wurde seitdem unternommen?»

Mit schleppender Stimme berichtete Martin von ihrer Fahrt nach Bielefeld und dem Gespräch mit Bucmeisters Bruder. Knapper als knapp.

«Aber eine druckvolle Fahndung über die Polizeiwachen einzuleiten, das ist Ihnen nicht in den Sinn gekommen?»

«Doch, das haben wir ebenfalls am Samstagnachmittag erledigt.»

«Und anschließend verlassen Sie Hamburg? Während die Fahndung läuft? Hat es Sie gar nicht interessiert, ob das arme Kind gefunden wird? War Ihnen nicht klar, dass Sie als Leiter der Kriminalinspektion 1 unter Umständen schnelle Entscheidungen treffen müssen?»

Martin schwieg. Nicht Narkose, dachte Paula. Gelassenheit. Man konnte auch ein freundlicheres Wort benutzen. Hatte Martin diese Fähigkeit im Krieg erworben, wo Soldaten vermutlich ständig angeschnauzt wurden? Ging er davon aus, dass hinter solchen Wutausbrüchen selten echte Gefühle standen? Oder sorgte sein Naturell dafür, dass es ihm egal war, was andere Menschen von ihm hielten?

«Ich will von nun an über jeden Ihrer Schritte informiert werden. Über jedes Husten oder Niesen», fauchte Schlanbusch ihn an.

«Selbstverständlich.» Martins Blick ging flüchtig zur Uhr. Das war frech, aber Schlanbusch schien es nicht zu bemerken. Die Zeitung landete mit einem Knall auf dem Schreibtisch, und der Mann stolzierte aus dem Raum.

«Also gut», meinte Martin, als seine Schritte verklungen waren. «Wir müssen jetzt einige Dinge klären.» Er wies auf die Stühle, die an den Wänden standen, und wer noch nicht saß, nahm Platz.

Dann gingen sie die Nachrichten durch, die während der Nacht in der Telefonzentrale eingelaufen waren. Ein schreiendes Kind, das eine Frau aus der Brennerstraße gemeldet hatte, entpuppte sich, als einer der Schupos nachsah, als heimwehkranker Neffe eines Nachbarn. Ein verwirrter alter Lotse hatte angerufen und Dorles Verschwinden als Racheakt der Franzosen bezeichnet. Ein Hund, den sein Herrchen normalerweise als friedlichen Gesellen erlebte, hatte bei einem nächtlichen Waldspaziergang wie verrückt gebellt. Der Anrufer hatte allerdings die Ursache nicht feststellen können. Nichts Konkretes also, keine heiße Spur.

Martin erhob sich und trat vor die Korktafel an der Wand, die zur Sicherung ihrer Informationen diente. Sie begannen zusammenzutragen, was sie wussten.

Signe von Arnsberg war am 6. August – also Dienstag – ins Kommissariat gekommen, um den Anschlag auf ihren Hund zu melden, der während ihres Besuchs bei der Pflegemutter Hella Modersen verübt worden war. Täter? Unklar.

Vier Tage später, am Samstag gegen 13:00 Uhr, meldete sie ihre Tochter Dorothee und deren Kindermädchen Alma Schütte als vermisst. Verschwunden waren sie seit etwa 10:00 Uhr morgens.

Nachmittags um 17:00 Uhr wurden Signe und ihr Chauffeur Ernst Bucmeister verhört. Signe vermutete, dass ein Unbekannter Dorothee entführt habe. Ernst Bucmeister, seit dem Tod von Signes Mann ihr Vertrauter, gab sich ahnungslos.

Sigmund, der von ihnen die sauberste Handschrift hatte, notierte die Fakten auf Karteikarten, die er danach an die Korkwand pinnte.

«Hypothese: Hat Bucmeister das Mädchen entführt, um von Signe ein Lösegeld zu erpressen?», meldete sich Volker zu Wort.

Sigmund schrieb *Erpressung?* auf eine Karte und heftete sie neben die von Bucmeister.

«Vielleicht hält er sich bedeckt und lässt sie erst mal schmoren, um das Lösegeld in die Höhe zu treiben», sinnierte Volker weiter.

«Oder anders: Geht es ihm um Rache?», überlegte Caro. «Könnte ja sein, dass Signe ihn gedemütigt hat. Oder sie hat ihn bei einer Betrügerei ertappt, und er will sie mit Dorles Entführung an einer Anzeige hindern.» Sie wickelte ihren roten Schlips um den Zeigefinger, was bei ihr unfassbar elegant aussah.

«Vielleicht hat Bucmeister das kleine Mädchen … na, ihr wisst schon: belästigt, und er hat sie beseitigt, um sie daran zu hindern, sich ihrer Mutter zu offenbaren», meinte Jens Schmidtke, ihr Kollege mit dem schlimmen Fuß. «Und das Kindermädchen gleich dazu, weil …»

«Wir wollen doch nicht gleich vom Schlimmsten ausgehen», brummte Sigmund.

Caro zog die Brauen hoch. «Weil die Welt von Engeln bewohnt wird?», spöttelte sie.

«Wir sollten Hella Modersen mit auf die Tafel setzen», meinte Paula. «Wir müssen herausfinden, ob die Sache mit der Pflegschaft stimmt.»

«Warum sollte sie das erfunden haben?», fragte Martin.

«Vielleicht ist sie wirr im Kopf.»

«Und rennt, während Signe sie besucht, runter auf die Straße und bindet den Köter unter ihrem Auto fest, ohne dass einer der Passanten es bemerkt? Und entführt später das Kind, weil sie so eine Kinderfreundin ist? Und hält das Kindermädchen im Keller fest, aus dem die Köchin jeden Tag die Kartoffeln holt?»

«Nicht genauso, aber ähnlich.»

«Gut, das mit der Pflegschaft ließe sich sicher durch ein paar Anrufe klären. Mach das bitte.» Martin fasste für die anderen zusammen, was Hella Modersen ihnen erzählt hatte: Wie sie Signe bei sich aufgenommen hatte und das Mädchen später den Männern nachstellte. «Zumindest gibt es nun eine Verbindung zwischen Signe und Hamburg.»

«Was ist eigentlich mit dem Mann, der mit Dorles Foto unterwegs war?», fragte Fritz, zog seinen Gedanken aber sofort zurück. Sie konnten ihre Kräfte nicht mit irgendwelchen Nebensächlichkeiten verplempern.

«Und was habt ihr im *Kaffeeböhnchen* herausgefunden?», wollte Paula wissen.

«Drogen gibt's da jedenfalls keine.» Fritz grinste breit, wohl um anzudeuten, dass es mit den käuflichen Frauen anders war. «Der Laden gehört einem gewissen Knut Hagemann und seiner Frau Friederike. Die ist offenbar eine ehemalige Freundin von Signe. Jedenfalls kennen sich die beiden von früher. Signe hat ihren Chauffeur dort einquartiert, weil sie die beiden wohl diskret unterstützen möchte. Sie hat sie auch selbst schon zweimal besucht und mit ihr einen Mocca getrunken.»

«Was für einen Eindruck hat diese Friederike Hagemann von Bucmeister?», fragte Martin.

«Korrekt – das war ihr Ausdruck. Mit einer gewissen Missbilligung in der Stimme. Vielleicht weil er kein Interesse an den Angeboten im hinteren Teil des *Kaffeeböhnchens* zeigt.»

Martin zog die Augenbrauen hoch.

«Erst Kaffee und Kuchen – und danach warme Mädchenarme. So laufen doch die meisten Wirtschaften in der Nähe vom Bahnhof.»

«Spekulierst du oder habt ihr nachgeschaut?»

«Er spekuliert», sagte Volker, «hat aber wahrscheinlich recht.»

Fritz zog einen imaginären Hut und neigte dankend den Kopf. Danach wurde es still. Ihnen waren die Ideen ausgegangen. Schließlich sagte Martin: «Ich werde den Kollegen aus Bielefeld um Amtshilfe bitten. Er soll das Personal und die Nachbarn von Signe befragen.»

«Oder wir beide fahren selbst noch einmal hin? Ist das nicht aussichtsreicher?», schlug Paula vor.

Er schüttelte zögernd den Kopf. Wegen des Anraunzers vom Chef? Oder war ihm der Anschein, ihm läge etwas an ihrer Gesellschaft, unangenehm? Die Frage tat ihr bereits leid.

«Wir werden als Nächstes die Polizeiwachen abklappern. Viele Beobachtungen werden nicht gemeldet, weil sie belanglos erscheinen oder die Schupos keine Lust auf zusätzliche

Arbeit haben.» Martin teilte sie ein. Volker und Fritz, Sigmund und Jens. Paula und Caro sollten die Sache mit der Pflegschaft abklären. Und er selbst würde im Büro bleiben und mit Bielefeld telefonieren.

«Tja, wer von uns beiden darf denn den Hörer halten, während wir mit Cuxhaven telefonieren?», fragte Caro, als sie zum Zimmer der WKP hinunterstiegen, wo sie ein freies Telefon zu finden hofften. Sie gähnte übertrieben gelangweilt.

«Ich habe unseren Auftrag anders verstanden», sagte Paula.

«Ach, und wie?»

«Dass wir rüberfahren und persönlich nachforschen sollen, was sich vor fünfunddreißig Jahren dort abgespielt haben mag.»

«Oh! Worauf spekulierst du?»

«Ich würde gern etwas über Signe von Arnsbergs Vergangenheit erfahren. Dass sie ein Pflegekind ist und ihre Eltern gestorben sind, wissen wir bisher nur von Hella Modersen. Und was danach passiert ist – ihre Männerbesessenheit ...» Paula zuckte mit den Achseln.

«War die Modersen irgendwie komisch?»

«Ich fand sie ... zu nett.»

«Na, da würde ich wohl auch aufhorchen!»

«Es ist einfach ein Gefühl!»

«Wir könnten auch Signe fragen, ob die Geschichte stimmt. Wäre ein kürzerer Weg», meinte Caro. Dann lachte sie. «Aber gegen einen kleinen Ausflug habe ich natürlich auch nichts einzuwenden.»

«Schön. Nur müssen wir vorher noch etwas anderes abklären.»

Der Steindamm war belebt. Sie setzen sich in ein kleines Restaurant auf der anderen Straßenseite und genehmigten sich das Frühstück, zu dem sie beide an diesem Morgen noch nicht gekommen waren. In dem leuchtend weißen Bürgerhaus gegenüber ging es zu wie in einem Bienenstock. Kunden betraten die Geschäfte hinter den Arkaden. Bewohner und Gäste kamen und verließen das Haus. Aber es dauerte fast zwei Stunden, ehe Hella Modersens Hausmädchen auf die Straße trat – dem Korb in ihrer Armbeuge nach zu urteilen, um einkaufen zu gehen.

Paula legte rasch ein paar Münzen auf den Tisch, und sie folgten der Frau einige Straßen weit. Das Wort *unauffällig*, das die Polizei in derlei Situationen gern benutzte, konnten sie allerdings vergessen. Dafür zog Caro in ihren Männerklamotten zu viele Blicke auf sich. Als das Hausmädchen ein Kolonialwarengeschäft betrat, positionierten sie sich rechts und links der Tür. Warum eigentlich *Mädchen?*, dachte Paula. Haus*mädchen*? Die Frau war älter als ihre Mutter.

«Dürfen wir Sie auf eine Tasse Kaffee einladen?», fragte sie, als Hella Modersens Bedienstete wieder auf die Straße trat.

«Oh, Sie sind doch …»

Caro nahm der überraschten Dienstbotin den Einkaufskorb ab, und sie führten sie in ein erst kürzlich eröffnetes Restaurant, in dem Gefrorenes serviert wurde. Caro bestellte Erdbeereis für sie alle, und das Dienstmädchen lächelte, wenn auch misstrauisch.

«Wir haben noch einige Fragen rund um das Verschwinden der kleinen Dorothee von Arnsberg», erklärte Paula, während sie auf die Köstlichkeit warteten. «Sie sind im Bilde?»

«Also …»

«Es geht um die Dame, die Frau Modersen letztens besucht hat. Erinnern Sie sich, Frau …?»

«Saatmann. Marlene Saatmann.»

«Erinnern Sie sich an sie?»

Wäre das Hausmädchen mit dem angegrauten Dutt geistig beweglicher gewesen, hätte sie wahrscheinlich ratlos mit den Schultern gezuckt. Doch sie nickte und erklärte widerstrebend: «Sie hat sich, als ich öffnete, vorgestellt. Aber bei dem Gespräch zwischen ihr und der Gnädigen bin ich natürlich nicht dabei gewesen.»

«Inzwischen ist Ihnen aber klar geworden, dass es sich bei ihr um die Mutter der kleinen Dorothee handelte?»

«Als Frau Modersen später in der Zeitung vom Verschwinden des Mädchens gelesen hat, hat sie es erwähnt. Hören Sie, ich glaube nicht, dass ich mit Ihnen einfach über die Belange meiner Arbeitgeberin …»

«Doch, Sie müssen uns sogar Auskunft geben. Das Gesetz schreibt es so vor», lächelte Caro. «Und außerdem geht es darum, das Verschwinden eines Kindes aufzuklären. Wir fragen im Moment in jede Richtung, machen Sie sich also bitte keine Sorgen, Frau Saatmann. Wir sammeln einfach sämtliche Informationen, die wir bekommen können. Haben Sie bereits bei den Modersens gearbeitet, als die kleine Signe dort lebte?»

«Nein.»

«Oder etwas aufgeschnappt, was mit dieser Zeit oder der Pflegschaft zusammenhängt?»

«Auch nicht, tut mir leid.»

Sie stocherten weiter, doch der Brunnen war versiegt, hatte ja eigentlich nie zu sprudeln begonnen. Das Hausmädchen verabschiedete sich, bevor das Gefrorene serviert wurde. «Entschuldigen Sie bitte, aber meine Pflichten rufen.»

«Sie hat gelogen», meinte Caro, nachdem sie verschwunden war.

«Glaube ich auch. Hast du gemerkt, wie sie zögerte, als wir gefragt haben, ob sie schon zu Signes Zeit bei der Familie gearbeitet hat? Aber warum? Instinktives Misstrauen gegenüber der Polizei, Angst um ihre Stellung, oder weiß sie etwas?»

«Vielleicht sind sie in Cuxhaven gesprächiger.»

Was Paula nicht gewusst hatte: Cuxhaven gehörte zu Hamburg, obwohl man, um dorthin zu gelangen, einen großen Teil der Strecke durch die Provinz Hannover zurücklegen musste. «Ist irgendwas Historisches», erklärte Caro. «Hast du das wirklich nicht gewusst? Die Kollegen machen hier quasi Urlaub, sobald ihre Ermittlungen es hergeben. Ausgiebiger wird nirgendwo untersucht.»

Entsprechend standen ihnen alle Türen offen, als sie ihre Kriminaldienstmarken vorzeigten. In der örtlichen Polizeistation wurden sie von einem Greis mit wachen Augen empfangen. Rolf Hansen. «Um was geht's denn?», fragte er, während er sie in ein altmodisches, aber gemütlich eingerichtetes Hinterzimmer führte.

Sie umrissen, wonach sie suchten: Eine Familie, die bis Anfang des Jahrhunderts auf einem Cuxhavener Bauernhof gewohnt hatte. Als die Eltern starben, blieben blieb nur ein sechzehnjähriger Sohn und dessen siebenjährige Schwester zurück. «Das Mädchen wurde von einem Hamburger Ehepaar in Pflege genommen.»

«Die kleene Signe, richtig? Traurige Sache, wirklich traurig.» Der Mann war so informiert, wie es wohl nur auf einer Provinzwache möglich war. «Die Mutter hatte sich eine Krankheit eingefangen. Während der ersten und einzigen Urlaubsreise, die sie sich gönnte. Und die ging auch nur nach Otterndorf, wo ihre Eltern wohnten. Was genau sie sich eingefangen hatte, konnte der Arzt nicht bestimmen. Sie schien von innen her zu verfaulen – also, so sah es für uns, die wir sie kannten, aus. Sie roch, obwohl sie eine reinliche Frau war. Natürlich sind ihre Eltern sofort gekommen, als sie davon erfuhren. Aber Hinnerk – das war ihr Ehemann – hat die beiden mit einer unanständigen Wut empfangen, weil er dachte, dass sie die Schuld an Ernas Leiden trugen. Krieg dich ein, habe ich zu ihm gesagt, das weiß ich noch. Die haben mit ihrer Krankheit doch nichts zu tun. Siehste nicht, wie sie heulen? Wir waren miteinander befreundet, deshalb konnte ich mir die offenen Worte erlauben. Genutzt haben sie aber nix. Erna ist gestorben, und Hinnerk – der ist einfach nicht drüber weggekommen. Er hat sich zu Tode gesoffen. Aber warum wühlen Sie deshalb heute noch Staub auf?»

«Es geht um Signe. Was ist aus ihr geworden?»

«Tja, die hat Glück gehabt. Ein reiches Ehepaar aus Hamburg hat sie aufgenommen. Es ist doch hoffentlich alles gut gegangen?» Hansen griff nach einer Holzschachtel, aus der er eine Zigarre nahm. «Wollen die Damen auch eine?»

Sie lehnten dankend ab. «Haben Sie seitdem etwas von ihr gehört?», fragte Paula.

«Anton, das ist ihr Bruder, hat sie mal besucht. Er wollte wissen, was aus ihr geworden ist. Aber Signe hat ihn wohl links liegen gelassen. Sie ist einfach rausgegangen, als sie kapiert hatte, wer da im Zimmer stand. Das hat er uns bei seiner Rückkehr erzählt. Und da hatte er auch keine Lust mehr, seine Reise zu wiederholen. Der Bengel musste ja ganz schön schuften, um den Hof weiterzuführen. Der hat seine Schwester damals aus seinem Leben gestrichen.»

«Haben Sie seine Adresse?»

«Natürlich.» Er schrieb ihnen eine Straße und eine Hausnummer auf einen Zettel und zeigte ihnen, in welche Richtung sie gehen mussten.

Sie gönnten sich einen Umweg, der sie am Nordseestrand entlangführte. Der Abend war einfach zu schön. Die Sonne streute ihr weiches Abendlicht auf die Wellen, Fische sprangen aus dem Wasser, und zwei Fischerboote strebten betulich auf den Hafen zu.

«Gott, ich merke, wie ich wieder zu leben beginne. Endlich kapiere ich, warum die Kollegen so wild auf Cuxhaven sind. Spürst du das auch, diese Ruhe?» Caro blieb stehen und streckte die Schultern – eine gertenschlanke Schönheit mit kraftvollen und zugleich weichen Zügen. Ein Mensch, der breitgetretene Pfade verachtete und sich trotzdem den Männern und Frauen zuwandte, die auf ihnen entlangtrotteten. Eine Nervensäge, eine Quertreiberin, eine Kameradin für schwere Stunden … Alles, dachte Paula, sie kann alles sein.

«Warte einen Moment, der Tag ist für uns sowieso gelaufen.» Caro ließ sich in den Sand plumpsen, kreuzte die Arme unter dem Kopf und genoss den Blick aufs Wasser. Paula zögerte, es ihr gleich zu tun. Sie war nervös. Das Foto von dem kleinen Mädchen, dem der linke Arm fehlte, klebte in ihrem Kopf. Aber Caro hatte natürlich recht – ein paar Minuten faulenzen und den Strand genießen, würde ihr weder schaden noch nutzen.

«Was mag das sein?» Caro deutete zu einem Gestell aus Holz, das weiter nördlich am Ende einer Landzunge hoch in den Abendhimmel ragte.

«Keine Ahnung. Ein Leuchtturm?»

«Ohne Licht?»

«Vielleicht ist er außer Betrieb.»

«Komisches Ding.» Caro war schon wieder abgelenkt. «Das da hinten mit der Fahne – glaubst du, es ist ein Restaurant?»

«Kann schon sein. Ach, komm, Caro, lass uns diesen Anton befragen und dann nach Hause fahren.»

«Spielverderberin», meinte Caro friedlich. «Was genau hoffst du eigentlich, von Signes Bruder zu erfahren?»

«Weiß ich doch nicht. Aber es wäre dumm, wenn wir uns das bisschen Zeit für ein Gespräch nicht nähmen, jetzt, wo wir schon mal hier sind.»

Caro kam mit einer Grimasse wieder auf die Füße. Sie kehrten auf einem der kleinen Wege zurück zu den Häusern und erreichten eine Kirche. Zwei Bauern zeigten ihnen den Weg zum Hof der Renkens.

Signes Elternhaus stand ein Stück weit hinter der Hecke. Das Dach bestand aus Reet, die Wände aus Lehmfachwerk, alte Bäumen spendeten Schatten. Der Bauer hatte sogar Blumenbeete neben den Ställen angelegt.

Sie gingen über einen breiten, gepflasterten Weg zur Haustür und zogen am Klingelstrang. In den metallenen Klang mischte sich das Dröhnen der Kirchenglocken. Ein Mann um die Fünfzig öffnete ihnen die Tür und warf einen misstrauischen Blick auf ihre Kriminaldienstmarken. «Ja, Anton Renken», bestätigte er. Hinter ihm erschien eine junge Frau, bei der es sich um eine Magd handeln mochte. Sie verschwand sofort wieder. Nachdem die beiden Polizistinnen erklärt hatten, warum sie gekommen waren, bat Renken sie ins Haus. Sie setzen sich um einen weißen Holztisch, auf dem eine Vase mit violetten Dahlien stand, und begannen, ihm Fragen zu stellen. Wie war Signe als Kind gewesen?

«Still», sagte er. «Still, aber hilfsbereit.»

«War es ihr schwergefallen, von hier wegzugehen?»

Anton nickte. «Wie jedem Kind. Ich hätte sie zu den Clasens geben sollen, unseren Nachbarn, die haben es angeboten. Ich wollte das auch. Aber dann hat diese Frau, diese Modersen, ihr eine Puppe gekauft, und da … Man weiß ja, wie Kinder sind.»

Die Magd oder vielleicht auch seine sehr junge Ehefrau stand plötzlich wieder in der Tür. «Du hast mir nie gesagt, dass sie wegen einer Puppe mitgegangen ist», meinte sie.

«Vielleicht war's auch nicht wegen der Puppe. Sie hat ja kaum was gesprochen. Aber ich glaube, dass es wegen der Puppe gewesen ist.»

«Sie war damals sieben?», fragte Paula.

«Genau. Zu klein für die weite Welt.»

«Und wie alt ist sie gewesen, als Sie sie besucht haben?»

Ein Ausdruck des Unbehagens huschte über Antons Gesicht. «Da war sie schon neun.»

«Und?» Warum ließ er sich alles aus der Nase ziehen?

«Sie hat mich zuerst gar nicht erkannt. Ich habe ihr gesagt, wer ich bin, und da hat sie einfach das Zimmer verlassen.» Sein Gesicht wurde noch verschlossener.

«Wie ging es danach weiter?», fragte Caro.

«Wenn einer dich nicht will, hat es keinen Sinn, ihm hinterherzurennen. So sehe ich das.»

Paula blickte sich in dem Raum um. Hier herrschte nicht die Eleganz ihres eigenen Elternhauses, aber doch ein gewisser Wohlstand. Hatte Anton seinen Besitz lieber den eigenen Kindern vererben wollen? Hatte er den Bruch mit Signe gar provoziert, in der Hoffnung, dass sie danach keine Ansprüche mehr geltend machen würde?

«Haben Sie Kinder?», hakte sie nach.

Er lächelte unvermutet und blickte zu der jungen Frau, die offenbar tatsächlich seine Ehefrau war. «Bald.»

«Ist es Ihr erstes Kind?», fragte Paula.

Er nickte, und sie verabschiedeten sich, ohne klüger geworden zu sein.

Und nun ab zum Auto und zurück nach Hamburg! Aber Caro machte Paula einen Strich durch die Rechnung.

«Ich habe seit heute früh nichts mehr gegessen. Los, wir gehen rüber in das kleine Restaurant und bestellen uns was. He? Willst du, dass ich zusammenbreche?»

Paula folgte ihrer Kollegin mit einem Seufzer. Ihr Magen knurrte zwar ebenfalls, aber sie hatte nicht den geringsten Appetit. Ob Dorle jemals von ihrem Cousin oder ihrer kleinen Cousine erfahren würde? Oder vermoderte ihr armer kleiner Körper bereits an irgendeinem jämmerlichen Ort?

Ihre Gedanken wanderten weiter zu dem Besuch, den Anton ihnen beschrieben hatte. Warum mochte Signe damals schweigend das Zimmer verlassen haben? Hätten sie an dieser Stelle bei Anton Renken nicht stärker nachhaken müssen? Ach was, es hätte nichts gebracht. Vielleicht sollte sie Signe fragen, ob sie sich an ihre Gründe erinnerte.

Die Dunkelheit brach herein, aber Caro besaß einen traumwandlerischen Orientierungssinn. Bei der Kirche bog sie nicht ab, sondern folgte der Straße. Sie liefen ein Stück, überquerten ein paar schmale Gleise und erreichten schließlich einen mit Strandhafer bewachsenen Deich, auf dem sie weitergingen. Im Zwielicht der verglühenden Sonne ragte plötzlich wieder das hohe, hölzerne Bauwerk auf. Ein älteres Ehepaar mit einem Hund, das die milde Luft für einen Spaziergang nutzte, kam ihnen entgegen und grüßte freundlich.

Plötzlich hielt Caro inne: «Donnerwetter, schau mal, da drüben wohnt Dornröschen!» Sie deutete zu einer langen, roten Mauer mit schmalen Fenstern zwischen den Bäumen. Nein, keine Fenster – das sind Schießscharten, dachte Paula. Das Gemäuer wirkte streng und weitläufig. Etwas Militärisches, schätzte sie. Caro, deren Energie niemals zu erlahmen schien, verließ den Weg und lief den Deich hinab. Sie zögerte kurz, dann hielt sie auf einen kleinen Wald zu, der sich rechts an das Mauerstück anschloss. War das Lust an der Provokation, weil sie wusste, dass es ihre Kollegin mit aller Macht nach Hause zog? Manchmal tickte sie ja so.

Sie winkte Paula zu, dann verschwand sie zwischen den Bäumen. Aber da sie Hunger hatte, würde sie sicher nicht lange fortbleiben. Paula setzte sich auf eine der Bänke, die auf dem Deich standen. Möwenschreie drangen vom Wasser herüber. Ihre miese Laune ließ sie frösteln.

Ein einsamer Spaziergänger mit Gehstock schlenderte vorbei, auch er grüßte und verschwand dann in Richtung des merkwürdigen Holzbaus. Eine gute Viertelstunde verging. Als Caro sich immer noch nicht blicken ließ, folgte Paula ihr gereizt hinab zu dem kleinen Wald. Inzwischen war es völlig dunkel geworden. Sie erreichte den Weg, der zwischen den Bäumen hindurchführte – er war schmal und verwildert. Bald geriet sie zwischen dichtes Gesträuch, in dem sich ihr Rock verfing. Über ihr rief ein Uhu, aus dem Unterholz drang ein ständiges Rascheln, als würde es dort von Nachtgetier wimmeln. Wie in einem Schauerroman, dachte sie selbstironisch. Gelegentlich blitzte zu ihrer Linken Wasser auf, eine Art breiter Graben, der um das merkwürdige Gemäuer herumzuführen schien. Auf einmal schälte sich ein Tor aus der Finsternis, und wenig später stand sie vor einer Brücke.

Paula holte Luft. In ihren Ärger mischte sich ein Gefühl der Beklemmung. Caro neckte andere gerne, sowohl in Worten als auch in Taten. Aber dass sie sie stundenlang warten ließ, um ein altes Gebäude zu erkunden, war … untypisch. Wäre sie nicht wenigstens das Stück Weg zurückgegangen, um sie nachzuholen, wenn es hier etwas wirklich Aufregendes zu sehen gäbe? Möglicherweise hatte sie genau das getan und nur einen anderen Weg gewählt.

Paula betrat die Brücke. Unter ihren Füßen spürte sie harte Schienenstränge – vielleicht von derselben Zugstrecke, die sie kurz zuvor auf der Straße überquert hatten. Am Ende der Brücke tat sich ein schwarzes Tunnelloch auf. Sie kämpfte erneut gegen ihr Unbehagen an und tauchte in die Finsternis ein. Als sich auf der anderen Seite des Tunnels ein Hof mit etlichen schmucklosen Gebäuden auftat, atmete sie erleichtert auf. Sie rief Caros Namen. «Wo steckst du? Caro, verdammt, nun melde dich!» Ihre Stimme verhallte zwischen den Mauern.

Allmählich begann es in ihr zu gären. Waren sie Kinder, die miteinander Verstecken spielten? Das Essen im Restaurant konnte ihre Kollegin sich abschminken! Sie schritt an einer Mauer entlang – Teil eines Gebäudes, das die Hälfte des Hofs umgab. Es besaß schlichte Fenster und ein paar Türen, von denen zwei oder drei offen standen. Bewohnt war dieser Ort auf keinen Fall mehr. Zögernd trat sie durch die nächstliegende Tür in einen muffelnden Raum. Sofort wurde es um einige Grad kälter. Dort, wo das Mondlicht nicht hinreichte, war es stockfinster.

«Caro?» Nichts, nur die bedrückende Stille. Oder war da eben doch ein Geräusch gewesen? Stirnrunzelnd tat Paula noch ein paar Schritte und wäre beinahe gestolpert, als sie eine abwärts führende Treppe erreichte. War ihrer Kollegin genau das passiert? War sie neugierig in den Raum getreten und dann die Treppe hinuntergestürzt?

«Caro, das ist nicht lustig. Wo steckst du denn?» Die Hand an einem rostigen Geländer stieg sie einige Stufen hinab. Hatte es das Geräusch überhaupt gegeben? Wahrscheinlich stand Caro längst wieder auf dem Deich. Womöglich hatte sie die Festung überhaupt nicht betreten, sondern sie einfach einmal umrundet.

Paula kehrte in den Innenhof zurück, tat einige Schritte und drehte sich im Kreis. Und stutzte plötzlich. Hatte die Tür dort in der Ecke vorhin nicht ebenfalls offen gestanden? Sie biss sich auf die Lippe. Caro hatte ihre Eigenarten, aber so etwas wie das hier passte einfach nicht zu ihr. Sie sah sich um, näherte sich der Tür, drückte die Klinke nieder und fand sich erneut in einem nach gammeligem Wasser müffelnden Raum wieder. Auch hier gab es abwärts führende Stufen. War das komplette Untergeschoss durch Treppen und Gänge miteinander verbunden?

Vorsichtig tastete sie sich hinab. Die Mauer unter ihrer Hand war feucht, und hinter der letzten Stufe erwartete sie eine Pfütze. Die Nässe schien das Gebäude vollständig durchdrungen zu haben. Lag es an der Nähe zum Meer? Oder hatte eine Sturmflut …

Egal. Spielte keine Rolle. Sie tat einige Schritte – und entdeckte zu ihrer Linken hinter einer Biegung einen schwachen Lichtschein. Der nächste Atemzug kostete sie Mühe. Caro trug keine Taschenlampe bei sich. Wer also machte sich hier in den Gewölben zu schaffen? Sie näherte sich der Ecke. Die stickige Luft brachte sie zum Husten. Sie dämpfte das Geräusch mit ihrem Unterarm und hoffte, dass es nur in ihren eigenen Ohren so laut klang. Ihre Hand fuhr unter die Jacke. Erst jetzt ging ihr auf, dass sie ihre Dienstwaffe in Hamburg zurückgelassen hatte. Es war ja nur um das Verhör eines Mannes gegangen, der vor knapp dreißig Jahren das letzte Mal die Mutter eines entführten Kindes getroffen hatte.

Ein vorsichtiger Blick um die Biegung in den Gang dahinter offenbarte, dass der Lichtschein aus einer etwa zehn Meter entfernten, offen stehenden Tür drang. Er warf einen hellen, ovalen Schatten an die gegenüberliegende Mauer. In einer Nische knapp vor diesem gelben Oval lehnten mehrere spitz zulaufende wuchtige Metallgegenstände, die wie verrostete Geschosse aussahen. Bomben, was auch immer … Noch während Paula einzuschätzen versuchte, ob sie sich damit im Notfall verteidigen könnte – die Dinger sahen verdammt schwer aus – hörte sie ein leises Wimmern, das aus der Tür drang.

Wegrennen! war ihr erster Impuls. Hilfe holen. Und in einer halben Stunde eine Leiche bergen?

Sie schlich leise näher – und sah, gerade als sie die Nische mit den Geschossen erreichte, wie sich die Tür verdunkelte. Ihr Husten war also doch gehört worden! Sie konnte nicht erkennen, wer dort im Türrahmen stand, der Schein der Taschenlampe blendete sie. Aber es war mit Sicherheit nicht Caro. Die Gestalt war zu massig – und kam sofort auf sie zu.

Paula griff nach einem der schweren Metallgegenstände. Unmöglich, ihn hochzuheben. Sie kippte ihn mit einer großen Kraftanstrengung nach vorn, direkt gegen das Bein des Unbekannten, und ein Schmerzschrei zeigte, dass sie ihn getroffen hatte. Die Gestalt – ein Mann, ganz sicher – stützte sich gegen die Wand, die Taschenlampe, die zu Boden gefallen war, flackerte kurz auf und erlosch.

Plötzlich knallte in dem Gewölbe hinter ihm ein Schuss. Paula drückte sich hastig an die Wand und huschte entlang der Mauer an dem Fremden vorbei. Im nächsten Moment hörte sie Schritte, die ihr verrieten, dass er sich in die Irre führen ließ: Er vermutete sie immer noch zu seiner Linken und rannte Richtung Treppe.

Sie wartete kurz, dann schlüpfte sie in den Raum. «Caro?»

«Bist du das?» Die Stimme klang heiser vor Schmerz. «Scheiße, Scheißdreck …»

Paula fand Caro in einer Ecke. Der Boden des Raums war, wohl wegen der Feuchtigkeit, mit einem Rost abgedeckt, die

Holzstäbe drückten sich in ihre Knie. Mit fliegenden Händen tastete sie Caros Körper ab. Neben ihrem Knie fand sie die Pistole, mit der ihre Kollegin geschossen und ihnen beiden vermutlich das Leben gerettet hatte. Als Paula über ihr Haar strich, spürte sie, dass es feucht war. Blut?

«Kannst du laufen?»

Caro flüsterte etwas, angestrengt, aber zu leise. Dann kippte ihr Kopf zur Seite. Bewusstlos, dachte Paula. Verzweifelt tastete sie ihre Kollegin erneut ab. Das Blut kam aus Caros Hals, wo sich eine klaffende Wunde auftat. Heiß floss es über Paulas Hand. Sie sprang auf, pfriemelte ihr Unterhemd unter dem Kleid heraus, faltete es und drückte es auf die Verletzung.

Sie brauchten einen Arzt. Aber wenn sie Caro zurückließ, um jemanden zu holen, würde ihre Freundin womöglich sterben. Sie steckten also in der Falle, selbst wenn der Fremde nicht zurückkehrte, was ja keinesfalls sicher war.

Sie hatte Mühe, die Tränen zurückzuhalten.

7. KAPITEL

DIENSTAG, 13. AUGUST

Der Anruf erreichte Martin gegen elf Uhr abends, als er sich gerade ein Rührei in die Pfanne schlug.

Er eilte in den Flur. «Was?», fragte er, während er durch die Küchentür zur Pfanne starrte.

«Ich verbinde», hörte er die Stimme der Telefonistin.

Er verbiss sich eine ärgerliche Bemerkung. Es ging ihm nicht ums Rührei: Auf seinem Stubentisch lag ein Brief von Nora. Martin hatte seine Eltern in den letzten Jahren selten besucht – nur zwei- oder dreimal pro Jahr, immer mit der Ausrede, dass die Arbeit ihn förmlich auffraß. Zu Nora, der Frau, die seiner Mutter erst als eine Art Gesellschafterin und dann als Freundin diente, war er dabei höflich gewesen, hatte aber private Gespräche vermieden. Natürlich war ihm klar gewesen, dass sie mehr von ihm wollte, das war so gewesen, seit er sie kannte. Er hatte ihr wie immer eine höflich-kalte Schulter gezeigt. Was sie ihm dann allerdings auf dem Bahnhof erzählt hatte, kurz bevor der Zug nach Hamburg einfuhr ... Und jetzt dieser ungeheuerliche Brief!

«Wieso Döse?», murmelte er. Er war trotz seiner Erregung kreuzmüde und hatte Schwierigkeiten, sich zu konzentrieren. «Cuxhaven? ... *Wer* ist überfallen worden?»

Seine Hand, die immer noch den Holzlöffel hielt, sank

herab, als er Paulas und Caros Namen hörte. «Was heißt das: schwer verletzt. … Wieso …? Was? Verflucht, warum haben Sie denn nicht …» Er atmete zweimal durch, um sich zu beruhigen. «Wie heißt das Krankenhaus? … Ich steige sofort ins Auto.»

Er riss die Pfanne vom Herd und dachte in letzter Minute daran, auch das Gas auszustellen. Die Treppenstufen nahm er in wenigen Sprüngen. Bevor er die Stadt Richtung Cuxhaven verließ, machte er allerdings noch einen Umweg, um Gertrud Augspurg abzuholen, die Frau, mit der Caro zusammenlebte. Man konnte von dem Liebesverhältnis der beiden halten, was man wollte, aber wenn der Mensch, der einem am nächsten stand, im Sterben lag …

Womöglich im Sterben. Die Frau von der Telefonzentrale hatte erklärt, dass es einer seiner Kommissarinnen schlecht gehe und sie *womöglich* nicht mehr lange zu leben habe. Aber da sie vergessen hatte nachzufragen, um welche der beiden es sich handelte, war nicht einmal das klar. Bitte nicht Paula, dachte er und verachtete sich für seine egoistischen Gefühle.

Auf dem Weg zur Antonstraße blitzten in seinem Kopf wieder die Bilder auf, die er so hasste. Der Kriegstag in Hooglede, an dem er Zeuge geworden war, wie seine Kameraden die Männer des Dorfs erschossen hatten und über deren Frauen und Töchter hergefallen waren. Waren seine Kolleginnen einem Missbrauchstäter zum Opfer gefallen? *Aufhören!*, befahl er sich und schlug mit der Faust auf das Lenkrad. Konzentration auf das Wesentliche.

Wenige Minuten später klingelte er an der Tür des kleinen alten Hauses, in dem Caro und Gertrud wohnten. Er brauchte nur zwei Sätze, um Gertrud das Wesentliche zu vermitteln. Sie streifte sich ein Kleid über und folgte ihm ins Auto, wo sie schweigend ein Taschentuch knetete. Erst kurz vor Stade begann sie wieder zu reden. «Warum sind die beiden überhaupt nach Cuxhaven gefahren?»

«Ich hab keinen Schimmer. Vielleicht wollten sie abklären, ob uns eine Frau, die mit unserem aktuellen Fall zu tun hat, angelogen hat.»

«Diese Signe?»

Na, dachte Martin, so viel zum Thema Vertraulichkeit in beruflichen Angelegenheiten. Andererseits arbeitete Gertrud ebenfalls für die Kripo, wenn auch ausschließlich bei dem Frauentrupp. Ach, egal.

«Signe war das Pflegekind eines wohlhabenden Hamburger Ehepaars. Ich denke, Paula und Caro wollten in ihrem Herkunftsort nachforschen, ob etwas Besonderes in der Ursprungsfamilie vorgefallen ist. Sonst fällt mir nichts ein.»

«Vielleicht haben sie auch etwas rausgefunden, das diese Pflegemutter in Verdacht bringt?»

«Und sagen mir nicht Bescheid?»

Gertrud lachte, es klang nicht fröhlich, sondern ironisch. Sie machte sich nichts vor, was die Frau ihres Herzens anging. Caro liebte es, eigene Wege zu gehen. Und Paula – ja, die auch, dachte er.

«Mann, die sind so bescheuert!» Unvermittelt begann Gertrud zu weinen.

Das Krankenhaus befand sich in der Altenwalder Chaussee. Ein Neubau, wohl gerade erst bezogen, denn im Garten wurden noch Beete angelegt. Martin und Gertrud hasteten zum Eingang, wo sie von einem erschütterten alten Mann in der Uniform eines Schupos erwartet wurden.

«Hansen», stellte er sich vor, ging voran und beklagte auf dem Weg durch die Flure das Schicksal der feschen jungen Damen. «Aber ich dachte doch nicht, dass ihnen hier, in unserem gediegenen Cuxhaven, Ungemach drohen könnte. Wir sind ein sicherer Ort, im Ernst, nicht zu vergleichen mit Hamburg. Hier gibt's nur ab und zu mal einen Diebstahl.»

Martin fragte nach Signes Bruder, und der Mann bestätigte, dass er die Kolleginnen an Anton Renken verwiesen habe. «Aber der hat ihnen garantiert nichts angetan. Anton ist ein kreuzbraver Mensch. Er arbeitet für die Seenotrettung – so einer ist das. Jemand, auf den man bauen und sich verlassen …»

«Wie geht es unseren Kolleginnen?» Gertruds Stimme zitterte vor Nervosität.

Der Mann wiegte den Kopf. «Ein Glück, dass es relativ früh in der Nacht passiert ist – also, zu einer Zeit, als noch Leute auf dem Deich unterwegs waren. Und dass die Menschen hier nicht zögern zu helfen, wenn jemand in der Klemme steckt. Weil, ich glaube, sonst …» Er verstummte, öffnete eine Tür und trat beiseite, um ihnen Platz zu machen.

In dem Krankenzimmer standen fünf Betten. Vier davon waren leer, im hintersten lag unter einer dünnen Decke eine Frau – Caro. Ihr Hals steckte bis unters Kinn in einem Verband. Paula saß auf einem Stuhl neben ihr, hielt ihre Hand und streichelte mit dem Daumen den Handrücken. Sie sah hundeelend aus und wandte kaum den Kopf, als sie das Zimmer betraten. Martin wunderte sich nicht. Er kannte dieses Verhalten aus den verdammten Lazaretten, in denen er im Krieg gelegen hatte. Die einen schrien, die anderen starrten ins Leere.

Gertrud schob ihn beiseite und eilte zum Bett. Ihr Blick tastete die Freundin ab, die allerdings die Augen geschlossen hatte und kein Lebenszeichen von sich gab, außer dass ihre Brust sich hob und senkte.

Martin folgte dem Schupo, der das Zimmer wieder verlassen wollte. Er schämte sich seiner Erleichterung darüber, dass es nicht Paula war, die dort im Bett lag, und ebenso seiner Sehnsucht, die Tür wieder hinter sich schließen zu können.

«Ich muss wissen, was genau passiert ist», erklärte er und schob den Mann zu einer Fensternische im Flur, in der sich eine Lampe befand. Hansen bestätigte, dass Signe Renken tatsächlich von einem Hamburger Ehepaar in Pflege genommen worden war, und berichtete außerdem, was Anton erlebt hatte, als er seine Schwester besuchte. Wie tief es ihn getroffen hatte, dass sie nichts mehr mit ihm zu tun haben wollte. Der Mann schweifte immer wieder ab, aber Martin ließ ihn reden, in der Hoffnung, irgendetwas Wichtiges aufschnappen zu können.

Plötzlich öffnete sich die Tür des Krankenzimmers und Paula trat heraus. Er winkte ihr, zu ihnen zu kommen, und legte wie beiläufig die Hand auf ihren Arm. «Wo hat der Überfall stattgefunden?»

Paula erzählte, wie Caro in dem weitläufigen Gemäuer verschwunden war.

«Das ist das Fort Kugelbake», erläuterte der Schupo. «Eine militärische Anlage aus dem vorigen Jahrhundert, die allerdings nicht mehr genutzt wird und abgerissen werden soll, weil die Stadt den Kurpark erweitern will und …»

Paula unterbrach seinen Sermon. «Caro ist rübergegangen. Aus Neugierde. Als sie nicht zurückkam, bin ich ihr gefolgt und auf der Suche nach ihr in einen unterirdischen Gewölbegang geraten.» Sie erzählte von einem Mann mit einer Taschenlampe und einem Schuss, den Caro noch hatte abgeben können, von der Flucht des Mannes und wie sie anschließend den Blutfluss von Caros Wunde zu stillen versucht hatte.

«Wer hat den Überfall gemeldet?», fragte Martin den Schupo.

«Ein Ehepaar, das am Deich spazieren ging.»

«Die mit dem Hund?», wollte Paula wissen.

Hansen schüttelten den Kopf. «Die hatten keinen Hund bei sich.»

Sie nickte irritiert. «Und wie haben die Eheleute von unserer Situation erfahren?»

«Wahrscheinlich haben sie Schreie gehört», spekulierte Hansen.

«Es gab keine Schreie.»

«Jedenfalls haben wir uns sofort auf den Weg gemacht.»

«Wieso gab es keine Schreie? Habt ihr gar nicht versucht, auf euch aufmerksam zu machen?», hakte Martin nach.

«Ich musste verhindern, dass Caro verblutet», erklärte Paula kurz angebunden. «Außerdem befanden wir uns in einem unterirdischen Gewölbe, und die Tür nach draußen hatte der Täter mit Sicherheit geschlossen. Niemand hätte uns gehört.»

Gut, damit konnte sie recht haben oder auch nicht. Aber das war nicht die entscheidende Frage. Viel interessanter war: Von wem hatte das Ehepaar erfahren, dass in dem Fort ein Überfall stattgefunden hatte?

«Ich habe sie noch gar nicht angerufen», sagte Paula.

«Wen?»

«Frau Erkens. Sie muss doch erfahren, was passiert ist und wie schlecht es Caro geht.»

Martin ging mit ihr zum Arztzimmer. Schweigend sah er zu, wie Paula darauf wartete, dass man ihre Vorgesetzte aus dem Bett klingelte, und wie sie dann stockend zu erzählen begann. Zum ersten Mal nicht kühl und gelassen. Sie stammelte ungeordnetes Zeug und hatte Mühe, sich auf die Fragen der Kriminaloberinspektorin zu konzentrieren. «Ja, bestimmt kommt sie wieder in Ordnung.» Das war ihr letzter

Satz, bevor sie den Hörer auflegte. Sie drehte sich zu ihm um, ihr Gesicht war weiß.

Martin nahm ihr den Hörer aus der Hand, drückte sie auf einen Stuhl und ließ sich von der Polizeizentrale mit Sigmund Zinn verbinden. Er sollte dafür sorgen, dass die Kollegen alle am nächsten Morgen um halb sieben in Cuxhaven antanzten. Den Grund nannte er auch, um sicherzustellen, dass sie pünktlich sein würden.

8. KAPITEL

MITTWOCH, 14. AUGUST

Der Mann starrte Darling an. Das machte ihr Angst. Er sah unheimlich aus. Sein Gesicht war rot, als hätte er Farbe drübergeschmiert, die Hände groß und gemein, und seine Blicke pikten auf der Haut. Aber sie war trotzdem froh, dass er bei ihr war, weil er den Drachen draußen hielt. Solange er bei ihr war, würde Luzifer sich nicht reintrauen.

Außerdem brachte er Essen. Das passierte nicht oft, und ihr tat der Magen schon weh vor Hunger. Auch jetzt hatte er wieder was dabei. Gierig starrte Darling auf den Teller mit der Bockwurst in seiner Hand.

«Willst du?», fragte er.

Sie nickte, und er streckte ihr den Teller hin. Als sie nicht zu ihm rüberkam, stellte er ihn auf den staubigen Boden. Dann trat er einige Schritte zurück. Schnell krabbelte sie hin, packte die Wurst und verzog sich damit an die Wand zurück. Sie biss heißhungrig hinein, kaute und schluckte viel zu hastig, aus Angst, er könnte sie ihr wieder wegnehmen.

Aus den Augenwinkeln sah sie, dass der Mann einen schmutzigen Strohkorb neben der Tür abstellte. Kurz hörte sie auf zu kauen und stierte darauf.

«Da ist Wasser drin und Kuchen», sagte der Mann. «Wenn ich wiederkomme, ist der Korb leer!»

Darling nickte. Warum sprach er so böse?

«Ich tu dir nichts», sagte er, aber sie wusste, dass er log. Zu Alma hatte er das Gleiche gesagt und ihr dann ganz schlimm wehgetan.

«Nun hab dich nicht so», schnauzte er sie an. Er drehte sich um und knallte die Tür ins Schloss. Darling hörte, wie sich der Schlüssel drehte. Das Stück Wurst steckte in ihrem Hals fest, aber sie konnte nicht mehr schlucken. Alles war wie zugeschnürt.

In ihrem Kopf lachte der Drache.

9. KAPITEL

DIENSTAG, 13. AUGUST

Martin suchte noch in der Nacht gemeinsam mit Hansen und Paula Signes Bruder auf.

Der Mann öffnete ihnen verschlafen die Tür. Spielte er ihnen etwas vor? Nein. Das Gähnen und wie er erstarrte, als er Hansen erkannte … das Blinzeln gegen das Licht der Taschenlampe, mit deren Hilfe sie zu ihm gefunden hatten … Wenn er kein exzellenter Schauspieler war, hatten sie ihn aus einem Tiefschlaf geholt, den Martin sich bei keinem Beinahemörder vorstellen konnte. Nicht so kurz nach der Tat. Trotzdem mussten sie mit ihm reden.

Aber was er ihnen in der kleinen Küche zu sagen hatte, war dürftig genug. Ja, die Frau – er nickte in Paulas Richtung – war mit einer anderen bei ihm gewesen, aber was danach passierte … «Wie soll ich das wissen?»

«Wer wird diesen Hof erben, wenn Sie einmal nicht mehr sind?», fragte Paula.

«Mein Sohn natürlich.»

«Ach, ich dachte, das Kind, das Ihre Frau erwartet, ist Ihr erstes.»

«Ja, aber … Den meine ich doch. Selbstverständlich wächst da ein Junge ran. Sie sollten mal sehen, wie der Kerl jetzt schon im Bauch meiner Frau rumtobt!» Kurz blitzte ein Lächeln in seinem Gesicht auf. Das versonnene Lächeln eines Mannes, der nicht verstand, worauf seine ungebetenen Besucher hinauswollten.

Und worauf wollte Paula hinaus? Argwöhnte sie, dass Anton hatte verhindern wollen … Ja, was? Vielleicht, dass sie und Caro Signe an den Besitz ihrer Eltern erinnerten, auf den sie vielleicht Ansprüche besaß? Das fand Martin reichlich weit hergeholt. Wollte der Mann vielleicht etwas verborgen halten, das man in der Nachbarschaft wusste? War den Leuten hier ein Motiv bekannt, warum er seine Schwester hätte unter Druck setzen können? Hatte er sich an der Kommissarin vergriffen, um weitere Ermittlungen zu blockieren? Aber auch da fiel ihm beim besten Willen nichts ein.

Paula stellte ebenfalls keine Fragen mehr, und so verabschiedeten sie sich. Erst von Anton Renken und draußen von Hansen, der ihnen seine Privatadresse mitgab.

Den Rest der Nacht verbrachten sie im Flur vor Caros Zimmer, deren Zustand sich weder verbesserte noch verschlechterte. «Sie kommt nicht zu sich», flüsterte die Nachtschwester ihnen zu, als es auf den Morgen zuging. «Aber das ist auch gut so. Ihr Körper muss sich ja erholen.»

Sie nickten erschöpft und waren zutiefst niedergeschlagen.

Gegen Morgen machten sie sich auf den Weg zur Polizeistation. Hansen erwartete sie bereits, und wenig später traf auch der Polizeiwagen ein, der ihre vier männlichen Kollegen brachte. Zunächst einmal mussten sie ins Bild gesetzt werden. Martin hielt sich so knapp wie möglich. Anschließend bat er Hansen, das Ehepaar, das ihn alarmiert hatte, auf die Wache zu holen.

Eine knappe halbe Stunde später führte der Schupo zwei ältere Herrschaften in das Zimmer, in dem sie warteten:

Rudolf und Ilse Müller. Der Mann arbeitete in einer Werft, Ilse kümmerte sich um das Haus. Kinder hatten sie keine. Leider.

Paula zückte ihren Notizblock, und Martin kam sofort zur wichtigsten Frage: «Wer hat Ihnen von dem Überfall erzählt?

«Ein Mann», sagte Müller. «Aber keiner, den wir kannten. Wahrscheinlich ein Gast von außerhalb.»

«Gut. Ich müsste wissen, wie er ausgesehen hat.»

Paula besaß das unfassbare Talent, nach Beschreibungen Gesichter zu zeichnen. Genau diese Fähigkeit hatte im vergangenen Jahr zu ihrer Anstellung bei der WKP geführt. Leider war sie nutzlos, wenn die Zeugen kein bildhaftes Gedächtnis besaßen – wie es offenbar bei beiden Eheleuten der Fall war.

«Der Mann ist freundlich gewesen», erklärte Ilse. «Eigentlich ganz normal.»

Seine Gestalt?

«Auch ganz normal.»

«Er hat eine Mütze getragen», meinte Rudolf Müller, aber an die Form konnte er sich nicht erinnern.

«Jede Kleinigkeit ist wichtig», versuchte Paula, sie aufzurütteln. «Erzählen Sie alles, auch wenn es Ihnen nebensächlich erscheint.»

«Die Ohren standen ein bisschen ab», sagte Ilse.

Ihr Mann widersprach. «Das konnte man doch gar nicht sehen. Die waren nämlich völlig von der Mütze bedeckt, die Ohren», erläuterte er an Martin gewandt.

Ilse nickte zögernd.

«Und wie alt ist er gewesen?», fragte Paula, die ihren Notizblock ermattet sinken ließ.

«So ungefähr?», ergänzte Martin.

«Schon etwas älter», meinte Ilse.

«Geht es genauer?»

«Nun, es war ja schon fast dunkel. Ich würde sagen: zwischen vierzig und sechzig.»

Ihr Mann verdrehte die Augen. «Der Bursche war jung. Kaum über dreißig. Sie müssen schon entschuldigen, aber meine Frau kann so etwas schwer einschätzen. Der war jung, Ilse, wirklich. Das konnte man doch schon an seinem Gang sehen, diese Unruhe ist der Jugend vorbehalten.»

«Und was genau hat er Ihnen zu dem Überfall gesagt?», forschte Martin nach.

«Nur, dass er glaubte, in dem alten Fort Schreie gehört zu haben. Stimmt's, Ilse?»

«Aber ganz sicher ist er nicht, hat er gesagt.»

«Immerhin hat er uns vor Aufregung fast umgelaufen.» Rudolf Müller wandte sich wieder an Martin. «Er kam zwischen den Büschen hervor, und Nepomuk hätte ihn fast gebissen.»

«Nepomuk ist unser Hund», erklärte seine Frau, als sie Paulas Verwunderung sah.

«Sie haben einen Hund?»

«Aber ja. Können Sie sich nicht erinnern? Wir sind einander doch begegnet. Aber gebissen hätte Nepomuk den Mann nicht. Ich habe ihn sorgfältig erzogen.»

Paula nickte und warf Hansen einen gereizten Blick zu. In Cuxhaven litten offensichtlich auch die Polizisten unter einem schlechten Gedächtnis! «Der Fremde hat also gesagt, dass er Schreie gehört habe?», vergewisserte sie sich.

«Wie ich schon sagte: Er war unsicher. Und offen gestanden hätte ich es richtig gefunden, wenn er den Menschen, die sich dort möglicherweise in Not befanden, zu Hilfe geeilt wäre. Da er doch schon vor Ort war.»

«Haben Sie das versucht? Zu helfen, meine ich?», wollte Martin wissen.

«Wir sind zur Wache gegangen. Sie sehen doch, dass wir schon älter sind. Was glauben Sie denn …»

«Natürlich, das war vernünftig. Warum haben Sie angenommen, dass der Mann nicht selbst die Polizei informieren würde?»

«Ja … Er lief doch in die falsche Richtung», sagte Ilse. «Außerdem wohnen wir in der Nähe der Wache. Und haben gesehen, dass dort in einem der Zimmer noch Licht brannte.»

10. KAPITEL

MITTWOCH, 14. AUGUST

Sie setzten sich zusammen, um ihre Gedanken auszutauschen. Paula hörte, vor Erschöpfung wie gelähmt, was Martin gewohnt sachlich vortrug. Die Stimmung war gedrückt, die Ideen flossen spärlich.

«Der Täter kann zufällig auf Caro gestoßen sein», meinte Jens Schmidtke. «Einer, der es auf Frauen abgesehen und die Gelegenheit ergriffen hat.»

«Andere Ideen?», fragte Martin. Er wollte, dass das Attentat mit ihrem Fall zusammenhing, natürlich. Andernfalls würde es schwierig, fast unmöglich, werden, den Täter zu fassen. In Cuxhaven und den angrenzenden Orten tummelten sich zahllose Kurgäste. Es war ein Kommen und Gehen.

Fritz Pepper räusperte sich. «Wir müssten den Erkennungsdienst aus Hamburg anfor…»

«Hab ich schon gemacht. Sie sind in zwei Stunden hier», unterbrach Martin ihn ungeduldig.

«Vielleicht finden wir Fingerabdrücke, und wenn es einer ist, der in unserer Kartei …»

«Das können wir nur hoffen. Weiter?»

«Kann man diesen Anton, Signes Bruder, wirklich als Täter ausschließen?», fragte Jens bedächtig.

Martin sah Paula an. Aber was sollte sie dazu sagen? Der

Mann schien harmlos zu sein. Und selbst, wenn nicht: Was hätte er davon, Caro zu ermorden? Er würde doch ohnehin als erster verdächtigt werden, da sie zu niemandem sonst im Ort in Beziehung standen.

«Was ist mit Signe von Arnsberg?», fragte Fritz.

Martin schüttelte den Kopf. «Erstens: Warum sollte sie die Kommissarinnen überfallen? Zweitens …»

«Vielleicht sind Caro und Paula in den vergangenen Tagen auf etwas gestoßen, das Signe unter Verdacht bringen würde – und haben es nur noch nicht gemerkt.»

Wieder hingen die Blicke an Paula. Sie zuckte mit den Schultern. «Ich glaube nicht, dass Signe fähig wäre, Caro niederzustrecken. Rein von der Körperkraft her. Und schon gar nicht uns beide. Es war ja Zufall, dass Caro allein in die Festung gelaufen ist. Nein, es ist ein Mann gewesen.»

«Kannst du das auch an etwas anderem festmachen? Hast du vielleicht doch etwas gesehen?», fragte Martin.

Paula versuchte sich zu erinnern. Die Gestalt in der Tür … Einen Rock hatte sie jedenfalls nicht getragen. Oder doch? Sie zuckte mit den Achseln. «Wir müssen warten, bis Caro wieder zu sich kommt.»

Falls das je passieren würde. Paula hatte vor ihrer Besprechung noch im Krankenhaus angerufen. Der Arzt dort gab sich pessimistisch. Caro hatte eine Menge Blut verloren.

«Bucmeister? Der Chauffeur?», schlug Fritz vor.

Sie zuckte mit den Achseln. «Was sollte er gegen Caro und mich haben? Und woher hätte er wissen sollen – woher hätte *irgendjemand* wissen sollen –, dass wir in Cuxhaven sind?»

Ihre Kollegen lehnten sich frustriert zurück.

«Wer war der Mann, der dem Ehepaar gesagt hat, jemand hätte geschrien?», fragte Paula. «Ich hab's nämlich nicht getan und auch Caro nicht, das hätte ich gehört.»

«Du warst aufgeregt», gab Jens zu bedenken.

«Wir müssen also nach einem Mann zwischen dreißig und sechzig Ausschau halten, der möglicherweise eine Mütze trug, unter der sich möglicherweise Segelohren verbargen und von dem wir sonst nichts wissen», folgerte Martin sarkastisch.

«Vielleicht würde die Frau, diese Ilse Müller, ihn wiedererkennen, wenn sie ihn sähe.»

«Mit absoluter Sicherheit, sodass es einen Richter überzeugen könnte?»

«Wenn der Mann gleichzeitig in unserem Fall eine Rolle spielen würde … Warum nicht?»

Paula verstummte und starrte wie die anderen die Wand des altmodischen Verhörzimmers der Wache an. Ihre Hoffnung galt dem Erkennungsdienst. Wenn die Männer Fingerabdrücke oder Abdrücke von Schuhen fänden …

«Hast du auch Schuppe gebeten zu kommen?», fragte sie Martin. Dr. Schuppe war ein glänzender Rechtsmediziner und sezierte vor allem Mordopfer. Aber er hatte auch lange als Arzt gearbeitet. Vielleicht fiel ihm ein, wie man Caro aus ihrer Bewusstlosigkeit holen konnte. Sie war froh, als Martin nickte.

Der Rest des Tages verging mit einer zugleich beruhigenden und quälenden Routine. Hansen ließ Plakate drucken, auf denen die Polizei die Bevölkerung um Hinweise zu dem feigen Anschlag bat. Fritz leitete telefonisch eine Radiofahndung ein – von der sie sich allerdings nicht allzu viel versprachen. Schließlich traf der Erkennungsdienst ein und ließ sich von Paula zum Fort Kugelbake führen.

Bei Tageslicht hatte die Anlage viel von ihrem Schrecken verloren. Dennoch bekam sie kaum Luft, als sie den feuchtmuffigen Raum betrat und die Männer mit ihren Taschenlampen hinab zu dem Gewölbe führte, in dem sie Caro gefunden hatte.

Konrad Blasse, der Leiter des Erkennungsdiensts, schickte einen seiner Männer fort, um für besseres Licht zu sorgen. Offenbar war bei der Aufgabe der Anlage der Strom abgeschaltet worden. Als der Mann zurückkehrte und an einem Schalter drehte, wurde es hell in dem Gang und dann auch in dem Raum, in dem Caro gelegen hatte.

Paula entdeckte, was sie in der Nacht nicht hatte sehen können: An den Wänden lagerten säuberlich gestapelt ähnliche Geschosse wie in der Nische des Gewölbegangs. Der Holzrost am Boden diente offenbar dazu, sie vor Nässe zu schützen, denn darunter hatte sich in kleinen Pfützen Wasser gesammelt, das durch die Wände oder den Boden gedrungen sein musste. An der Stelle, an der Caro gelegen hatte, war der Rost von ihrem Blut verfärbt.

«Übel», murmelte Blasse. Und nach einer Pause: «Also gut, fangen wir an.»

Sein Trupp arbeitete, inspiriert von einem Berliner Kollegen namens Gennat, nach modernsten Untersuchungsmethoden. Eine der wichtigsten Regeln lautete, dass bei der ersten Begehung keine Spuren beschädigt werden durften. Also blieben die Kollegen im Flur stehen, während er sich einen Überblick verschaffte. Er deutete auf die Stelle, an der Caro gelegen hatte, und auf eine andere, an der er etwas entdeckt hatte, das Paula nicht erkennen konnte. Dann ließ er ein Stativ aufbauen und eine Ermanox-Kamera darauf installieren, ein exzellentes Gerät, das selbst unter widrigsten Umständen brauchbare Fotos lieferte.

«Wie geht es eigentlich Ihrer Kollegin?», fragte er, während seine Männer arbeiteten.

Paula wusste, dass Blasse Caros Verbindung mit Gertrud Augspurg missbilligte, aber in einem Fall wie diesem rückte das offenbar in den Hintergrund.

«Nicht gut. Wir müssen mit allem rechnen.»

Er rückte seine runde Brille zurecht und murmelte: «Richten Sie meine Genesungswünsche aus, wenn Sie sie wiedersehen. Sagen Sie ihr: Soweit es an mir liegt, kriegen wir das Schwein.»

Seine Aufmerksamkeit wurde von einem Stück Schnürsenkel beansprucht, das einer seiner Männer zwischen den Stäben des Fußbodenrosts entdeckt hatte. Es sah ziemlich neu aus, war also erst kürzlich abgerissen.

«Hat Ihre Kollegin solche Schnürsenkel getragen?», fragte er Paula.

Wie sollte sie das wissen? «Ich schaue nach, wenn ich nachher im Hospital bin.»

«Und das hier sind Abdrücke eines Schuhs. Herrenschuhe, der Größe nach zu urteilen», rief einer seiner Männer, der die andere Stelle untersuchte, auf die Blasse gewiesen hatte.

«Hier sind auch welche», meinte ein anderer, der neben der Granate im Flur Rußpulver verteilte. Sie erklärte, dass sie versucht hatte, sich mit dem Ding zu verteidigen.

«Dann hat der Dreckskerl hoffentlich was abbekommen», lächelte Blasse. «Gibt es Blutspuren?»

Paula wandte sich ab. Der Geruch … die Bilder … Sie musste raus hier.

«Moment. Tragen Sie dieselben Schuhe wie gestern Abend?», hielt Blasse sie auf.

Was denn sonst? Sie ahnte, was er wollte, und zog einen Schuh vom Fuß. Der Fotograf bat sie, die Taschenlampe gegen die Sohle zu halten, und schoss mehrere Fotos.

«Wenn Sie mich brauchen – ich bin bei Caro Wagner im

Hospital», erklärte sie danach knapp und verließ den verhassten Ort so rasch, wie ihre Selbstachtung es zuließ.

Als sie ins Krankenzimmer kam, war Gertrud auf ihrem Stuhl neben Caros Bett eingeschlafen. Paula trat zu ihrer bewusstlosen Kollegin, mit der sie so viele bedrohliche Situationen erlebt und so viele Gedanken geteilt hatte. Soweit sie es beurteilen konnte, hatte Caro sich nicht bewegt, seit sie sie das letzte Mal gesehen hatte. Ihre Gesichtshaut war blass, fast durchsichtig. Ihr Atem ging schwach und unregelmäßig, als wäre der weiße Verband um ihren Hals eine Schlinge, die ihr die Luft abschnürte. Und wenn sie starb?

Gertrud schnarchte leise. Keine gute Idee, sie jetzt zu wecken. Sicher hatte sie die Ruhepause dringend nötig. Paula kehrte dem Krankenzimmer zutiefst niedergeschlagen wieder den Rücken.

Draußen, auf dem Vorplatz des Hospitals, traf sie allerdings auf Carl Schuppe, den eleganten Polizeiarzt mit dem schwarzen Schnurrbart. Sie überwand sich und geleitete ihn zurück zum Krankenzimmer.

Bei ihrem Eintritt schreckte Gertrud auf. Ihre Augen wurden feucht, und sie fiel Schuppe, der es verlegen geschehen ließ, um den Hals. Als der behandelnde Arzt dazukam, wurden sie hinausgeschickt. Eine Viertelstunde später ging der Stationsarzt wieder, und die Frauen durften zurück ins Zimmer, wo sie dem Bericht des Pathologen lauschten. Der fiel knapp genug aus: Caro war ein Messer in den Hals gerammt worden, wobei der Täter von hinten zugelangt hatte – glücklicherweise hatte er die Halsschlagader knapp verfehlt. Vermutlich hatte Paula ihn gestört. Trotzdem hatte Caro reichlich Blut verloren. «Wir müssen abwarten», erklärte Schuppe.

Es wurde Abend, ohne dass ihre Ermittlungen etwas ergaben. Weder meldete sich der Mann, der das Ehepaar mit dem Hund angesprochen hatte, noch irgendein anderer Zeuge. Schließlich, gegen einundzwanzig Uhr, ordnete Martin an, dass Fritz Pepper und Volker Rauhe in Cuxhaven bleiben sollten – der eine mit einer Pistole vor Caros Tür, der andere auf der Polizeiwache, um auf alle Eventualitäten reagieren zu können. Er selbst wollte mit Jens, Sigmund und Paula nach Hamburg zurückkehren. Dort wurde schließlich immer noch ein Kind vermisst.

Als sie Hamburg erreichten, brachten sie zunächst ihre beiden Kollegen zu deren Wohnungen und fuhren anschließend weiter in die Lohmühlenstraße.

«Du machst heute Nacht niemandem auf. Sei misstrauisch, von jetzt an immer, in jeder Situation. Versprich mir das!», forderte Martin, als sie vor dem Eingang ihres Wohnblocks standen. Als Paula stumm blieb, fragte er: «Kommst du noch kurz zu mir rein?»

Sie nickte. Die Vorstellung, in ihre eigene Wohnung zu gehen und dort zu liegen, wo ihre Vormieterin gestorben war, erschien ihr plötzlich unerträglich. Langsam stiegen sie die Treppe hinauf. Hinter einer der Wohnungstüren wurde gelacht und geredet, es klang nach einer Feier. Aber auch das konnte ihre Verkrampfung nicht lockern. Im Gegenteil, die Geräusche waren wie ein Schlag ins Gesicht.

Martin schloss die Tür auf, und Paula nahm auf seinem abgewetzten Sofa Platz. Plötzlich wurde ihr bewusst, dass sie sich seit anderthalb Tagen nicht mehr gewaschen hatte. Sie starrte auf die staubigen Bücherregale, die Zeitungen auf der Fensterbank, auf das Wandtelefon im Flur, das die Polizei ihren Kripobeamten zur Verfügung stellte und auf dem sich ebenfalls Staub abgesetzt hatte … Seine Wohnung war ihm egal, er benutzte sie nur zum Schlafen. Aber das wusste sie ja schon.

In der Küche pfiff der Wasserkessel, dann drang Kaffeegeruch in die Stube. Kurz darauf saßen sie einander gegenüber, er auf einem der modernen Bauhausstühle, die sich irgendwie zwischen seine anderen lieblos zusammengewürfelten Möbel verirrt hatten. «Schlimm, das mit Caro», sagte er. Der Kaffee, den er auf dem Tisch abgestellt hatte, dampfte, aber keiner von ihnen trank.

«Wir sind Freudinnen geworden. Echte Freundinnen. Es hat immer mal wieder gekracht zwischen uns, aber wir waren uns trotzdem nah», sagte Paula.

Er nickte, als verstünde er, was sie meinte.

«Sie hat gewunken, bevor sie zwischen den Bäumen verschwand. Sie wollte, dass ich sie in dieses Fort begleite, aber ich hatte keine …»

«Nein, Paula, mach das nicht.»

«Was denn?»

«Fang nicht mit Selbstvorwürfen an. Du hast bei ihr ausgeharrt, als es hart auf hart kam, und weil du nicht dumm bist, war dir auch klar, dass der Mörder zu jeder Zeit hätte zurückkommen können.»

«Ich hatte keine Wahl. Sie wäre verblutet, wenn ich aufgehört hätte, mein Hemd gegen die Wunde zu drücken.»

«Genau das meine ich. Du bist geblieben. Du hast sie gerettet.»

«Hast du etwas Stärkeres als Kaffee?»

Er stand auf und holte von einer Anrichte eine Flasche Rum. Paula trank ein paar Schlucke aus ihrem Kaffeebecher, dann füllte sie ihn mit Rum auf und schüttete die Mischung in sich hinein. Auf dem Tisch lag ein geöffneter Brief.

«Willst du hier auf dem Sofa schlafen?», fragte Martin.

Sie nickte, ohne sich zu besinnen.

«Brauchst du nur eine Decke, oder soll ich dein Kissen von oben holen?»

Sie nickte erneut, er starrte sie an. «Tut mir leid, dass es dir so beschissen geht.»

«Was?»

«Wo ist dein Schlüssel?»

Sie kramte in der Tasche und reichte ihm den Bund. Er verschwand damit im Flur, seine Schritte verklangen.

Aus dem Briefumschlag lugten ein Stück mit blauer Tinte beschriebenes Büttenpapier und die obere Hälfte eines Fotos hervor. Das Bild zeigte eine lächelnde junge Frau mit blonden Haaren, die zu einer eleganten Frisur geflochten waren. Paula hörte Martins Schritte über sich. Sie war froh, dass sie das Kissen nicht selbst holen musste. Mit zittrigen Händen beugte sie sich vor und goss in ihren leeren Becher Rum nach. Runter damit, auch wenn sie den Geschmack widerlich fand.

Martin kehrte mit ihrem Kissen zurück. Er legte es neben sie aufs Sofa und brachte von nebenan noch eine Wolldecke. «Oder willst du lieber in meinem Bett schlafen?»

Das war nicht so gemeint, wie man es missverstehen könnte. Er blickte sie nicht erwartungsvoll, sondern mit einem unterdrückten Gähnen an.

«Lass nur. Ist schon gut hier.»

Sein Blick ging zur Rumflasche, die inzwischen deutlich leerer war, aber er verkniff sich eine Bemerkung. «Bis morgen.» In der Tür zur Schlafkammer drehte er sich noch einmal um. «Irgendwann fühlt man sich wieder besser», sagte er. Dann war er verschwunden.

Paula starrte wieder auf den Brief. Die Adresse auf dem Umschlag war in einer adretten, fast schon kunstvollen

Schrift geschrieben. Die schwungvollen Buchsstaben passten zu dem hübschen Gesicht, das aus dem Umschlag lugte.

Schwerfällig stand sie auf, ging zum Lichtschalter und drehte das Licht aus. Zurück auf dem Sofa schob sie sich das Kissen unter den Kopf und schloss die Augen.

11. KAPITEL

DONNERSTAG, 15. AUGUST

Paula erwachte als erste und machte sich auf den Weg in ihre eigene Wohnung, um sich zu waschen und umzuziehen. Der Schlaf hatte sie gestärkt, ihre Verzweiflung war zu einem flauen Gefühl im Magen geschrumpft. Sie kehrte allerdings mit voller Wucht zurück, als sie ihr Kleid ausziehen wollte und am Saum Flecken von getrocknetem Blut erblickte. Rasch zerrte sie es über den Kopf und warf es von sich. Auch ihre Strümpfe waren beschmutzt. Sie zog sich ganz aus und ließ Wasser in ihre Waschschüssel, um sich sauber zu schrubben. Erst als ihre Haut brannte, hörte sie damit auf.

Sie zog sich frische Sachen an und knüllte die besudelten Kleidungsstücke zu einem Ball zusammen, den sie nachher im Mülleimer neben der Haustür verschwinden lassen würde. Auch wenn sie sie stundenlang wüsche – niemals würde sie diese Sachen wieder auf der Haut spüren können. Dass ihr die Flecken gar nicht aufgefallen waren … Und niemand hatte sie darauf aufmerksam gemacht! Sie riss das Fenster auf, als könnte sie die bösen Geister mit frischer Luft vertreiben. Dann beschmierte sie einen Brotkanten mit Butter, um ihren Magen zu beruhigen. Sie kaute noch, als es an ihrer Tür klopfte.

Martin.

«Fährst du mit im Polizeiwagen?»

«Na, wenn es schon angeboten wird …» Paula bemühte sich um ein unbeschwertes Lächeln und griff nach Handtasche und Schlüssel.

Martin hatte im Cuxhavener Hospital angerufen. «Keine Veränderung bei Caro», berichtete er, während er den Motor anließ und den Wagen in den Hamburger Morgenverkehr lenkte. «Auch auf der Wache gibt es nichts Neues, sagt Volker. Und du? Ist dir heute Nacht noch etwas eingefallen?»

«Ich tippe auf den ominösen Mann, der das Ehepaar angehalten hat. Er hat zufällig gesehen, wie Caro ins Fort gegangen ist, und die Gelegenheit ergriffen.»

«Aber warum hat er sich danach nicht einfach still davongemacht?»

«Wollte er sicher. Nur ist er dem Ehepaar in die Arme gelaufen. Vielleicht hat er gedacht, es könnte ihn entlasten, die Situation selbst gemeldet zu haben, falls man ihn irgendwann fasst.»

«Ja, das wäre möglich», meinte Martin nach kurzem Nachdenken.

Im Stadthaus wurde Paula von einem Mann der Wache aufgehalten: Josefine Erkens wünsche ihre Kommissarin zu sprechen. Paula klopfte bei ihrer Vorgesetzten, und die unscheinbare, rundliche Frau, bei der man zweimal hinsehen musste, um ihren scharfen Blick zu entdecken, bat sie, sich zu setzen. Sie starrten einander einen Moment lang an, dann hob Erkens auffordernd die Hand, und Paula begann den Ermittlungsstand im Fall der verschwundenen Dorothee von Arnsberg zu schildern. Sie ließ kein Detail aus – den toten Hund, das Kindermädchen, den Chauffeur, die exzentrische Mutter, Signes Cuxhavener Bruder.

«Gibt es schon irgendwelche gesicherten Ergebnisse?»

Paula schüttelte den Kopf.

«Denkt ihr an einen Zusammenhang zwischen eurem aktuellen Fall und dem Überfall auf Caro?»

Noch ein Kopfschütteln. «Alles wirkt … willkürlich. Chaotisch.»

«Arbeitet Broder ordentlich?»

«Wie immer. Er ist klug und systematisch.»

Ihre Vorgesetzte nickte und lehnte sich zurück. «Ich will über alles, was passiert, informiert werden. Unser hochgeschätzter Vorgesetzter Dr. Schlanbusch hat sich zwar scheinbar mit der Weiblichen Kriminalpolizei, die man ihm ins Nest gesetzt hat, abgefunden, aber insgeheim möchte er uns loswerden. Daraus ist längst etwas Persönliches geworden. Er würde uns am liebsten zurück in die Fürsorge schicken, Paula. Wir müssen beweisen, dass wir gut sind.»

Dort, bei der Fürsorge, hatten die meisten Kriminalbeamtinnen vor ihrer Anstellung bei der WKP gearbeitet, oft in den Hurenvierteln, wo sie versuchten, Mädchen und junge Frauen vor einem Abgleiten in die Prostitution zu bewahren oder kleine Jungen von den Diebesbanden fernzuhalten. Paula war aus einem behüteten, großbürgerlichen Haus zu ihnen gestoßen. Sie freute sich, dass ihre Vorgesetzte das in diesem Moment vergessen zu haben schien. Allmählich wurde sie wirklich zu einer der ihren.

«Also, gut. Sie werden eine neue Mitarbeiterin bekommen, Paula, solange Caro im Krankenhaus ist.»

«Das möchte ich nicht.»

«Bitte?»

«So wie ich es sehe, hat Caro einfach Blut verloren. Und davon wird sie sich sicher bald erholen. Ich fände es … schrecklich, wenn sie sich für sofort ersetzbar halten würde.»

Josefine Erkens lachte und musterte sie. «Also gut. Die Frau, mit der ich sie ersetzt hätte, heißt Gretchen Sonderbusch. Sie hat sich letzte Woche hier beworben, und ich halte sie für fähig. Aber wir geben Caro noch ein paar Tage. Sie sind entlassen, Paula.»

Bitte?

«Nun gehen Sie schon, die Arbeit wartet!»

In der Mordbude saßen sie bereits wieder beisammen. Jens und Sigmund unterhielten sich leise, und Martin versuchte offenbar gerade, am Telefon Dr. Schlanbusch zu erreichen. Doch der Leiter der Kriminalpolizei hatte entweder noch nichts von dem Überfall in Cuxhaven gehört, oder er war mit anderen Dingen beschäftigt. Jedenfalls musste Martin sich mit seiner Sekretärin zufriedengeben, worüber er sicher nicht unglücklich war. Er schilderte ihr die Lage, legte auf und wandte sich seinem zusammengeschmolzenen Trupp zu.

«Also gut. In Cuxhaven können wir im Moment nichts ausrichten. Wir konzentrieren uns wieder auf Dorothee von Arnsberg.» Er dachte kurz nach. «Wir müssen die Mutter befragen.»

Sie starrten auf die Korktafel.

«Und Friederike Hagemann», schlug Paula vor. «Sie ist die zweite Person, die Signe von früher kennt.»

«Fritz und Volker sind bei ihr gewesen», erinnerte Martin.

«Sollte uns das daran hindern, noch einmal vorbeizuschauen? Wir könnten ihr Fragen stellen, auf die Fritz und Volker vielleicht nicht gekommen sind. Auch zu Bucmeister. Kann ja sein, dass ihr inzwischen etwas an ihm aufgefallen ist.»

«Also schön. Jens, du hütest das Telefon, für den Fall, dass es Neuigkeiten gibt. Sigmund, du gehst hoch zu den Karteikarten und findest heraus, ob es Hinweise auf frühere Übergriffe auf Frauen in Cuxhaven gibt. Womöglich ist Caro einem Serientäter zum Opfer gefallen.»

«Hätte Hansen das nicht erwähnt?»

«Der Mann ist über hundert! Schau einfach nach! Und du, Paula, kommst mit mir.»

Sie griff nach ihrer Tasche. «Wohin wollen wir?»

«Erst zum *Kaffeeböhnchen*, dann zu Signe, dann noch einmal zu ihrer Pflegemutter.»

In dem Café stand ein älterer Mann um die sechzig hinter einer Theke. Der Besitzer der Lokalität? Wahrscheinlich, denn er wirkte ausgesprochen mürrisch, was sich ein Angestellter kaum geleistet hätte. Außerdem schien er ein Pferdenarr zu sein – die Wand in seinem Rücken war von Fotos muskulöser Tiere gepflastert, die über eine Rennbahn galoppierten oder vor Reitställen am Zügel geführt wurden. Die plüschige Einrichtung des *Kaffeeböhnchens*, die wohl vor allem ältere Herrschaften zum Eintreten und Platznehmen animieren sollte, bildete dazu einen krassen Gegensatz.

Nachdem sie ihre Kriminaldienstmarken vorgezeigt und ihr Anliegen vorgetragen hatten, machte sich der Mann auf den Weg, seine Frau zu holen, die offenbar noch schlief. Martin und Paula setzen sich an einen leeren Tisch und lauschten dem Gespräch zweier Männer, die über das nächste Rennen debattierten. Einer von ihnen, der ihnen den Rücken zukehrte, favorisierte einen Hengst namens Harlequin, der bereits im vergangenen Jahr einen Preis beim Hindernisrennen gewonnen hatte. «Das Tier ist schnell – und vor allem brauchste es nicht anzutreiben, das rennt von allein wie der Teufel», meinte er.

«Bei einem Rennen musst du alle Pferde antreiben», widersprach sein Gegenüber.

«Aber nicht Harlequin, der hat Ehrgeiz. Ja, lach nur, Pferde sind gar nicht so anders als Menschen.»

Paula runzelte die Stirn. Kannte sie die Stimme nicht? Sie dachte an den Pferdepfleger, der ihnen an der Alster zur Hilfe gekommen war, aber der Gedanken wurde sofort von einem zweiten überlagert. Signes Stiefvater Karl Modersen war Besitzer der Horner Rennbahn, und Signe war mit Friederike Hagemann befreundet gewesen. Stand womöglich auch Signes Stiefmutter Hella in Kontakt mit der Besitzerin des *Kaffeeböhnchens*?

Die Frau, die schließlich die Treppe herabkam, wirkte wesentlich jünger als ihr Ehemann. Sie setzte sich mit einem Lächeln an ihren Tisch und tat erst gar nicht so, als wüsste sie nicht, worum es ging. Mit einem energischen Tippen auf die Tischplatte wies sie ihren Mann an, ihnen Kaffee zu bringen. «Denk an den Zucker. Wollen Sie doch, oder?»

Paula nickte, Martin schüttelte den Kopf.

Sie warteten, bis das Gewünschte auf dem Tisch stand, dann begannen sie, ihre Fragen zu stellen.

Friederike Hagemann antwortete bereitwillig. Dieser Herr Bucmeister, der Chauffeur, sei von ihrer Freundin zu ihr geschickt worden, richtig. «Das fand ich wirklich nett von Signe, dass sie nach so langer Zeit noch an mich gedacht hat.» Sie lächelte. «Sie hat es ja weit gebracht. Ist schon verrückt. Wenn ich es richtig verstanden habe, hat sie einen reichen Mann aus Bielefeld gehei…»

Das Telefon begann zu läuten. «Nun geh schon ran», rief sie ihrem Mann gereizt zu. «Sie hat also reich geheiratet. Donnerwetter!, hab ich zu ihr gesagt. Allerdings ist sie auch verdammt hübsch, sogar … Was ist denn, Knut?»

Ihr Mann hielt ratlos den Hörer in der Hand.

«Sag, wir öffnen heute Abend um acht. Sag ihm auch, dass wir uns auf ihn freuen, vergiss das nicht!»

Er tat wie geheißen und legte auf.

«Entschuldigung», wandte Friederike Hagemann sich wieder an ihre beiden Besucher. «Signe ist sogar heute noch hübsch – das wollte ich sagen. Sie ist von der Natur gesegnet. Am glücklichsten war sie aber wohl, als ihr der Herrgott eine Tochter geschenkt hat, zu einem Zeitpunkt, als sie kaum noch damit rechnete. So habe ich es jedenfalls verstanden, als ich mich mit ihr unterhalten habe.» Die Wirtin langte nach einem Taschentuch in ihrer Rocktasche, mit dem sie über die Augen wischte. «Tut mir leid, aber … Die arme kleine Dorle! Haben Sie schon etwas herausgefunden?»

«Sie sind mit Signe von Arnsberg also noch befreundet?», vergewisserte sich Martin, ohne auf ihre Frage einzugehen.

«Ja. Meine Mutter und Hella Modersen sind in dieselbe Klasse gegangen. Und als es bei uns nach dem Tod meines Vaters klamm wurde, durfte ich zu dem Modersens zum Putzen kommen. Da habe ich natürlich auch Signe kennengelernt. Und weil wir einander mochten – trotz des Altersunterschieds –, hat sie mich gelegentlich besucht. Erst nur ab und zu, dann immer öfter. Frau Modersen hat das auch gestattet. Die ist nicht im Geringsten eingebildet.»

«Haben Sie über die Jahre Kontakt gehalten?»

«Nein, der ist abgebrochen, als Signe Hamburg verlassen hat.»

«Wie ist sie als Kind gewesen?», fragte Paula.

«Tja, sie kam mir ein bisschen verloren vor. So, als könnte sie nirgends zur Ruhe kommen. Die flatterte immer durch die Straßen. Eine Zeit lang ist sie wohl dem Willy nachgelaufen. Das ist der leibliche Sohn der Modersens. Dabei war der damals schon erwachsen. Der hat sich kaputtgelacht, als sich die kleine Göre an ihn hängte.»

«Wo steckt er denn jetzt?»

«Willy? Der ist nach Amerika ausgewandet. Auch das ist schon ewig her. Ich kann mich kaum noch an ihn erinnern.»

Paula strich den Mann in Gedanken von ihrer Liste der zu Verhörenden.

«Ist es richtig, dass Signe sich irgendwann fremden Männern zugewandt hat?», wollte Martin wissen.

Friederike Hagemann errötete. Sie blickte zu den anderen Gästen hinüber, aber niemand schien ihrem Gespräch zu lauschen. Trotzdem senkte sie die Stimme, als sie weitersprach. «Ich weiß auch nicht, warum sie plötzlich so überschnappte. Das war um ihren dreizehnten Geburtstag herum. Sie sah damals schon ziemlich reif aus, wenn Sie verstehen, was ich meine.» Sie deutete flüchtig auf ihre Brüste. «Irgendwann habe ich sie, als ich einmal Milch holen war, zusammen mit einem Fremden gesehen. Und ich habe beobachtet, wie der Kerl sie … so seltsam berührte. Er hat mit der Hand ihren Oberarm gepackt und die Finger unter ihren kurzen Ärmel geschoben und dabei ihre Haut gestreichelt. Das Bild hat sich mir eingeprägt. Und danach nahm das Unglück seinen Lauf. Wissen Sie das mit Magnus?»

«Dass er Signes Sohn ist?», fragte Paula.

«Dann brauche ich ja nicht diskret zu sein. Der Junge hat es gut bei den Modersens. Das ist die Sache, über die man sich freuen kann. Aber ich fand es schrecklich, dass Signe sich gar nicht für ihn interessiert hat. Und auch von ihren Pflegeeltern wollte sie plötzlich nichts mehr wissen. Sie hat ein paar Sachen in ein Köfferchen gestopft und ist abgehauen. Ohne ein Wort, einfach so. Frau Modersen ist noch zu mir gekommen, um zu fragen, ob ich wüsste, wo sie hin ist. Aber Signe hatte zu dieser Zeit kaum noch Kontakt zu mir. Deshalb war ich auch ziemlich überrascht, als sie vor ein paar Tagen hier hereinschneite.»

Sie blickte Paula an, als erwartete sie einen Kommentar. Dann fügte sie hinzu: «Das klang jetzt alles etwas harsch. Obwohl sich Signe während der Schwangerschaft in sich verkrochen hatte, waren wir trotzdem … na, so etwas wie Freundinnen geblieben. Und als sie jetzt wieder hier auftauchte, war die alte Nähe sofort wieder da. Ich kann sie immer noch gut leiden, und es tut mir von Herzen leid, dass sie solchen Kummer wegen ihrer Tochter hat.»

«Haben Sie eine Idee, wer Dorle entführt haben könnte?», fragte Martin.

Die Frau zuckte ratlos mit den Achseln.

«Ist Ihnen beispielsweise an dem Chauffeur von Frau von Arnsberg etwas Verdächtiges aufgefallen?»

«Dem Bucmeister? Was denn?»

«Alles könnte wichtig sein. Auch Dinge, die Ihnen belanglos erscheinen.»

«Herr Bucmeister ist ein korrekter und höflicher Gast.»

Martin nickte. Er blickte zu Paula. Hier war offenbar nichts mehr zu holen.

Aber so rasch wollte sie nicht aufgeben. «Wären Sie so freundlich, uns zum Zimmer von Herrn Bucmeister zu führen?», fragte sie.

Wieder läutete das Telefon. «Sag ihm, dass er um acht vorbeikommen kann und wir uns auf ihn freuen», zischte Friederike ihrem Mann erneut zu, während sie ihre Gäste an ihm vorbeiführte. Ein Satz, der hier offenbar Dutzende Male am Tag gesprochen wurde. Die Sache mit den Mädchen und den Freiern schien zu stimmen.

Friederike Hagemann führte sie über eine Hinterhoftreppe in das obere Stockwerk eines schäbigen Anbaus. Ihre Gäste schienen nicht besonders zahlungskräftig zu sein. Die Teppiche im Flur waren abgeschabt, die Tapeten ausgeblichen. Vor der Tür neben einer kleinen, dreistufigen Treppe blieb sie stehen und klopfte. Niemand antwortete.

«Der Herr Chauffeur wird wohl gerade unterwegs sein», meinte sie.

Paula spürte, wie sie wieder das bleierne Gefühl der Erfolglosigkeit packte, obwohl sie sich von dem Gespräch mit dem Mann sowieso nicht viel erhofft hatte. Da sie keinen richterlichen Beschluss vorweisen konnten, fragten sie auch nicht, ob sie das Zimmer betreten könnten.

Sie folgten der Wirtin zurück ins Café und wollten sich gerade verabschieden, als das Telefon erneut schrillte. Dieses Mal war Friederike schneller als ihr Gatte. Ungeduldig riss sie den Hörer von der Gabel, setzte rasch ein professionelles Lächeln auf ... und runzelte die Stirn. «Bitte, was?»

Martin nickte Paula zu. Sie waren nicht hier, um gewerbsmäßige Kuppelei zu verfolgen.

«Nein, einen Moment, warten Sie bitte, Herr Kommissar», rief sie ihnen hinterher. «Ich glaube, das ist für Sie.»

Jens Schmidtke wirkte angestrengt, als sie die Mordbude betraten. Er räumte den Stuhl für Martin und lächelte den beiden Besuchern vor dem Schreibtisch verkrampft zu, bevor er aus dem Raum humpelte.

Signe von Arnsberg und ihr Chauffeur hatten sich im Stadthaus eingefunden.

Martin nahm Platz, und Paula wollte sich gerade ebenfalls einen Stuhl heranziehen, als Signe aufsprang und sich in ihre Arme warf.

«Ich bin so erleichtert. So glücklich. Meine Tochter, meine kleine Dorothee … Sie ist wieder aufgetaucht!»

Paula schloss automatisch die Arme um die Frau und blickte über ihre Schulter zu Bucmeister. Der Chauffeur nickte lächelnd, und sie spürte, wie ihr eine Last von der Seele fiel. «Was ist passiert?»

«Ich weiß es ja selbst noch nicht genau … Es ist so … verwirrend. Bucmeister …» Signe drehte sich zu ihrem Chauffeur und blickte ihn hilfesuchend an.

«Wir haben ein Telegramm aus Bielefeld bekommen», erläuterte er, «und zwar von Alma. Sie hat erklärt …»

«Dieses naive Ding! Sie hatte sich in einen Ausländer verliebt, jemand aus England. Schon vor einiger Zeit. Ich hatte ihr den Umgang natürlich verboten. Wie oft habe ich zu ihr gesagt, dass sie sich nicht mehr mit ihm treffen soll, nicht wahr, Bucmeister? Aber sie wollte einfach nicht hören. Der Mann hat dich verhext, habe ich zu ihr gesagt und mit Entlassung gedroht. Andererseits war sie so freundlich und gleichzeitig so streng mit Dorle, dass ich sie einfach nicht missen wollte. Sie hat immer den richtigen Ton getroffen …» Signe brach in Tränen der Anspannung aus, und Bucmeister erklärte weiter.

«Dieser englische Mistkerl ist uns offenbar nach Hamburg gefolgt und hat dort ein Boot gemietet und Alma überredet, mit ihm und Dorle einen kleinen Ausflug zu machen.»

«Er ist im Krieg bei der Marine gewesen», warf Signe ein.

«Als Alma begriff, dass sie mit dem Kind entführt wurde, gelang es ihr glücklicherweise in einem unbeobachteten Moment …»

«Aber das wird sie nicht vor der Entlassung schützen!», fuhr Signe scharf dazwischen. «Die beiden sind wieder in Bielefeld.» Ihr letzter Satz ging an Martin, der steif nickte. «Ich werde also die Anzeige zurückziehen.»

«Haben Sie es bei sich?»

«Was bitte?»

«Das Telegramm.»

Signe kramte in ihrer Handtasche, zog ein Blatt Papier hervor und gab es Martin. Nachdem er es überflogen hatte, reichte er es an Paula weiter. Als Adressatin war Signe von Arnsberg angegeben, aktuell wohnhaft im *Atlantic*, Hamburg. Der Zettel mit den wenigen Sätzen, die vom Postangestellten auf das Papier geklebt worden waren, klangen wie in großer Bedrängnis diktiert.

Bin mit Dorle in Bielefeld. Charlie hatte uns entführt. Tut mir entsetzlich leid. Dorle geht es gut.

«Ich habe bereits mit ihr telefoniert, ihr ordentlich den Marsch geblasen und gesagt, dass sie am besten verschwunden ist, wenn ich heimkomme.»

«Wollen Sie gar nicht von ihr erfahren, was genau sich abgespielt hat?», fragte Paula.

«Mir geht es nur darum, mein Kind wieder in die Arme zu schließen!»

Das war verständlich.

«Wir fahren von hier aus sofort weiter nach Hause. Die Hotelrechnung ist bereits bezahlt.»

«Auch die im *Kaffeeböhnchen*?», fragte Martin.

«Natürlich. Oder? Haben Sie das erledigt, Bucmeister?»

Ihr Chauffeur starrte sie an.

«Also nicht? Meine Güte, Bucmeister! Wir erledigen das natürlich, bevor wir abfahren. Fräulein Haydorn …»

«Ja?»

«Ihnen gilt mein besonderer Dank. Sie haben mir sofort geglaubt und sich für mich eingesetzt. Wenn Sie erlauben …» Sie öffnete ihre Handtasche und zog ein paar Scheine heraus.

Paula errötete. «Vielen Dank, aber Polizeibeamte dürfen keine Geschenke annehmen.»

«Warum nicht? Liebes Fräulein Haydorn …»

«Es geht wirklich nicht.»

Martin hatte die Hand vor den Mund geschoben, aber sie sah, dass er grinste. Auch noch, als ihre beiden Besucher sich verabschiedet und das Zimmer verlassen hatten.

«Was ist?»

Er hob die Hand und wischte sich das Grinsen wie einen Krümel aus dem Gesicht. «Also los, wo stinkt der Fisch?»

Sie zögerte nur kurz. «Warum hat Alma sich erst nach sechs Tagen bei Signe gemeldet?»

«Weil der Mann sie so lange auf dem Boot festgehalten hat? Habe ich jedenfalls so verstanden.»

«Aber zu welchem Zweck? Warum hat er Signe nicht sofort erpresst?»

«Vielleicht dachte er, dass es günstig wäre, sie erst ein bisschen schmoren zu lassen.»

«Und dafür ist er das Risiko eingegangen, von der Hamburger Polizei gejagt zu werden?»

Martin hob unschlüssig die Hände. «Weitere Einwände?»

«Warum ist Alma nach ihrer Flucht nicht nach Hamburg gekommen?»

«Vielleicht dachte sie, Signe wäre bereits nach Hause zurückgekehrt?»

«Während hier fieberhaft nach ihrem Kind gesucht wird? Leuchtet mir nicht ein. Außerdem hätte sie das mit einem Anruf im *Atlantic* klären können.»

«Vielleicht war sie durcheinander? Unfähig, vernünftig zu reagieren?»

Ein Schlurfen auf dem Flur kündigte Jens' Rückkehr an. Er sah angespannt aus, als er die Tür öffnete. Offenbar hatte er Schmerzen. Mit verkniffenem Mund humpelte er zu dem Stuhl neben Paula und setzte sich.

«Warum zieht diese Frau ihre Anzeige zurück?», fragte Martin. «Will sie nicht, dass der Mistkerl, der ihr Kind in Angst und Schrecken versetzt hat, gefasst wird?»

«Sie will sicher vor allem Dorle in die Arme schließen», sagte Paula.

«Das wäre kein Widerspruch. Wir würden sie hier doch nicht festhalten. Ich frage mich auch, warum sie Alma Schütte vom Hof jagt.»

Die Antwort lag Paula auf der Zunge: Weil sie jemanden für den Schmerz, den sie erlitten hatte, bestrafen will. Andererseits war Alma die Einzige, die Auskunft darüber geben konnte, wie dieser Charles mit vollständigem Namen hieß, wie sie ihn kennengelernt hatte, auf was für ein Boot er sie gelockt hatte, wo sie ihm entwischt war und wo man ihn möglicherweise finden könnte. Ging sie, verschwanden diese Informationen mit ihr.

«Signe ist keine Polizistin. Sie versteht nicht, wie wir arbeiten», versuchte sie die Einwände, die ihr durch den Kopf gingen, selbst zu entkräften.

«Hältst du sie für dumm?», fragte Martin.

«Die ist nicht zu fassen», murmelte Jens. «Die glitscht einem durch die Finger wie ein Fisch.»

«Aber dumm ist sie nicht.» Martin griff zum Telefon und ließ sich mit dem *Kaffeeböhnchen* verbinden, wo er Friederike Hagemann, als er sie endlich an den Hörer bekam, darum bat, Bucmeister und Signe von Arnsberg noch einmal ins Stadthaus zu schicken. Anschließend rief er in Cuxhaven an. Dort gab es nichts Neues. Caro befand sich immer noch in kritischem Zustand. Er legte den Hörer auf die Gabel zurück, ihre Nervosität hing wie ein übler Geruch im Raum. «Was, wenn es Signe gar nicht um Dorothee, sondern um Alma gegangen ist?»

Jens schüttelte den Kopf. «Versteh ich nicht.»

«Vielleicht sind wir Teil eines ausgeklügelten Komplotts geworden. Nehmen wir einmal an, Signe hatte vor, sich an Alma zu rächen, weil …»

«… sie ein Verhältnis mit ihrem Ehemann hatte?» Jens' Miene hellte sich auf.

«Sie könnte auch auf irgendeine Weise Schuld an seinem Tod tragen.»

«Oder Alma wusste etwas, das für Signe gefährlich werden konnte, und deshalb musste sie beseitigt werden.» Jens ließ seinen Hosenträger schnappen, als wollte er seiner Idee damit Beifall spenden.

«Und zu diesem Zweck inszeniert sie die Entführung ihrer kleinen Tochter?», fragte Paula. «Ihr seid ja verrückt.»

Martin zwinkerte Jens zu und meinte: «Hör nicht auf unsere Kollegin, sie ist bestochen worden.»

«Ist sie keineswegs!», fauchte Paula.

«Ich habe das Funkeln in deinen Augen gesehen, als Signe mit den Scheinen wedelte.»

Er wollte sie nur veralbern, aber Paula ärgerte sich trotzdem.

Zum Glück kehrte gerade in diesem Moment Sigmund aus dem Karteikartenraum zurück. Er legte einen Stapel Karten auf den Tisch und wollte gerade etwas dazu sagen, als das Telefon schrillte. Paula sah, wie sich Martins Miene verdüsterte, während er lauschte. «Danke, dass Sie Bescheid geben.» Er legte den Hörer auf, starrte einige Sekunden auf seine Schreibtischplatte und erklärte dann: «Das war Friederike Hagemann. Signe hat sich von ihr nicht aufhalten lassen. Sie ist auf dem Weg nach Bielefeld.»

«Oh! Sind wir damit raus?», fragte Jens.

Martin schüttelte langsam den Kopf. «Haben wir dieses angeblich wiederaufgetauchte Mädchen gesehen?»

12. KAPITEL

DONNERSTAG, 15. AUGUST

Es war ein verfluchter Abend. Ein verfluchter Tag. Ein verfluchtes Leben!

Horst Schwanenbek schlurfte, auf seinen Stock gestützt, durchs Dorf. Hinter den Schienen der Tram, die den Ort mit dem Hamburger Hauptbahnhof verbanden, erhob sich die Martinskirche. Der rote Koloss der geistlichen Macht verschwamm vor seinen Augen. Wortwörtlich. Der Bau sah aus wie die Sonne, wenn sie in einem Band aus Nebel untergeht. Das war der Fluch, mit dem er lebte: Seine verdammten Augen ließen ihn nichts mehr klar erkennen. Es war, als gösse ihm jemand fortwährend Spülwasser darüber. Alles war in Bewegung und zerrann.

Was bei der Kirche allerdings keinen Verlust darstellte. Horst hielt nichts von Religion. Er war schon als junger Bursche in die SPD eingetreten und nach dem Dreckskrieg zu den Kommunisten gewechselt. Die setzten sich ein, die kämpften, und zwar bis aufs Blut, so, wie es auch nötig war, damit den kleinen Leuten endlich Gerechtigkeit widerfuhr! Er diente seiner Partei mit ganzer Seele. Oder hatte das zumindest getan, bevor der Scheiß mit seinen Augen ihn lahmlegte.

Vor ihm tauchte der kleine Bahnhof auf, bei dem die Tram

endete. Ebenfalls ein verschwommener Koloss. Horst fluchte weiter. Das Schicksal hatte sich mit ihm einen besonderen Spaß erlaubt. Es hatte ihn den Krieg überleben lassen, dank der Gasmasken, die ihr Kommandeur besorgt hatte. Es hatte ihm eine Stelle im Büro der Vulkanwerft beschert, wo er sich das Geld für einen kleinen Buchladen zusammensparen konnte. Und als ihm der Zaster während der Inflation zerronnen war, hatte man ihn als einen der wenigen auf der Werft nicht auf die Straße gesetzt. Er hatte erneut gespart. Die Buchhandlung rückte in greifbare Nähe. Doch dann hatte das Schicksal sein Leben in einer einzigen Stunde zerbrochen.

Aus dem Kesselwagen in einer Chemieanlage an der Müggenburger Schleuse war Gift ausgeströmt. Der Kapitalist, dem sie dieses Unglück verdankten, hieß Stoltzenberg. Er hatte den Kesselwagen nahe der Firma abstellen lassen, wo dann wegen mangelhafter Schweißnähte ein Ventil abgesprungen war. Eine giftige Wolke aus Phosgen war über das Firmengelände und die angrenzenden Wohngebiete gezogen, die auch ihn erwischte. Das passierte ironischerweise gerade, als er mit einem Mann, der ihm Räume für die Buchhandlung vermieten wollte, verhandelte. Also kurz vor der Vollendung seiner Träume.

Ein Dutzend Menschen starben an diesem Nachmittag, Hunderte wurden krank. Und er selbst war seitdem ein anderer Mensch. Ein Halbblinder, der zwar erkennen konnte, dass der Tabakwarenladen neben der Post von einer Frau abgeschlossen wurde und dass die Kinder, die auf dem Bürgersteig um ihn herumwuselten, auf selbst gebastelten Steckenpferden ritten. Aber waren es Jungs oder Mädchen? War die Frau hübsch oder hässlich? Das konnte er nur noch raten.

Am meisten brachte ihn auf, dass die Regierung auf das

Unglück, das durch alle Zeitungen ging, nicht reagierte. Er hatte gehofft, dass zumindest Schluss mit der Giftgasherstellung im Hamburger Stadtgebiet wäre und dieser Stoltzenberg ins Gefängnis wandern würde. Die KPD hatte sich dafür auch ordentlich ins Zeug gelegt, und er selbst war während der Demonstrationen als Opfer auf den Marktplätzen aufgetreten. Hatte nur leider nicht die Bohne genutzt. Stoltzenberg durfte weitermachen. Die Opfer wurden nicht mal entschädigt. So tickten sie, die Kapitalistenschweine.

Horst bog nach rechts in den Weg ein, der zur *Blauen Brücke* führte. Sie überspannte die Bille, und er schätzte den Ort, weil um diese Zeit dort selten etwas los war. Es gab zwar eine Fabrik, ein Sägewerk, aber das war bereits vor Jahren niedergebrannt. Auch die Villa des Besitzers nebenan hatte etwas abbekommen und wurde nicht mehr bewohnt. Nur der schmale Schienenstrang, der über das Gelände führte, war noch in Benutzung.

Horst schlurfte voran. Es wurmte ihn, dass er einen Stock zum Laufen brauchte, aber ohne schaffte er keine längeren Wege mehr. Das war eine Kriegsfolge, ein Durchschuss im Bein. Dass ihm das Laufen Probleme bereitete, störte ihn allerdings weit weniger als seine eingeschränkte Sehfähigkeit. Mithilfe der Krücke hätte er immer noch eine Buchhandlung führen können. Doch wenn man keine Bücher und keine Rechnungen mehr lesen konnte und die Kunden nur noch als Schemen wahrnahm …

Aufhören mit dem Grübeln!, befahl er sich, als er merkte, wie seine Stimmung immer weiter absackte. Was hatte der Psychofritze, der ihn behandelte, gesagt? Er solle auf die Möwen lauschen … auf den Wind in den Baumkronen … auf das Plätschern des Billewassers, wenn ein Boot vorbeizog … Und dabei den Geruch des Salzwassers einatmen … *So wer-*

den Sie Ihren Seelenfrieden wiederfinden, Kamerad. Und ganz falsch lag er damit nicht.

Der Weg begann sich zu heben, was das Gehen noch beschwerlicher machte. Aber schließlich hatte Horst den kleinen ovalen Platz vor der *Blauen Brücke* erreicht. In seinem Rücken, wo sich mehrere Kleingartenkolonien ausbreiteten, senkte sich bereits die Sonne. Er strebte zu einer Bank am Wegrand. Doch dann hörte er plötzlich einen der Feierabendgärtner einen flotten Schlager pfeifen. Der Wind trug die Klänge über die Lauben. Es war zwar unwahrscheinlich, dass der Mann ihn sehen konnte, aber es war ihm trotzdem unangenehm. Die Angst, dass man ihn für einen arbeitsscheuen Nichtsnutz halten oder ihn gar bemitleiden könnte, steckte ihm tief in den Knochen. Das war auch der Grund, warum er fast nur abends das Haus verließ – damit ihn niemand verachtete. Mühsam schleppte er sich eine Steintreppe auf der gegenüberliegenden Seite hinab, die auf das Grundstück mit den Brandruinen führte, und ließ sich ächzend auf eine der unteren Stufen fallen.

Er hörte, wie sich auf der Bille ein Lastenkahn näherte, und konnte bald auch die rauchende Kohle riechen. Ja, wirklich, das mochte er. Vielleicht, weil es ihn an die Vulkanwerft erinnerte. Auch Vögel gab's hier massenweise. Nicht nur die kreischenden Möwen, die ihm auf den Keks gingen, sondern Amseln und Spatzen. Horst begann, sich auf ihren Gesang zu konzentrieren. Irgendwann mischte sich sogar ein Grillenzirpen in den Chor. *Ja, Herr Doktor, ich merke, dass mir das jetzt wirklich ein bisschen von der Ruhe verschafft, die Sie mir versprochen haben.* Horst begann leise zu pfeifen, ließ es aber bald wieder sein. Es wurde allmählich dunkel, Zeit, nach Hause zu gehen. Doch plötzlich mochte er sich von diesem Ort, der so viel Ruhe ausstrahlte, nicht mehr trennen. *Und wenn ich mich hier ins Gras lege und die Augen schließe und mich einfach nicht mehr rühre, bis mein beschissenes Leben vorbei ist?*

Er streckte sich tatsächlich in dem weichen Unkraut aus – und musste dann wohl eingeschlafen sein, denn als er seine Umgebung wieder wahrnahm, war es dunkel geworden. Allerdings spendete der Mond, der über dem Dach der Villa hing, ein schönes, weiches Licht. Plötzlich sah das Gebäude wie ein Märchenschloss aus, nur dass es nicht im Wald stand, sondern eingeklemmt zwischen Wiesen, Feldern und der Bille. Eine Zeit lang ließ Horst das Bild auf sich wirken. Er dachte plötzlich mit Zuneigung an den Psychofritzen und bedauerte, dass er sich den Besuch nicht mehr leisten konnte. Der hätte sich bestimmt gefreut, von ihm mal etwas zu hören, das nach Hoffnung klang.

Horst gähnte. Als er sich bewegte, merkte er, wie steif seine Glieder geworden waren. Und kalt war ihm auch. Also stemmte er sich hoch und schaffte es mit einer kurzen Anstrengung zu den Stufen, wo er sich erneut ausruhen musste.

Und dann sah er plötzlich etwas, so unwirklich, dass er zwinkerte, weil er dachte, seine Augen spielten ihm einen Streich. Jemand kam aus Richtung der Hallen und stapfte über das Gelände. Die Bewegungen schienen angestrengt und ruckartig. Und er zog etwas hinter sich her. Was genau, konnte Horst nicht erkennen. Einen Sack, eine Karre …

Oder einen Menschen, dachte er und fand sich selbst verrückt.

Die Gestalt strebte mit dem schweren Gepäck auf die Gleise zu. Handelte es sich um einen Dieb? Er war offenbar aus einer der Sägewerkshallen gekommen. Aber was mochte es da noch zu holen geben? Eine Säge, dachte Horst, weil ihm nichts anderes einfiel. Mit Sägewerken kannte er sich nicht aus.

Er verschmolz mit der Treppe. Nur nicht auffallen. Der Dieb war ziemlich nah. Wenn der Mann ihn entdeckte und austickte, weil er sich ertappt fühlte, würde es gefährlich. Er konnte sich ja nicht wehren. Als der Halunke die Schienen erreichte, änderte er zum Glück die Richtung. Er folgte jetzt den Gleisen, bis sie einen Bogen machten, um parallel zum Fluss Richtung Osten in der Dunkelheit zu verschwinden. Dort wandte sich der Mann dem Deich zu. Er erklomm ihn – ein schwarzer Schatten vor dem etwas helleren Graswall. Für Horst wurde er nahezu unsichtbar, bis er den Weg oben auf dem Deich erreichte. Horst staunte, wie deutlich er ihn plötzlich erkennen konnte. Es war, als hätte die Nacht ihm einen Teil seiner Sehkraft zurückgegeben. Der Mann hob seine Last auf, sammelte Kraft – und stieß sie den Deich hinab. Wenige Sekunden später ertönte ein leises Platschen, als wäre das, was die Schräge hinabgerollt war, in der Bille gelandet. Der Mann wankte noch kurz, dann verschwand er.

War er ein Dieb, der seine Beute im Wasser versenkt hatte? So was ergab doch keinen Sinn. Horst war mit einem Mal nicht mehr kalt – er begann zu schwitzen. Vor Angst. Er war plötzlich sicher, dass der Mann einen Menschen in die Bille geworfen hatte.

13. KAPITEL

DONNERSTAG, 15. AUGUST

Martin, Jens, Sigmund und Paula brachen noch am selben Abend nach Bielefeld auf. Sigmund rauchte wie ein Schlot, was sich nur ertragen ließ, weil sie sämtliche Fenster hinuntergeklappt hatten. Jens schlief vorn neben Martin, und irgendwann nickte auch Sigmund ein. Sein Kopf sackte gegen Paulas Schulter, aber sie hielt still, weil das Gewicht besser zu ertragen war als der ätzende Rauch seiner Zigarre.

Es war vernünftig, dass sie dieses Mal zu viert reisten. Sie würden in kurzer Zeit viele Verhöre durchführen müssen, um Klarheit zu erlangen. Und was würden sie erfahren? Hoffentlich, dass es Dorle und Alma gut ging und sie sich von nun an darauf beschränken konnten, nach Almas Liebhaber zu fahnden! Paula ging so einiges durch den Kopf – vor allem die Frage nach dem Mann, der Caro überfallen hatte. Aber die Müdigkeit verklebte ihre Gedanken. Sie verirrten sich immer wieder auf Nebenwege. Wer war beispielsweise die blonde Frau von dem Foto im Umschlag auf Martins Tisch? Schließlich sank sie ebenfalls in einen unruhigen Schlummer.

Martin, der am Steuer saß, hielt mehrere Male am Straßenrand, um ebenfalls ein Nickerchen einzulegen, und als sie Bielefeld erreichten, graute bereits der Morgen. Sie genehmigten sich am Bielefelder Hauptbahnhof ein Frühstück in der Halle für Reisende und warteten dann auf Kister.

Der Bielefelder Kommissar, der ihnen bereits am vergangenen Abend telefonisch seine Hilfe zugesagt hatte, erschien gegen acht und brachte zwei Schupos mit, die er in der Nacht vor der Villa der Arnsbergs positioniert hatte. Es stellte sich rasch heraus, dass ihnen bis auf die Ankunft der Hausherrin und ihres Chauffeurs nichts Besonderes aufgefallen war. Auch sonst war in der Nacht alles ruhig geblieben. Die beiden verabschiedeten sich in den Feierabend.

Während Kister zu ihnen in den Wagen stieg und sie zu fünft zur Villa fuhren, spulte er für die Kollegen noch einmal ab, was er Martin offenbar schon zuvor telefonisch mitgeteilt hatte: dass nämlich die Familie von Arnsberg in dem Ruf stand, freundlich, aber wenig gesellig zu sein, und dass der Tod des Ehemannes die Nachbarn überrascht hatte, weil er ein besonnener Mensch gewesen war.

«Was kann auch der besonnenste Mensch gegen den Abgang einer Lawine tun?», fragte Paula.

«Ich gebe nur wieder, was die Leute erzählen. Wir konnten ja auch nicht allzu viele Menschen verhören. Das Personal fand den Hausherrn gütig und die Gnädige anstrengend, allerdings nicht mehr als andere Arbeitgeberinnen auch. Die ist hundertprozentig, wenn es um Sauberkeit und so weiter geht. Und daran ist ja auch nichts auszusetzen.»

«Haben Sie auch etwas über Frau von Arnsbergs Beziehung zu der kleinen Dorothee ausgesagt?»

«In die war sie vernarrt.»

«Und wie stand sie zu Dorles Kindermädchen?»

Kister zuckte mit den Schultern, und Paula lehnte sich zurück. Sie dachte an die Geldscheine, die Signe ihr hatte aufdrängen wollen, und an Martins idiotische Bemerkung dazu – die sie besser einfach überhört hätte. Wie mochten ihre Fragen auf ihn gewirkt haben? Als wäre sie immer noch dabei, Entlastendes über Signe herauszufinden? Ach, egal. In Kürze würden sie mit Alma sprechen können und die ganze Wahrheit herausfinden.

Signe wohnte am Rand von Bielefeld in einem protzigen Bau mit Blick auf den Teutoburger Wald. Die Polizeibeamten fuhren durch ein breites Tor, das seltsamerweise offen stand, und dann durch eine kleine Allee auf eine weitläufige Auffahrt, die in einem Bogen vor einer breiten, geschwungenen Treppe endete. Martin parkte den Wagen direkt vor dem Eingang. Er wollte etwas sagen – doch im selben Moment drang aus einem offen stehenden Fenster der Villa ein durchdringendes Geräusch. Es handelte sich um eine Mischung aus Gebrüll, Winseln und Jammern. Signes Stimme, kein Zweifel. Paulas Kollegen urteilten wohl ähnlich, denn sie warfen einander halb ironische, halb besorgte Blicke zu. Rasch verließen sie den Wagen.

Ein Angestellter, der sie nach einem Blick auf ihre Kriminaldienstmarken erschrocken einließ, führte sie zu einem Schlafzimmer im ersten Stockwerk. Signe schrie immer noch. Inzwischen hörte es sich an, als würde sie jemanden beschimpfen. Doch als Kister die Tür aufriss, befand sie sich allein im Zimmer. Paula brauchte einen Moment, um zu begreifen, dass Signes Wut- oder Verzweiflungsausbruch sich an ein großes Gemälde an der Wand rechts der Fenster richtete, dem Abbild eines älteren Herrn in Frack und Zylinder, der ernst auf sie hinabschaute.

Signe fuhr herum und starrte die Beamten entgeistert an. Ihr Gesicht war tränenüberströmt, die Augen vom Weinen geschwollen. Sie wirkte zwanzig Jahre älter. Da sie nur ein

Nachtgewand trug – ein dünnes, spitzenbesetztes Hemd – scheuchte Paula die Männer wieder hinaus. Sie ließ allerdings die Tür einen Spaltbreit offen, damit sie ihrem Gespräch lauschen konnten. Zuerst allerdings trat sie an den größten der drei Schränke im Zimmer und zog ein Kleid heraus. «Dieses hier?»

Signe starrte es an, griff hastig in eine Kommode und kramte Büstenhalter, Hüfthalter und Unterwäsche hervor. Sie verschwand in dem Badezimmer, das sich an ihr Schlafzimmer anschloss, und Paula trat ans Fenster und wartete.

Schon nach kurzer Zeit kehrte Signe zurück: Bekleidet, aber mit ungekämmtem Haar. Sie hat also nicht in den Spiegel gesehen, notierte Paula in Gedanken. Ein Beweis, dass sie tatsächlich aufgewühlt war? Paula nahm sie bei der Hand, nötigte sie in einen blausamtenen Sessel, der neben dem Ehebett stand, und ging in die Knie, um ihr ins Gesicht sehen zu können. «Was, um Himmels willen, ist passiert?»

«Sie können ja immer noch kommen, nicht wahr?», flüsterte Signe.

«Alma und Dorle?»

«Er hat gesagt, sobald ich abreise, machen sich die beiden auf den Weg nach Bielefeld.»

«Wer hat das gesagt?» Paula bemühte sich um eine sanfte Stimme. Die Freundinnenstimme, würde Martin sagen. Ja, und in dieser Situation war sie Gold wert! «Wer denn, Signe?»

«Nicht gesagt. Er hat es mir geschrieben. Dass er Dorle und Alma nach Hause bringt, wenn ich auch selbst Hamburg verlasse und der Polizei sage, dass mein Kind wieder da ist. Und es ist ja nicht unwahrscheinlich, dass sie sich verspäten, oder? Vielleicht bringt der Mann sie auch selbst vorbei. Sicher werden sie jede Minute ... O Gott, das Auto! Was, wenn er das Polizeiauto da unten sieht? Man kann doch am Nummernschild erkennen, woher ein Auto kommt!» Sie starrte Paula mit neuem Entsetzen an.

Und hatte recht. Jeder Bundesstaat besaß ein eigenes Kennzeichen. Die meisten begannen mit einem römischen Buchstaben, das von Hamburg mit einem doppelten H. Paula erhob sich und wandte sich zur Tür. Sie tat, als würde sie sie öffnen, was Signe in ihrem Zustand hoffentlich nicht auffiel, und rief in den Flur hinaus. «Bitte den Wagen irgendwo hinfahren, wo er nicht bemerkt wird. Und das Personal instruieren, dass es keine Auskunft über unsere Anwesenheit geben darf.»

«Bucmeister soll dafür sorgen, dass sie den Mund halten», rief Signe hinter ihrem Rücken. «Der kann das schnell organisieren.»

Als Paula sich zu ihr umdrehte, sah sie, wie die Frau auf einen Knopf drückte.

«Es gibt eine direkte Leitung zu seiner Wohnung», erklärte Signe, die ihren Blick bemerkte, nervös. «Der Knopf ruft ihn herbei.»

In ihr Schlafzimmer? Sie konnte vom Bett aus ihren Chauffeur zu sich rufen?

«Kann ich den Erpresserbrief bitte einmal sehen?», fragte Paula.

Signe ging zu ihrem Nachttisch, wo ein aufgerissenes Kuvert lag. Als würde sie plötzlich in die reale Welt zurückkehren, schritt sie damit zur Tür und bat die Kommissare im Flur, sich in ihren Salon zu begeben. Als sie die Stufen hinabstieg, hielt sie sich kerzengerade. Mit routinierter Höflichkeit bat sie die Herren, an einem ovalen Tisch Platz zu nehmen. Dann reichte sie Paula den Brief.

«Bitte lesen Sie das vor.»

Das Blatt, dass Paula aus dem Umschlag zog, sah aus, als

wäre es aus einem Heft gerissen worden. Es standen nur zwei Sätze darauf, mit Bleistift geschrieben.

Geh nach Hause, dann kriegst du deine Kleine und die Frau wieder. Sonst sind sie dran.

Paula reichte das Papier an Martin weiter, der ein Taschentuch aus der Hosentasche zog, bevor er es berührte. Fingerabdrücke, natürlich, daran hatte sie nicht gedacht.

Er legte es so auf den Tisch, dass auch Jens und Kister es betrachten konnten, und einen Moment später Sigmund, der den Wagen aus der Einfahrt gefahren hatte.

«Wissen Sie, von wem die Nachricht stammt?», fragte Martin.

«Sie lag gestern auf dem Beifahrersitz in meinem Auto. Ich hatte wegen der Hitze die Klappfenster offen stehen lassen.»

«Ich muss gestehen, ich bin erstaunt. Wenn ein Mensch entführt wird, dann in der Regel, weil der Entführer Lösegeld von den Angehörigen erpressen will. Sie haben keine Forderung erhalten?»

Signe schüttelte den Kopf, so irritiert, als wäre sie selbst auf diese Idee noch gar nicht gekommen.

Paula sah die Skepsis in Martins Gesicht und versuchte, sich zu erinnern: Wie war das vorhin gewesen? Hatte Signe erst zu schreien begonnen, als sie die ankommenden Kommissare bemerkte? Und hatte sie den Brief womöglich selbst geschrieben? Spielte sie ihnen die ganze Zeit eine Schmierenkomödie vor? Vielleicht sollten sie ihr Schlafzimmer nach einem Heft, in dem ein Blatt fehlte, durchsuchen. Andererseits konnte kein Mensch innerhalb weniger Minuten seine Augen zuschwellen lassen. Damit war sie doch entlastet, oder?

«Sie besitzen sicher ein Telefon? Dürfte ich es benutzen?», fragte Martin förmlich. «Du kommst bitte mit, Sigmund.»

Signe führte die beiden in den Flur und kehrte wenig später zurück. Ein verlegenes Schweigen machte sich breit.

«Vielleicht ist der Erpresser nur jemand, der mir wehtun, mich erschrecken wollte?»

«Noch darf man die Hoffnung nicht fahren lassen», versuchte Jens, sie zu trösten.

Martin ließ auf sich warten. Als er in den Salon zurückkehrte, lag zum ersten Mal an diesem Tag ein Lächeln auf seinen Lippen. «Bitte, Frau von Arnsberg, würden Sie sich zu uns setzen? Wir wollen Ihnen und natürlich Dorothee und Alma, um die wir uns große Sorgen machen, helfen. Dafür müssten Sie uns jetzt allerdings einige Fragen beantworten. Paula, du besitzt als einzige von uns die magische Fähigkeit: Stenografiere bitte mit.»

Er wartete, bis sie ihren Notizblock und den Stift aus der Handtasche gekramt hatte.

«Und jetzt, Frau von Arnsberg, müssen Sie uns unbedingt die Wahrheit sagen, die ganze Wahrheit, weil nichts anderes mehr hilft. Warum sind Sie vor einer Woche nach Hamburg gefahren?»

«Ja, haben Sie das noch nicht verstanden? Weil ich meinen Sohn sehen wollte. Magnus.»

Es war das erste Mal, dass sie selbst von dem jungen Mann sprach.

«Wie alt ist er?», fragte Martin.

«Schon siebenundzwanzig Jahre. Ich habe vor siebenundzwanzig Jahren das letzte Mal seine kleine Hand gehalten.»

Paulas Stift flog über das Papier.

«Wie kommt es, dass sie ihn nicht schon früher aufgesucht haben?»

Signe starrte Martin an. «Wie hätte das denn gehen sollen? Ich war verheiratet!»

«Und Ihr Mann …?»

«Der wusste natürlich nichts von dem Kind. Er besaß das gütigste Herz der Welt, aber denken Sie, er hätte eine Schlampe geheiratet?»

Das böse Wort kam wie etwas Giftiges aus ihrem Mund, und Paula verspürte Mitleid.

«Meine Pflegemutter tut gutmütig, aber in Wirklichkeit ist sie eine Hexe. Ihretwegen bin ich aus Hamburg weggelaufen. Weil ich sie einfach nicht mehr ertragen konnte. Ich habe mich nach meinem Kind verzehrt, aber ich wusste auch, dass ich es ihr niemals würde aus den Klauen reißen können. Außerdem konnte ich dem Kleinen ja nichts bieten. Sollte er im Elend aufwachsen? Ich habe das alles weggedrückt und mir hier in Bielefeld, wohin mich der Zufall verschlagen hat, eine Arbeit gesucht. In der Oetker-Fabrik. Und dort hat mich einiges Tages mein Mann gesehen. Theodor war gütig. Für ihn war ich ein Geschöpf Gottes wie jeder andere Mensch, er machte keine Unterschiede. Und nach einem Jahr hat er um meine Hand gebeten. Natürlich war ich glücklich!» Den letzten Satz stieß sie mit der gepressten Stimme aus, die ihr zu eigen war, wenn etwas sie aufbrachte.

«Wer ist der Vater Ihres Sohnes?», fragte Martin.

«Das weiß ich nicht. Ich wurde überfallen.»

«Haben Sie die Sache angezeigt?»

«Sind Sie verrückt? Ich war ein Kind!»

«Und Ihre Pflegeeltern?»

«Oh, die hätten Sie mal hören sollen! Erst habe ich gar nichts gesagt, weil ich schon wusste, wie sie reagieren würden. Und als der Bauch wuchs … Natürlich war *ich* die Schlampe. *Ich* war die, für die man sich schämen musste. Dieses bösartige Weib ist regelrecht über mich hergefallen!»

Sie sagt die Wahrheit, dachte Paula, während ihr Stift über

das Papier flog. Zumindest beschreibt sie die Zeit so, wie sie sie empfunden hat.

«Wie alt waren Sie bei Magnus' Geburt?»

«Vierzehn.»

Martin nickte. «Ich hätte vermutet, dass Sie nach all dem Unglück, das Ihnen das Kind beschert hat, keine große Neigung mehr verspüren würden …»

«Magnus ist mein *Sohn*. Ich liebe ihn. Selbstverständlich! Ich hätte ihn schon viel früher geholt, wenn ich nicht die Fragen meines Mannes hätte fürchten müssen.»

«Verstehe.»

«Aber nach Theodors tragischem Tod … Ich war bis ins Mark getroffen, das können Sie mir glauben. Doch als ich wieder zu mir selbst fand, wurde mir plötzlich klar, dass das Leben mir eine zweite Chance gegeben hatte. Ich wollte Magnus aus den Klauen dieses Weibes befreien und mit ihm und Dorle hier in Bielefeld ein neues Leben beginnen. Dieses Mal eines voller Liebe und Glück.» Signes Schultern sackten herab. Wieder begann sie zu weinen.

Martin gab ihr einen Moment Zeit, dann räusperte er sich. «Sie haben also keine Idee, wer Alma und Ihre Tochter entführt haben könnte? Nein, Moment …» Er hob den Arm. «Wir brauchen jetzt Hinweise. Wir müssen alles wissen, was uns helfen könnte, den oder die Täter zu finden. Denken Sie nach. Auch scheinbar Nebensächliches könnte wichtig sein.»

Signe biss sich auf die Fingerknöchel. «Zuerst habe ich gedacht, dass meine Pflegemutter etwas damit zu tun haben könnte. Sie hasst mich, und es bereitet ihr Freude, mich leiden zu sehen.»

«Aber?»

«Sie ist zu alt. Wie hätte sie es anstellen sollen, Alma zu

entführen? Vielleicht Dorle, aber nicht eine erwachsene, kräftige Frau.»

Martin erhob keine Einwände, obwohl es die gab. Hella Modersen war reich. Sie hätte sich Männer aus der Hamburger Unterwelt kaufen können. «Haben Sie mit Magnus inzwischen gesprochen?»

«Der ist verreist. Angeblich.»

Ja, das hatte Frau Modersen auch ihnen gegenüber behauptet.

«Und was wollen Sie in Bezug auf Ihren Sohn jetzt tun?»

Signe riss die tränennassen Augen auf. «Na, erst mal gar nichts. Mein kleines Mädchen ist in den Händen eines Verbrechers. Ich kann ihn auf keinen Fall verärgern. Er hat ja gesagt, was er verlangt! Ich soll in Bielefeld bleiben und abwarten.»

«Also gut. Ich habe jetzt eine ungewöhnliche Bitte an Sie, Frau von Arnsberg. Ich möchte, dass Sie etwas niederschreiben.» Er streckte die Hand aus und ließ sich von Paula ein Blatt aus ihrem Notizblock und außerdem ihren Bleistift geben. Signe nahm beides zögernd entgegen.

«Wie gesagt, es ist wichtig, dass Sie den Satz genauso mitschreiben, wie ich ihn diktiere, auch wenn es sich sonderbar anhört. Also: *Zwölf Boxkämpfer* …» Er nickte ihr zu, und sie brachte die beiden Wörter verwirrt zu Papier. «… *jagen Viktor quer über den großen Sylter Deich.*»

«Was soll das?»

«Möchten Sie, dass ich es noch einmal wiederhole?»

Signe schüttelte den Kopf. Sie schrieb weiter und gab ihm den Zettel unwillig zurück.

«Sehr schön, besten Dank. Frau von Arnsberg, ich möchte Sie bitten, noch zwei Tage unter dem Schutz meiner beiden Kollegen Kommissar Zinn und Kommissar Schmidtke hier in Ihrer Villa auszuharren und abzuwarten, ob sich der Täter erneut meldet oder – was wir natürlich hoffen – Ihre Tochter und die Kinderfrau wieder auftauchen. Falls das aber nicht geschehen sollte, werden die Kollegen Sie zurück nach Hamburg fahren. Denn dann werden wir dort Ihre Hilfe benötigen. Sind Sie damit einverstanden?»

Die Frau nickte.

«Ich danke Ihnen.» Martin zog aus seiner Aktentasche eine Pappmappe und schob den Zettel, den er dabei nur an einem äußeren Zipfel berührte, zu einem anderen Papier – dem Erpresserbrief. Die Mappe verstaute er wieder in der Tasche. Dann verabschiedeten sie sich.

Unten beim Auto stellte Paula fest, dass ihre beiden Kollegen erstaunlicherweise Koffer mitgebracht hatten. Hatte Martin also von Anfang an geplant, dass sie hierbleiben sollten? Natürlich! Das Personal und die Nachbarn mussten ja noch verhört werden. Aber warum hatte er sie nicht gefragt, ob sie ebenfalls helfen wolle?

Weil er denkt, dass Signe mich um den Finger wickeln kann, dachte Paula verdrossen.

Eine halbe Stunde später setzten sie Kister bei seiner Polizeidienststelle ab. Als sie wieder allein im Auto saßen und sich auf die Rückfahrt nach Hamburg machten, platzte sie mit ihrem Ärger heraus. «Traust du mir Zeugenbefragungen grundsätzlich nicht zu oder hältst du mich für zu blöd, um zu erkennen, wenn ich von einer Verdächtigen manipuliert werde?»

Martin tat, als konzentriere er sich auf einen Hirten, der eine Schafherde Richtung Straße trieb. So etwas machte er ja gern – ablenken, wenn ihm ein Thema nicht passte. Schweigend sahen sie zu, wie die Schafe vor ihnen über den Weg trotteten. Dann schaltete er den Motor wieder an und sagte, während sie an Fahrt gewannen: «Wir bearbeiten gemeinsam einen Fall. Eine meiner Mitarbeiterinnen ist überfallen und schwer verletzt worden, und dass es ihre Kollegin nicht ebenfalls getroffen hat, war nur glücklichen Umständen zu verdanken. Du erwartest nicht, dass ich das für einen Zufall halte!»

«Aber wir sind doch zu dem Schluss gekommen …»

«Signe von Arnsberg ist unsere Hauptverdächtige. Zumindest für mich. Eine Entführung ohne Geldforderung! Diese Frau hat für meinen Geschmack eine zu blühende Fantasie und außerdem in ihrer Kindheit Schaden genommen. Sie hasst ihre Ziehmutter. Und Hass ist einer der besten Antreiber für Rache. Ich …»

«Warum sollte sie sich an Caro und mir rächen wollen?»

«Was weiß ich? Vielleicht hat es ihr nicht gepasst, dass ihr nach Cuxhaven gefahren seid.»

«Davon hat sie doch gar nichts gewusst.»

«Und wenn sie euch gefolgt ist?»

«Caro wurde von einem Mann angegriffen!»

«Kannst du darauf einen Eid schwören? Und selbst wenn: Signes Verbindung zu Bucmeister ist sonderbar, oder wie schätzt du die Sache mit dem Klingelknopf in ihrem Schlafzimmer ein?»

Das war ihm also auch aufgefallen. «Hast du deshalb etwas gegen sie? Weil sie womöglich freizügig ist, was ihr Bettge…»

«Quatsch! Aber wir werden für dumm verkauft, Paula! Kann sein, dass ich mich irre, was Signe und den Überfall auf Caro angeht. Aber ich bin dein Vorgesetzter. Und ich werde nicht gestatten, dass du in dieser ungewissen Lage mit ihr und Bucmeister unter einem Dach schläfst. Das ist endgültig!»

Sie schwiegen. Ein Wald rauschte an ihnen vorbei. Das

Schweigern wurde bleiern. Martin war es, der schließlich nachgab. «Du willst gar nicht wissen, warum sie diesen bescheuerten Satz aufschreiben musste?»

«Nämlich?»

«Weil er sämtliche Buchstaben des Alphabets enthält. Und jetzt frag bitte noch, weshalb das wichtig ist.»

«Du wirst es mir bestimmt gleich sagen.»

«Wir haben eine Schriftsachverständige in Hamburg, die der Kripo gelegentlich aushilft, Minna Becker. Sie wird Signes Schrift und die von Bucmeister – ja, der musste den Satz ebenfalls aufschreiben – mit der Handschrift des Erpresserbriefs vergleichen. Guck nicht so skeptisch. Das ist ein Beweis, der vor Gericht Gewicht hat. Es ist schwierig, die eigene Schrift zu verstellen, besonders, wenn man unter Druck schreibt.»

«Erstklassig», meinte sie spöttisch.

«Wir werden sehen.» Er beugte sich vor, als gäbe es auf der Straße etwas, das seine Konzentration erforderte. Dann herrschte erneut Schweigen.

Es dämmerte bereits, als sie in Hamburg ankamen. Sie wünschten einander müde eine gute Nacht, und Martin verschwand in seiner Wohnung. Paula erklomm die letzten Stufen zu ihrer eigenen Bleibe – und blieb abrupt stehen. Ein Blumenstrauß! Ihr Herz begann wild zu klopfen. Vor ihrer Haustür lag ein Strauß gelber Rosen, in rotes Papier eingeschlagen. Allerdings klopfte ihr Herz nicht vor Freude, wahrhaftig nicht. Es gab niemanden, der ihr Blumensträuße schenken würde. Sie dachte an Martins Warnung.

Zwischen den Blüten steckte ein Zettel. Sie zog ihn heraus und eilte damit den halben Treppenabsatz hinab zum Flurfenster, das noch genügend Licht spendete, um die gekritzelten Zeilen zu entziffern. Ihr Herz wurde schwer. Kraftlos sackte sie auf die Stufen und begann zu weinen. Alles, was ihr wichtig war, ging momentan zu Bruch.

Im Haus ihrer Eltern brannte noch Licht. Ereiferten sie sich dort oben gerade über ihre gefühllose Tochter, die nicht auf der Geburtstagsfeier im *Alsterpavillon* erschienen war? *Wir haben dich vermisst* hatte auf der Karte gestanden. Wenn sie Glück hatte, war sie von Vater als Überraschungsgast eingeplant gewesen, und das *wir* bedeutete einfach nur *ich*. Sehr wahrscheinlich war das aber nicht.

Paula klingelte. Nichts rührte sich. Sie trat einen Schritt zurück und wartete. Nach kurzer Zeit begannen die Lichter im Haus auszugehen, eines nach dem anderen. Sie stieg die Treppe hinab, kletterte über den kleinen Gartenzaun und umrundete die Villa. Das letzte Licht, das erlosch, war das im Schlafzimmer ihrer Eltern. Das Fenster stand wegen der Hitze einen Spalt offen. Wenn die Gedanken ihrer Mutter kleine Zettelchen wären, die durch ihn hindurch in den Garten flatterten, würde sie darauf jetzt wohl lesen können:

Da siehst du es, Harry, wir bedeuten ihr so wenig, dass sie unser erstes gemeinsames Abendessen nach dem großen Krach einfach vergisst.

Oder: *Deine Tochter geht in ihrer Arbeit auf, Harry. Kein Wunder, dass ihre alten Eltern dahinter zurücktreten müssen.*

Oder: *Offenbar hat deine Tochter nur so getan, als läge ihr etwas daran, mit ihrer Familie wieder ins Reine zu kommen.*

Oder: *Ich bin froh, dass sie nicht gekommen ist. Sie hat mir meinen Bruder genommen – und das will ich ihr gar nicht verzeihen.*

14. KAPITEL

FREITAG, 16. AUGUST

F*rauen wollen heiraten*. Nora hatte ihm das deutlich genug gesagt.

Ging es Paula womöglich ähnlich?

Gott, er war so müde. Martin konnte kaum noch denken. Sein Nacken tat ihm von der langen Autofahrt weh und vielleicht auch von Paulas Schweigen, das sie ihm wie einen Sack Steine auf den Rücken gepackt hatte. Er hasste es, wenn sie zornig auf ihn war. Aber was war der Grund? Ärgerte sie sich, weil er in letzter Zeit so abgelenkt gewesen war, dass sie neben dem Dienst kaum noch etwas miteinander unternommen hatten?

Sie war ein Mensch, der Offenheit schätzte, und er eigentlich auch. Aber was hätte er ihr sagen sollen? Dass es eine Frau gab, die sich von ihm umworben und sozusagen mit ihm verlobt gefühlt hatte und deshalb jahrelang sämtliche Anträge anderer Männer zurückwies? Das hätte er wohl noch zugeben können. Aber die andere Sache, die Nora ihm auf dem Bahnhof zugeflüstert hatte, gerade als er seinen Koffer angehoben hatte, um in den Zug zu steigen …

Nie im Leben. Das konnte er Paula nicht offenbaren. Sie würde ihn dafür hassen. Und es reichte schon, wenn er das selbst tat.

Martin öffnete das Fenster seiner Schlafkammer, riss sich die Kleider vom Leib und warf sich auf sein Bett. Der Nachtwind kühlte seine heiße Haut – Schlaf fand er trotzdem nicht. Er starrte zum Fenster. Und wieder kam ihm Hooglede in den Sinn. Die gepeinigten Schreie der missbrauchten Frauen, das Kreischen der Kinder … Er würde niemals heiraten, wurde ihm plötzlich klar. Frauen wollten Mütter werden, und er würde keine Kinder zeugen können. In Hooglede war eine Mauer um ihn gewachsen, die ihm diesen Akt unmöglich machte.

Er dachte an Noras Brief, den er auf dem Sofatisch vergessen hatte, als Paula bei ihm übernachtete. Hatte sie ihn gelesen? War sie vielleicht deshalb so abweisend geworden? Oder war es schon vorher passiert? Verrückt – er konnte sich nicht erinnern. Er konnte auch nicht mehr denken. Oder schlafen. Schließlich wälzte er sich aus dem Bett und tat, was er sich normalerweise streng verbot. Er holte eine Flasche Whiskey und betrank sich, bis ihm die Sinne vergingen.

Dass er am folgenden Tag den Wecker hörte, kam ihm selbst wie ein Wunder vor. In seinem Kopf drehte sich ein scharfkantiges Rad, das über jeden Nerv schrappte. Er schluckte Tabletten, wusch sich den Schweiß von der Haut und gurgelte mit Odol, in der Hoffnung, dass dann niemand seine Fahne riechen würde.

Im Treppenhaus zögerte er. Sollte er bei Paula klingeln? Es war Samstag. Sie hatte frei. Er merkte, wie sich sein Magen zusammenzog. Paula beschäftigte der Fall der kleinen Dorothee so stark wie ihn selbst. Sie würde es ihm verübeln, wenn er nicht wenigstens bei ihr klingelte. Also gab er sich einen Ruck. Tatsächlich war sie noch da und griff bereitwillig nach ihrer Tasche, um mit ihm gemeinsam zum Stadthaus zu fahren.

Zurück in der Mordbude ließ Martin sich, von Paula beobachtet, mit der Wache in Cuxhaven verbinden. Fritz Pepper war glücklicherweise vor Ort, und der alte Schupo rief ihn zum Telefon. Sein Kollege berichtete, dass Caro am vergangenen Nachmittag kurz zu sich gekommen war, aber bald darauf wieder in ihren ohnmachtsähnlichen Schlaf fiel. «Der Arzt sagt, es ist trotzdem ein hoffnungsvolles Zeichen.» In seiner Stimme klang eine Euphorie durch, die Martin noch nicht teilen mochte.

Er überlegte. Der Überfall war am Dienstag geschehen, jetzt war es Samstag. Musste man befürchten, dass sich der Täter noch einmal an Caro heranmachen würde? Oder hatte er aufgegeben? Er wog die Sicherheit seiner Kollegin gegen das Schicksal von Dorothee und Alma ab.

«Bleib noch einen Moment auf der Wache», bat er Fritz. Er erklärte Paula kurz, wie es um Caro stand, und ließ sich anschließend mit der Bielefelder Villa verbinden, wo er die Frau am anderen Ende der Leitung bat, Sigmund zu holen. Er erfuhr, dass Alma Schütte und ihr Schützling noch nicht in der Villa angekommen waren und sich auch der Entführer nicht gemeldet hatte.

«Es war übrigens Bucmeister, der das Telegramm geschickt hat, das angeblich von Alma kam. Er ist dafür extra nach Bielefeld und wieder zurück gerast. Es ging ja darum, dem Entführer entgegenzukommen, damit er seine Opfer freilässt, hat er gesagt.»

«Ich habe mir etwas Ähnliches schon gedacht. Fragt jeden in der Villa, den ihr zu packen kriegt, aus. Auch die Nachbarn. Und achtet auf Signe und Bucmeister, ob sie etwas Verdächtiges unternehmen. Am besten führt Jens die Gespräche mit mutmaßlichen Zeugen, und du behältst die beiden im Auge. Sagt mir Bescheid, sobald etwas Ungewöhnliches passiert oder sich etwas Neues ergibt.»

Er legte auf und schaute Paula an. «Das ist eine gute Nachricht.»

«Was?»

«Dass Caro kurz erwacht ist.»

«Ärzte beruhigen immer. Besonders, wenn sie nicht belästigt werden wollen.»

«Alles in Ordnung?», fragte er. Sie sah aus, als hätte sie in der Nacht kein Auge zugetan.

«Natürlich. Und jetzt?»

Er ließ sich mit Minna Becker, der Schriftsachverständigen, verbinden. Sie war eine kluge Frau und zeigte sofort Interesse, und da sie gerade ein Telegramm auf den Weg bringen wollte, erklärte sie, dass sie den Erpresserbrief und die beiden Schriftproben auf dem Rückweg herausholen würde.

«Bitte erst morgen», bat er. «Wir müssen die Blätter vorher noch auf Fingerabdrücke untersuchen.»

Anschließend telefonierte er erneut mit Fritz und beorderte seine beiden Kommissare von Cuxhaven zurück nach Hamburg, wo sie jetzt dringender gebraucht würden.

«Und nun?», fragte Paula noch einmal, als er aufgelegt hatte.

«Bitte?»

«Was würdest du als Nächstes vorschlagen?»

«Ein Verhör von Hella Modersen, um herauszufinden, ob Signe und Friederike Hagemann die Wahrheit gesagt haben, was Signes Kindheit angeht.»

«Und wo der Sohn, dieser Magnus, steckt. Den haben wir bisher vernachlässigt.»

Er nickte.

Sie wurden allerdings noch einmal von Konrad Blasse aufgehalten, dem Mann vom Erkennungsdienst. Leider brachte er keine guten Nachrichten. Er hatte sämtliche Spuren aus dem Cuxhavener Gewölbe untersucht, besonders die verdächtigen Finger- und Schuhabdrücke, die sie abfotografiert hatten. Die Schuhabdrücke würden ihnen sowieso erst helfen, wenn man ihnen ein verdächtiges Paar zum Vergleich brächte, aber von den Fingerabdrücken hatte er sich einiges versprochen. Leider hatte es weder in der Hamburger Kartei noch in der dürftigen von Cuxhaven Übereinstimmungen gegeben.

«Fräulein Haydorn, wenn Sie eben noch einmal Ihre Finger auf ein Stempelkissen pressen könnten … Sie waren ja ebenfalls in dem Raum, in dem Frau Wagner verletzt wurde.»

Sie tat, was er verlangte, und Martin übergab ihm die Mappe mit dem Erpresserschreiben und den Schriftproben von Signe und Bucmeister. «Kontrolliere bitte auch das hier auf Fingerabdrücke. Ist eilig.»

Blasse nickte. «Habt ihr eigentlich das von dem Kommunisten mitgekriegt?»

Fragend blickte Martin ihn an.

Er lachte. «Das glaubst du nicht. Einer von denen wollte das Stadthaus stürmen. Mann, hat der Dresche bezogen. Die Welt ist voller Idioten.»

Hella Modersen war unterwegs, wie sich herausstellte, als sie am Steindamm klingelten. Das Hausmädchen wollte die Tür nach ihrer Auskunft sofort wieder schließen, aber sie wurde von einer rauchigen Männerstimme aufgehalten.

«Wen haben wir denn da, Marlene?»

Ein alter, rüstiger Mann erschien in einer offenen Tür, wohl der Hausherr. Er musste an die achtzig Jahre alt sein, die sonnengebräunte Haut war faltig, der Rücken krumm, aber sein Blick lebhaft. Fragend blickte er die Besucher an. Als sie ihre Kriminaldienstmarken vorgezeigt hatten, bat er sie in den Salon, den sie ja schon kannten.

«So was, so was», murmelte er. «Hella hat mir erzählt, dass sie hier vorgesprochen haben. Es geht um Signe, nicht wahr? Leider kann ich Ihnen da nur wenig berichten. Ich war auf der Rennbahn, als sie meine Frau aufgesucht hat. Haben Sie das verloren gegangene Kind inzwischen gefunden?»

«Leider nicht», sagte Martin. «Was für ein Mensch ist Signe denn gewesen? Ich meine als Kind, während sie hier bei Ihnen wohnte?»

«Darüber kann ich nur wenig sagen. Sie wissen ja, wie es mit uns Männern ist.» Der Alte blinzelte ihm zu. «Immer unterwegs, um die Familie zu versorgen, nicht wahr? Hella hatte sich in die Kleine verliebt, als wir in Cuxhaven einen Urlaub verbrachten. Und sie ist eine entschiedene Frau. Wenn sie sich etwas in den Kopf gesetzt hat – da gelten keine Einwände mehr. Wir haben das Mädchen also in Pflegschaft genommen, aber dann …» Er zögerte, weiterzusprechen.

«Wir wissen von Magnus», sagte Martin.

«Er ist ein braver Junge, wirklich. Hilft mir bei der Arbeit. Ohne ihn käme ich gar nicht mehr zurecht. Ich besitze eine Rennbahn – ist Ihnen das bekannt? Das Geschäft läuft gut, aber ich merke, dass ich älter werde. Irgendwann wird der Junge übernehmen müssen.»

Modersens Blick schweifte zum Fenster, als wollte er ihnen nicht mehr in die Augen sehen. Lief das Geschäft vielleicht doch nicht so blendend? Oder lag ihm der junge Magnus weniger am Herzen, als er vorgab? Der Bastard eines mannstollen Kindes?

«Wir würden gern mit Magnus sprechen», sagte Paula, die wohl ebenfalls misstrauisch geworden war.

«Tja, schade, er ist unterwegs. Sicher wieder auf der Rennbahn.»

So viel also zu Magnus' angeblicher Reise an die Ostsee.

Signe hatte recht gehabt mit ihrem Misstrauen: Hella Modersen wollte verhindern, dass sie Kontakt zu ihrem Sohn aufnahm. Und wie sah der junge Mann es selbst? Martin war sicher, dass er nichts von der Ankunft seiner leiblichen Mutter erfahren hatte.

«Wollte Magnus verreisen?», fragte er vorsichtshalber noch einmal nach.

«Aber nein. Der Rennbetrieb ist sein Leben. Er ist noch niemals weg aus Hamburg. Warum fragen Sie?»

«Ihre Frau hat uns gesagt, dass er an der Ostsee einen Freund besucht.»

Karl Modersen errötete. «Ach so. Ja … dann muss es wohl stimmen. Ich kann mich nicht erinnern.»

Eine kurze, peinliche Pause entstand.

«Tragen Sie ihm die Umstände seiner Herkunft nach?», fragte Paula.

«Dafür kann er doch nichts. Nein, wir haben ihn, kurz bevor er in die Schule kam, adoptiert, und das war ganz in meinem Sinne.»

«Sehr großzügig», sagte Martin. «Und Signe? Konnten Sie ihr verzeihen, dass sie die Familie in Verruf gebracht hat?»

Modersen lehnte sich zurück. Sein Gesicht wirkte auf einmal so alt, wie es wirklich war. Er suchte Worte und fand keine. «Sie war ja noch ein Kind», murmelte er schließlich. Und fügte nach einer weiteren Pause mit Nachdruck hinzu: «Nein, ich verüble ihr gar nichts.»

«Was jetzt? Wollen wir rüber zur Rennbahn und sehen, ob wir Magnus auftreiben?», fragte Paula, als sie vor dem Auto standen.

Martin lehnte sich gegen die Beifahrertür und legte den Kopf in den Nacken. Die Schmerztabletten hörten auf zu wirken. Hinter seiner Stirn wütete erneut der Kater. «Wir sind nicht schnell genug, Paula», stieß er hervor. «Wir verzetteln uns. Wir suchen zwei Menschen, darunter ein kleines Kind, und tappen nach einer Woche immer noch im Dunkeln.»

«Weiter graben, bis man etwas findet», zitierte Paula, was er ihr in den ersten Monaten ihrer Arbeit bei der Polizei ständig eingetrichtert hatte. Und hatte natürlich recht.

Martin warf einen Blick auf die Uhr. Es war viertel vor zwei. «Erst mal essen wir was», schlug er vor.

«Aber nicht hier, sondern gleich draußen bei der Rennbahn. Angeblich gibt es da ein besonders gutes Lokal.»

Sie lächelte, auf die ihr eigene stille Art, und er verfluchte Nora. Er verfluchte sich selbst und seine Dämlichkeit. «Also los», murmelte er.

Die Horner Rennbahn war ein grün bewachsenes, parkähnliches Areal, um das sich in eleganten Kurven eine sandige Jagdbahn wand. Im weitläufigen Gelände innerhalb dieser Bahn befanden sich Ställe, Häuser und etwas, das wie eine kleinere Rennbahn wirkte und wo gerade mehrere Pferde am Zügel geführt wurden. Auch ein Teich glänzte in der Nachmittagssonne.

Das Lokal, von dem Paula gesprochen hatte, lag mit Sicht auf die Bahn am äußeren Rand des Geländes im Schatten hoher Lindenbäume. Auf einer Terrasse standen Stühle und Tische unter Sonnenschirmen.

«Hier steckt jede Menge Geld drin. Oder irre ich mich?», fragte Paula, während sie auf ihr Essen warteten und ihre Umgebung musterten.

«Kann man ja von außen immer schwer einschätzen. Zumindest, was das Vermögen des Besitzers angeht. Du kannst so etwas bewirtschaften und trotzdem bis zum Hals in Schulden stecken.»

«Klar.»

Die Hitze war brütend, eine Wespe begann, sie zu umschwirren. Paula schlug ungeduldig mit der Hand nach ihr und hatte Glück, nicht gestochen zu werden.

Das Essen wurde gebracht. Sie genehmigten sich dazu ein Glas Wein, der ihnen während der Arbeit eigentlich verboten war und von dem Martin wusste, dass es seinen Kopfschmerz noch verlängern würde.

«Signes Sohn heißt also, da er adoptiert wurde, Magnus Modersen. Richtig?», sagte er, während er in den Bratkartoffeln stocherte.

«Ja, rechtlich gesehen ist er der Sohn der Modersens. Wobei das kaum eine Rolle spielt, denn er ist erwachsen und kann gehen, wohin er will. Auch mit seiner Mutter nach Bielefeld.»

«Glaubst du, Signe könnte Dorothees Entführung und das ganze Drumherum erfunden haben, um am Ende den Modersens die Sache in die Schuhe zu schieben und sie in Schwierigkeiten zu bringen?»

«Wie das denn? Was sollte sie ihnen für ein Motiv unterjubeln? Dass sie ihr ein weiteres Kind gestohlen haben, weil sie es auf ihren Nachwuchs abgesehen haben?»

Sie hatte natürlich recht. «Aber was, wenn es stimmt?», beharrte er trotzdem. «Wenn tatsächlich Hella Modersen etwas mit der Entführung zu tun hat? Vielleicht hat sie einen Rettertick und wollte auch die kleine Dorothee vor ihrer Mutter in Sicherheit bringen.»

«Glaubst du das im Ernst?»

«Nein, ist Blech. Ich habe übrigens auch einen Sohn.» Warum sagte er das? Was für ein Teufel, verflucht noch mal, ritt ihn nun schon wieder? Er konzentrierte sich auf den Heringstopf, den er sich bestellt hatte.

Paula starrte zur Rennbahn. Ein einzelner Reiter trainierte mit seinem Pferd. Lange sagte sie gar nichts. Dann nippte sie an ihrem Wein, den sie, im Gegensatz zu ihm, bisher kaum angerührt hatte, und meinte: «Glückwunsch.»

Ihm fiel keine Erwiderung ein. Der Hering schwamm in Mayonnaise und war kaum hinunterzubekommen.

«Da schau her, hier arbeitet er also.»

«Was?»

«Der Mann dort drüben beim Stall. Ich habe ihn letzte Woche an der Alster getroffen, als er ein paar Pferde ins Pferdebad führte.»

«Tatsächlich.»

«Ein mutiger Mensch.» Sie erzählte ihm etwas von ein paar Studenten, die eines seiner Pferde attackiert hatten und die, als die Kommissarinnen eingriffen, zudringlich geworden waren. «Da hat der kleine Mann zu seiner Peitsche gegriffen, so sehr hat ihn das in Rage gebracht.»

Der Pferdepfleger streichelte liebevoll den Kopf eines mit den Hufen scharrenden Rappen. Wenig später trabte ein einsamer Jockey auf ihn zu und wechselte das Pferd. Als der Pferdepfleger das schwitzende Tier, das er übernommen hatte, zu den Ställen führen wollte, streifte sein Blick das Paar auf der Terrasse. Stutzte er kurz? Hatte er Paula wiedererkannt? Vermutlich nicht. Er drehte sich um, zog am Zügel und strebte dem nächsten Gebäude zu.

«So etwas ist selten. Schlichter Anstand, wenn es brenzlig wird», sagte Paula.

Und meinte damit in Wirklichkeit ihn? Den Mann, der mal eben so nebenbei erwähnte, was er ein Jahr lang vor ihr geheim gehalten hatte?

«Also gut, wollen wir mal schauen, wo dieser Magnus steckt», sagte er und winkte dem Ober, obwohl sie beide ihre Teller noch nicht ansatzweise leer gegessen hatten. Sie zahlten – Paula für sich selbst, so war sie immer schon gewesen. Er fragte den Mann, wo sie den jungen Herrn Modersen finden könnten, und der deutete auf ein weiß gestrichenes Haus mit flachem Dach, das sich ebenfalls auf der grünen Insel innerhalb der Jagdbahn befand. «Es führt ein Tunnel da rüber», erklärte er noch und deutete zu den Tribünen.

Magnus Modersen brütete über einem Stapel Rechnungen, die vor ihm auf einem Tisch ausgebreitet waren. Auf einem separaten Blatt Papier listete er Zahlen auf. Als sie den Raum betraten, dessen Tür, ebenso wie die Fenster, der Hitze wegen offen stand, hob er unwillig den Kopf.

Wieder zeigten sie ihre Kriminaldienstmarken vor. Er starrte verständnislos darauf.

«Was kann ich für Sie tun?»

Zum ersten Mal kam Martin der Gedanke, dass Signes Sohn womöglich gar nicht wusste, dass er adoptiert worden war. Aber es leuchtete ja ein: Hella und Karl Modersen hätten ihrem Kind kaum erklären wollen, auf welche Weise es gezeugt worden war. Würden sie in den nächsten Minuten sein Leben in Scherben legen? «Wir hatten eigentlich erwartet, dass Sie an der Ostsee Urlaub machen», sagte er und bemühte sich um ein Lächeln.

«Wieso das denn?»

Martin fühlte sich immer mieser. Er blickte zu Paula und hörte zu, wie sie den jungen Mann behutsam über seine Familie auszufragen begann und dann von dem kleinen Mädchen erzählte, das verschwunden war.

Magnus starrte sie an, und Martin konnte sehen, wie es in

seinem Kopf arbeitete. Aus dem Federhalter, der immer noch zwischen seinen Fingern klemmte, tropfte Tinte auf den teuren Schreibtisch. «Was wollen Sie eigentlich von mir?»

«Sie wissen gar nichts über Ihre Herkunft, stimmt's?» Paula war es gegeben, den richtigen Ton zu treffen, behutsam und trotzdem sachlich.

«Meine Herkunft?»

«Über Ihre Mutter, meine ich?»

«Meine Mutter ... Wieso ...?»

Martin sah die Unruhe in seinem Blick. Seine Augen begannen zu flackern.

«Meine Eltern sind Hella und Karl Modersen ... Was wollen Sie von mir?»

«Tut mir leid, ich dachte, Sie wären im Bilde. Ihre Mutter – Ihre leibliche Mutter – ist eine Dame aus Bielefeld.»

Magnus starrte Paula an.

«Sie heißt Signe von Arnsberg und war eine Pflegetochter der Modersens. Leider konnte sie Sie nach Ihrer Geburt nicht bei sich behalten. Ihre ... also Hella und Karl Modersen haben Sie deshalb bei sich aufgenommen und Sie später, als ihre Liebe zu Ihnen keine Grenzen mehr kannte, adoptiert.»

Das war richtig nett formuliert – und würde sie keinen Schritt weiterbringen. Magnus wusste nichts von dem Skandal seiner Geburt.

«Es tut mir leid, dass Sie das alles von uns erfahren müssen. Wir haben gehofft, dass Sie uns bei der Suche nach der kleinen Dorothee helfen könnten», sagte Paula. «Sie ist Signe von Arnsbergs Tochter, Ihre Halbschwester.»

Magnus ließ den Füller fallen – der Klecks auf der Holzplatte würde nie wieder rauszukriegen sein. Sein Stuhl kippte zu Boden, als er aufsprang und an ihnen vorbei zur Tür rannte.

Sie folgten dem jungen Mann aus dem Bürogebäude, doch von ihm war keine Spur mehr zu sehen. Also kehrten sie durch den Tunnel zurück zu den Tribünen. Kurz vor dem Ausgang wurden sie von einem Mann angerempelt, der offenbar auf dem Weg zum Totalisator war, um seine Wette für das nächste Rennen abzugeben. Martin blickte auf seine Uhr. Es war Viertel nach vier. Auf einem Plakat wurde der Start des Samstagrennens um 19:00 Uhr beworben.

«Nach Hause?», fragte er Paula. «Wir haben frei. Vielleicht sollten wir für heute Schluss machen.»

Als sie nickte, fuhr er sie zurück in die Lohmühlenstraße. Jetzt noch das Auto zurück zur Wache bringen, und dann …

Paula musste sich erholen, er selbst gestattete sich das nicht. Irgendwo steckten ein kleines Mädchen und dessen Kinderfrau in Schwierigkeiten, und eine seiner Mitarbeiterinnen lag nur wenige Stunden entfernt bewusstlos in einem Krankenhausbett. Er fand es unmöglich, sich jetzt einfach schlafen zu legen. Aber er konnte ebenso wenig zu seinen Eltern nach Bad Oldesloe fahren und mit Nora sprechen. Er war völlig geschafft. Ausgeschlossen, jetzt eine schwierige Situation zu bereinigen. Sie muss also warten, dachte er und schämte sich seiner Erleichterung.

Er stellte den Wagen im Innenhof des Stadthauses ab und ging gewohnheitsmäßig noch einmal hinauf in sein Büro, was er allerdings schon auf der Treppe bereute. Elsbeth Neumann kam ihm entgegen, eine der Sekretärinnen der Kripo, die offenbar die Nachmittagsruhe nutzte, um Liegengebliebenes zu erledigen. Sie winkte ihn heran und flüsterte: «Schlanbusch ist oben. Er versucht schon eine ganze Weile, Sie zu Hause zu erreichen, und ist ziemlich aufgebracht, dass Sie nicht ans Telefon gehen. Vielleicht sollten Sie …» Aufmunternd nickte sie in Richtung Treppe.

Martin erklomm die Stufen zum *Palais*, wie seine Kollegen die mit Teppichen und ehrwürdigen Porträts ehemaliger Polizeipräsidenten ausgestattete oberste Etage hinter vorgehaltener Hand nannten. Seine Hoffnung, dass sein Vorgesetzter das Haus inzwischen verlassen haben könnte, bewahrheitete sich leider nicht. Schlanbuschs Stimme dröhnte ihm schon im Flur entgegen. Als er näher kam, hörte er auch ein hilfloses Gestammel, wenn der Mann eine Pause einlegte. «Ja, selbstverständlich, Sie haben natürlich völlig recht, Herr Regierungsdirektor …»

Er kannte die Stimme. Sie gehörte Jens Freimann von der Politischen Polizei.

«… ist der zentrale Kernpunkt Ihres Aufgabenbereichs», brüllte Schlanbusch den Mann an. «Wenn dieses Gesindel es sich erlaubt, unsere Stadt zu destabilisieren und Aufruhr zu schüren …»

«Natürlich, Herr Regierungsdirektor.»

«Ich dachte, ich hätte mit Ihnen den besten Mann in die Politische geholt. Ich hatte das wirklich gehofft!»

«Ich werden den Burschen auf der Stelle erneut verhaften lassen!»

«Himmelherrgott! Wollen Sie Behrens noch weitere Munition gegen uns liefern? Dieser Dreckssozi wartet doch nur auf so was. Der Fall ist bereits zu einem Politikum geworden! Wenn wir den Eindruck erwecken, wir wären nicht neutral … Broder, verflucht, stehen Sie doch nicht so blöd rum. Kommen Sie rein. Wo, zur Hölle, haben Sie denn gesteckt?» Die Antwort interessierte Schlanbusch nicht. «Erinnern Sie sich noch an Schwanenbek?», fragte er ihn. «Den Kommunisten, der letztes Jahr die Stadt in Haftung nehmen wollte wegen eines verdammten Unglücks, das, verflucht, überall hätte passieren können? Der Mann ist ein Querschießer par excellence, der lebt erst, wenn er gegen anständige Bürger hetzen kann. Aber das ist ja das Lebensziel der Kommunisten: uns in einem gesetz- und rechtlosen Staat zu unterjochen. Ich begreife nur nicht, wie Behrens – ein studierter Jurist! – ihm auf den Leim gehen kann!»

Der Kriminaldirektor hörte sich an wie eine Kopie von dem Staatsanwalt, mit dem die Kripo oft zusammenarbeitete. Der war auch über die Kommunisten hergezogen, die den Besitzer der Chemiefabrik, der das schreckliche Unglück verschuldet hatte, zur Verantwortung ziehen wollten. Waren die beiden miteinander befreundet? Wusste Martin nicht. War auch egal. Die Kommunisten waren in weiten Teilen der Polizei verhasst.

Schlanbusch wischte sich mit einem Taschentuch den Schweiß aus dem Gesicht. Er sprach mit leiserer Stimme, in der jetzt Erschöpfung mitschwang, weiter. «Schwanenbek hat nach seinem Besuch auf der Wache ausgesehen, als wäre er unter eine Walze gekommen. Und das hätte nie passieren dürfen. Wollen Sie sich das bitte merken, Freimann? Dass Sie immer auch politisch denken müssen?»

Freimann nickte betreten, und Schlanbusch entließ ihn mit einem Handwedeln und der Anweisung: «Sie unternehmen nichts mehr, ohne meine Zustimmung eingeholt zu haben!»

«Jawohl, Herr Regierungsdirektor.» Er machte sich davon.

«Und jetzt zu Ihnen, Broder. Sie wissen, worum es geht? Womit dieser Schwanenbek uns aktuell das Leben sauer macht?»

Martin schüttelte den Kopf, und Schlanbusch wies auf einen Stuhl. Erstaunlicherweise erkundigte er sich nach Caroline Wagner. Martin berichtete von dem Überfall, der für seine Kollegin ein so furchtbares Ende genommen hatte. Er wartete auf Vorwürfe, aber Schlanbusch blieb still. Nur das nervöse Klopfen seiner Finger auf der Schreibtischplatte verriet, wie gereizt er war.

«Haben Sie jemand Bestimmten im Verdacht?»

«Wir gehen davon aus, dass der Verbrecher sie zufällig ausgewählt hat und sie nur mit dem Leben davonkam, weil ihre Kollegin nach ihr suchte.»

«Gut. Und wie weit sind Sie mit dem verschwundenen Kind und dieser ... Wie hieß das Kindermädchen gleich?»

«Alma Schütte.»

«Hier irgendeine Spur?»

«Mehrere. Wir ermitteln besonders im weiteren Familien- und Freundeskreis der Familie von Arnsberg beziehungsweise unter den Angestellten.» Er wollte von dem merkwürdigen Erpresserschreiben berichten, aber Schlanbusch hatte sich entweder im vorangegangenen Gespräch verausgabt, oder der Fall interessierte ihn in Wirklichkeit gar nicht.

«Waren Sie eigentlich schon hier, als die Kommunisten unsere Polizeireviere gestürmt haben? Das Barmbeker Gemetzel 23? Wir konnten es Schwanenbek nicht nachweisen, aber der war todsicher einer der Initiatoren. Der Mann ist ein kommunistischer Aufrührer wie aus dem Bilderbuch. Jahre später, als nach dem Unfall diese Giftwolke über Hamburg hinweggezogen ist, hat er sich als Rächer aufgespielt und versucht, eine Prozesswelle loszutreten. Er wollte die Situation nutzen, um dem Klassenfeind das Geld aus der Tasche zu ziehen. Teile unserer Staatsanwaltschaft sind bedauerlicherweise von diesem kommunistischen Geschmeiß unterwandert und wollten dem Mann nachgeben. Behrens hat sich da besonders hervorgetan. Zum Glück konnte der Skandal, der unsere hamburgische Wirtschaft entscheidend geschwächt hätte, verhindert werden.»

Martin erinnerte sich, aber er hatte Mühe, sich zu konzentrieren. Die Erschöpfung, die beim Betreten des Büros kurz der Aufregung gewichen war, meldete sich zurück. Was, zur Hölle, ging ihn das alles an? Er war nur für Mordfälle zuständig.

«Nicht sonderlich interessiert, Kriminaloberkommissar?»

«Doch», log er.

«Sie wollen wissen, warum ich Sie in mein Büro beordert habe.»

Ja, ganz recht.

«Nun, dieser Schwanenbek ist bei der Polizeiwache 13 in der Goßlerstraße aufgetaucht und wollte melden, dass er angeblich gesehen hat, wie eine Leiche irgendwo hingekarrt wurde. Man hat ihn natürlich ausgelacht und rausgeworfen – und ihm vorher noch eins auf die Mütze gegeben. Die wissen schließlich, welche Rolle er 23 bei dem Aufstand gespielt hat. Und nun fragen Sie sich: Aber was, wenn er wirklich etwas beobachtet hat? Richtig?»

Schlanbusch lachte verächtlich und schlug mit der Faust auf den Tisch. «Wissen Sie, was der Witz an der Sache ist? Der Mann ist blind! Er kann die eigene Hand vor Augen nicht sehen, geschweige denn, die Entsorgung einer Leiche beobachten. Verstehen Sie nun, warum die Kollegen von der Wache aus der Haut gefahren sind? Herrgott, wir legen uns für unsere Bürger krumm. Wir nehmen Gefahren auf uns, wir helfen, wenn Not am Mann ist. Und dann kommt dieser blinde Weltverbesserer und veralbert uns! Da rutscht doch jedem anständigen Kerl die Hand aus. Schwanenbek hat natürlich sofort Anzeige erstattet. Wahrscheinlich ist das von Anfang an sein Plan gewesen: uns auf diese Art eins reinzuwürgen. Warum sonst der lächerliche Auftritt? Sein Anwalt hat dafür gesorgt, dass die Sache bei Behrens auf dem Tisch landet. Und der ist natürlich sofort in die Falle getappt.

Das Schlimmste konnten wir bis jetzt verhindern – damit meine ich die Weitergabe an die Presse. Aber das wird dieser Schwanenbek natürlich sofort nachholen, sobald er sich berappelt hat.»

Schlanbusch griff erneut zu seinem Taschentuch. Dieses Mal wischte er sich den Schweiß von Hals und Nacken. «Und deshalb brauche ich Sie, Kriminaloberkommissar Broder.»

Martin schwieg. Er kapierte immer noch nicht, worauf sein Vorgesetzter hinauswollte.

«Ich will, dass Sie sich diesen Kommunisten vorknöpfen. Sie werden offiziell gegen die Kollegen von der Wache 13 ermitteln, und zwar als neutrale Person. Aber ich will, dass Schwanenbek am Ende als das dasteht, was er ist: ein gottverdammter Lügner, der ins Gefängnis gehört.»

Martin starrte den Kriminaldirektor an. Ein Mensch mit Schnurrbart, so akkurat gekleidet, dass der offene Kragen wie eine Obszönität wirkte. «Bitte?», sagte er.

Und dann war es plötzlich vorbei. Die Übelkeit, die ihn schon den ganzen Tag wie ein Misston begleitete, schäumte auf, sein Magen revoltierte. Er rannte aus dem Büro, erwischte mit großem Glück die Tür zu den Toiletten und übergab sich.

Es dauerte mehrere Minuten, bis er sich gefangen hatte, und als er in Schlanbuschs Büro zurückkehrte, war der Mann verschwunden. Auf seinem Schreibtisch lag ein Zettel, auf dem mit roter Tinte stand: «Kriminaloberkommissar Broder, ich erteile Ihnen den Auftrag, in Sachen Schwanenbek wie besprochen zu ermitteln!»

15. KAPITEL

SAMSTAG, 17. AUGUST

Sie hasste ihre Wohnung. Aber wie sehr sie sie hasste, begriff Paula erst, als sie kurz nach ihrer Heimkehr abends noch ein bisschen laufen wollte und bei ihrer Rückkehr den Makler vor ihrem Wohnblock fand. Der Mann fotografierte die Häuserfront und das Gelände gegenüber, auf dem ein Krankenhaus stand. Neugierig blieb sie stehen. Eine der Merkwürdigkeiten, wenn man bei der Polizei arbeitete, bestand darin, dass man auch im Privaten die Scheu verlor, fremde Menschen anzusprechen. Sie zögerte nur kurz, dann ging sie zu ihm hinüber.

«Wollen Sie hier einziehen?»

Der Mann lachte. Er war ein gesellig wirkender Mensch, etwa Mitte vierzig. Kein Schönling. Sein Haar lichtete sich bereits und war längs eines schnurgeraden Scheitels an den Kopf gepappt. Aber das Gesicht nahm für sich ein. Tiefe Lachfältchen hatten sich in die Augenwinkel gegraben. «Eine nette Unterkunft, in der Tat.»

Sie lächelte, ohne ihm zuzustimmen.

«Wohnen Sie hier?», fragte er interessiert, und als sie nickte, meinte er: «Aber irgendetwas stört Sie an Ihrer Bleibe. Höre ich das richtig?»

Ja, es störte sie, dass in ihrer Wohnung eine Frau gestorben war, deren ältere Tochter sich hatte prostituieren müssen und deren jüngere in diesen Wänden fast verhungert war. Aber das behielt sie für sich. Es war kein Abend, an dem sie weitere Schwere ertragen hätte, und außerdem kannte sie den Mann ja gar nicht. Sie lachte also und meinte leichthin: «Ein bisschen ruhiger dürfte es schon sein.»

«Tut mir leid, dass ich Sie so dreist ausfrage. Ist eine Berufskrankheit.» Dann erklärte er ihr, dass er Häusermakler war. «Herauszufinden, wie Menschen wohnen wollen, ist nicht nur mein Beruf, sondern meine Leidenschaft. Und nein, Fräulein, das ist kein Werbespruch. Ich ziehe tatsächlich viel Vergnügen daraus, für meine Kunden die passenden Wohnungen zu finden, in denen sie sich heimisch und geborgen fühlen.»

«Da werden Sie wohl oft Schiffbruch erleiden, weil die meisten Menschen sich die Wohnungen ihrer Träume gar nicht leisten können.»

«Verzeihung, aber da muss ich widersprechen. Es sind ja nicht unbedingt der Marmorkamin und die ausladenden Balkone, die das Herz berühren. Im Gegenteil. Sie würden staunen, wie viele reiche rastlose Kunden ich bereits betreut habe. Die wandern von einer Bleibe in die nächste und finden ihr Glück nirgendwo, während ärmere Leute sich – und das ist jetzt bitte kein Klischee – tatsächlich auch in ärmlichen Hütten oder schmucklosen Gebäuden wie den Schlitzbauten in Hamm und Eppendorf gemütlich einrichten können. Kennen Sie die? Eigentlich sind das trostlose Häuser, aber die Leute schaffen sich dort ihr Heim. Genau wie im Gängeviertel … Oh, bitte, verzeihen Sie. Ich möchte Sie nicht langweilen.»

«Das tun Sie nicht. Was würden Sie einer Angestellten mit schmalem Gehalt und einer Vorliebe fürs Grüne vorschlagen?»

Ein Stück weiter stand vor dem Krankenhaus eine Bank. Er wies fragend darauf, und sie setzen sich und starrten auf das Haus, in dem Paula wohnte.

«Ein bisschen Grün haben Sie hier ja schon», meinte der Makler und deutete auf den Krankenhausgarten in ihrem Rücken.

«Dann sind es wohl eher schlechte Erinnerungen, die ich mit einem Wohnungswechsel hinter mir lassen möchte», gab sie zu.

«Tja, beschreiben Sie mal Ihren Traum.»

So genau hatte sie noch nie darüber nachgedacht. Schließlich erzählte sie von dem Häuschen, in dem Caro und Gertrud wohnten. Es war klein, aber gemütlich, und sie lebten dort ziemlich für sich.

«Ich fange an zu begreifen. Wenn Sie erlauben ...» Der Mann zog ein Büchlein aus seiner Tasche und blätterte darin. «Wie wäre es, wenn wir uns übermorgen Abend am Bahnhof Friedrichsberg treffen. Ich hätte dort in der Nähe etwas Hübsches. Still, abgeschieden, wenige Nachbarn – also genau, was Sie sich wünschen.»

«Gegen acht Uhr?», fragte sie.

Er trug die Uhrzeit ein und lächelte sie an.

«Und wie ist Ihr Name?», wollte Paula wissen.

«Habbe, Hanno Habbe. Und Sie sind Fräulein ...?»

«Haydorn.»

«Aha.» Er schrieb auch das auf, versenkte sein Büchlein wieder in der Jackentasche, tippte an die Hutkrempe und entfernte sich.

Der Montagmorgen begrüßte Paula mit dem, was sie ihr kleines Morgengrauen nannte: Alles fühlte sich schwer an, der Tag kam ihr wie eine kaum zu stemmende Bürde vor. In niedergedrückter Stimmung kleidete sie sich an. Ihr Blick glitt dabei immer wieder durch die Wohnung. Wie hatte sie nur in dieses Loch einziehen können? Klar, sie wusste es: Die Kollegen hatten sie überredet. Aber wieso hatte sie ihnen nachgegeben? Der Gedanke an den Makler munterte sie ein wenig auf.

Im Treppenhaus ging sie auf Zehenspitzen. Nur jetzt nicht auf Martin treffen, den glücklichen Vater, der dummerweise anderthalb Jahre lang vergessen hatte, ihr von seinem Kind zu erzählen.

Doch sie hätte sich die Mühe sparen können. Martin ließ sich nicht blicken. Als sie ins Stadthaus kam, berichtete ihr Fritz Pepper, dass er sich mit Volker zusammen auf den Weg zu irgendeinem Zeugen gemacht hatte. Wer das war, wusste er nicht. Aber es schien ziemlich eilig gewesen zu sein. Er kaute auf einem Käsebrot und schaute sie fragend an, als erwartete er von ihr eine Idee dazu. Sie zuckte mit den Achseln und erkundigte sich nach Caro.

Ja, da gab es tatsächlich Neues. Gertrud hatte vermeldet, dass ihre Freundin sie für einen kurzen Moment erkannt habe. Allerdings hatte Fritz seine Zweifel, ob das stimmte. «In so einer Situation sieht der Mensch ja, was er sehen will. Der Arzt meinte, Caro muss einen ganzen Trupp Schutzengel um sich gehabt haben, dass sie nicht schon in diesem Keller gestorben ist. Und es steht fest, dass du der tatkräftigste von ihnen gewesen bist.» Fritz lächelte, ausnahmsweise einmal nicht mit seinem gewohnheitsmäßigen Charme, auf den er so stolz war, sondern ehrlich froh. «Aber nun erzähl du mal. Was genau ist in Bielefeld passiert?»

Sie gab einen Überblick, dann ergänzten sie gemeinsam auf der Korktafel die neuen Informationen. Eine Zeit lang diskutierten sie den Fall und spekulierten, wohin Martin mit

Volker wohl verschwunden sein könnte. Er sei schlecht gelaunt und wortkarg gewesen, meinte Fritz, und habe auf seine Fragen nicht reagiert.

Paula nickte bedrückt. «Hoffentlich wurde nicht Dorles Leiche entdeckt.»

Gerade, als ihr Kollege antworten wollte, klopfte es an der Tür. Sie wurde im selben Moment aufgerissen, und ein Schupo von der Stadthauswache zerrte einen zerlumpten Mann, dem er den Arm auf den Rücken gedreht hatte, in den Raum.

«Der feine Herr will jemanden von der Mordkommission sprechen», keuchte er. Der Klammergriff nötigte den «Herrn», seinen Kopf gesenkt zu halten – was für Paula weniger wie eine Sicherheitsmaßnahme als wie eine absichtliche Demütigung aussah. «Los, Bursche, jetzt kannst du rausstinken, was du loswerden willst. Und dann verschwindest du wieder», brüllte der Schupo sein Opfer an.

Kurz herrschte Schweigen. Dem Mann gelang es in einer schmerzhaften Anstrengung, den Kopf zu heben. Sein Gesicht sah übel aus, voller blutunterlaufener Stellen, als hätte er eine Prügelei hinter sich. Zwei Zähne fehlten. Er kniff die Augen zusammen, wirkte dabei allerdings keinesfalls eingeschüchtert. Paula fiel auf, dass er ständig blinzelte. Hatten auch seine Augen bei der Prügelei Schaden genommen?

«Lassen Sie ihn bitte los», sagte sie zu dem Wachtmeister.

Der zögerte. «Also, Fräulein, um das zu erklären: Der Mann hier ist Horst Schwanenbek. Und es handelt sich bei ihm nicht um einen normalen Verbrecher, sondern um einen der Kommunisten, die vor Jahren unsere Polizeistationen gestürmt und dreizehn unserer Kameraden ermordet haben. Der sieht nur so aus, als wäre er harmlos. Dem können Sie …»

«Ich bin ja auch noch hier», lächelte Fritz.

Der Wachtmeister starrte ihn an. Dann gehorchte er brummend. Während er einen Schritt zurücktrat, tastete er nach seiner Waffe.

«Was ist mit ihm passiert?» Paula deutete auf das Gesicht des Mannes.

«Er hat auf der Horner Wache Rabatz gemacht, da mussten die Kollegen ihn wohl zur Räson …»

«Gar nichts habe ich getan. Ich wollte einfach nur etwas melden!», fauchte der Mann, der sich mit schmerzverzerrtem Gesicht das Schultergelenk massierte.

«Ja, genau. Und dabei das Revier auskundschaften, weil ihr nämlich schon eure nächste Schweinerei plant! Bilde dir bloß nicht ein …»

«Ich hab eine beunruhigende Beobachtung gemacht, und die wollte ich melden, weil das nicht nur meine Pflicht, sondern auch mein Recht ist!» Der Mann hatte Mühe zu sprechen – seine Lippe war dick angeschwollen.

«Lassen Sie uns bitte einen Moment allein», sagte Paula zu dem Schutzpolizisten.

«Auf keinen Fall. Ich bleibe hier!»

«Das ist wirklich nicht nötig.» Fritz lächelte immer noch, aber seine Stimme klang jetzt scharf, und Paula fühlte eine ungewohnte Wärme in sich aufsteigen. Sie hatte schon oft beobachtet, dass zwischen ihren Kollegen eine Art Bündnis bestand, das sich gegen jeden richtete, der einem von ihnen querkam. Aber sie und Caro waren dabei immer ein wenig außen vor geblieben. Nun standen sie und Fritz Schulter an Schulter. Sie wies in den Flur hinaus, und der Wachmann verließ schnaubend den Raum. Ihr Hochgefühl schwand allerdings sofort wieder, als sie sich dem Kommunisten zuwandte. Und das lag nicht nur an dem rot und blau geschlagenen Gesicht, sondern auch an seinem unsteten, irrlichternden Blick: Er war ihr unheimlich.

«Worum geht es denn bei Ihrer Meldung?», fragte Fritz.

Der Kommunist berichtete von einem abendlichen Spaziergang und dass er dabei etwas Ungeheuerliches beobachtet habe, das ihn aufs Höchste beunruhigte.

Paula unterbrach ihn schon nach wenigen Sätzen. Sie holte den Parlographen, setzte ihn auf Martins Schreibtisch ab und deutete auf den Stuhl, der davorstand. «Bitte noch einmal von vorn und ausführlich. Erzählen Sie uns alles, woran Sie sich erinnern.»

Der Mann nahm Platz, starrte misstrauisch auf den Trichter des Geräts und rieb sich über die Brust.

«Bitte», sagte Paula.

«Also gut, es war abends …» Er begann wieder zu zwinkern, dieses Mal noch stärker. «Kurz vor dem Dunkelwerden, ungefähr halb neun. Ich wollte … Also ich wollte spazieren gehen … zur Entspannung, das hat mir jemand geraten. Ich bin also los, ich wollte zum Wasser. Ich …»

«Geht es Ihnen nicht gut?», fragte Paula.

«Doch, doch. Ich bin also zur *Blauen Brücke*, und da habe ich gesehen, wie jemand … eine Leich… eine Leiche in … Ich …» Unvermittelt sackte er in sich zusammen, und ehe sie reagieren konnte, kippte er seitwärts auf den Fußboden.

Fritz rannte an dem Liegenden vorbei in den Flur. «Wir brauchen einen Arzt. Broders Büro. Es eilt!», brüllte er.

Ihre beiden Kollegen kehrten gegen Mittag ins Stadthaus zurück. Als sie von dem Kommunisten hörten, der eine angebliche Leiche hatte melden wollen, brach Martin in Gelächter aus. Er lehnte sich an die Wand und wischte sich über die Augenwinkel.

«Was ist so lustig?», fragte Paula.

Volker antwortete an seiner Stelle. «Der Mann heißt Schwanenbek, stimmt's?»

Paula nickte.

«Und genau den suchen wir seit Stunden. Horst Schwanenbek. Wir haben die Leute von Wache 13 befragt, seine Bude auf den Kopf gestellt, die Nachbarn ausgehorcht …»

«Ach nee. Er hat also tatsächlich gesehen, wie eine Leiche ins Wasser geschmissen wurde?», wollte Fritz wissen.

«Entsorgt. Auf der Wache hat er gesagt, dass er gesehen hat, wie sie entsorgt wurde. Leider haben sie ihm kaum zugehört. Zu euch hat er also von Wasser gesprochen?»

Fritz blickte zu Paula. «Hat er?»

«Er hat gesagt, dass er zum Wasser wollte. Nicht, ob das mit der Leiche auch dort passiert ist.»

«Wo steckt er jetzt?», fragte Martin.

«Er hatte plötzlich einen Zusammenbruch. Wir haben einen Arzt kommen lassen. Zwischendurch ist er zwar wieder zu sich gekommen, aber der Arzt hat ihm ein paar Stunden Schlaf verordnet. Also haben wir ihn in eine der Zellen bringen lassen.»

Martin blickte zur Uhr. «Weck ihn und bring ihn hier rauf», ordnete er mit Blick auf Volker an, der sich sofort auf den Weg machte.

«Wie seid ihr überhaupt auf Schwanenbek gekommen? Was hat er mit unserem Fall zu tun?», wollte Paula wissen.

«Wahrscheinlich gar nichts, vielleicht aber doch, falls er wirklich was gesehen hat.» Bei dieser rätselhaften Antwort beließ Martin es. Er sah gehetzt aus. Von der Ruhe, die er sonst in fast allen Lagen bewahrte, war nichts mehr zu spüren. Angespannt ging er im Zimmer auf und ab. «Behaltet für euch, dass er hier ist», sagte er schließlich.

«Bitte?», fragte Fritz.

«Tut's einfach.»

Sie starrten ihn an. Aber falls er seiner rätselhaften Äußerung noch etwas hatte hinzufügen wollen, kam er nicht dazu. Volker kehrte mit Schwanenbek zurück.

Der Kommunist wirkte noch zittriger als zuvor. Wieder irrte sein unheimlicher Blick durch den Raum. Martin trat auf ihn zu, und da der Mann etwas kleiner als er selbst war, neigte er den Kopf, um ihm in die Augen sehen zu können. Sie starrten einander an.

«Könnten Sie meiner Kollegin erläutern, wo genau Sie sich befunden haben, als Sie den Mann mit der Leiche gesehen haben?», fragte Martin. «Nein, nicht mir. Meiner Kollegin.»

Unsicher bewegte Schwanenbek den Kopf. Er schaute zuerst nach links, in Paulas Richtung. Aber sein Blick glitt an ihr vorbei, als würde er sie nicht wahrnehmen. Dann drehte er sich zur anderen Seite und fixierte Volker und Fritz, die nebeneinander auf zwei Stühlen Platz genommen hatten. «Auf der Treppe zu einem Firmengelände mit einer Brandruine, bei der *Blauen Brücke*», sagte er.

Paula war irritiert. Dann begriff sie. Sie trug einen schwarzen Rock und eine schwarze Jacke über einer weißen Bluse, aber Fritz hatte sich eine rote Jacke übergezogen. Litt der Kommunist unter einer eingeschränkten Sehfähigkeit und konnte die beiden Männer nur wegen Fritz' auffälliger Kleidung erkennen? Und merkte er nicht einmal, dass es sich um zwei Männer handelte? Plötzlich begriff sie, was es mit seinem Blinzeln und dem Stieren auf sich hatte.

«Ich habe mich auf die Stufen gesetzt, um mich ein bisschen auszuruhen, und da habe ich einen Mann gesehen, der irgendwo rausgekommen war und einen Toten hinter sich hergezogen hat. Er hat ihn den Deich raufgeschleift und in die Bille geschmissen.»

«Sie haben gar nichts gesehen. Sie sind fast blind», sagte Martin.

«Ach ja?» Der Kommunist trat auf Martin zu, hob die Hand und gab ihm eine klatschende Ohrfeige.

Verblüfft starrte ihr Kollege ihn an. Dann lachte er kurz auf. «Kommunist, ja? Los», sagte er, «wir machen einen kleinen Ausflug.»

Sie fuhren mit Schwanenbek nach Horn, ein Dorf in Hamburgs Osten. Die Gegend war erstaunlich ländlich, besaß aber offenbar eine Anbindung an Hamburg, denn Paula entdeckte Schienen und einen kleinen Bahnhof. «Ist das dort drüben nicht die Horner Rennbahn?», fragte sie, als sie nach links schaute.

Martin nickte.

«Interessant.» Modersens Gelände und damit auch Magnus' Arbeitsplatz befanden sich in unmittelbarer Nähe der Stelle, an der angeblich eine Leiche versenkt worden war. Wenn der Kommunist nicht gelogen hatte, waren sie vielleicht zum ersten Mal auf einer heißen Spur.

Sie bogen auf den Weg ab, den Schwanenbek ihnen wies, der Wagen holperte über unebenes Pflaster. Zur Rechten erstreckten sich, so weit das Auge reichte, Schrebergärten, in denen fleißig gearbeitet wurde. Der Weg führte sanft aufwärts, weiter vorn konnte Paula einen Deich erkennen und dahinter eine Brücke, die sich über ein Gewässer erhob, sicher die Bille.

Bei einer Holzbank mit abblätternder gelber Farbe hielten sie an und stiegen aus. Tatsächlich führte an dieser Stelle eine Treppe auf ein Gelände mit verkohlten, teilweise eingestürzten Gebäuden hinab. Alles wirkte verkommen, überall spross Unkraut. Nur ein Gleisbett war von dem wuchernden Grün befreit worden – die Gleise schienen noch benutzt zu werden.

«Ich kann nicht ohne meine Krücke», murmelte Schwanenbek. Er keuchte vor Anstrengung und knickte bei jedem zweiten Schritt ein. Paula reichte ihm ihren Arm.

Er grinste. «Wie ich immer sage: In jeder Furie versteckt sich ein liebes Fräulein.»

Sie zog ihren Arm zurück. *Liebes Fräulein!* Nee, dann musste er sich allein weitermühen.

«Wo genau haben Sie gesessen?», fragte Martin.

Schwanenbek stieg, mit beiden Händen an ein eisernes Geländer geklammert, die Stufen hinab und ließ sich auf einer der unteren nieder, sodass er sich bequem wieder würde erheben können. Mit einem Seufzer streckte er sich und bewegte die Schultern. Dann stierte auf das Gelände.

«Von wo genau ist der Mann gekommen?», wollte Martin wissen.

Der Kommunist deutete auf eine Halle, die sich etwa zwanzig Meter von einer das Grundstück beherrschenden Villa entfernt befand. Diese Villa, sicher das Haus, in dem der Besitzer der Fabrik gelebt hatte, war weit weniger beschädigt als die Hallen, aber durch den Brand trotzdem unbewohnbar geworden. Der vordere Teil des Dachs war in Flammen aufgegangen, die Fensterrahmen geborsten und teilweise verbrannt, und der Regen vieler Monate oder gar Jahre musste Wände und Fußböden durchnässt haben.

«Und welchen Weg hat er dann genommen?»

Schwanenbek beschrieb einen Bogen, der erst zu den Gleisen und vor dort weiter zum Deich führte.

«Fritz? Paula?»

Sie brauchten einen Moment, um zu verstehen, was Martin von ihnen wollte. Offenbar sollten sie herausfinden, wie genau es um die Sehkraft des Mannes stand. Also liefen sie hinüber zur Fabrikhalle und warteten mehrere Minuten im Innern des nach Ruß und Moder stinkenden Raums.

«Dann mal los», sagte Fritz. Er wollte Paula unter den Armen packen, aber sie wehrte ab.

«Wir machen es andersrum. Mal sehen, ob er das erkennt.»

Er stutzte kurz – und ließ sich dann bereitwillig von ihr unterhaken und aus der Halle schleppen. Obwohl er ein schlanker Mann war, wog er so viel wie ein Bulle. Paula biss die Zähne zusammen und zerrte ihn vorwärts.

«Da!», hörte sie Schwanenbek nach etlichen Metern brüllen. Aus den Augenwinkeln sah sie, dass er in ihre Richtung zeigte. «Da sind sie», brüllte er aufgeregt.

Sie erreichten das Gleis, und Paula bog nach links ab – dann war sie mit ihren Kräften am Ende. Keuchend ließ sie Fritz ins Unkraut fallen und ging in die Knie.

«Autsch», wisperte er spöttisch.

«Ich sehe sie nicht mehr», hörte sie Schwanenbek rufen. Und dann, als Fritz sich aufrichtete: «Doch, da sind sie wieder.»

Nun wurde Paula untergefasst, und Fritz schleppte sie weiter. Mit ihrem Bein streifte sie mehrfach das Metall des Gleises.

«Ja, genau. Und an dieser Stelle ist der Kerl rauf auf den Deich», brüllte der Kommunist. Und wenig später: «Jetzt ist er oben, stimmt's?»

Fritz ließ Paula auf den schmalen Sandweg sinken, der sich auf der Kuppe des Deichs befand. Er blickte zur anderen Seite hinunter, wo sich träge ein Fluss seinen Weg bahnte, der am gegenüberliegenden Ufer ebenfalls von einem Deich begrenzt wurde.

«Was nun? Ab mit der Leiche ins Wasser?», grinste er und ließ sich im nächsten Moment mit einer theatralischen Bewegung fallen und den grasbewachsenen Hang hinabrollen, bis er an einer Barriere aus Holzpfählen, die den Fluss vom Deich trennte, zum Stillstand kam. Paula rappelte sich hoch. Sie wollte gerade zu Schwanenbek und Martin zurückkehren, als Fritz einen überraschten Pfiff ausstieß.

«Was ist?»

Er hatte sich über die Pfähle gebeugt. Sie sah, wie er ein Stück zur Seite krabbelte und etwas von einem der Stämme löste. Er hielt es ihr entgegen: einen Fetzen Stoff, etwa so groß wie eine Kinderhand. Kleiderstoff, hellblau, der in der Sonne glänzte.

Alma Schütte sollte am Tag ihrer Entführung ein hellblaues Kleid getragen haben.

Paula rief nach Martin.

Hastig durchsuchten sie die Gebäude. Es war ja nicht auszuschließen, dass die kleine Dorle irgendwo hier gefangen gehalten wurde. Doch weder in der Villa, die sie sich zuerst vornahmen, noch in den anderen Gebäuden war eine Spur von ihr zu entdecken. Enttäuscht trafen sie sich wieder bei den Gleisen, als Volker, der als einziger noch fehlte, sie mit einem lauten Pfiff alarmierte und damit erneut in eine der Fabrikhallen rief. Er winkte sie in einen fensterlosen Raum am Ende einer Halle, der mit verrußten Regalen und zerstörten Maschinen – viele aufeinandergestapelt – vollgestopft war.

«Geht mal einen Schritt zur Seite, damit Licht reinkommt, ja?»

Sie gehorchten, und er deutete auf einen kleinen Bereich links von der Tür. «Seht ihr die Ratscher an der Wand? Dort neben der schwarzen Kiste? Ich bilde mir ein, dass die noch frisch sind. Und sie befinden sich in einer Höhe, als stammten sie von jemandem, der vor der Wand auf dem Boden gesessen hat. Außerdem … riecht ihr das?»

Ja, es stank nach Fäkalien. Sie konnten von Tieren stammen, die hier Unterschlupf gesucht hatten, oder aber …

«Wir brauchen Taschenlampen», sagte Martin.

Paula kehrte zum Wagen zurück und holte zwei aus dem Koffer, der in jedem Polizeiwagen hinter den Sitzen verstaut war. Als sie auf dem Rückweg an Schwanenbek vorbeikam, fragte er aufgeregt: «Habt ihr was gefunden?»

Wortlos eilte sie weiter. Fritz und Martin hatten sich ein Stück von der Stelle, die ihr Kollege ausgemacht hatte, entfernt, um möglichst wenige Spuren zu zerstören. Paula reichte eine der Lampen an Martin weiter, und sie richteten die Lichtkegel zur Wand. Tatsächlich befanden sich auf der rußverschmierten Mauer helle Kratzspuren, die sicher aus jüngerer Zeit stammten. Noch interessanter war allerdings eine Fläche auf dem Boden vor den Kratzern, wo der Ruß am Boden verschmiert worden war.

«Da hat jemand gesessen», sagte Martin.

«Ja, und hier hat sie geschissen.» Fritz deutete auf eine eingetrocknete Stelle seitlich der Schmierspuren. Von dem Ort, der wohl als primitives Klosett gedient hatte, führte eine Spur hinter einen gusseisernen, mannshohen Behälter in der Ecke. Als sie ihr folgten, fanden sie einen dreckigen Besen an der Wand lehnen, daneben eine besudelte Kehrschaufel und einen mit Kot gefüllten Eimer, in dem noch Flüssigkeit schwamm.

«Denkt ihr auch, dass Alma Schütte hier festgehalten wurde?», fragte Volker.

«Wenn wir den Fetzen Stoff dazu nehmen, den Fritz unten

an der Bille gefunden hat … Wir müssen Signe fragen, ob er zu einem von Almas Kleidern gehört haben kann.» Kurz schwieg Martin, dann gab er seine Anweisungen. «Ihr drei durchsucht noch einmal gründlich sämtliche Gebäude nach Hinweisen auf das kleine Mädchen, ich fahre zur Wache und ordere die Spurensicherung.» Kurz zögerte er. «Ich werde Schwanenbek mitnehmen und ihn zu Hause absetzen. Der Mann ist ja völlig fertig. Das kann aber ein bisschen dauern. Kümmert euch also bitte hier weiter ums Geschehen, auch wenn Blasse und seine Leute ankommen.» Noch einmal hielt er inne. «Und was Dorothee von Arnsberg angeht … Achtet darauf, ob sich draußen frisch aufgeschüttete Stellen finden.»

Als Paula kurz darauf aus der Halle trat, sah sie, wie er mit dem Kommunisten sprach und ihm auf die Füße half.

Sie durchsuchten noch einmal die Villa, schauten in jedes noch so kleine Gelass und stiegen sogar über eine gewinkelte Treppe in die Gesindekammern hinauf, die wegen des feuchten Geländes hier, das keine Keller erlaubte, im Dachboden untergebracht worden waren. Keine Spur von Dorle. Anschließend durchkämmten sie mit wenig Hoffnung ein weiteres Mal die Hallen und schließlich noch eine verfallene Farbholzmühle, die sich in einiger Entfernung hinter einem Zaun befand und wohl gar nicht zu dem Besitz gehörte.

Paula zog sich schließlich, bedrückt von der vergeblichen Suche und erschöpft von der eigenen Frustration, auf die Eingangstreppe der Villa zurück, wo sie wenig später die Männer vom Erkennungsdienst in Empfang nahm.

«Wir haben alles abgesucht, und wir waren gründlich», sagte sie zu Blasse, der seine Leute angesichts des nahenden Abends antrieb.

«Gründlich, aber blind – wie jeder Laie», gab er mit einem

überheblichen Lachen zurück. Und damit sollte er recht behalten.

Einer seiner Männer, ein älterer Herr mit bleichen, eingefallenen Wangen, fand in einer Spalte des Holzdielenbodens oben auf dem Dachboden der Villa eine rote Haarspange. Er zog sie mithilfe einer Pinzette heraus und legte sie in ein Behältnis auf dem Tisch.

«Ihr habt alles gründlich durchsucht, ja?», schnauzte Blasse die Kommissare an. «Nein, hierbleiben – ich brauche Fotos von den Abdrücken eurer Schuhe. Muss ich das denn jedes Mal erklären? Wo steckt überhaupt Broder?»

«Er muss noch etwas erledigen», sagte Paula und fragte sich, was er wohl treiben mochte. Schwanenbeks Wohnung befand sich nur einen Fußmarsch von hier entfernt. War er vielleicht zur Wache weitergefahren und hatte dort mit Cuxhaven telefoniert? Sie zog ihre Schuhe aus, einer der Männer machte Aufnahmen der Sohlen und wiederholte das Prozedere bei Fritz' und Volkers Tretern.

«Gibt es verwertbare Fingerabdrücke?», fragte sie.

«Nun drängeln Sie nicht. Sie werden es schon erfahren!»

«Mensch, wir suchen ein kleines Mädchen!», fauchte Fritz den Spurensicherer an.

«Ja, aber zaubern kann ich auch nicht.» Brüsk kehrte Blasse ihnen den Rücken zu und schnauzte seinen Fotografen an.

Der wartete, bis sein Vorgesetzter den Raum verlassen hatte, dann brummte er entschuldigend: «Ihm geht's nicht gut. Jemand hat heute Nacht an den Bremsen seines Autos rumgespielt, und er ist gegen eine Mauer gedonnert. Um ein Haar hätte es bös geendet.»

«Hat er eine Ahnung, wer das gewesen sein könnte?», fragte Paula.

Der Mann zuckte mit den Schultern. «Wenn sich jemand

über die Polizei aufregt, hat er ja eigentlich euch auf dem Kieker.»

Das stimmte. Der Erkennungsdienst war eine unsichtbare Truppe im Hintergrund. Trotzdem musste Paula an Caro denken.

«Wir haben übrigens tatsächlich Fingerabdrücke sichern können. Sogar in guter Qualität. Und auch Abdrücke von Sohlen. Einige stammen von Erwachsenen, einige aber auch von einem Kind», verriet der Fotograf, während er sein Stativ zusammenklappte. «Ach ja, und in diesem Raum hinter der Halle, wo womöglich jemand festgehalten wurde, haben wir Spuren von Blut gefunden», ergänzte er noch, bevor er seinen Kollegen folgte.

Während die Männer vom Erkennungsdienst sich draußen am Pfahlbollwerk der Bille zu schaffen machten, wo Fritz den Kleiderfetzen gefunden hatte, kehrte Martin zurück.

Paula, die ihn als erste erblickte, ging ihm entgegen. Sah er angespannt aus? Eindeutig. Sie arbeitete schon so lange mit ihm zusammen, dass sie in seinem Gesicht lesen konnte wie in einer Zeitung. «Alles in Ordnung?»

«Leider nicht», brummte er. «Die Sache ist dumm gelaufen. Schwanenbek ist abgehauen.»

Sie starrte ihn verblüfft an. «Warum das denn? Er ist doch einfach nur ein Zeuge, der seine Bürgerpflicht getan hat. Oder meinst du, er könnte was mit der Sache zu tun haben?»

«Das halte ich für unwahrscheinlich.» Martin lächelte bitter.

Die Fingerabdrücke einer der erwachsenen Personen, die sie gefunden hatten, stimmten mit denen auf dem Erpresserbrief überein. Das war das erste Ergebnis, das sie spät in der Nacht vom Erkennungsdienst geliefert bekamen.

«Tja, und es gibt tatsächlich auch eine Übereinstimmung bei den Fingerabdrücken des Kindes und dieser Alma», erklärte Blasse, als er eine Viertelstunde später zu ihnen herunterkam. Er sah übernächtigt und mürrisch aus. «Die der Kleinen haben wir im Raum unter dem Dach gefunden. Sie ist wohl oben eingesperrt worden, wurde aber nicht wie die Frau gefesselt. Ach, habe ich das schon gesagt? Dass der Täter das Kindermädchen in der Halle, wo wir das Blut entdeckt haben, an eine der Maschinen gekettet hatte? Wir haben ihre Fingerabdrücke und die des Täters an einem entsprechenden Schloss gefunden. Und das Blut … Tja, vielleicht hat der Täter sein Opfer ins Gesicht geschlagen, und sie hat mit der Hand ins Blut gefasst und dann die Maschine berührt, neben der sie saß. So könnte es gewesen sein. Sie wurde vermutlich in der Halle auch ermordet, aber erwürgt oder auf eine andere Art getötet, die keine Spuren am Tatort hinterlässt.»

Dass ihre Helfer keine Leiche in der Bille gefunden hatten, wussten sie schon. Aber das hatten sie auch nicht erwartet. Leichen wurden von der Strömung mitgezogen und irgendwann an Land gespült, wenn sie nicht von Fischen abgenagt wurden und auf den Grund sanken.

«So, ich mache Feierabend. Alles andere …»

«Haben Sie eine Vorstellung, wer an Ihren Bremsen hantiert haben könnte?», fragte Paula.

Blasse, der schon auf dem Rückweg zur Tür gewesen war, drehte sich ruckartig um. «Woher wissen Sie das?»

«Ich bin bei der Kripo.» Das klang schnippischer, als sie beabsichtigt hatte. «Was mich beunruhigt», fuhr Paula sanfter fort, «ist, dass innerhalb einer knappen Woche gleich zwei Menschen, die an diesem Entführungsfall arbeiten, Opfer eines Anschlags geworden sind.»

«Zufall!»

Martin blickte auf seine Hände, die er auf der Schreibtischplatte ausgebreitet hatte. Er nahm sich Zeit, bevor er sprach. «Hast du an deinem Auto etwas entdecken können? Fingerabdrücke? Irgendwas, das uns helfen könnte, den Mistkerl zu schnappen?»

«Da gibt's kein Rätselraten. Ich tippe auf zwei grüne Bengel in der Nachbarschaft. Aber die knöpfe ich mir allein vor. Die machen schon seit Monaten Ärger. Seht zu, dass ihr noch eine Mütze Schlaf bekommt. Geht sonst auf den Verstand.» Und damit war er aus dem Zimmer.

Volker und Fritz nahmen sich den Rat zu Herzen und verschwanden ebenfalls, aber Paula zögerte.

«Was ist?», fragte Martin, der die Lampe auf seinem Schreibtisch ausschaltete.

«Warum hat Schwanenbek sich verdünnisiert? Ich verstehe das nicht.»

Einen kurzen Moment sah es so aus, als wollte er sie erneut mit einer Floskel abspeisen. Doch dann reichte er ihr die Handtasche und sagte: «Ich weiß, wo man um diese Zeit noch ein Bier kriegt. Kommst du mit?»

Zwanzig Minuten später saßen sie im *Miesepeter* am Hansaplatz in St. Georg, gar nicht weit von der Wohnung der Modersens entfernt. Um diese Zeit hielten sich nur noch wenige Gäste in der Kneipe auf. Die Männer spielten gemeinsam mit dem Wirt, dem offenbar nichts an seinem Feierabend lag, Doppelkopf.

Nachdem Paula und Martin ihr Getränk bekommen hatten, ließ man sie in Ruhe. Gelegentlich hörten sie ein Knurren oder Gelächter. Der Wirt, ein Mann mit zahllosen Narben im Gesicht, zankte sich mit seinen Mitspielern.

«Überleg dir gut, ob du das mit Schwanenbek wirklich wissen willst», riss Martin Paula aus ihren Gedanken. «Es könnte dich deine Stelle bei der Polizei kosten.»

Paula nahm einen Schluck von dem Bier, das bitter schmeckte. «Ist mir egal.»

«Sicher?»

«Ja!» Zum ersten Mal seit Tagen sprachen sie wieder wie Freunde miteinander. In diesem Moment war ihr die Arbeit tatsächlich egal. «Leg los.»

Und dann hörte sie die unglaubliche Geschichte von Dr. Schlanbusch. Dass er sich in ihre Ermittlungen eingemischt hatte. Dass er Martin nötigen wollte, die Schupos von Wache 13 vom Vorwurf der Misshandlung eines Zeugen reinzuwaschen. Dass er von ihm verlangt hatte, stattdessen den Kommunisten Schwanenbek unter einem beliebigen Vorwand zu verhaften.

«Wir sollen ihn mithilfe falscher Beweise einbuchten? Aber das ist …»

«Ich habe dem armen Kerl gesagt, dass er untertauchen sollte, zumindest für eine Weile. Ist dir klar, warum?»

Paula schüttelte den Kopf.

«Weil man seine Anzeige bei der Horner Wache ganz einfach so drehen könnte, dass Schwanenbek an der Entführung beteiligt gewesen ist und Fracksausen bekommen hat, als diese Frau und vielleicht sogar das Kind gestorben sind. Dann wären die Schupos reingewaschen: Sie haben nur versucht, aus dem Mann die Wahrheit rauszuholen, und da wird man eben auch mal grob, wenn es um das Leben eines Kindes geht. Plausible Geschichte.»

«Aber wir haben die Fingerabdrücke», wandte sie ein.

«Und wenn die plötzlich aus den Aktenräumen verschwänden? Ich höre Schlanbusch schon tönen, dass sich bei der Spurensicherung und der Mordkommission offenbar Leute tummeln, die es mit den Kommunisten halten und dafür sorgen, dass ihre Genossen entlastet werden.»

«Das … glaube ich nicht.»

«Wir leben in seltsamen Zeiten, Paula. Kriegst du gar nicht mit, wie sich an jeder Ecke Leute zusammenrotten und darüber faseln, dass unser Land sich verändern muss? Notfalls mit Gewalt?»

Ja, die gab es. Paula las darüber in der Zeitung, und sie hatte auch ihren Vater darüber sprechen hören. «Der Krieg hat sich wie Schimmel auf unser Land gelegt, unter dem alles verdirbt», hatte er mal gesagt.

«Hast du auch darüber nachgedacht, Martin, was Schlanbusch behaupten könnte, wenn er erfährt, dass unser halbblinder, lahmer Kommunist es geschafft hat, dem Kommissar mit den dicken Muskeln einfach, zack, durch die Finger zu schlüpfen?»

«Habe ich nicht. Das mach ich, wenn mein Kopf wieder frei ist. Aber du weißt von nichts. Das musst du mir versprechen.» Er hielt ihr die Hand zum Einschlagen hin. Sie packte sie und drückte sie mit der eigenen auf die Tischplatte.

«Natürlich hast du drüber nachgedacht. Dir ist nur nichts eingefallen.»

«Es wird schon nicht so schlimm werden.»

«Hoffen wir's. Wohin ist Schwanenbek denn gegangen?»

«Keinen Schimmer. Ich habe ihn zum Bahnhof nach Altona gebracht und ihm klargemacht, dass er Hamburg für eine Weile verlassen muss. Ich hoffe, dass er das auch tut. Er ist ein Hitzkopf.»

«Meinst du mit Hitzkopf, dass er zu einem Anwalt rennen könnte, um die Sache zu einem Politikum zu machen?»

«Wir werden es sehen.»

Paula lehnte sich zurück. Sie waren beide übermüdet. Keine gute Zeit, um solche Gespräche zu führen.

«Was ist?», fragte er.

«Wir müssen den Mann finden, der Alma und Dorle entführt, den Erpresserbrief geschrieben und die Fingerabdrücke auf dem Kettenschloss hinterlassen hat», sagte sie. «Wir müssen diesen Fall so lückenlos aufklären, dass dir keiner mehr an den Karren fahren kann.»

Martin hob sein Glas und prostete ihr zu.

Aus dem Nebel in ihrem Kopf schälte sich ein Gedanke. *Wenn es ihm wirklich dreckig geht, spricht er mit mir. Er hat nicht unsere Kollegen zum Bier eingeladen, sondern mich.* Es gab also doch noch etwas Besonderes zwischen ihnen. Paula hob ihr Glas ebenfalls. Das Lächeln, mit dem er sie anblickte, war wie ein Kuss.

16. KAPITEL

DIENSTAG, 20. AUGUST

Die Sekretärin von Josefine Erkens fing Paula am nächsten Morgen im Eingangsbereich des Stadthauses ab. Sie sah aus, als könnte sie nur mit Mühe die Tränen zurückhalten, und Paulas Herz füllte sich mit Blei. Caro, dachte sie.

«Frau Erkens möchte Sie sprechen. Auch Kriminaloberkommissar Broder, aber der ist schon bei ihr.»

Ihre Vorgesetzte erwartete sie mit einem blassen und müden Gesicht. Martin sah auch nicht viel besser aus. «Es tut mir sehr leid», begann sie und ratterte dann die Tatsachen herunter, so, als besprächen sie einen ihrer Fälle.

Sie war am Samstag in der Cuxhavener Klinik gewesen und hatte Caro bei Bewusstsein angetroffen. «Ich konnte sie nicht gut verstehen», erklärte die Kriminaloberinspektorin. «Und Gertrud ging es wohl ebenso. Jedenfalls hatte sie nicht herausfinden können, wer ihre Kollegin angegriffen hat.»

Kollegin? Caro war Gertruds große Liebe!

«Der Arzt meinte später, dass durch den Aufprall beim Sturz vermutlich ihr Gehirn geschädigt worden ist. Vor zwei Stunden kam die Nachricht, dass sie verstorben ist. Es tut mir sehr leid», wiederholte sie.

«Wo ist Gertrud?», fragte Paula.

«Es war der Schupo von der Cuxhavener Wache, der mich

angerufen hat. Er sagt, sie hat ihren Koffer geholt und ist mit dem Auto fortgefahren.»

«Wohin?»

«Das wusste er nicht.»

Paula erhob sich.

«Was haben Sie vor?»

«Ich will zu ihrer Wohnung.»

«Alice ist schon dort. Sie muss ich leider bitten, auf Ihren Feierabend zu warten. Wir haben uns um ein entführtes Kind zu kümmern, das womöglich in Todesgefahr schwebt. Dafür brauche ich Ihren vollen Einsatz.»

Paula starrte ihre Vorgesetzte an.

Aber die schaute plötzlich an ihr vorbei. «Ach, da sind Sie ja. Bitte, kommen Sie herein, Frau Sonderbusch. Wir warten schon!»

Sonderbusch? Als Paula sich umdrehte, erblickte sie eine unscheinbare junge Frau, altmodisch gekleidet, nervös, lange Haare ohne Frisur, mit einer viel zu großen Brille, die ihr Gesicht verbarg.

«Ich möchte Sie Ihren neuen Kollegen vorstellen.»

Wie bitte?

«Kriminalassistentin Haydorn arbeitet mit Kriminaloberkommissar Broder und seinen Leuten an einem Entführungsfall. Da eine Mitarbeiterin, die dem Fall ebenfalls zugeteilt war, zu Tode gekommen ist, werden Sie die Mordkommission in den nächsten Wochen bei der Arbeit unterstützen. Fräulein Haydorn, Kriminalassistentin Sonderbusch ist erst vor wenigen Tagen aus der Fürsorge zu uns gewechselt. Sie werden sie bitte über alles in Kenntnis setzen und sie ein wenig unter Ihre Fittiche nehmen. Das war es.»

Das war es? Eine Kollegin von ihnen war gestorben, und die einzige Reaktion ihrer Vorgesetzten bestand darin, sich um Ersatz zu kümmern, damit die Arbeit nicht litt? Keine Trauer? Kein Zorn? Kein Mitgefühl für die Kommissarinnen, denen nicht nur eine Mitarbeiterin, sondern eine Freundin gestorben war? Nicht einmal ein Wort der Anteilnahme für Gertrud, deren Leben in Trümmern lag?

Martin sah so perplex aus, wie auch Paula sich fühlte.

Nach einigen Sekunden, die in peinlichem Schweigen verstrichen, erhob er sich. «Na, dann wollen wir mal.»

«Moment noch!», hielt Josefine Erkens ihn auf. «Ich habe mit dem Polizeipräsidenten und Dr. Schlanbusch besprochen, dass sich eine neu zu bildende Mordkommission um das Verbrechen an Caroline Wagner kümmern soll. Sie wird aus den besten Leuten sämtlicher Kriminalinspektionen zusammengesetzt werden. Der Mörder soll auf keinen Fall ungestraft davonkommen. Aber die Entführung der kleinen Dorothee von Arnsberg muss so rasch wie möglich zu einem guten Ende geführt werden. Das hat oberste Dringlichkeit, und hier müssen Sie Ihre ganze Kraft einsetzen. Damit zitiere ich Dr. Schlanbusch, und ich nehme an, Sie wissen, was das bedeutet.»

Mit dieser Ohrfeige entließ sie sie.

«Keine Ohrfeige», sagte Martin auf dem Weg in die Mordbude leise. «Was Frau Erkens sagt, ist nur vernünftig. Ich bin sicher, die neue Mordkommission wird Gertrud und dich einbeziehen, sobald Fragen auftauchen.»

«Caro ist unsere Freundin gewesen!», brauste sie auf.

«Eben.»

Ihre neue Kollegin ging einige Schritte vor ihnen. Weil sie arrogant war? Oder ihre Vorbehalte spürte? Egal. Sie waren ihr alle egal. War sie denn die Einzige, die Schmerz verspüren konnte?

Stumm erklommen sie das Stockwerk.

Fritz und Volker saßen bereits in der Mordbude beim ersten Kaffee. Sie begrüßten Gretchen Sonderbusch, die Martin ihnen als neue Kollegin vorstellte, und wurden still, als er ihnen den Grund dafür nannte. Volker stand auf und goss auch den Neuankömmlingen Kaffee ein. Schweigend tranken sie das lauwarme Gesöff.

Schließlich raffte Martin sich auf. «Also, erklärt Fräulein Sonderbusch mal in groben Zügen, worum es geht.» Er selbst griff zum Telefon.

Die Neue zeigte eine aufgeregte Wissbegierde, als Fritz mit Signes erstem Auftauchen bei der Polizei begann. Darin erinnerte sie Paula an sich selbst, an ihre ersten Tage bei der Mordinspektion. Aber sie konnte sie trotzdem nicht leiden.

Während sie sich unterhielten, hörte Paula, wie Martin sich mit dem Anschluss der Familie von Arnsberg verbinden ließ. Sein Blick begegnete ihrem, und er deutete mit dem Kopf zur Korktafel, auf der sie alle Informationen zu dem Fall gesammelt hatten. Ach ja? Arbeitete sie ihm nicht rasch genug? Verflucht, Caro war tot. Welche verdammte Regel schrieb vor, dass man in so einer Situation einfach weitermachte, statt sich brüllend auf dem Boden zu wälzen? Einen Moment kämpfte Paula mit den Tränen. Dann trottete sie schwerfällig zur Tafel und erklärte Gretchen – was für ein bekloppter Name, warum hatten ihre Eltern sie nicht einfach Grete getauft? –, was die Personen auf den Fotos miteinander zu tun hatten.

Martins Stimme unterbrach ihren steifen Vortrag. Offenbar hatte er jemanden an den Apparat bekommen. Er runzelte die Stirn, fragte nach der Hausherrin, kratzte sich mit dem Daumen an der Lippe und legte schließlich mit einem knappen Gruß wieder auf. «Signe und Bucmeister sind auf dem Weg zurück nach Hamburg. Jens und Sigmund begleiten sie», sagte er. Dann telefonierte er noch einmal mit der Telefonzentrale. Er begann auf seinem Schreibtisch zu wühlen und fand einen Zettel, auf dem eine der Damen ihn wohl informiert hatte, dass die Kollegen aus Bielefeld mitten in der Nacht angerufen hatten und zu welchem Zweck. Der Hörer fiel auf die Gabel zurück.

«Signe will ihren Sohn sehen. Wahrscheinlich hat er mit ihr telefoniert, nachdem er von uns erfahren hat, wer seine Mutter ist. Gut, war zu erwarten. Und spart uns Zeit. Wir müssen die Frau sowieso wieder hier in Hamburg haben. Ich möchte, dass ihr beide …», er blickte von Paula zu Gretchen, «… ins *Atlantic* geht und Signe ein Foto von dem Kleiderfetzen an dem Holzpfahl zeigt. Achtet darauf, wie sie reagiert.»

Sie legten den kurzen Weg hinüber zum Hotel zu Fuß zurück. Die Eingangshalle bot nach der Hitze draußen angenehme Kühle, für die vor allem die Weiträumigkeit der Halle sorgte. Sie traten zum Concierge und fragten nach Signe. Ihre Kriminaldienstmarken – besaß Gretchen überhaupt schon eine? – brauchten sie nicht mehr vorzuzeigen, der Mann erinnerte sich an Paula. Er blätterte in seinem Buch, aber das schien reines Theater zu sein, denn auch Signe würde er kaum vergessen haben. Schließlich war ihr Foto in den Artikeln über die Entführung in der vergangenen Woche täglich durch die Zeitung gegangen.

Zu Paulas Erstaunen schüttelte er den Kopf. «Nein, die Dame ist nach ihrer Abreise nicht zurückgekommen. Sie hat auch nichts gebucht. Sonst müsste das hier in den Anmeldungen notiert sein.»

Paula bat um das Telefon, und während der Mann sich diskret in ein Hinterzimmer verzog, rief sie Martin an. Er wollte, dass sie zurück ins Stadthaus kamen.

Sigmund und Jens erreichten die Mordbude kurz nach ihnen. Sie wirkten erschöpft. Wahrscheinlich hatte Martin sie aus dem Schlaf geholt.

«Bucmeister hat uns beide zu Hause abgesetzt», erklärte Jens müde. «Wir haben natürlich gedacht, er fährt Frau von Arnsberg anschließend zum *Atlantic* und bezieht selbst sein Zimmer im *Kaffeeböhnchen*. Aber das war wohl ein Irrtum.» Paula sah, wie es ihn wurmte, dass man ihn ausgetrickst hatte.

«Fritz, du telefonierst die Hamburger Hotels ab», ordnete Martin an. «Und du, Jens ...»

«Caro ist gestorben», sagte Paula.

Jens nickte bedrückt. «Martin hat es uns schon gesagt.»

«Na, dann ist das ja auch schon erledigt.»

Eine betretene Stille setzte ein, die Martin beendete, indem er sagte: «Geh nach Hause, Paula. Du siehst völlig fertig aus. Schlaf eine Runde. Es ist besser...»

«Wahrscheinlich ist Signe sofort zu Magnus gefahren. Sie brannte doch vor Sehnsucht nach ihm. Ins *Atlantic* kann sie danach immer noch», unterbrach sie ihn.

«Das ist möglich.»

«Ich fahre mit Fräulein Sonderbusch hin.»

Martin schüttelte den Kopf. Nach einer kurzen Pause sagte er: «Nein, *wir* beide werden zur Rennbahn fahren. Dir vertraut sie. Und ich habe noch einige Fragen an sie.»

Das Rennbahngelände lag in schimmerndem Morgenglanz, doch Paula fiel bei ihrer Ankunft vor allem auf, wie sehr die Natur unter der schon so lange anhaltenden Hitze litt. Erste gelbe Blätter zeigten sich an Bäumen und Sträuchern, der

Rasen war an den Rändern, wo man inzwischen aufs Bewässern verzichtete, staubtrocken. Verzerrte sich der Blick aufs Leben an schweren Tagen oder wurde er im Gegenteil klarer? Hatte Caros Tod die Ranken herabgerissen, die normalerweise verbargen, was die Menschen nicht sehen wollten: dass sie bei der Geburt in eine Röhre geblasen wurden, in der sie gegeneinander oder gegen die Wände stießen und mit aller Kraft um einen sanften Flug kämpften, nur um schließlich am anderen Ende der Röhre wieder hinausgespien zu werden? Womöglich in ein ewiges Vergessen?

«Willst du zurückgehen und im Wagen warten?», fragte Martin.

«Blödsinn.»

Und doch war sie erleichtert, als sie in Magnus' Büro niemanden antrafen. Der Pferdepfleger mit den abstehenden Ohren erklärte, dass er den jungen Herrn Modersen den ganzen Tag noch nicht gesehen habe und auch keine Dame, die ihn besuchen wollte. Sie fuhren also weiter zu Magnus' Adoptiveltern, aber auch dort fanden sie ihn nicht.

«Er muss schon früh aus dem Haus gegangen sein», erklärte das Hausmädchen. «Bitte? Nein, Frau von Arnsberg ist auch nicht hier gewesen», versicherte sie und verwies auf die Rückkehr der Hausherrin in zwei bis drei Stunden.

Es war inzwischen halb vier.

«Los, zurück ins Stadthaus. Wir müssen nachdenken. Den Kopf freikriegen!» Martin wirkte nervös wie selten. «Es geht mir auch nahe, Paula, glaub mir das bitte.»

Natürlich sprach er von Caro. «Das weiß ich doch», erwiderte sie spröde.

Und wieder saßen sie in der Mordbude und starrten auf die Fotos und Namen an der Korkwand.

Martin klopfte auf das Foto des Chauffeurs. «Bucmeister. Kann er Dorles Entführer und Almas möglicher Mörder sein?»

«Wir haben mit zwei Leuten von der Bielefelder Polizei gesprochen – also zusätzlich zu Kister», erklärte Jens. «Mit den beiden Schupos, die als erste vor Ort waren, als es zu den Einbrüchen in den Nachbarhäusern kam. Sie kennen ihre Klientel und sind davon überzeugt, dass Ernst Bucmeister an seine Brüder weitergegeben hat, wann die Nachbarn verreist waren und das Personal frei hatte. Man hat ihm das allerdings nie nachweisen können. Und der verstorbene Herr von Arnsberg hat sich wohl furchtbar aufgeregt, als sie ihn auf die Möglichkeit ansprachen. Aber da die Fingerabdrücke in der Brandvilla von einem Fremden stammen, ist wohl kaum davon auszugehen …»

«Ich könnte mir vorstellen, dass Bucmeister immer noch mit seinen Brüdern gemeinsame Sache macht. Dann könnten die Fingerabdrücke von einem Komplizen aus seiner Familie stammen», unterbrach Sigmund ihn. «Bucmeister hat die Sache ausgeheckt und die anderen haben die Drecksarbeit gemacht. Und ob dieser von Arnsberg tatsächlich bei einem Unfall ums Leben kam … Wir sollten skeptisch bleiben – das ist meine Meinung! Ich traue ihm nicht.»

«Ich dachte, dieser Chauffeur hat mit Signe von Arnsberg ein Verhältnis – wegen der Klingel in ihrem Schlafzimmer. Warum sollte er dann ihre Tochter entführen?», fragte Gretchen Sonderbusch.

«Weil er an ihr Geld will?», schlug Volker spöttisch vor.

«Aber warum dann der Firlefanz mit dem Erpresserbrief?», fragte Volker. «Warum hat er nicht einfach gesagt: Du gibst mir das Geld, ich haue ab, und ein paar Stunden später ist deine Kleine wieder hier. Wenn sie wirklich eine Liebschaft mit ihm gepflegt hat, hätte sie ihn doch kaum anzeigen können.»

«Warum nicht?», fragte Paula.

Martin nickte unentschlossen. Er schlug gegen die nächsten beiden Fotos, die der Modersens. «Hella verabscheut Signe, so viel steht fest.»

«Vielleicht hat die Kleine damals auch ihren Sohn becirct, und zwar so, dass er sich vergaß und sich mit ihr eingelassen hat», schlug Fritz vor. «Sie fürchtete den Skandal, ekelte Signe nach der Entbindung aus dem Haus und schickte ihren Sohn nach Amerika.»

«Und warum sollte sie den Bastard dann behalten haben?», fragte Volker.

«Wie heißt der leibliche Sohn überhaupt?», wollte Gretchen wissen. Richtig, von ihm hatten sie noch gar keine Karteikarte auf die Korkwand gepinnt.

«Willy. Wahrscheinlich Wilhelm», sagte Martin.

«Ich fand den Vater, Karl Modersen, erstaunlich milde», meinte Paula. «Was, wenn er es war, der ein Verhältnis mit der mannstollen Pflegetochter begonnen hat? Und sein Kind später behalten wollte?»

Martin wiegte den Kopf. «Und Hella hat nun aus Rache Signes Kind entführt? Aber sie scheint Magnus doch auch gernzuhaben.»

«Meist geht es bei Verbrechen um Geld», behauptete Gretchen ein bisschen großspurig. «Dieser Sohn von Signe …»

«Magnus», half Martin aus.

«Der könnte doch versucht haben, seine Halbschwester als Miterbin der Mutter zu beseitigen.»

«Dann hätten wir keinen Fetzen von Almas Kleid gefunden, sondern einen Hinweis auf den Tod des Kindes», sagte Martin. «Einen eindeutigen Hinweis. Ihre Leiche.»

Paula nickte. «Und warum hätte er Alma und Dorothee in der Brandvilla festhalten sollten, anstatt sie auf der Stelle umzubringen?»

«Stimmt», gab Gretchen kleinlaut zu.

«Außerdem war Magnus komplett überrascht, als wir ihm erzählt haben, dass die Modersens nicht seine echten Eltern sind.»

«Das könnte er allerdings auch gespielt haben», wandte Sigmund ein.

Martin hob abwehrend die Hände. «Nie im Leben.»

«Ich wüsste auch nicht, welchen Grund er gehabt haben sollte, Caro etwas anzutun», fügte Paula hinzu.

«Den haben auch die anderen Verdächtigen nicht», meinte Volker. «Es sei denn, Caro hätte etwas beobachtet, das sie unwissentlich für sich behielt, das aber auf die Spur des Entführers hätte führen können.»

«Was, wenn diese Signe ihre Tochter gar nicht wirklich liebt? Wenn sie selbst sie entführt hat?», schlug Gretchen vor.

«Um mit dem älteren Sohn ein sorgloses Leben, frei von Kindergebrüll, führen zu können?», gab Paula ironisch zurück. «Ich finde, wir sollten uns Almas englischem Freund zuwenden.»

Sie wartete auf Widerspruch, der aber nicht kam.

«Habt ihr in Bielefeld etwas über den Kerl rausgekriegt?», fragte Martin die beiden Kollegen, die dort gewesen waren.

«Nur, dass Alma in ihn verschossen gewesen sein soll. Und das beruhte offenbar auf Gegenseitigkeit», sagte Jens. «Er hat als Ingenieur bei einem Brückenbauer in einer Bielefelder Firma gearbeitet, und angeblich ging es zwischen den beiden bereits um Heirat. Jedenfalls hat Alma das in der Gesindestube behauptet. Aber sie zögerte, weil sie so an der kleinen Dorle hing.»

«Verzichtet man dafür auf eine lukrative Ehe?»

«Warum nicht?», fragte Gretchen, und zum ersten Mal blieb der Stich der Abneigung, den sie mit jedem Wort bei Paula auslöste, aus.

Schritte und Stimmen im Flur kündigten den Feierabend an. Auch Martin schaute zur Uhr. «Also gut. Sigmund und Jens, ihr habt die stärksten Kontakte nach Bielefeld. Ihr dürft die nächsten Stunden am Telefon verbringen, um mehr über die Identität des Engländers herauszubekommen. Möglicherweise sind sie in Plauderlaune, da Signe jetzt hier in Hamburg ist. Und ihr anderen macht Feierabend. Bleibt aber bitte in der Nähe des Telefons.»

Als Paula eine halbe Stunde später mit dem Schlüssel in der Hand vor ihrer Haustür stand, streifte ihr Blick die Holzbank gegenüber. O Gott, die Verabredung mit dem Häusermakler! Die hätte sie fast vergessen. Ein Blick auf die Uhr verriet, dass es erst fünf war. Sie hatte also noch Zeit bis zu dem Treffen mit ihm. Sogar drei Stunden. Aber wollte sie so lange in der Wohnung hocken? Nein: Lieber laufen. Das befreit den Kopf und das Herz, pflegte ihre Mutter immer zu sagen und hatte damit ausnahmsweise recht.

Paula schaute noch einmal im *Atlantic* vorbei, wo man aber immer noch nichts von Signe von Arnsberg gehört hatte, und überquerte dann über die Lombardsbrücke die Alster. Anschließend fuhr sie mit einer Tram zu ihrem Elternhaus in Harvestehude. Sie klingelte. Dass dieses Mal niemand öffnete, musste sie zumindest nicht persönlich nehmen. Sicher waren alle, auch das Hausmädchen, unterwegs. Trotzdem fühlte sie erneut einen Stich ins Herz.

Sie kehrte zu Fuß zum Hauptbahnhof zurück und fuhr nach dem Studium der Fahrpläne mit der Bahn Richtung

Ohlsdorf, wo sie an der Haltestelle Friedrichsberg ausstieg. Sie war immer noch zu früh dran. Lustlos inspizierte sie die Umgebung. Direkt beim Bahnhof befand sich ein großflächiger Park mit einem roten, dreistöckigen Gebäude. Ein Blick auf das Schild neben dem Tor verriet ihr, dass es sich um die *Irrenanstalt Friedrichsberg* handelte. Na großartig! In dieser Umgebung sollte sie Ruhe finden?

Paula versuchte, ihre ungute Stimmung zu vertreiben. Wahrscheinlich lebten in der Anstalt vor allem verwirrte alte Menschen. Oder Kriegszitterer – die bedauernswerten Heimkehrer aus dem entsetzlichen Krieg, der so viele Seelen zerstört hatte. Sie wurden von vielen Menschen mit Häme betrachtet, als wäre es eine Peinlichkeit, einen Krieg zu überleben und danach gebrochen zu sein, aber im Grunde waren sie nur Opfer, und man schuldete ihnen Mitgefühl.

In ihrem Hinterkopf geisterte wieder das Bild von Caro im Krankenhaus, die ja ebenfalls ein Opfer war. Und womöglich das Opfer eines Opfers, da sonst nichts einen Sinn zu ergeben schien.

Gequält drehte sie sich um. Auf der anderen Straßenseite befand sich ebenfalls eine Grünanlage, in deren Mitte eine Kirche ihre Türme gen Himmel streckte. Rechts lag ein Teich, an den sich ein Kanal anschloss, dahinter einige Straßen, die völlig verlassen wirkten, obwohl es erst kurz nach sieben war. Der Häusermakler hatte recht, es war eine ruhige Gegend. Nur die Enten auf dem Teich quakten.

Wäre sie an einem anderen Tag hergekommen, hätte sie die Wohnung, die er für sie passend fand, wahrscheinlich trotzdem ansehen wollen. Doch plötzlich verließ sie auch der letzte Funke Begeisterung. Sie kehrte auf den schmalen Bahnsteig zurück und wartete auf den nächsten Zug. Erstaunlicherweise befand sich unter den wenigen Menschen, die ihn schließlich verließen, auch der Makler, obwohl es immer noch weit vor der Zeit war, die sie ausgemacht hatten. Federnden Schritts kam Habbe auf sie zu.

Paula, die sich eigentlich still hatte verdrücken wollen, ging ihm nun entgegen. Er wies nach einer freundlichen Begrüßung in Richtung der Kirche, aber sie schüttelte den Kopf und sprach mit belegter Stimme von ihrer Freundin, die schwer erkrankt sei. Das Wort *gestorben* brachte sie nicht einmal einem Fremden gegenüber über die Lippen.

«Oh! Wie bedauerlich.»

«Ja, es geht ihr wirklich schlecht. Ich hab's mir anders überlegt, ich will noch einmal bei ihr vorbeischauen.» Warum konnte sie nicht einfach sagen, dass Caro tot und eine neue Wohnung ihr gerade komplett gleichgültig war?

Es fuhr gerade erneut ein Zug ein, dieses Mal aus der entgegengesetzten Richtung – er konnte sie also in die Innenstadt zurückbringen. Mit einem kurzen Gruß hastete sie zum nächsten Waggon. Der Makler rief ihr nach, dass sie den Termin auf den kommenden Samstag, gleiche Zeit, verschieben könnten, und sie hob den Arm zum Zeichen, dass sie einverstanden war.

17. KAPITEL

Darling träumte. Es war immer der gleiche Traum, er kam wieder, sobald sie die Augen schloss, und jedes Mal schreckte sie davon auf, und dann liefen die Tränen aus ihren Augen, als wäre darin ein Wasserhahn kaputtgegangen.

Sie träumte von dem Mann, der Alma tot haute.

Meist begann der Traum schön. Alma tauchte plötzlich bei ihr im Zimmer auf und schloss sie in die Arme. Sie riss sie hoch und wollte mit ihr rausrennen – aber dann kam der Mann herein. Alma wollte an ihm vorbei, und da packte er die alte Blumenvase vom Boden und haute ihr damit auf den Kopf. Alma fiel um – und in diesem Moment wachte Darling immer auf.

Sie wusste, was der Tod war. Nachdem Vater im Schnee gestorben war, hatten sie ihn in eine Kiste gelegt, die Sarg hieß, und seine Haut war ganz weiß gewesen, und er hatte sie nicht angeschaut, obwohl seine Augen offen gewesen waren. Als Mutter sagte, dass sie ihn küssen soll, hatte sie sich geweigert, und Mutter hatte ihr eine Ohrfeige gegeben und ihr Gesicht gegen Vaters Lippen gedrückt.

Nachdem der Mann sie auf den Kopf gehauen hatte, waren Almas Augen so gewesen wie die von Vater im Sarg. Und deshalb wusste Darling Bescheid. Und deshalb musste sie, wenn der Traum sie weckte, immer weinen. Der Mann hatte Alma rausgeschleppt und den Riegel wieder vor die Tür geschoben, und irgendwann war er mit einem Teller voller Kuchen zurückgekehrt, den er vor ihr abstellte. «Iss!», hatte er befohlen. Und dann geschimpft: «Hör auf damit. Du darfst nicht laut sein, verstehst du? Kein Heulen oder Schreien.»

Danach war er fortgegangen. Als er wiederkehrte, hatte er sie angebrüllt: «Ich habe die Frau nur aus Versehen ... Das wollte ich doch nicht!», und war erneut rausgegangen.

Es war hell und wieder dunkel geworden und wieder hell und ... Schließlich kam er zurück und packte sie, und sie dachte, dass er sie ebenfalls totschlagen würde. Aber er hatte sie nur rausgebracht und über die Felder getragen bis zu einem großen Haus, und von dort zu einem kleinen Haus. Da hatte er eine Tür im Boden geöffnet und war mit ihr eine Leiter hinabgestiegen und hatte sie in einen Keller gesperrt.

Und hier war sie nun.

Da der Raum keine Fenster besaß, fiel auch kein Licht herein. Sie saß sie in völliger Finsternis, und einmal musste sie sich aus lauter Angst übergeben. Der Mann kehrte noch ein paarmal zurück, aber er sprach nicht mehr mit ihr.

Darling begann zu singen, allerdings leise, weil sie ja still sein musste. *Heidschi bumbeidschi* ... Das hatte Alma ihr immer vorgesungen. Sie verstummte wieder, weil sie es mit der Angst bekam, fing dann aber, als nichts passierte, doch wieder damit an. Und schreckte plötzlich heftig zusammen. Über ihr waren Schritte laut geworden. Der Mann kehrte zurück. Hatte er sie gehört?

Darling stopfte die Hand in den Mund und kauerte sich so dicht an die Mauer, als könnte sie sich durch die Steine pressen.

18. KAPITEL

MITTWOCH, 21. AUGUST

Gertrud wollte die Polizei verlassen. Das hatte sie Paula am vergangenen Abend, als diese sie nach der ausgefallenen Wohnungsbesichtigung aufsuchte, anvertraut. Sie waren wie versteinert gewesen. Stumm hatten sie einander gegenübergesessen. Irgendwann hatte Getrud ein paar Fotos geholt, die sie und Caro bei einem gemeinsamen Urlaub zeigten. Dann hatte sie zu weinen begonnen und von ihren vielen Versuchen, sich von Caro zu trennen, erzählt. Warum sie das gewollt hatte? Na, weil es so schwer gewesen war, die anzüglichen Blicke und Bemerkungen der Freunde und Kollegen zu ertragen. Außerdem besaß Caro ein Mordstemperament und die Fähigkeit, selbst Menschen, die sie liebte, mit ihrem Sarkasmus zu verletzen. «Sie konnte sich wie das letzte Miststück aufführen!»

Paula war rüber zu dem Bettsofa gegangen und hatte Gertrud in den Arm genommen, und eine Weile hatten sie gemeinsam geheult.

«Dich mochte sie übrigens. Eine Weile war ich teuflisch eifersüchtig», hatte Gertrud geflüstert.

Als der Morgen graute, war Paula heimgegangen, um sich frisch zu machen.

Und nun stand sie müde und wie benebelt erneut in der

Mordbude und fragte sich, ob Gertrud mit ihrer Entscheidung, der Polizei den Rücken zu kehren, vielleicht klüger gehandelt hatte, als es ihr im ersten Moment vorgekommen war. Die Korktafel – jede Karteikarte, jedes Foto darauf – kam ihr vor wie eine Ohrfeige.

Paula blieb nicht lange Zeit zum Grübeln. Der Alltag nahm seinen Lauf. Martin verteilte die Anweisungen für den Tag. Der Engländer – das hatte Jens Schmidtke bei seinem Telefonat mit dem Personal der Villa herausbekommen – hieß mit vollem Namen Charles Evans. Gemeinsam mit Gretchen sollte er versuchen, mehr über den Mann herauszubekommen, insbesondere den Ort, an dem er sich momentan aufhielt. Was Martin den anderen auftrug …

Paula starrte ihre Kollegen an und fragte sich, ob sie es gewesen waren, die vor Gertrud anzügliche Bemerkungen gemacht hatten, oder ob es sich um andere Kollegen handelte, die Gertrud zufällig auf den Fluren begegnet war.

Sie zuckte zusammen, als Martin ihren Namen nannte. Signe hatte sich offenbar am späten Abend doch noch im *Atlantic* eingemietet, und der Concierge war so pflichtbewusst gewesen, die Polizei davon in Kenntnis zu setzen. Martin wollte mit ihr gemeinsam zum Hotel fahren.

«Dass Signe im Hotel eingetroffen ist, hätte ich dir übrigens gern schon gestern Nacht erzählt», sagte er, als sie im Innenhof des Stadthauses in einen der Polizeiwagen stiegen.

«Aber leider war ich nicht zu Hause?»

«Ja, und ich habe einige Zeit damit zugebracht zu überlegen, wo Caros Mörder wohl gerade sein Unwesen treibt.»

«Martin …»

«Du hättest zumindest bei mir klingeln können, als du heimgekommen bist.»

«Ist das jetzt ein Vorwurf?»

«Nimm es als dienstlichen Rüffel.»

Sie lachte, aber er reagierte nicht darauf, und sie verbrachten die kurze Strecke zum Hotel in dem angespannten Schweigen, das inzwischen viel zu häufig ihr Begleiter geworden war. Der Concierge, an den sie sich wandten, verriet ihnen diskret, dass Frau von Arnsberg sich in derselben Suite eingemietet habe wie beim letzten Aufenthalt. Offenbar klopften sie gerade noch rechtzeitig, denn als Signe öffnete, war sie ausgehbereit und trug sogar schon ihre Handtasche über der Schulter.

Martin wies lächelnd zurück ins Zimmer. «Wir haben etwas gefunden, Frau von Arnsberg.» Paula schloss die Tür hinter ihnen, und er zog aus seiner Aktentasche die Tüte, der er den Stoff entnahm, den sie am Billeufer gefunden hatten. «Einen Fetzen von einem Kleid.» Signe starrte auf das ausgefranste, blaue Stück Stoff.

«Haben Sie eine Ahnung, zu was für einem Kleidungsstück er gehört haben könnte?»

Sie trat näher, die Augen weit aufgerissen, und ihr Kopfschütteln wirkte eher wie ein Automatismus als wie eine Antwort.

«Wirklich nicht?»

«Wo haben Sie das gefunden?»

Martin schwieg.

«Und wo ist Dorle? Was ist mit ihr?»

Als er immer noch nicht antwortete, drehte sie sich einmal um sich selbst, als hätte sie die Orientierung verloren, dann riss sie ihm den Stofffetzen aus der Hand. «Sie haben meine Tochter gefunden!»

«Nein, leider nicht.»

«Aber … Sie glauben, der Stoff ist von Almas Kleid, ja? Nur weiß ich nicht, ob das stimmt. Es könnte sein, aber …

Verstehen Sie? Es könnte sein! Es wäre möglich, nur … es gibt doch so viele Stoffe … Ich weiß es nicht!»

«Bitte setzen Sie sich einen Moment.» Paula packte die Frau behutsam bei den Schultern und schob sie zum Sofa. Sie und Martin setzten sich zu ihr, und dann herrschte erst einmal Schweigen. Paula war klar, dass von Martins Seite eine Taktik darin lag, und er erwartete, dass sie ihn unterstützte. Er wollte die Verdächtige schmoren lassen, bis sie zu reden begann – und in der Aufregung Dinge ausplauderte, die sie lieber verschwiegen hätte.

Ihr Blick irrte zu der Badezimmertür, die halb offen stand, und verharrte bei einigen schmutzigen Kleidungsstücken auf dem Fußboden. Eines davon war ein elegantes Kleid mit einem Muster aus gelben Rosen auf grünem Grund. Halb darüber lag eine schmale Jacke von einer etwas helleren grünen Farbe. Beides war völlig verdreckt. Es sah aus, als hätte die Frau darin einen Garten umgegraben.

Martin durchbrach das Schweigen. «Ist es möglich, dass Ihr Chauffeur mit der Entführung von Dorle und Alma in Verbindung steht, Frau von Arnsberg?»

«Was?», fuhr Signe auf. Einen Moment stierte sie ihn an. «Aber … Sie sind ja verrückt. Natürlich nicht! Bucmeister ist meine Stütze, der Mensch, der mir durch diese schweren Zeiten hilft. Der bei mir war, als mein Mann verstorben ist. Niemals würde er Dorle oder Alma etwas zufügen. Wie können Sie überhaupt auf diesen Gedanken kommen!»

«Sie wissen aber, dass die Familie, aus der er stammt, polizeibekannt ist?»

«Ja, das weiß ich tatsächlich. Aber macht ihn das automatisch ebenfalls zu einem Verbrecher? Sie sind niederträchtig, Herr Kommissar! Ihre Denkweise ist … verachtenswert! Ich erkenne, ob man einem Menschen vertrauen kann, genau wie mein verstorbener Mann. Wir beide hätten Bucmeister unser Leben anvertraut!»

Paula glaubte zu wissen, woran Martin dachte. Sicher an die Sprechverbindung von Signes Schlafzimmer zu Bucmeisters Kammer. Aber sie irrte sich, ihm ging etwas anderes durch den Kopf.

«Ich will Ihnen erklären, was uns beschäftigt, Frau von Arnsberg. Sie sind am vergangenen Freitag zu uns ins Stadthaus gekommen, um uns mitzuteilen, dass Alma sich gemeldet hat und dass es gar keine Entführung gegeben habe. Anschließend sind sie – in begreiflicher Eile – nach Bielefeld zurückgekehrt. Nun hat am Abend genau dieses Tages ein Mann beobachtet, wie jemand eine Leiche in einen der Hamburger Kanäle geworfen hat. Eine Leiche, von der wir später diesen Stofffetzen geborgen haben.»

«Sie haben Alma also doch gefunden!»

Wieder wartete er ab, ob sie zu reden begann. Und sie tat's. Die Hände um die Tischkante gekrallt, flüsterte sie: «Der Erpresser muss Alma umgebracht haben. Vielleicht hat er sie getötet, weil sie versuchte, ihm zu entkommen. Und dann hat er den Brief geschrieben, weil er doch noch Geld haben wollte. Aber was ist mit Dorle? Warum schaffen Sie es denn nicht, sie zu finden? Warum schaffen Sie das nicht? Warum ...»

Wieder dieses enervierende Hinaufschrauben der Stimme in hysterische Höhen. Ob Signe das in ihrer Kindheit erlernt hatte? Die Modersens mit Gebrüll zu erpressen? Paula erhob sich und ging ins Bad. Sie hob das Kleid und die Jacke auf – ein paar schmutzige, zerrissene Strümpfe befanden sich auch noch in dem Knäuel – und trug alles zum Tisch. «Was ist das denn, Frau von Arnsberg?»

Signe starrte auf den schmutzigen Haufen. Man konnte

sehen, wie es in ihrem Kopf arbeitete. «Ich war spazieren und habe mich auf unwegsames Gelände verirrt.»

«Unwegsames Gelände?» Paula versuchte erst gar nicht, ihren Unglauben zu verbergen.

«Warum haben Sie sich erst nach diesem Spaziergang um eine Unterkunft gekümmert?», fragte Martin. «Macht man so etwas nicht als Erstes, wenn man nach einer anstrengenden Autofahrt in einer fremden Stadt ankommt?»

«Das hat Bucmeister für mich erledigt.»

«Allerdings erst spät in der folgenden Nacht, wie wir erfahren haben. Sie kommen morgens nach Hamburg, machen als Erstes, erschöpft, wie Sie sind, einen ausgedehnten Spaziergang, verirren sich dabei auf unbekanntes Gelände, verderben dort Ihre Kleidung … Hat Bucmeister Sie begleitet?»

«Ja, anfangs. Wir waren gemeinsam im *Kaffeeböhnchen* bei meiner Freundin Friederike. Er selbst brauchte doch auch wieder ein Zimmer. Fräulein Haydorn, bitte, ich …»

«Wie lange sind Sie im *Kaffeeböhnchen* geblieben?», wollte Paula wissen.

«Nachdem alles geregelt war, habe ich Bucmeister dort zurückgelassen und bin anschließend mit einer Tram nach Horn gefahren, wegen Magnus. Ich wollte endlich meinen Sohn in die Arme schließen. Aber er war nicht da. Und dann bin ich, unruhig wie ich war, umhergelaufen. Einfach immer weiter. Begreifen Sie denn nicht?» Wieder verlor ihre Stimme sich in der nervtötenden Hysterie. «Meine Tochter wurde entführt … meinen Sohn konnte ich nicht finden! Natürlich habe ich nicht auf den Weg geachtet. Und dabei sind offenbar meine Sachen schmutzig geworden. Nicht einmal das habe ich gemerkt! Ich war … völlig verwirrt und verzweifelt!»

Martin blickte auf das Kleid, das bis auf Brusthöhe besudelt war. «Ich fürchte, wir müssen die Sachen mitnehmen, Frau von Arnsberg.»

«Sie glauben doch nicht ernsthaft, dass ich selbst meine Tochter … meine eigene Tochter … Sie sind ja verrückt!»

«Und wir müssen Sie und Ihren Chauffeur bitten, hier in Hamburg zu bleiben. Um Missverständnissen vorzubeugen: Das ist keine Bitte, sondern eine Anweisung.»

Kurz war es still. Dann presste Signe hervor: «Ich werde mich bei Ihrem Vorgesetzten beschweren. Glauben Sie nicht, dass Sie mit Ihren skandalösen, aus der Luft gegriffenen Verdächtigungen durchkommen. Ich bin die Mutter eines entführten Kindes! Ich muss erfahren, dass man ihr Kindermädchen umgebracht hat. Und Sie erlauben sich …» Sie brach in Tränen aus. Waren es dieses Mal echte Tränen? Oder hatte sie doch wieder nur den Schalter gedreht, den zu betätigen sie gelernt hatte?

Ich weiß es nicht, dachte Paula verdrossen und beneidete Gertrud erneut einen Moment lang um ihren mutigen Entschluss.

Martin brachte die schmutzigen Kleider zu Blasses Leuten hinauf ins Labor. Was er sich davon erhoffte, verriet er nicht, und Paula fragte auch nicht nach. Stattdessen begab sie sich direkt in die Mordbude. Dort blickten ihr leuchtende Gesichter entgegen.

«Wir haben den Engländer gefunden», platzte Gretchen Sonderbusch heraus. Die Männer sahen an Paula vorbei, wohl in der Hoffnung, dass Martin ihr auf dem Fuß folgte. Als das nicht geschah, nahmen sie mit ihr vorlieb.

«Wir haben mit dem Inhaber der Firma gesprochen, bei der er arbeitet», erklärte Sigmund, der zwischen seinen Fingern die unvermeidliche Zigarre drehte. «Der Mann scheint zu seinem englischen Angestellten ein vertrauensvolles Verhältnis zu haben. Jedenfalls hat er uns verraten, dass Charles Evans in ein Kindermädchen verliebt ist und sich Urlaub genommen hat, um sich mit ihr in Hamburg zu treffen. Offenbar hatte er die Hoffnung, sie hier betören zu können.»

«Vielleicht hat er sie um ihre Hand gebeten, sie hat ihm einen Korb gegeben, und aus Wut hat er sie umgebracht!», platzte Gretchen heraus.

«Hat Signe nicht auch so was angedeutet?», fragte Fritz und fuhr fort, ohne eine Antwort abzuwarten: «Was ist eigentlich aus diesem Schriftprobenvergleich geworden? Na, ihr wisst schon. Martin hat doch eine Sachverständige gebeten zu prüfen, ob Bucmeister oder Signe den Erpresserbrief geschrieben hab …»

«Ja, und das konnte die Frau ausschließen», kam Martins Stimme von der Tür. «Signe hat übrigens angedeutet, dass Charles und Alma das kleine Mädel gemeinsam entführt und ihr den Erpresserbrief geschrieben haben könnten», erinnerte er.

Jens nickte. «Charles Evans hält sich übrigens immer noch hier in Hamburg auf – und zwar kopflos vor Sorge um Alma, sagt dieser Maiers.»

«Wer ist das?»

«Sein Arbeitgeber – der Brückenbauer. Charles hatte ihm die Telefonnummer seines Hotels gegeben, damit er ihn im Notfall erreichen kann. Die beiden haben mehrmals miteinander telefoniert und so …» Sigmund lächelte. «… sind wir auch an die Adresse des Hotels gekommen.»

«Ja, worauf wartet ihr dann noch?» Martin scheuchte ihn von seinem Stuhl und ließ sich darauf niederfallen. Missmutig ließ Sigmund die Zigarre in der Jackentasche verschwinden, und Jens griff nach seinem Stock.

«Charles könnte die Entführung gemeinsam mit Alma geplant haben, und dann haben sie sich zerstritten, vielleicht weil ihr Dorle leidtat, und er hat sie aus Wut umgebracht», schlug Gretchen vor, als die beiden draußen waren.

«Und nun wartet er geduldig in seinem Hotel, dass wir ihm auf die Spur kommen?», fragte Paula mit hochgezogenen Brauen.

«Vielleicht hofft er immer noch auf das Erpressergeld, weil er sich irgendwo anders eine neue Existenz aufbauen will.»

«Und wie soll er an das Geld kommen?»

«Es kann ja sein, dass er immer noch mit Signe von Arnsberg in Kontakt steht, nur erzählt sie uns nichts davon.»

Das war tatsächlich eine Möglichkeit.

«Seine Fingerabdrücke werden uns Gewissheit verschaffen», erklärte Martin. Er sah Paula an. «Was ist?»

Sie starrte irritiert ins Leere. Gerade eben war ihr ein Gedanke durch den Kopf geschossen. Etwas Wichtiges? Ja! Es hatte mit Martins Bemerkung über Fingerabdrücke zu tun gehabt. Oder doch nicht? Verdrossen pochte sie mit den Fingerknöcheln auf den Schreibtisch, sie kam nicht mehr darauf. Der Gedanke war ihr entwischt wie ein nasses Stück Seife.

Die Stunden tröpfelten dahin, während sie auf die Rückkehr ihrer Kollegen warteten. Schließlich kehrten die beiden mit Charles Evans ins Stadthaus zurück. Er war ein Mann um die dreißig, gutaussehend, mit einem Schnurrbart, den er in den letzten Tagen offenbar nicht gestutzt hatte. Seine Aussage half ihnen nicht weiter. Er hatte Alma am Abend ihrer Ankunft kurz draußen vor dem Hotel getroffen, und an den Tagen danach noch zweimal. Signe war eine spontane Arbeitgeberin, man wusste nie, was sie plante, und sie erwartete von ihrem Personal ständige Bereitschaft. Daher war es unmöglich, sich für eine bestimmte Zeit mit Alma zu verabreden. Oft hatte Evans vergeblich vor dem Hotel herumgelungert, ein- oder zweimal hatte er Alma auch knapp verfehlt. Er hatte sich vorgenommen, ihr am folgenden Sonntag, an dem sie hoffentlich endlich einmal frei hatte, einen Heiratsantrag zu machen. Oder, wenn das nicht klappte, eben am Montag oder Dienstag.

Der Engländer wischte sich mit der Hand über die Augen. «Und dann habe ich in der Zeitung gelesen, dass sie und die kleine Dorle verschwunden sind.» Kurz sah es so aus, als würde er in Tränen ausbrechen, aber er riss sich zusammen.

«Wir werden Sie informieren, sollte sich etwas Neues ergeben», sagte Martin und ließ ihn, nachdem er seine Fingerabdrücke abgenommen hatte, gehen. Keiner von ihnen zweifelte daran, dass der Engländer die Wahrheit gesagt hatte. Sie diskutierten noch einmal die Sache mit Signes schmutzigen Kleidern, für die sie keine vernünftige Erklärung fanden, und waren froh, als die Uhr endlich den Feierabend anzeigte. Die Mordbude leerte sich.

Martin hielt Paula auf, als sie die Straße erreichten. «Hast du Zeit und Lust auf ein Bier?»

Zögernd nickte sie.

Sie kehrten in einer kleinen Eckkneipe in der Nähe ihres Wohnhauses ein und nahmen an einem der Tische Platz, die vor dem Gebäude standen. Gegenüber lag der Hansabrunnen mit seinen Linden und der altertümlichen Königin, die ihren Arm in den Abendhimmel reckte. Autos umfuhren das Denkmal, von einer Baustelle hob sich im Abendwind der Staub. Martin bestellte das Bier, und als es kam, begann er plötzlich, die Hände um sein Glas gelegt, zu reden. Von seinem Vater.

«Ich kann ihn nicht ausstehen», sagte er leise. «Er ist einer von denen, die immer noch Gift und Galle über den Versailler Friedensvertrag spucken. Sobald ich das Zimmer betrete, beginnt er Matthias Erzberger zu verfluchen, weil der den Waffenstillstandsvertrag unterschrieben hat, und die deutsche Scham und Demütigung zu bejammern. Wenn wir nur durchgehalten hätten und blablaba … Er ist besessen von diesem Dreck. Und meine Mutter …»

Paula trank einen Schluck, vorsichtig, voller Sorge, dass eine zu rasche Bewegung ihn zum Verstummen bringen könnte.

«Sie liest gern.»

Aha? Und warum kam der Satz so kühl?

«Liebesromane», sagte Martin. «Sie liest sie nicht nur – sie lebt in diesen Geschichten. Man kann das nur schwer beschreiben. Die Ehe zwischen meinen Eltern war arrangiert, musst du wissen. Darunter hat sie gelitten. Sie hat sich in ihre Romane verkrochen und sich im Lauf der Jahre immer mehr verwandelt. Inzwischen erzählt sie von früh bis spät, was sie gerade liest – aber was wirklich geschieht, nimmt sie kaum wahr. Als ich in den Krieg ausrücken musste, hat sie mir eine schöne Zeit gewünscht.»

Die Bitterkeit in seinen Worten war nicht zu überhören.

«Mein Vater schwärmt also mit seinen Kameraden von den guten alten Zeiten, und meine Mutter … Je seltener sie ihn sieht, desto liebevoller hebt sie ihn in den Himmel. Sie hält ihn für ein bisschen verrückt, weil er dauernd vom Krieg redet – aber so sind die Männer nun mal, und im Herzen ist er ein gütiger Mensch und der beste Ehemann und Vater, den man sich vorstellen kann.»

Er starrte auf sein Glas, als hätte er es gerade erst entdeckt, und trank einen Schluck.

«Dieser beste Vater, den man sich vorstellen kann, hat mich, obwohl ich damals gerade mein Medizinstudium begonnen hatte und deshalb vom Kriegsdienst befreit worden war und auch nie einen Hehl daraus gemacht habe, was ich vom Krieg halte, über einen seiner Freunde zum Militär einberufen lassen. Ich weiß nicht, ob man alles vergeben muss, Paula. Ich weiß es nicht.»

Er trank noch einen Schluck.

«Ich habe mich an dem Abend, bevor ich zu meinem Regiment musste, betrunken. Wenn ich mich recht entsinne, hat mir mein Vater, der beste von allen, deswegen eine Ohrfeige verpasst, aber das kann auch meiner Einbildung entspringen. Jedenfalls hat meine Mutter Nora – das ist eine junge Frau, die als Gesellschafterin bei ihr arbeitet – gedrängt, mich zum Bahnhof zu begleiten. Leider hatten wir noch einen Moment Zeit, bevor wir losmussten, und die haben wir genutzt, um miteinander zu schlafen, in meinem zerwühlten Bett, in aller Eile. Auf diese Weise bin ich Vater geworden, Paula. Der Junge ist inzwischen dreizehn Jahre alt, und ich habe ihn noch kein einziges Mal gesehen. Ich bin nicht besser als mein eigener Vater. Muss man wohl so sagen.»

Er war betrunken. Nicht vom Bier, aber von seiner Erschöpfung, die ihn daran hinderte, seine Worte abzuwägen.

«Dann triff dich mit deinem Sohn. Es ist doch noch nicht zu spät.»

«Nora ähnelt meiner Mutter. Auch sie neigt zu schnulzigen und romantischen Vorstellungen. Wenn ich mich richtig erinnere, arbeitete ihr Vater bei der Sparkasse … keine Ahnung. Bedauerlicherweise hat er über seine Verhältnisse gelebt, und nach seinem Tod war die Familie mittellos. Noras Mutter hat sich umgebracht, und Nora … Ich will dich nicht langweilen. Meine Mutter hat sie damals – sie war gerade siebzehn geworden, ein Jahr älter als ich – in unser Haus geholt. Sie sind einander heute so ähnlich wie zwei Außerirdische aus demselben Universum. Und jetzt kommt das Schwierige. Ich glaube nicht, dass Nora freiwillig zu mir ins Bett gekrochen ist. Ihre romantischen Allüren sind durchsetzt von prüder katholischer Moral, der sie mit gleicher Leidenschaft anhängt. Ich kann mir einfach nicht vorstellen … Also, es kommt mir ausgeschlossen vor.»

Er schüttelte den Kopf und schob sein Bier beiseite. «Warum lässt du zu, dass ich dir mit meinem Privatleben auf die Nerven falle? Konzentration, Fräulein Kriminalassistentin. Wir haben einen Fall. Was haben wir übersehen? Warum sind wir zu dämlich, die kleine Dorle zu finden? Die Zahl der Verdächtigen ist überschaubar. Was, verflucht, übersehen wir?» Er griff in seine Hosentasche, zog seine Börse heraus und legte einen Schein auf den Tisch. «Komm, lass uns gehen. Zusammen bitte, ich falle nicht über dich her, versprochen. Ich will nur nicht, dass du … du weißt schon, der verdammte Kerl, der Caro auf dem Gewissen hat, und vielleicht auch Blasse … Kann sein, ich rede Stuss. Aber ich bringe dich bis zu deiner Wohnungstür, und dann gehe ich runter in meine eigene Woh…»

«Du redest wirklich Stuss.» Paula hängte sich bei ihm ein. Stumm passierten sie die wenigen Straßen bis zu ihrem Zuhause.

Das schrille Klingeln des Telefons riss Paula aus dem Tiefschlaf. Sie taumelte in den Flur und griff nach dem Hörer. *Stadthauszentrale?* Sie hörte zu, sie fragte nach, allmählich wurde sie hellwach.

«Haben Sie Kriminaloberkommissar Broder alarmiert?», fragte sie das Fräulein von der Telefonzentrale.

«Versuchen Sie mal, ihn wach zu kriegen», entgegnete die Stimme am anderen Ende der Leitung schnippisch. Die Frau legte auf.

Wenige Minuten später hämmerte Paula wie eine Verrückte an Martins Wohnungstür. Sie hörte erst damit auf, als sich die Nachbarn beschwerten. Ihr schwante, wo er sein konnte – vermutlich bei dieser Nora. Martin war einer, der handelte, wenn ihn etwas umtrieb. Er hatte seinen Kopf geklärt, als er ihr erzählte, was passiert war, und nun würde er die Sache mit dieser Frau und seinem Sohn ins Reine bringen wollen.

Keine Sache, dachte sie. Er hatte sich ihr in betrunkenem Zustand mit Gewalt genähert. Das hatte er doch sagen wollen, oder?

Gleichwie: Von seiner Abwesenheit heute Nacht sollte besser niemand erfahren. Paula dachte an Schlanbusch, der es sicher schaffen würde, daraus eine Pflichtvergessenheit zu konstruieren. Hastig wühlte sie in ihrer Handtasche, zog einen Zettel hervor, notierte darauf das Wichtigste und schob ihn unter Martins Wohnungstür hindurch. Wenn er zurückkehrte, sollte er Bescheid wissen.

Sie eilte die Treppe hinab ins Freie – und blieb stehen. Es war halb drei Uhr nachts. Die Tram fuhr um diese Zeit nur noch unregelmäßig. Sollte sie sich lieber ein Taxi rufen? Unmöglich, sie war zu unruhig. Trotz des mulmigen Gefühls rannte sie an der Alster entlang, hinüber zum Jungfernstieg und weiter zum Stadthaus.

Ihre Kollegen hatten sich bereits in der Mordbude versammelt, sogar das Gretchen mit der unmöglichen riesenhaften Brille. Paulas leise Hoffnung, dass auch Martin ins Stadthaus gekommen sein könnte, erlosch.

«Martin ist unterwegs», sagte sie, als sie merkte, wie Sigmund an ihr vorbeischaute, als müsste ihr Vorgesetzter hinter ihr auftauchen.

Wussten auch ihre Kollegen, dass Schlanbusch Martin auf dem Kieker hatte? Zumindest hakte keiner nach.

«Wir haben die Frau runter in die Sprechzelle gebracht», erklärte Fritz. «Und nun rate mal, um wen es sich handelt.»

«Muss ich nicht. Friederike Hagemann. Hat sie schon etwas gesagt?»

«Wir wollen auf Martin warten, bevor wir sie befragen», sagte Jens.

Natürlich, alles andere wäre frech gewesen. «Tja, der braucht wohl noch ein bisschen.» Und wenn er sich aus Frustration betrunken hatte? Und vielleicht auch morgen früh nicht aus dem Bett kam? Irgendwann stieß jeder an seine Grenzen, und die Zeit seit Dorles Verschwinden war hektisch gewesen. «Er meint, wir sollten schon mal beginnen», log sie.

«Mit ihr selbst oder erst mit dem Mann, der sie beobachtet und den Fund gemeldet hat?»

«Mit dem Mann.» Entweder hatte sie nicht richtig zugehört, oder die Telefonistin hatte es nicht für nötig befunden, sie darüber zu informieren, dass man einen Zeugen ins Stadthaus gebracht hatte.

Kurze Zeit später saß ein hagerer Bursche in abgetragener, blauer Arbeitskluft vor ihnen in der Mordbude. Er arbeitete als Gleisarbeiter bei der Bahn und hatte eine Sonderschicht einlegen müssen – ein Baum war von einem toll gewordenen Bullen gerammt worden und auf die Schienen gestürzt. Die Sache war in der Nähe seines Dorfes passiert – er wohnte in Einbeck –, und deshalb war er zu Fuß heimgegangen, nachdem er mit einem Kollegen den Schaden beseitigt hatte. Und da hatte er diese merkwürdige Person gesehen, die in der Nähe des Hammerdamms eine Schubkarre über einen Feldweg geschoben hatte.

«Natürlich habe ich zuerst an Diebstahl gedacht. Es ist ja Erntezeit. Und gehungert wird immer noch. Erst wollte ich einfach weitergehen, aber dann habe ich gemerkt, dass es sich bei der Person um eine Frau handelt. Und dass sie arg zu schleppen hatte und … völlig erledigt wirkte und … Na, ich weiß gar nicht, was ich gedacht habe. Aber plötzlich sackt sie hinter der Karre zusammen, und da bin ich natürlich rüber, um ihr zu helfen. Und als ich bei ihr ankomme, sehe ich den Dreck.»

Der Dreck war eine Leiche gewesen, das hatte die Telefonistin bereits erklärt.

«Ich habe der Frau erst mal aufgeholfen – ich bin Kavalier aus Überzeugung. Sie wollte wegrennen, aber im selben Moment bellt ein Hund und jagt auf uns zu, quer übers Feld, und hinter ihm ein Bauer mit der Mistforke … Da hat sie sich vor Schreck an mich geklammert. Der Bauer hat natürlich auch gesehen, was in der Schubkarre lag. Als er sich wieder gefasst hat, ist er zurück und hat von irgendwo die Wache angerufen, und ich habe währenddessen auf die Frau aufgepasst. Aber die wollte gar nicht weglaufen. Oder doch? Keine Ahnung … Mir ging der Puls ja auch bis zum Hals.» Der Mann seufzte, ob aus Schaudern über das, was er gesehen hatte, oder aus Behagen über die Aufmerksamkeit, die man ihm schenkte, ließ sich nicht ausmachen.

Die Tür schwang auf, und Blasse kam in den Raum, wie immer in Weste und Jackett, nur dieses Mal ohne den farbigen Schlips, den er wohl vergessen hatte. Sein fülliges Gesicht war rot vor Aufregung. «Seid ihr noch im Verhör?»

Sigmund stellte den Parlographen, mit dem sie die Aussage des Gleisarbeiters festgehalten hatten, aus. «Ist es wichtig?»

«Das will ich meinen.»

Der Zeuge musste seine Adresse aufschreiben, und weil Sigmund generös war und vielleicht auch, weil er auf weitere Details hoffte, die dem Zeugen möglicherweise später noch einfielen, ließ er sich zur Stadtwache durchstellen, damit einer der Schupos den Mann nach Hause fuhr.

«Wo steckt denn Martin?», wollte Blasse wissen, als der Gleisarbeiter fort war.

«Er braucht noch ein bisschen», wiederholte Gretchen, was sie von Paula gehört hatte.

«Schlechter Augenblick zum Bummeln.» Blasse legte ein Foto auf den Tisch. Sigmund, der auf Martins Platz hinter dem Schreibtisch saß, betrachtete es und reichte es weiter in die Runde. Nach Gretchen, die es dicht vor ihre kurzsichtigen Augen hielt, um es genau studieren zu können, kam es zu Paula.

Blasses Männer hatten saubere Arbeit geleistet. Trotz der Dunkelheit, die draußen auf dem Feld geherrscht haben musste, konnte man das, was in der Karre lag, gut erkennen. Keine Leiche, sondern … Paula fuhr sich mit der Zunge über die Lippen. Die Haut des Toten sah aus wie vertrocknetes Leder. Seine Augenhöhlen waren leer, der Mund, in dem noch sämtliche Zähne steckten, weit aufgerissen, die Hände ineinander verkrampft. Eine Gestalt wie aus dem Gruselkabinett. Eine Mumie, dachte sie und gab das Bild weiter.

«Na, ist das was?», fragte Blasse, nachdem sämtliche Kommissare das Foto in Augenschein genommen hatten. Er grinste breit, wurde aber sofort wieder professionell. «Es muss natürlich erst noch gründliche Untersuchungen geben, bevor ich euch belastbare Fakten liefern kann, aber nach der Kleidung zu urteilen … Was denkt ihr? Wann mag der Mann gestorben sein?»

«Um die Jahrhundertwende», tippte Jens. «Stehkragen mit Schlips – so was haben wir damals getragen. Kannst du sagen, wie alt er bei seinem Tod ungefähr gewesen ist?»

«Da er noch sämtliche Zähne besitzt … jung. Und er muss wohlhabend gewesen sein. Der Manschettenknopf … Seht ihr? Hier bei seinem Arm? Der ist aus Gold.»

«Warum ist die Leiche nicht verwest?», wollte Jens wissen.

«Hochspannend, nicht wahr? Ich bin kein Experte, aber sie muss trocken gelegen haben. Oder sehr kalt. Oder ohne Einfluss von Sauerstoff. Man kennt so was von Friedhöfen, aber das gibt es auch in anderer Umgebung.» Blasse geriet ins Schwadronieren. Auf Rügen hatte man Leichen in einer Familiengruft gefunden: Erwachsene, Kinder, eine Frau, die bei der Geburt gestorben war, mit ihrem Säugling im Arm … Sie waren auf natürlich Art mumifiziert worden, da die Gruft gut belüftet und trocken gewesen war. «Die Mumien aus den Mooren kennt ihr sicher auch – da ist es anders. Der Verfall wird durch Sauerstoffabschluss in Verbindung mit Gerbstoffen verhindert. Und dann natürlich die Ägypter – die haben ja echten Aufwand getrieben. Teufel, ich hoffe, ihr bekommt raus, wo dieses Weib die Mumie gefunden hat!», lachte er.

19. KAPITEL

MITTWOCH, 21. AUGUST

Er sah klar. Plötzlich sah Martin klar. Er hatte Paula bis zu ihrer Tür gebracht, sie war in Sicherheit, und bis zum nächsten Morgen musste er auch nicht zum Dienst. Es war an der Zeit, nach Bad Oldesloe zu fahren. Zum Glück war das ehemalige Kurbad, in dem seine Eltern wohnten, nicht weit entfernt und außerdem per Bahn zu erreichen. Vor dem Krieg hatte er die günstige Lage oft genutzt, um sich nachts in Hamburg zu amüsieren, wenn er sein Elternhaus nicht mehr ertrug. Jetzt würde er hinfahren, um mit seinen Eltern und Nora reinen Tisch zu machen. Die Zeit dafür war ungewöhnlich, aber das galt ja auch für das Thema, um das es ging. Er würde seinen Sohn anerkennen und Nora versprechen, für ihn zu sorgen, hatte er beschlossen. Er würde auch für Noras Lebensunterhalt aufkommen. Aber er würde sie nicht heiraten. Vielleicht war das schäbig, bestimmt würde sie ihn dafür verabscheuen, aber Tatsache war, dass er sich und ihr damit ein Leben in der Hölle ersparte.

Der Hauptbahnhof lag einsam, nur die Bordsteinschwalben gingen ihrem trübseligen Gewerbe nach. Im Bahnhof selbst wurde es noch stiller. Glücklicherweise musste er nicht lange auf seinen Zug warten. Eine knappe halbe Stunde später stieg er in ein fast leeres Abteil, das er nur mit einer Frau mittleren Alters teilen musste, die den Kopf abgewandt hatte und trübsinnig zum Fenster hinausstarrte.

Ob sie sich vor ihm fürchtete? Er versuchte, sich in eine Frau hineinzuversetzen, die sich nachts ohne männlichen Schutz plötzlich mit einem Fremden allein im Zugabteil befand. Ja, da wäre ihm wohl auch unbehaglich gewesen. Kurz überlegte er, ob er ihr seine Kriminaldienstmarke zeigen und ihr versichern solle, dass sie in seiner Gegenwart nichts zu befürchten habe. Aber nein, das wäre bescheuert, denn die Marke wäre ihr unbekannt, und sie würde sich, wenn sie klug wäre, doppelt fürchten, weil er versuchte, mit ihr in Kontakt zu treten. Er war erleichtert, als kurz darauf ihr Ehemann erschien und sich neben sie setzte.

Während nächtliche Wiesen und Wälder an ihm vorbeiflogen, versuchte er zu planen, wie er Nora seinen Entschluss am besten beibrächte. Er feilte an Sätzen, die vielleicht nicht allzu wehtäten, er dachte an seinen Sohn, der ihm möglicherweise ähnlich wäre und der ihn wahrscheinlich hasste … bis seine Gedanken sich im Dickicht seiner Müdigkeit und Ängste verfingen. Es gab nichts, was die Peinlichkeit mindern könnte. Er würde an der Tür seines Vaterhauses klingeln, und dann würde sich alles fügen.

Seltsamerweise nickte er nach diesem Entschluss kurz ein, und womöglich wäre er an Bad Oldesloe vorbeigefahren, wenn dort nicht Endstation gewesen wäre. Das Ehepaar war bereits ausgestiegen, und er eilte ebenfalls ins Freie. Er hätte nicht vermutet, wie unangenehm es ihm sein würde, wieder auf dem altvertrauten Bahnhof zu stehen. Besonders der nachtschwarze Wasserturm hinter dem Bahnhofsgebäude störte ihn: Er ragte in den Himmel wie ein erhobener Zeigefinger. Das hatte ihn schon in seiner Kindheit und Jugend aufgeregt.

Die letzten Reisenden verschwanden eilig, und Martin überquerte ebenfalls auf einem langen Fußgängersteg die Gleise. Vom Bahnhofsvorplatz ging es geradeaus weiter in den von der Trave umgebenen Stadtkern mit dem Marktplatz, aber er musste sich nördlich halten, in Richtung St.-Josef-Waisenhaus, in dessen Nähe seine Eltern ein Haus gekauft hatten. Im Licht der wenigen Gaslaternen trottete er zu einer Holzbrücke, die das Flüsschen überspannte. Er passierte eine Straße, an deren Ende das Gebäude der Freiwilligen Feuerwehr lag, und lief – jetzt ohne Gasbeleuchtung – weiter Richtung Segeberger Straße.

Und dann stand er, viel zu schnell, vor seinem Elternhaus. Er starrte in den dunklen Garten, den seine Mutter angelegt hatte. Sie mochte es üppig. Rhododendren, breite Blumenbeete, Hecken und Obstbäume machten einander den Platz streitig. Auf dem Rasen stand eines der neckischen Vogelhäuser in Form kleiner Gartenlauben, die Mutter so liebte. Daneben der gusseiserne Tisch für den Sonntagnachmittagstee, auf dem seit seiner Kindheit ein schwerer Blumentopf thronte. Im Leben seiner Mutter schien sich niemals etwas zu verändern. Es bestand aus einem Kreislauf, der sie immer wieder an dieselbe Stelle führte. Aber diese Ödnis war leichter zu ertragen als der Anblick des Kaminholzschuppens in der Nähe des Zauns, in den sein Vater ihn in seiner Kindheit geführt hatte, wenn er ihm mit dem Gürtel die Flausen austreiben wollte, wie er es nannte.

Martin drehte sich fort und drückte entschlossen den Klingelknopf. Er wartete, während hinter den Fenstern die Lampen angingen und schwere Schritte die Treppe hinabpolterten.

Die nächste Minute wurde kurz und hässlich. Sein Vater öffnete und begrüßte ihn im üblichen theatralisch-verächtlichen Tonfall: «Ach, der Friedensapostel gibt sich wieder einmal die Ehre.» Kein Erstaunen wegen der späten Stunde, keine Sorge … Einfach nur das Abspulen des ewig gleichen Vorwurfs.

Martin war zu müde und gleichzeitig zu nervös, um aus der Haut zu fahren. Sein Vater wartete kurz, dann wandte er sich ab und stieg in seinem karierten Schlafanzug wieder die Treppe hinauf. Martin trat in die Diele. Seine Mutter hatte ihn offenbar ebenfalls kommen hören, denn sie hantierte in der Küche. Er überwand sich und ging zu ihr in den kleinen Raum mit dem Kohleherd. Auf der Fensterbank neben dem braunen Holztisch entdeckte er einen der unvermeidlichen Romane, in denen seine Mutter lebte. *Der Scheingemahl* entzifferte er und unterdrückte ein sarkastisches Lächeln.

«Nun komm in meine Arme, Liebling.» Sie lachte und küsste ihn, und während das Wasser im Kessel heiß wurde, schmierte sie ihm eine Stulle. Vaters kalten Empfang erwähnte sie mit keinem Wort. Ja, es hatte sich wirklich nichts verändert. Martin trank den Muckefuck, den sie ihm eingoss, und blickte ihr nach, als sie forteilte, um Nora zu wecken.

Und dann saßen sie um den Tisch, auf dem rote Rosen verblühten, und die beiden Frauen starrten ihn an. Der Schlafmangel lähmte sein Gehirn – er suchte nach Worten.

«Soll ich euch Turteltauben einen Moment allein lassen?», zwitscherte seine Mutter und brachte sein Herz damit zum Rasen.

Er hielt sie auf und nötigte sie, sich wieder zu setzen. Dann sagte er, was er zu sagen hatte. Zunächst brachte er eine Entschuldigung für sein Verhalten an dem Abend vor, als er in den Krieg gezogen war. Anschließend erklärte er seine Bereitschaft, für Nora und seinen Sohn materiell zu sorgen, und schließlich legte er seine Überzeugung dar, dass eine Ehe ihnen beiden nichts als Unglück bescheren würde.

Noras Gesicht war starr geworden, das hatte er erwartet. In dem seiner Mutter entdeckte er erst Verständnislosigkeit, dann Unglauben. Er brauchte einen Moment, um zu begreifen, dass Nora ihr offenbar von dem schrecklichen Abend gar nichts erzählt hatte. Seltsam, dass ihm diese Möglichkeit nicht in den Sinn gekommen war. Aber da der liebe Martin Mutters ganzer Schatz war, hatte Nora wohl der Mut gefehlt, sich ihr anzuvertrauen.

«Wie heißt der Junge?», fragte er.

Nora schüttelte den Kopf. Sie war hübsch, keine Frage. Volle Lippen, die selbst jetzt in der Nacht aussahen, als wären sie mit dem Lippenstift nachgezogen. Brauen, die einen harmonischen Bogen über ihren intensivblauen Augen schlugen. Üppige, ins Rötliche gehende Locken, die sie trotz der späten Stunde zu einer aparten, etwas zerzausten Frisur zusammengerafft hatte …

«Ich würde meinen Sohn gern kennenlernen», sagte er. «Natürlich nur, wenn du nichts dagegen …»

Nora stand auf und ging hinaus. Ihre Schritte verklangen im hinteren Flur, wo ihr Zimmer lag.

«Bitte frage sie, wohin ich ihr das Geld für das Kind schicken soll», bat er seine Mutter.

«Was hast du getan?»

«Das weiß ich nicht. Ich war betrunken.» Er ärgerte sich, dass der Satz wie eine Entschuldigung klang, wie eine kalte noch dazu. Und runzelte plötzlich die Stirn. Seine Mutter wirkte seltsam ungläubig und bestürzt. War es möglich, dass sie von Noras Schwangerschaft gar nichts mitbekommen hatte? Aber einen dicken Bauch konnte man doch nicht übersehen. Er wollte nachhaken, doch seine Mutter war schneller.

Sie griff über den Tisch und nahm seine Hand zwischen die eigenen.

«Mein Junge ...» Dieses Mal bildete er sich ein, echte Anteilnehme aus ihrer Stimme zu hören. «Ich kenne euch beide, dich und Nora, ich kann in euren Herzen lesen wie in offenen Büchern.»

Nicht in meinem!

«Und ich spüre ... nein, ich *weiß*, wie viel Glück und Erfüllung es euch brächte, wenn ihr euch zusammentätet. Eure Seelen schlagen im Gleichklang, das Glück einer Ehe ...» Ihre Stimme ähnelte dem Säuseln eines Hypnotiseurs. «Die Fremdheit, die du gerade fühlst, mein Junge, wird verwehen, sobald du dich Nora öffnest, sobald du sie in dein Leben einlässt und ihr euer eigenes Reich gegründet habt und ...»

«Nein!» Er entzog seiner Mutter die Hand und stand auf. Kurz zögerte er. «Stimmt es überhaupt, dass ich einen Sohn habe?»

«Aber ja, natürlich, wie kannst du das ...»

«Wo lebt er?»

«Das weiß ich nicht. Nora musste sich schon früh von ihm trennen. Das Herz ist ihr dabei gebrochen. Aber du kennst doch die strengen moralischen Grundsätze deines Vaters. Und natürlich besucht sie ihn immer noch, so oft es irgend möglich ist.»

Er starrte seine Mutter an. Eben noch hätte er schwören können, dass sie völlig überrascht gewesen war. Und überhaupt: Hätte sein Vater die junge Frau nicht beim ersten Verdacht einer Schwangerschaft hinausgeworfen? «Es tut mir leid, dass es Nora schlecht geht», überwand er sich zu sagen. «Aber auf dem, was passiert ist, kann man keine Ehe gründen. Nicht mehr in unseren Zeiten.»

Damit kehrte er in den Flur und auf die Straße zurück.

Zum Glück versuchte seine Mutter nicht, ihn zurückzuhalten. Benommen trottete er den Bürgersteig hinab. Er war erleichtert, er fühlte sich mies. Würde er Paula von diesem Gespräch berichten? Das Schlimmste, seine versoffene Nacht, hatte er ihr ja schon gestanden. Würde sie der Polizei den Rücken kehren, um ihm nicht mehr zu begegnen? Nein, ganz sicher nicht. Die WKP war ihr Leben. Aber vielleicht würde sie es ablehnen, weiter mit ihm zusammenzuarbeiten? Dann sollte er sich versetzen lassen.

Er wechselte die Straßenseite und bog in den Weg zum Bahnhof ein. Verflucht, warum hatte er vorhin nicht nachgeschaut, wann die Züge zurück nach Hamburg gingen? Ach, egal. Bis zum Morgen würde einer fahren, und er würde pünktlich im Stadthaus sein.

Ein Motorengeräusch unterbrach seine Grübelei. Es kam aus Richtung der Freiwilligen Feuerwehr und näherte sich rasch. Scheinwerfer leuchteten auf wie Katzenaugen. Martin blickte sich um, konnte aber keinen Feuerschein entdecken, auch nicht drüben bei der Stadt. Entweder handelte es sich um ein kleines Feuer oder das Auto kam nur zufällig des Wegs. Vielleicht eine Übung, was wusste er schon.

Er ging weiter. Vor ihm tauchte die Holzbrücke auf, die er überqueren musste. Er blickte erneut über die Schulter – und blieb stehen. Was sollte das denn? Das Auto steuerte ebenfalls auf den kleinen Weg zu, der zur Brücke führte. Ein rot lackierter Wagen, auf dessen Dach eine Leiter befestigt war. Ein breites Auto. Damit kämen die Kerle doch niemals über den schmalen Steg. Sicher würden sie vorher auf die Straße abbiegen, die in die Innenstadt führte.

Und dann – verflucht – zog der Wagen plötzlich nach links. Einen Moment war Martin wie gelähmt. Das Auto raste jetzt direkt auf ihn zu. Sein Körper reagierte rascher als sein Verstand. Er hechtete zur Seite und stürzte zu Boden. Fassungslos sah er, wie der Wagen zurücksetzte und ein weiteres Mal die Richtung änderte. Er versuchte, ihn zu überfahren!

Martin rappelte sich auf. Direkt neben ihm befand sich der Hang hinab zum Flüsschen. Die Böschung war steil, der größte Teil lag im Dunkeln. Aber was blieb ihm übrig? Er sprang – und stürzte fast senkrecht in die Tiefe. Die Zeit bis zum Aufprall reichte merkwürdigerweise für die Frage, ob der kleine Fluss nach der Hitze der vergangenen Monate noch über ausreichend Wasser verfügte. Dann schlug er auf. Steine bohrten sich in seinen Rücken und schnitten in seinen Arm, Schlamm spritzte zu allen Seiten, Wasser schwappte über ihn. Martin wälzte sich auf die Seite. Er versuchte fieberhaft, auf die Füße zu kommen, und schnappte, als es gelang, nach Luft. Der Boden war glitschig, er rutschte erneut aus, und wieder drang ihm Wasser in den Mund. Dann fanden seine Finger Halt in dem vertrockneten Bewuchs der Böschung. Aber etwas war mit seinem Knöchel nicht in Ordnung. Er spürte einen stechenden Schmerz … Verflucht! Na gut – zumindest schien er nicht gebrochen.

Martin versuchte, den Hang hinaufzukommen. Als er es endlich geschafft hatte, sah er den Feuerwehrwagen unbewegt wie ein Denkmal quer auf dem kleinen Weg stehen. Der Motor war abgestellt, es war totenstill. Martin starrte auf die Windschutzscheibe. Jemand saß hinter dem Glas, eine einzelne Gestalt, so viel konnte er erkennen. Er hob den Arm und legte ihn über die Augen. Das gleißende Licht blendete ihn. Die Sekunden zogen sich.

Da röhrte plötzlich wieder der Anlasser, und das Auto setzte sich erneut in Bewegung.

20. KAPITEL

DONNERSTAG, 22. AUGUST

Sie saßen immer noch in der Mordbude – und inzwischen war allen die Nervosität anzumerken. Der Leiter ihrer Mordkommission tauchte einfach nicht auf. Sigmund versuchte erneut, ihn telefonisch zu erreichen – vergeblich. Schließlich fuhr Fritz zu Martins Wohnung und öffnete die Tür mit einem Dietrich, aber alle Zimmer waren leer.

Sie zögerten das Verhör von Friederike Hagemann hinaus, in der Hoffnung, dass Martin irgendwann erscheinen würde, und spekulierten über die Mumie. Gretchen kam auf den einzigen Menschen in ihrem Fall zu sprechen, den sie noch nicht hatten verhören können, weil er vor gut zwanzig Jahren nach Amerika verschwunden war. «Und was, wenn das gar nicht stimmt? Wenn dieser Willy Modersen überhaupt nicht ausgewandert ist?», fragte sie und starrte auf das Foto der Mumie, das ebenfalls einen Platz an der Korkwand gefunden hatte.

«Was genau vermutest du?», fragte Fritz ihre brillenverschandelte Kollegin. «Dass Friederike Hagemann Willy Modersen vor achtundzwanzig Jahren in ihrem Keller eingesperrt und ihn dort vergessen hat, woraufhin der Arme verblich und mumifizierte, und nun fährt sie ihn nachts spazieren, um ihr schlechtes Gewissen zu beruhigen?»

Gretchen wirkte verschreckt, wie immer, wenn ihr jemand pampig kam.

«Mir kommt es auch komisch vor, dass er damals so plötzlich ausgewandert sein soll», sprang Paula ihr bei.

«Falls es sich bei Blasses Mumie um Modersens Sohn handelt, ist er jedenfalls schon vor langer Zeit gestorben und hat deshalb mit dem Verschwinden des Mädchens und seiner Kinderfrau nichts zu tun. Also braucht er uns auch nicht zu interessieren», unterbrach Volker sie gähnend.

Paula wollte antworten, doch in diesem Moment kam einer von Blasses Leuten herein – allerdings nur, um zu vermelden, dass Charles Evans' Fingerabdrücke mit keinem der Abdrücke übereinstimmten, die sie im Laufe des Entführungsfalls gesammelt hatten. Nein, auch die Fingerabdruckdatei unter dem Dach hatte nichts hergegeben. Wie es aussah, war der Mann also aus dem Schneider.

Da sie so etwas bereits erwartet hatten, nickten sie nur. Als er das Zimmer verließ, wurde es in der Mordbude still.

Sigmund war es, dem schließlich der Geduldsfaden riss. «Wann hast du Martin zuletzt gesehen?», fragte er Paula.

«Gestern Abend.»

«Und hat er irgendetwas zu dir gesagt, was sein Verschwinden erklären könnte?»

Sie zögerte. «Kann ich dich allein sprechen?» Es war die dümmste Frage, die man sich ausdenken konnte, wenn man sich im Kreis geschätzter Kollegen befand. Fritz grinste anzüglich. Wahrscheinlich stellte er sich ein wildes Bettgetümmel vor.

Sigmund begleitete sie vor die Tür.

«Ich weiß nicht, wo Martin steckt. Er war gestern Abend in schlechter Verfassung. Es gibt da eine Familienangelegenheit, die ihn bedrückt. Mit so was haben wir ja alle gelegentlich zu kämpfen.» *Warum verteidige ich ihn?* «Die Sache ist nur: Wenn Schlanbusch rauskriegt, dass Martin nicht zur Arbeit erschienen ist – gerade an einem Tag wie heute … Der Mann sucht doch nur nach einem Grund, ihn dranzukriegen.» Ihr kam plötzlich ein neuer unangenehmer Gedanke. «O Gott, glaubst du, die Sache mit der Mumie könnte nach draußen dringen?» Was, wenn sie plötzlich die Presse im Flur stehen hatten, die natürlich nach Martin fragen würde? Dann würde Schlanbusch sich schneller melden, als sie Piep sagen konnten.

«Hoffentlich nicht», murmelte Sigmund. «Tja. Ich würde sagen, wir geben uns einen Ruck und vernehmen Friederike Hagemann. Hat ja keinen Sinn, damit bis auf Sankt Nimmerlein zu warten.»

Zum ersten Mal, seit sie mit ihm zusammenarbeitete, kam Paula seine unerschütterliche Ruhe wie eine anziehende Eigenschaft vor. Sie kehrten ins Zimmer zurück, und Sigmund bat Volker, die Verdächtige herauf zu holen.

Die Wirtin des *Kaffeeböhnchens* sah zum Fürchten aus. Es lag weniger an ihrer beschmutzten Kleidung als am Gesicht. Dass die Augen in dunklen Höhlen lagen, mochte an dem fehlenden Schlaf liegen, aber es hatten sich auch tiefe, depressive Falten in ihr Gesicht gegraben, die Paula vorher nie wahrgenommen hatte. Die Lippen wirkten wie geschrumpft und waren so grau, als hätte jemand die Farbe aus ihnen gesogen. Verhärmt – so hätte Paula sie wohl bei einer Personenbeschreibung genannt.

Friederike saß auf einem Stuhl in der Nähe des Fensters, und die Kommissare hatten sich so im Raum verteilt, dass alle sie beobachten konnte. Die Männer schwiegen, und irgendwann begriff Paula, dass sie von ihr erwarteten, die Initiative zu ergreifen. Die Verdächtige war völlig verstört – natürlich oblag es der weiblichen Kollegin, sie mit Freundlichkeit einzulullen und ihr mit engelsgleicher Geduld und gespielter Zuwendung die Wahrheit zu entlocken. Mit einem bemühten Lächeln beugte sie sich vor.

«Was ist denn nun in der Nacht passiert?», fragte sie Friederike.

Die Frau murmelte etwas Unverständliches, begann zu stottern und verstummte wieder. Paula stand auf und holte von dem Tisch, an dem bei Bedarf die Sekretärinnen Platz nahmen, eine Tasse Kaffee, die sie für sich selbst dort abgestellt, aber dann nicht angerührt hatte. Sie brachte sie zu Friederike und wartete, bis die erschöpfte Frau einen Schluck getrunken hatte. «Handelt es sich bei dem Toten um Wilhelm Modersen?»

Friederikes Kopf ruckte hoch. Zum ersten Mal schien sie ihr Gegenüber wirklich wahrzunehmen.

«Ja?», ermunterte Paula sie.

Die Frau schüttelte den Kopf. Eine Haarsträhne rutschte bei der heftigen Bewegung aus ihrem Dutt. Und mit der Strähne schien sich auch ihre Starre zu lösen. «Es ist nicht so, wie es aussieht. Ich bin nicht verrückt. Ich … Also gut, ich versuch's zu erklären, aber das …» Plötzlich hob sie die Arme – es sah aus, als müsste sie einen unsichtbaren Angreifer abwehren. Sie begann zu würgen, ihr Gesicht lief rot an, und sie sprang auf, um zum Fenster zu eilen. Mit Wucht wollte sie Fritz, der ihr den Weg versperrte, beiseitestoßen – und übergab sich auf sein elegantes schwarzes Hemd.

Entsetzt starrten die beiden einander an. Dann drehte Friederike Hagemann sich zu Paula um und sagte tonlos: «Ich würde mir gern den Mund mit Wasser ausspülen.»

«Natürlich ist Signe schuld», erklärte sie eine Viertelstunde später mit dumpfer Stimme.

Paula hatte ihr in der Flurtoilette, wo sie ihre besudelte Bluse ausgezogen hatte, eine Strickjacke gegeben, die von einer Besucherin vor Monaten an der Garderobenleiste vor den Büros vergessen worden war. Während sich die Frau zu waschen begann, hatte Paula diskret die Bluse an sich genommen, war einige Türen weiter bei den Kollegen von der Betrugsabteilung hineingeschlüpft, hatte einem der Männer das Kleidungsstück in die Hand gedrückt und ihn mit einer raschen Erklärung um einen Gang in Blasses Labor gebeten.

Als sie mit Friederike in die Mordbude zurückkehrte, war Fritz verschwunden – sicher, um sich ebenfalls umzuziehen. Friederike nahm erneut auf ihrem Stuhl Platz, aber das wirre Getriebensein war gewichen. Sie hatte sich entschlossen zu reden. «Signe hat ihn kirre gemacht!»

«Wie meinen Sie das?», fragte Paula.

«Der arme Willy war doch zehn Jahre älter als sie! Das Kind hat ihn einen Dreck interessiert. Aber plötzlich – sie muss damals zwölf oder dreizehn gewesen sein – hat sie sich an ihn geheftet. Ich weiß noch, wie er sich darüber aufgeregt hat!» Friederikes Lippen bebten, doch die Worte strömten aus ihr heraus wie die zornige See durch eine Bresche im Deich.

Noch einmal berichtete sie, wie sie Signe bei den Modersens kennengelernt hatte und wie leid ihr das Mädchen tat. «Sie hatte mir erzählt, dass ihre Mutter gestorben war und ihr Vater sich zu Tode soff. Natürlich hatte ich Mitleid mit ihr! Ich habe ja ein ähnliches Schicksal gehabt. Ohne Mutter aufgewachsen, mit einem Vater, der nie daheim war. Nur dass sich um mich ein Bruder gekümmert hat.» Kurz wurde ihre

Stimme weicher. «Otto ist ein ganzes Stück älter als ich, aber er hat wohl einfach die Verantwortung gespürt. Ohne ihn wäre aus mir nichts geworden, da bin ich sicher.» Der Glanz, der ihre Augen kurzzeitig erhellt hatte, erlosch wieder. «Signes Bruder dagegen …»

«Meinen Sie jetzt ihren leiblichen Bruder?»

«Natürlich. Ich sage doch: Willy hatte kein Interesse an dem Mädchen. Der hatte Kameraden, mit denen er seine freie Zeit verbrachte. Er war ständig auf der Rennbahn. Aber einmal bin ich dabei gewesen, als Signes richtiger Bruder gekommen ist. Aus Cuxhaven. Er hat sich vor sie hingestellt, sie nicht geküsst, sie nicht einmal umarmt, er war kalt wie ein Eiszapfen. Wenn Sie mich fragen: Ich glaube, dass er sie gehasst hat! Jedenfalls war er froh, als er wieder wegkonnte. Und Signe hat danach tagelang geheult.» Zum ersten Mal klang etwas wie Mitgefühl in Friederikes Stimme. «Da hat sie mir leidgetan. Ich konnte sie zu der Zeit ja wirklich noch gut leiden. Das hat erst aufgehört, als sie so komisch wurde und anfing, sich vor dem Bahnhof mit Männern zu treffen. Das fand ich widerlich. Wenn's wenigstens aus der Not heraus geschehen wäre! Aber sie war doch gut versorgt. Signe war einfach mannstoll geworden!»

«Wie ist Wilhelm Modersen zu Tode gekommen?», fragte Sigmund, als hätte sie bereits gestanden, dass er es gewesen war, den sie auf der Karre übers Feld geschoben hatte.

«Das weiß ich nicht.»

«Dann wollen Sie uns vielleicht erklären, warum Sie heute Nacht mit seiner Leiche unterwegs waren?» Sigmunds Blick glitt zum Parlographen, als hätte er Sorge, das Gerät, das er für das Verhör angestellt hatte, könnte die entscheidende Aussage durch einen technischen Fehler vermasseln. Plötzlich hing wieder die unangenehme Stille im Raum. Allerdings wurde sie bereits nach wenigen Sekunden durch ein Klopfen unterbrochen.

«Bitte nicht jetzt!», schnauzte Sigmund.

Die Tür wurde trotzdem geöffnet. Blasse trat ein. Sein Blick glitt durch den Raum. «Martin ist nicht da?»

«Der kommt noch.»

«Dann würde ich gern mit Fräulein Haydorn sprechen.»

Paula wartete Sigmunds Zustimmung nicht ab. Sie erhob sich und folgte Blasse in den Flur.

«Von wem stammt denn die Bluse, die ich eben bekommen habe?», fragte er.

«Von der Frau, die den Toten übers Feld geschoben hat.»

Er schnalzte mit der Zunge. «Sie ist mit den gleichen Substanzen behaftet, die an unserem geschrumpften Freund kleben. Was nicht verwunderlich ist, vermutlich war sie es, die ihn auf die Karre gehievt hat. Ich will Sie nicht langweilen, aber alles deutet darauf hin, dass unsere Mumie die Zeit zwischen ihrem Ableben und dem Abtransport in einem mit Bitumen ausgestrichenen Raum verbracht hat.»

«Was ist das?»

«Bitumen? Man nennt das Zeug auch Erdpech und verwendet es unter anderem in Häusern. Bitumenfarbe verhindert das Eindringen von Wasser in Räume, die von Erde umgeben sind.»

«In Kellern?»

Er nickte. «In einer Leiche, die in so einem Keller gelagert und dabei bestenfalls auch noch mit Frischluft versorgt wird, könnte ein Mumifizierungsprozess in Gang gesetzt werden. Wenn Sie mich fragen: Unser Freund wurde nach seinem Tod in einen unterirdischen Raum gesperrt, der eine Öffnung nach außen hatte, durch die aber kein Wasser eintreten konnte.»

«Da werden wir reiche Auswahl haben.»

Blasse lächelte. «Oder auch nicht. Denn – und jetzt kommt mein Geschenk an Sie – Signe von Arnsbergs Kleidung ist mit demselben Dreck in Berührung gekommen wie die Bluse der Karrendame. Sie können also davon ausgehen, dass beide Frauen in dem Keller waren, in dem sich die Mumie befand. Geben Sie das bitte an Martin weiter, wenn er kommt. Und sollte er noch Fragen haben …» Er tippte auf seine Brust.

Die Stimmung in der Mordbude hatte sich geändert, als Paula zurückkehrte. Friederike hatte die Arme vor der Brust verschränkt und sah widerspenstig und müde aus. Ihre Kollegen wirkten verdrossen. Sigmund telefonierte.

«Was ist los?»

«Die Dame hat beschlossen, nicht mehr mit uns zu reden», erklärte Volker, legte den Finger auf den Mund und deutete zum Telefon.

«Oh, Mistdreck!», fluchte Sigmund in den Hörer. «Aber soweit bist du …? Ja? … Ja, natürlich, ist schon klar. Wird erledigt … Wann? … Gut. …» Er hörte noch einen Moment zu, dann legte er den Hörer auf die Gabel zurück. «Volker, bringe die Dame bitte wieder runter in ihre Zelle.»

Martin, dachte Paula. Sie merkte, wie das Blei um ihr Herz zu schmelzen begann.

Ja, es war tatsächlich Martin gewesen, der im Stadthaus angerufen hatte. Irgendetwas war passiert, und er war nicht gerade bester Stimmung gewesen. Inzwischen befand er sich jedenfalls auf dem Rückweg nach Hamburg und wollte dabei sein, wenn sie Friederike verhörten.

Paula gab ihren Kollegen wieder, was der Leiter des Erkennungsdienstes ihr zu der Mumie auf seinem Sektionstisch und der Beschaffenheit des Kellers mitgeteilt hatte, in dem sie vermutlich seit ihrem Tod gelegen hatte. Dass er Bitumen sowohl auf Friederike Hagemanns als auch auf Signes Kleidung gefunden hatte. Daraufhin schickte Sigmund umgehend Volker und den frisch umgezogenen Fritz los, um Frau von Arnsberg ins Stadthaus zu holen und in eine der Verhörzellen zu bringen.

Nach einem Blick auf die Uhr schlug Jens einen Besuch bei einer Fischbude in der Nähe vor. Zeit für ein echtes Mittagessen hatten sie nicht, aber für ein Fischbrötchen sollte es reichen.

Als sie den kleinen Laden eine halbe Stunde später wieder verließen, hielt Gretchen Paula zurück. Sie sah ihr mit ihren eulengroßen blauen Augen ernst ins Gesicht. «Warum magst du mich nicht?», fragte sie.

«Was?»

«Ich merke, dass du mich nicht leiden kannst, und ich will wissen, warum.»

So etwas … fragte man nicht. Das war plump und … Man rückte einem Menschen, den man kaum kannte, nicht mit solchen Befindlichkeiten auf die Pelle.

«Du bildest dir das ein», sagte Paula und folgte den Männern eilig die Straße hinauf.

Martin betrat die Mordbude kurz nach ihrer Rückkehr. Er gab sich wortkarg, ignorierte ihre Fragen, hörte stattdessen den Parlographen ab und wollte anschließend zu Friederike hinab in die Sprechzelle.

«Da sie zu dir Vertrauen zu haben scheint, kommst du mit», sagte er zu Paula. «Und du auch.» Das galt Sigmund.

Unten angekommen, stellte er das Aufzeichnungsgerät, das er von oben mitgenommen hatte, wieder an und begann mit dem Verhör. Er fragte knapp und präzise, ohne jede Verbindlichkeit, und merkte gar nicht, wie er die Wirtin des *Kaffeeböhnchens* damit einschüchterte.

«Sie haben also eine Leiche über ein Feld geschoben und meinen Kollegen eine Menge über Signe von Arnsberg und deren Bruder erzählt. Sind wir uns soweit einig?»

Friederike fehlte die Kraft, erneut auszuweichen. «Als Signe gestern zu mir in die Kaffeestube gekommen ist, habe ich gespürt, dass sie etwas vorhat. Ich hatte immer schon einen Verdacht, was das Verschwinden von Willy angeht», erklärte sie tonlos. «Er soll einfach nach Amerika abgehauen sein, ohne vorher darüber ein Wort zu verlieren? Warum? Er hatte es doch gut bei seinen Eltern und mochte das Leben auf der Rennbahn. Außerdem hätte er das mit mir besprochen. Wir waren nämlich … Wir mochten einander sehr», erklärte sie und hatte plötzlich Tränen in den Augen, die sie ruppig fortwischte.

«Ich habe Hella …» Sie beugte sich zum Trichter des Parlographen vor. «… Hella Modersen», spuckte sie hinein. «Ich habe Hella nie geglaubt, was sie von seinen angeblichen Amerikaplänen erzählt hat. Und auch nicht, dass er ihr geschrieben hat. Nein, Hella wusste genauso gut wie ich, dass etwas Schlimmes vorgefallen sein musste. Vielleicht hatte sie sich eingeredet, Willy hätte Streit mit seinem Vater gehabt – das kam nämlich öfter vor – und gehofft, dass er wieder auftaucht, bevor die Nachbarn zu tratschen beginnen. Aber er wäre nie gegangen, ohne mir zu sagen, was er vorhat. So viel steht fest!»

«Waren Sie ein Liebespaar?», fragte Martin.

Paula warf ihm einen unauffälligen Blick zu. Er trug trotz der Wärme einen dünnen Schal um den Hals. Warum? Und weshalb führte er dieses Verhör so wenig einfühlsam?

«Zwischen uns gab es zarte Bande», erwiderte Friederike kühl. «Und als Signe plötzlich einen dicken Bauch bekam, war mir natürlich klar, was passiert sein musste.»

«Geht es etwas ausführlicher?»

«Dass sie trotz ihres Alters Männern hinterherlief, wussten wir ja alle. Eigentlich war zu erwarten gewesen, dass sie sich auch an Willy ranmachen würde. Sie war ja nicht wirklich mit ihm verwandt. Ich ...» Friederike presste sich den Zeigefinger unter die Nase, um erneute Tränen zurückzuhalten. «Am Ende war es leicht, sich die Sache zusammenzureimen. Sie muss ihn von der Rennbahn aus zu diesem alten Haus gelockt haben, und als er die Göre abgewiesen hat, hat sie ihn erschlagen.»

«Ein vierzehnjähriges Mädchen einen erwachsenen Mann?»

«Wenn die Wut groß genug ist? Und wenn sie zufällig etwas herumliegen sah, das man als Waffe benutzen konnte? Er ist doch tot, oder? Und sie wusste, wo seine Leiche lag!»

Martin zog fragend die Brauen hoch, aber Friederike brauchte einen Moment, um sich zu fangen. Sie angelte ein Taschentuch aus ihrer Rocktasche und schnäuzte sich. Inzwischen zitterte sie am ganzen Körper.

«Ich habe das kleine Miststück gehasst. Vor allem, als Magnus geboren wurde. Man konnte sofort sehen, dass er Willy wie aus dem Gesicht geschnitten war. Dieser besondere Schwung der Lippen – das war doch der Beweis!»

Paula konnte Martins skeptische Gedanken lesen: Signe sollte Willy also nicht nur erschlagen, sondern vorher auch noch zum Beischlaf gezwungen haben? Glücklicherweise war er klug genug, dieses Mal zu schweigen.

«Natürlich ist sie abgehauen. Ihr musste ja klar gewesen sein, dass Hella sie ohnehin rausschmeißen würde. Die war doch genauso wütend wie ich. Sie hat mal zu mir gesagt, sie glaube, dass Willy weg ist, weil er keine Scherereien wegen Signe haben wollte. Man gibt doch immer dem Mann die Schuld, wenn ein unverheiratetes Mädchen schwanger wird. Aber den Kleinen wollte sie trotz des Getuschels der Nachbarn nicht hergeben. Haben Sie die Fotos von Willy und Magnus in Hellas Salon gesehen? Als wäre es derselbe Mensch. Ich glaube, sie wollte, dass Magnus ihr Willy ersetzt.»

Paula erinnerte sich dunkel. Sie hatte angenommen, dass beide Bilder Magnus zeigten. Das war also ein Irrtum gewesen.

«Als Signe nach Hamburg zurückgekommen ist, wollte ich endlich die Wahrheit erfahren. Leider blieb sie stumm wie ein Fisch, die Schlampe. Aber als sie gestern Abend bei mir aufgetaucht ist, hat sie ein paar Gläser Whiskey getrunken. Und da endlich wurde sie redselig. Sie hat behauptet, dass sie Willy gehasst hat. Dass er ihr nachgerannt ist und so. Lauter Lügen. Und als sie durchscheinen ließ, dass sie noch etwas vorhat, bin ich ihr gefolgt. Ich war überzeugt, dass sie sich den Mann, den sie ermordet hat, noch einmal anschauen wollte. Gucken, ob er wirklich gestorben ist, damals, was weiß man schon, wie so eine Irre tickt.

Sie ist Richtung Horn gelaufen, erst auf den belebten Straßen, dann auf einsamen Wegen. Im Park bei der Hammer Kirche hat sie sich eine Weile auf eine Bank gesetzt, und dann ist sie quer über die Wiesen zu einem alten, verfallenen Haus. Es ist ein Wunder, dass sie mich nicht bemerkt hat. Aber die ist marschiert wie einer dieser Maschinenmenschen aus dem Film. Hat weder nach links noch nach rechts geguckt. Sie wusste genau, wo sie hinwollte. Das Haus hatte eine breite Rampe, die ist sie runtergegangen und in einem

Keller verschwunden. Ich habe draußen gewartet, und als sie wieder rausgekommen ist und verschwunden war, habe ich nachgeschaut. Und da habe ich Willy gefunden.»

Jetzt flossen die Tränen reichlich.

«Und warum haben Sie den Leichnam dann …?»

«Na, weil er mir gehörte!», schrie Friederike Martin an. «*Mich* hat er geliebt. *Nur mich*. Ich wollte ihn zu mir nach Hause holen. Ihm ein Grab in meinem Garten geben, um ihn wenigstens im Tod bei mir zu wissen. Ist das denn so schwer zu verstehen?»

«Und Dorle? Was haben Sie mit ihr gemacht?», fragte Martin.

Friederike starrte ihn fassungslos an.

Fritz und Volker waren inzwischen mit Signe im Stadthaus eingetroffen und wollten sie umgehend verhören, aber Martin schüttelte den Kopf. «Ich will erst diesen verdammten Eiskeller sehen. Lasst sie so lange in einer der Sprechzellen schmoren.» Er telefonierte mit Blasse, den er dabeihaben wollte. Sein Gesicht war bleich, zwischen Kinn und Wange befand sich eine gerötete Stelle.

«Was ist heute Nacht passiert?», fragte sie leise, als sie zu den Autos hinabgingen.

Er schüttelte den Kopf. «Erzähle ich dir nachher. Aber ich brauche deine Hilfe.»

«Wobei?»

Er winkte ab.

Blasse und seine Leute vom Erkennungsdienst hatten sich bereits beim Mordwagen eingefunden, der die Technik für Tatortuntersuchungen enthielt. Gemeinsam fuhren sie vom Hof, Volker vorn am Steuer, Friederike neben ihm, Paula und Martin auf den Rücksitzen. Die Zeugin wies ihnen den Weg, vertat sich dabei vor Aufregung einige Male und führte sie schließlich Richtung Osten aus der Stadt hinaus zu einem verfallenen Haus inmitten von Getreidefeldern. Das Dach war bereits komplett eingestürzt, die Fensterscheiben existierten nur noch als staubige, gläserne Zacken in zerschlissenen Holzrahmen, Unkraut und Ranken hatten sich wie ein Mantel über die Mauern gelegt. Wo man ins Haus schauen konnte, erblickte man Dreck, Spinnweben und abgeplatzte Wandfarbe.

Paula stieg aus dem Wagen. Hinter den sanft gewellten goldenen Weizenfeldern entdeckte sie, nur wenige Kilometer entfernt, die Hinterseite der Rennbahntribüne. Und das ist wohl kaum ein Zufall, dachte sie. In ihrer Vorstellung sah sie einen jungen Mann mit seiner kindlichen Pflegeschwester über die Feldwege schlendern und schließlich vor diesem Haus stehen, das offenbar schon damals unbewohnt gewesen war.

Friederike führte die Beamten zu der Rampe, von der sie gesprochen hatte. Sie war breit und mit groben Steinen gepflastert. Der Regen vieler Jahre hatte die Steine aufgeschwemmt und in den Lücken Moos wuchern lassen. Fritz deutete auf ein weißes Schild über dem Hauseingang, dessen verblichene schwarze Schrift kaum noch zu entziffern war. *Schlachthaus*, reimte Paula sich aus den wenigen noch lesbaren Buchstaben zusammen. War also dort unten geschlachtet worden?

Als hätte er ihre Gedanken gelesen, sagte Blasse, der neben ihr stand: «Ein Eiskeller, Fräulein Haydorn, na, das passt ja wie bestellt. Geschlachtet wurde vermutlich dort drüben bei dem Unterstand. Und das ausgeblutete Fleisch wurde dann – wohl mit einer der Schubkarren, die unsere Dame hier benutzt hat – in den Eiskeller geschafft, bis zur Abholung durch die Kund… Leute, was soll das denn?»

Verärgert eilte er zu der Rampe, die Volker gerade betreten wollte. «Mensch, wie oft habe ich euch schon gesagt, dass ihr mir den Tatort nicht versauen sollt!»

Er scheuchte die Kommissare zurück und gab seinen Männern Anweisung, wie sie Scheinwerfer, Stative und Kameras aufzustellen hatten. Koffer mit Lupen, Pinseln und Ruß für Fingerabdrücke wurden zusammen mit anderen Arbeitsmaterialien hinunter an den Ort des vermuteten Verbrechens geschafft. Das konnte dauern.

Paula wandte sich wieder Martin zu, der bei geöffneter Tür als einziger noch im Auto saß. Das Sonnenlicht fiel auf seine Schulter, und sie entdeckte plötzlich unter seinem Schal den weißen Streifen eines Verbands. Auch dass er sich nicht gegen die Rückenlehne des Autositzes lehnte, fiel ihr jetzt auf. Und warum hatte er Volker für die Fahrt hierher das Steuer überlassen?

Sie beugte sich zu ihm vor. «Was ist passiert?»

Er wies mit dem Kopf zu Friederike, die auf einem der hinteren Sitze in sich zusammengesunken war, und schob sich umständlich aus dem Wagen. Sein Gesicht war grau vor Müdigkeit. «Glaubst du ihrer Aussage?», fragte er, nachdem sie sich einige Schritte entfernt hatten.

«Unzweifelhaft scheint zumindest, dass sie in Willy verliebt gewesen ist.»

«Aber es bleibt offen, ob dieser Willy seiner Pflegeschwester oder Signe umgekehrt ihm nachgestellt hat. Und was Friederikes Beziehung zu dem Kerl angeht – ich nehme an, da lügt sie sich was in die Tasche.»

«Vielleicht sollte man mit Willys Vater sprechen, Karl Modersen. Der kam mir nicht ganz so in die Sache verstrickt vor.»

«Hast du Block und Stift dabei?»

«Was?»

«Für eine Personenbeschreibung?»

Verblüfft starrte sie ihn an. Er wollte, dass sie für ihn jemanden zeichnete? Sie ging ums Auto herum, nahm ihre Handtasche aus dem Fußbereich der Rückbank und holte den Block hervor.

«Lass uns ein Stück gehen», sagte Martin. Er rief nach Gretchen, die gerade versuchte, über das Geländer einen Blick auf das Geschehen im Eiskeller zu erhaschen, und bat sie, die Verdächtige im Auge zu behalten. Kurz blickte er sich um, dann führte er Paula um das Haus herum zu einem verwilderten Hof, in dem ein abgeflachter Steinblock stand. «Willst du dich setzen?»

Misstrauisch musterte sie das provisorische Sitzmöbel. Hoffentlich war das nicht der Block, auf dem die Tiere geschlachtet worden waren – er erinnerte sie unangenehm an die Hinrichtung von Mette Gerdes. «Also? Von wem brauchst du eine Zeichnung?», lenkte sie sich selbst ab und ließ sich darauf nieder.

«Es geht um den Mistkerl, der Caro ermordet hat.»

Sie starrte ihn an.

«Ich glaube, dass ich ihm gestern Nacht begegnet bin. Rutsch mal.» Hier, fern von den Kollegen, erlaubte er sich eine schmerzverzerrte Grimasse. Sie rückte beiseite, und er setzte sich neben sie.

«Und … der hat dich so zugerichtet?»

«Genau weiß ich das erst, wenn Blasse die Fingerabdrücke, die von unseren Kollegen in Bad Oldesloe in einem Feuerwehrauto gesichert wurden, mit denen aus Cuxhaven verglichen hat», sagte er, ging aber nicht weiter auf diese Bemerkung ein. Stattdessen legte er den Kopf in den Nacken und dehnte die Halswirbelsäule. Dann begann er mit seiner Beschreibung. Zu Paulas Erstaunen entpuppte er sich als lausiger Bobachter. Oder hatte er bei dem Angriff so unter Druck gestanden, dass er zu wenig wahrnehmen konnte?

«Oder es war einfach zu dunkel, und ich war vom Licht zweier Scheinwerfer geblendet», grollte er, als sie ihre Vermutung aussprach, und begann nun doch zu erzählen. Er war bei Nora und seinen Eltern gewesen, und beim Rückweg zum Bahnhof war ihm ein Feuerwehrauto gefolgt, das in der Nähe eines Flüsschens auf ihn zugehalten hatte.

«Ich musste in ein schlammiges Bachbett springen, bin auf den Weg zurückgeklettert, und da rollte das Auto wieder an, direkt auf mich zu. Ich habe auf die Scheibe geschossen, aber der Mistkerl hatte sich rechtzeitig geduckt. Als ich näherkam, hat er mir die Autotür gegen den Schädel geknallt. Ich habe noch gesehen, dass er im Gesicht blutete – vielleicht von den Scherben. Und dann war er weg. Er hatte dünnes Haar», fiel ihm plötzlich ein. «Aber das hilft nicht viel, was?» Mit zusammengebissenen Zähnen starrte er auf die wenigen Striche, die sie bis jetzt zu Papier gebracht hatte. «Wir müssen auf die Fingerabdrücke setzen.»

Auf dem Stein war es eng, ihre Arme berührten einander, sie starrte auf seine beharrte Hand, die verkrampft auf seinem Knie lag. «Wer jagt uns, Martin? Wer fährt an so unterschiedliche Orte, um uns etwas anzutun? Der Mann müsste ja Caro und mir nach Cuxhaven gefolgt sein und dir nach …»

«… Bad Oldesloe.»

«Er muss uns also ständig beobachten!»

«Und er hat Blasses Wagen beschädigt.»

«Wir wissen doch gar nicht, ob er das ebenfalls gewesen ist.»

«Gott, Paula, ich kann nicht mehr denken. Du hast recht, mit Blasses Auto wird er nichts zu tun haben. Der sammelt ja nur Spuren, und wenn er tot wäre, würden eben seine Kollegen sie auswerten. Die Ermittlungen würden weiterlaufen.» Gereizt strich sich Martin über den Hals. «Komm, lass uns sehen, wie weit die Männer im Eiskeller sind.»

Die Mumie hatte offenbar die letzten Jahrzehnte neben einer Holzbank verbracht. Blasse beschrieb ihnen, was sich seiner Meinung nach in dem dunklen, jetzt durch Scheinwerfer erleuchteten Raum abgespielt haben musste.

«Die Werkzeuge, die dort an den Wänden hängen, dienten zum Schlachten und sind offenbar nach dem letzten Schlachttag noch gesäubert worden. Der Besitzer dieses Hauses wird nach meiner Vermutung etwa vor dreißig Jahren plötzlich verstorben sein, und dessen Erben zeigten keinerlei Interesse an seinem Haus, ohne es aber zu veräußern. Anders lässt sich nicht erklären, warum …»

«Wir suchen keinen verschollenen Hausbesitzer», unterbrach Martin ihn ungeduldig. «Kannst du uns etwas sagen, das bei dem Mord weiterhilft?»

Blasse brummte unwillig. «Seht ihr die Stange hier neben der Bank?» Ein gelbes Schild mit einer schwarzen 7 darauf markierte den Platz, auf den er deutete. Die Eisenstange, die er meinte, war etwas fünfzig Zentimeter lang und zwei Zentimeter dick. «Ich weiß nicht, warum sie nicht ordentlich an der Wand hing wie die anderen Werkzeuge. Und auch nicht, wozu man sie bei einem Schlachtvorgang …»

«Ist es die Tatwaffe?», fiel Martin ihm erneut ins Wort.

«Das kann ich erst sagen, wenn ich sie untersucht habe. Und auch dann nur mit Glück. Vermutlich wurde das Opfer mit einem Schlag gegen die Schläfe niedergestreckt und starb dort, wo die Nummer 2 steht. Bei dem dunklen Flecken könnte es sich um eine getrocknete Blutlache handeln.

Nach seinem Tod wurde das Opfer zur Bank gezerrt – möglicherweise in der kindischen Hoffnung, es dort verbergen zu ... Aber ich will dich nicht mit Mutmaßungen langweilen, Herr Kriminaloberkommissar. Jedenfalls ist die Mumie mit großer Wahrscheinlichkeit in diesem Keller in den Zustand gekommen, in dem sie vergangene Nacht aufgefunden wurde. Fräulein Haydorn?»

Paula trat näher.

«Sehen Sie, dass eine kleine Barrikade aus Beton die Rampe und diesen Raum voneinander trennt? Können Sie erraten, wozu sie diente?»

«Was?»

«Diese kleine Erhebung zwischen ...»

«Damit kein Wasser reinläuft?»

«Richtig», bestätigte Blasse, und sie erinnerte sich wieder daran, warum sie mit ihm nie richtig warm geworden war. Er war ein Mann, der Frauen gern belehrte, weil sie von allein ja eh nichts kapierten. «Der Raum hier war also trocken, aber durch den Spalt dort oben unter der Decke, der sicherlich eine Verbindung ins Freie darstellt, wurde die notwendige Frischluft ...»

«Danke, verstanden», unterbrach Martin ihn noch einmal. «Ich brauche möglichst rasch einen Bericht. Und außerdem würde ich gern wissen, ob du etwas wegen deiner beschädigten Bremsen herausgefunden hast.»

«Ich habe doch schon gesagt: Das waren zwei Bengel aus der Nachbarschaft, die ständig Ärger machen. Verlotterte Familie. Ich hab mir die beiden vorgeknöpft, sie haben natürlich alles abgestritten, und da die entsprechenden Fingerabdrücke, die ich gefunden habe, verschmiert waren, hätte eine Anzeige nichts gebracht. Der Wagen ist bereits verschrottet.»

«Sehr bedauerlich.» Martin wollte sich wieder auf den Weg ins Freie machen, aber Blasse hielt ihn zurück.

«Apropos Fingerabdrücke: Du wolltest doch, dass ich die von diesem Chauffeur und seinen Brüdern mit denen vergleiche, die wir aus dem Fall vorliegen haben.»

«Keine Übereinstimmungen?»

«Leider.»

«Und was ist mit den Fingerabdrücken aus Bad Oldesloe?»

Martin sah nicht aus, als hätte er allzu viel Hoffnung auf einen positiven Bescheid. Aber zu Paulas Überraschung begann Blasse zu lächeln. Seinen Trumpf hatte er sich offenbar für den Schluss aufgehoben.

«Tja, da haben wir tatsächlich einen Treffer gelandet. Der Mann, der mit dem Feuerwehrauto auf dich zugehalten hat, ist identisch mit dem Burschen, der Caroline Wagner in dem Gewölbe in Cuxhaven angegriffen hat. Du bist Caros Mörder begegnet.»

21. KAPITEL

DONNERSTAG, 22. AUGUST

Signe von Arnsberg hatte sich Verstärkung geholt. Anstelle von Bucmeister war nun ein Anwalt aufgetaucht. Der Mann – schwere, silberne Taschenuhr, teurer Anzug – erwartete sie im Eingangsbereich des Stadthauses und stellte sich knapp vor.

«Ich will zunächst allein mit meiner Mandantin sprechen», wandte er sich gereizt an Martin. «Und offen gestanden finde ich es befremdlich, dass mir der Zugang zu ihr nicht sofort gestattet wurde. Schließlich handelt es sich bei der Dame um ein ehrenwertes Mitglied unserer Gesellschaft – und zudem um eine gramgebeugte Mutter, die das Verschwinden ihrer Tochter verkraften muss. Warum wurde sie überhaupt verhaftet?»

Martin erklärte in dürren Worten fast nichts und gab dem Mann eine Stunde Zeit. Es war inzwischen kurz vor sechs. «Um sieben bin ich unten bei Ihnen.» Er rief einen der Männer von der Wache herbei, der den Anwalt zur Sprechzelle führen sollte.

Signes juristischer Beistand warf ihm einen giftigen Blick zu, widersprach aber nicht.

«Hat einer von euch noch etwas vor?», fragte Martin, als er mit seinen Leuten wenig später wieder in der Mordbude saß.

Nicht, wenn er in diesem Tonfall fragte, das war ihm auch selbst klar. Er schickte Volker und Fritz los, Hella und Karl Modersen ins Stadthaus zu holen. Die Uhrzeit war günstig – gerade noch passend, um als Behörde respektierliche Bürger herbeizuzitieren, und genau im richtigen zeitlichen Korridor, um das Ehepaar zu Hause anzutreffen.

Als das erledigt war, griff er zum Telefon. Er versuchte, sich dabei seine Schmerzen möglichst wenig anmerken zu lassen. Das war schwer. Sein Rücken, mit dem er auf die Steine im Flussbett geprallt war, fühlte sich an, als wäre er mit Nageln gespickt, und sein Hals, gegen den die Tür geknallt war, als hätte man ihn mit einem Knüppel bearbeitet. Jetzt nur keine Fragen dazu!

Er bekam einen von Blasses Männern oben im Labor an den Apparat und erfuhr, dass die Mumie noch im Lauf des Abends zur Untersuchung in die forensische Abteilung des Hafenkrankenhauses gebracht werden würde. «Ist doch in Ordnung, oder?»

Kurz überlegte er, ob er Signe und die beiden Modersens mit dem Anblick der Mumie konfrontieren sollte, entschied sich dann aber dagegen. Das Theater, das der Anwalt deswegen vermutlich veranstalten würde, war mehr, als er sich im Moment zumuten mochte. Er bat den Forensiker, die Mumie vor der Überführung zu fotografieren und einen möglichst großen Abzug in die Mordbude zu bringen. «Bitte? Natürlich so bald wie möglich!»

Seine Kollegen hatten die Modersens tatsächlich angetroffen und kehrten kurz darauf gemeinsam mit ihnen ins Stadthaus zurück. Das Foto lag inzwischen vor. Martin schaute zur Uhr. Es war Viertel vor sieben.

Seltsamerweise war es nicht Karl Modersen, der gegen die Vorladung protestierte, sondern seine Frau. Ein Schwall von Vorwürfen flutete das Büro, als sie hereingebracht wurde. Jeder Satz, den sie zeterte, bohrte sich wie ein Pfeil in seinen schmerzenden Kopf. Sie verstummte erst, als er auf das Foto mit der Mumie deutete.

Es wurde still im Raum. Martin beobachtete das Ehepaar. Hellas Augen hatten sich geweitet, bei Karl Modersen bewegte sich der Adamsapfel, und er versuchte, mehrere Male vergeblich zu schlucken.

«Was ist das?», stieß Hella heiser hervor.

Martin schwieg und wartete – die bewährte Methode. Wie grausam sein Vorgehen war, begann ihm erst zu dämmern, als der Frau die Gesichtszüge entglitten. Alle Kraft schien daraus zu entweichen, sie begann, aus dem linken Mundwinkel zu sabbern, der Speichel rann Richtung Kinn, ohne dass sie es merkte.

Paula erhob sich, warf ihm einen bösen Blick zu und schob das Foto beiseite. «Es tut uns von Herzen leid, dass wir Ihnen diese schreckliche Nachricht nicht ersparen …»

«Was ist schrecklich?», kreischte Hella. «Sie haben dieses … Ding in irgendeinem Museum fotografiert und wollen uns nun … Ja, was wollen Sie uns eigentlich weismachen? Sag doch etwas!», schrie sie ihren Mann an.

Karl Modersen griff um Paula herum und nahm das Foto in die Hand. Er betrachtete es lange, dieses Mal blieb der Adamsapfel regungslos. «Wo haben Sie ihn gefunden?», fragte er schließlich.

«Was redest du denn? Glaubst du etwa wirklich … Willy ist in Amerika, das weißt du doch! Karl, lass dich nicht reinlegen. Die wollen doch nur …»

«Bitte begleiten Sie meine Frau hinaus», sagte Modersen zu Paula.

Sie warf Martin einen Blick zu, und er nickte. Paula

brauchte Gretchens Hilfe, um die aufgebrachte Frau in den Flur zu nötigen.

Modersen wartete einen Moment, dann zeigte er auf das Handgelenk der Mumie. «Haben Sie eine Lupe?»

Martin zog seine Schublade auf und reichte dem Mann, worum er gebeten hatte.

«Der Manschettenknopf hier am Arm – können Sie ihn erkennen? Sehen Sie, ob ein Rautenmuster darauf eingraviert ist? Ich habe Willy zur Konfirmation Manschettenknöpfe von mir mit einem Muster aus Rauten geschenkt.»

«Man müsste es noch einmal genau untersuchen, aber … ja, ich bilde mir ein, Rauten zu erkennen.»

«Wo haben Sie meinen Sohn gefunden?», wiederholte Modersen seine Frage.

«Es tut mir leid, das kann ich im Moment noch nicht beantworten.»

«Haben Sie einen Verdacht, wer Willy … Ach, das können Sie sicher auch nicht verraten», meinte Modersen resigniert. «Wir wollen meinen Sohn schnellstmöglich beerdigen. Bitte behalten Sie das im Auge. War das alles?»

Martin nickte, aber der Triumph, den er normalerweise empfand, wenn er mit seinen Ermittlungen einen Schritt weitergekommen war, blieb aus. Hella Modersens Miene, der Spuckefaden an ihrem Kinn, hatte sich in sein Gedächtnis gebrannt. Außerdem, selbst wenn sie einen Mord aufgedeckt hatten, bestanden große Zweifel, ob der Fund der Mumie mit der Entführung der kleinen Dorothee in Verbindung stand. Allerdings hatten sich die beiden wichtigsten Ereignisse in ihrem Fall in großer räumlicher Nähe zueinander ereignet: in der Nähe der Rennbahn nämlich.

Modersen verließ mit hängenden Schultern den Raum. Im Flur erwartete ihn wieder das Geschrei seiner Frau, das aber Sekunden später verstummte. Die beiden verließen das Stadthaus, dafür kehrten die Kommissarinnen in die Mordbude zurück und nahmen mit angestrengten Gesichtern wieder Platz.

Martin musste an den getöteten Hund denken, mit dem der Fall von Arnsberg begonnen hatte: War die Tierquälerei eine Warnung gewesen, der dann die Entführung gefolgt war? Oder hatte beides nichts miteinander zu tun? Konnte man nicht beurteilen. Es war an der Zeit, mit Signe und ihrem Anwalt zu sprechen. Nur das noch, dann würde er nach Hause gehen. Ihm schoss ein Schmerz durch die Hüfte, als er sich aufstemmte.

«Gibt es ein Problem?», fragte Sigmund, der ihn beobachtete.

«Nebensächlich. Wir suchen ein kleines Mädchen.» Er überwand seinen Stolz und fragte Jens, der mit seinem kaputten Kriegsbein ständig unter Schmerzen litt, nach einer Tablette, die er ohne Wasser herunterschluckte.

Dann ging es runter in die Sprechzelle.

Das Verhör von Signe erwies sich vorhersehbar als unergiebig. Der Anwalt hatte sie darauf eingeschworen, nicht auszusagen – was ihr gutes Recht war.

«Wir würden allerdings gern erfahren, mit welcher Begründung die Polizei, die offenbar unfähig ist, ein entführtes Kind wiederzufinden, dessen Mutter in so unfassbarer Weise belästigt», regte sich der Anwalt auf. «Ist Ihnen nicht klar, welcher seelischen Qual Sie …»

Martin schob auch Signe das Foto der Mumie zu. Sie wollte es aufnehmen, zog aber, als ihr Blick darauf fiel, die Hand zurück, als bestünde das Papier aus Säure. Ihr entfuhr ein erstickter Schrei.

«Wenn ich bitte mal …» Rüde nahm der Anwalt das Foto auf. «Was soll das?» Er tat kühler, als ihm zumute war. Deutlich sichtbar rang er um Fassung und die richtigen Worte. «Ich wünsche eine Erklärung.»

«Wollen *Sie* ihm die geben?», fragte Martin Signe.

«Ich sagte doch schon: Meine Mandantin wird ihr durch das Gesetz gegebene Recht zu schweigen nutzen.»

Martin ignorierte den Mann. «Es wird eng, Frau von Arnsberg. Jemand hat Sie gestern Nacht in der Nähe der Rennbahn in einen Keller gehen sehen. Weil dieser Person Ihr Verhalten merkwürdig vorkam, wollte sie herausfinden, was Sie dort wohl trieben, und sie entdeckte …»

«Ich war ein Kind!», flüsterte Signe.

Der Anwalt griff nach ihrer Hand, um sie am Sprechen zu hindern.

Sie riss sich los. «Ich war ein Kind!» Ihre Stimme hob sich. «Ein Kind, Mann! Begreifen Sie doch. Ein Kind!»

«Frau von Arnsberg …»

Sie beugte sich vor und spuckte Martin an. Er griff nach einem Taschenbuch, wischte das schmierige Nass von seinem Kinn und versuchte, die Fassung zu bewahren.

«Frau von Arnsberg, wäre es nicht auch für Sie am besten, wenn Sie reinen Tisch machten? Sie sind tatsächlich ein Kind gewesen, das Schreckliches erlebt hat. Sie waren ein Opfer furchtbarer Umstände.» Paula fand die Worte, die ihm nicht einfallen wollten. Und den richtigen Tonfall.

Wieder wollte der Anwalt dazwischengehen, aber Signe hatte sich noch nie von Männern gängeln lassen.

«Es war ein Unfall», brüllte sie Paula an. Dass sie den Parlographen, der auf dem Tisch stand, nicht beiseitefegte, lag allein daran, dass Martin blitzschnell danach griff. «Er wollte … Willy hat mit mir schreckliche Sachen gemacht, und da habe ich ihn geschubst und … ES WAR KEINE ABSICHT!»

Martin dachte an die Eisenstange. Der Tote war durch einen Schlag gegen die Schläfe gestorben. Also log Signe? Jedes ihrer Worte drang wie ein Messerstich in sein Gehirn. Sein Kopf schmerzte wie die Hölle – wann würde endlich die Tablette wirken? Er war erleichtert, als der Anwalt seine Mandantin so hart am Arm packte, dass sie endlich verstummte.

Und doch wieder zu sprechen ansetzten: «Wo ist Dorle? Warum findet ihr sie nicht endlich? Ich will mit ihr nach Hause.»

Er stellte den Parlographen ab. Für heute war es genug.

«Ich werde dafür sorgen, dass Sie die Konsequenzen Ihres unverantwortlichen Benehmens tragen werden!», erklärte der Anwalt knapp.

«Frau von Arnsberg bleibt heute Nacht hier», murmelte Martin in Sigmunds Richtung und verließ die Sprechzelle.

22. KAPITEL

DONNERSTAG, 22. AUGUST

Hör auf zu heulen», sagte der Mann. Er sprach so böse wie Mutter. Darling versuchte, trotz ihrer schrecklichen Angst nicht zu weinen.

«Was ist?», fuhr er sie an.

«Ich will zu meiner Mutter», flüsterte sie, obwohl das gar nicht stimmte. Sie wollte zu Alma. Aber das ja ging nicht, weil Almas Augen so starr geworden waren wie die von Vater, und den hatten sie in einer Holzkiste in der Erde vergraben und Alma sicher auch.

Der Mann trat näher. «Soll ich dich zu ihr bringen?», fragte er.

Darling riss die Augen auf. Das Licht der Taschenlampe, die der Mann bei sich trug, hatte den Keller hell gemacht, und sie konnte sein Gesicht erkennen. Er sah traurig aus. Als er einen weiteren Schritt auf sie zutrat, begann sie zu weinen.

«Heul nicht!», brüllte er wieder.

Sie versuchte es. Sie drückte die eine Hand, die sie besaß, auf ihren Mund, aber das Weinen kam so tief aus ihrer Brust, dass sie einfach nicht damit aufhören konnte. Sie merkte, wie Pipi in ihre Hose floss.

«Hör auf, sonst kriegst du Haue wie noch nie in deinem Leben!»

Der Mann zog etwas aus seiner Tasche – eine kleine Flasche. Er ging vor ihr in die Knie, und sie schrie noch lauter, weil er ihr immer näherkam. Er setzte ihr die Flasche an den Mund, und Darling begann zu husten. Was er sie zu trinken zwang, war bitter. Sie schluckte, hustete, musste weiterschlucken. Schließlich setzte der Mann die Flasche ab. Er zog sie auf seine Knie, drückte sie an sich und hielt ihr den Mund zu.

Als sie erwachte, lag die brennende Taschenlampe auf einem kleinen Holztisch, und daneben stand Essen und etwas zu trinken: zwei Äpfel, drei Schreiben Brot, die aber hart waren, Kuchen, kalte Suppe in einem Eimerchen und eine Milchkanne aus Blech, in der Wasser schwamm. Als sie daraus trank, verschüttete sie das meiste davon, und ihre Sachen wurden nass. Wieder wollten ihr Tränen in ihre Augen steigen.

Nicht weinen! Sonst kriegst du Haue wie noch nie in deinem Leben!

Sie schaffte es, die Tränen zu unterdrücken, und nahm einen Apfel. Während sie ihn aß, ließen ihre Bauchschmerzen allmählich nach. Die Zeit verrann. Sie musste und machte Pipi, dieses Mal in eine Ecke.

Und dann hörte sie plötzlich eine Stimme.

Es war eine fremde Stimme. Die von einem Mann, der aber viel deutlicher sprach als der böse Mann und der auch keine so tiefe Stimme hatte wie er. Auch der böse Mann redete, aber der freundliche Mann noch viel mehr. Zwischendurch lachte er sogar. Ihr Herz flog ihm zu. Ihre Hände zitterten vor Aufregung so stark, dass sie den Apfel fallen ließ. Würde er ihr helfen? Aber er wusste ja gar nicht, dass sie hier unten war. Sollte sie nach ihm rufen?

… kriegst du Haue wie noch nie in deinem Leben …
Darling wurde zwischen Hoffnung und Zweifel zerrissen.
Schreien oder nicht schreien?

23. KAPITEL

DONNERSTAG, 22. AUGUST

Der Tag war wie ein Gang über Scherben gewesen. Erst der nächtliche Fund der Mumie, dann Martins Verschwinden … Irgendwann hatte sie angenommen, dass er tot war. Man sprach so etwas nicht aus, gestand es sich nicht einmal selbst ein. Gefühle im Dienst waren tabu, besonders, wenn man zur WKP gehörte und sowieso immer im Verdacht stand, den Anforderungen des Berufs nicht gewachsen zu sein. Aber Paula war durch die Hölle gegangen.

Noch vor kurzer Zeit wäre es ihr undenkbar erschienen, dass einer ihrer Kollegen im Dienst sein Leben lassen könnte. Doch seit es Caro erwischt hatte, ausgerechnet die Frau mit dem unheimlichen Spürsinn und der lässigen Tapferkeit, der nichts und niemand etwas anhaben zu können schien, saß die Verunsicherung tief. Und letzte Nacht hatte es nun beinahe den umsichtigen Mann mit der meisten Erfahrung getroffen.

Sie saß verkrampft hinter dem Lenkrad des Polizeiwagens, den sie sich wegen Martins Zustand geholt hatten. «Hast du zu Hause Tabletten?», fragte sie.

Er nickte.

«Sollten wir nicht besser noch bei einem Arzt …»

«Da bin ich doch schon gewesen. In Bad Oldesloe.»

Ja, richtig – sein Verband. Sie verkniff sich die Frage, ob

er dem Arzt auch genügend Zeit gelassen hatte, ihn gründlich zu untersuchen, und glitt sofort in die nächsten Zweifel hinein: Ihr hingen die Verhöre nach. Der Schmerz von Willys Eltern … Signes desolater Zustand, der – davon ging sie aus – mit der albtraumhaften Vergewaltigung durch ihren Stiefbruder zusammenhängen musste … Und vor allem der Gedanke an Dorle, von der sich keine Spur finden ließ und die Alma womöglich in die Bille gefolgt war, während der halbblinde Kommunist auf der Wache vergeblich versucht hatte, die Schupos zu einer Kontrolle des Fabrikgeländes zu bewegen. Sie waren Versager – die komplette Hamburger Polizei.

Niedergeschlagen brachte sie den Wagen vor ihrem Wohnhaus zum Stehen. Als sie ausstieg, warf sie einen prüfenden Blick nach rechts und nach links, aber sie war zu müde, um sich zu ängstigen. Wortlos gingen sie ins Haus. Martin verschwand in seiner Wohnung, und sie schleppte sich die letzten Stufen hinauf und fragte sich, was er wohl mit dieser Nora besprochen haben mochte. Nun, das würde er ihr erzählen oder auch nicht. Nachhaken würde sie auf keinen Fall.

In ihrer Stube überkam sie eine noch tiefere Tristesse. Was für ein elender Ort! Allmählich begann sie, ihre vier Wände zu hassen. Für wann hatte sie sich noch mit dem Makler verabredet? Samstag, richtig. Und wenn die Wohnung nicht völlig heruntergewirtschaftet war, würde sie zugreifen. Auch um Abstand zwischen sich und Martin zu bekommen. Sie wusste, wie verliebte Männer sich verhielten. Sie umschwirrten die Frau ihrer Träume, versuchten, sie zu beeindrucken, bemühten sich um möglichst viel gemeinsame Zeit. Martin jedoch tat nichts davon. Er kreiste einfach nur um sich selbst. Das Bild, das sie sich von ihrer Beziehung zurechtgebastelt hatte, war eine lächerliche Selbsttäuschung gewesen.

Müde warf sie sich auf ihr Bett und starrte an die Decke. Ihre Gedanken begannen wieder um das kleine, einarmige Mädchen zu kreisen. Und wenn es doch noch lebte? Sie war hundemüde und gleichzeitig zappelig vor Unruhe. Am meisten quälte sie, dass sie zur Untätigkeit verdammt war. Sie konnte wirklich rein gar nichts tun.

Außer …

Paula warf einen Blick zur Uhr. Es war halb elf. Sie wusste, dass sie keinen Schlaf finden würde, und nahm an, dass sich Gertrud ebenfalls gerade in ihrem Bett wälzte. Und wenn sie noch einmal bei ihr vorbeischaute? Das war längst überfällig! Paula zog sich eine dünne Jacke über und machte sich auf den Weg.

Ihre Kollegin war tatsächlich noch wach. Und Paula hätte sich die Sorge um die rechten Worte sparen können. Gertrud schluchzte auf und lag sofort in ihren Armen. Sie warfen sich auf das Bett, in dem Caro und Gertrud vor einer guten Woche noch gemeinsam geschlafen hatten, und redeten und redeten. Caro hatte Krawatten so gemocht … ja, und dabei einen so feinen Geschmack gehabt, besser als die meisten Kerle …. Sie hatte kochen können, sogar ausgezeichnet, und das gern gemacht, auch wenn sie es zu verheimlichen suchte … Manchmal fielen ihre Blicke auf Gegenstände, die Caro gehört hatten: ihr eleganter Wintermantel, der abgestoßene Koffer, mit dem sie jede Reise angetreten hatte, auch wenn sie sich längst einen besseren hätte leisten können … Dann flossen die Tränen von Neuem.

Schließlich schenkte Gertrud Paula eine von Caros gestreiften Krawatten. Paula faltete sie andächtig zusammen und steckte sie in ihre Tasche.

Und die Beerdigung?

«Zu der Feier bin ich leider nicht eingeladen. Caros Eltern finden, dass ich mit dafür verantwortlich bin, dass sie einen so gefährlichen Beruf gewählt hat. Und dann auch noch unser gemeinsames Leben hier, unser unnatürliches …»

Gertrud sah plötzlich aus, als bekäme sie zu wenig Luft, und Paula schlang erneut die Arme um sie. «Gib nichts drauf. Das zwischen euch ist Liebe gewesen. Was könnte es für ein reineres Gefühl geben? Du warst der wichtigste Mensch in ihrem Leben.»

«Wir haben die halbe Zeit gestritten.»

«Sonst wäre es ja auch keine Liebe, sondern eine Schlafwagenfahrt gewesen.»

Gertrud lachte unter Tränen. «Du bleibst bei der WKP, ja?»

Paula nickte.

«Dann finde den Dreckskerl, der sie mir genommen hat!»

«Der Mann ist wie der Teufel im Kasperletheater: Er taucht auf, er verschwindet wieder. Ich fürchte, versprechen kann ich … Was ist denn?»

«Weißt du, dass du ein bisschen so wie Caro bist? Du hast einfach kein Gespür für die großen Momente des Lebens. Sag doch einfach, dass du es mir versprichst.»

«Gertrud …»

«Caros Asche wird übrigens am kommenden Donnerstag beigesetzt. Kommst du mit? Ich brauche jemanden, der mich festhält, wenn ich ihre beschissenen Eltern sehe.»

«Nichts wird mich abhalten können!»

Paula schaute immer wieder über die Schulter, als sie heimfuhr, aber es waren nur die üblichen Nachtschwärmer unterwegs. Bevor sie aus dem Wagen stieg, musterte sie trotzdem ausgiebig die Lücken zwischen den Häusern, Autos und Bäumen. Als sie sich sicher fühlte, eilte sie hoch in ihre Wohnung.

Dieses Mal war sie so erschöpft, dass sie fast auf der Stelle einschlief. Wirre Träume folgten, wie immer, wenn etwas sie aufgewühlt hatte. Irgendwann fuhr sie plötzlich hoch. Was hatte sie geweckt? Ein Geräusch? Sie starrte zum Fenster, durch das bereits das erste milchige Sonnenlicht drang. Vielleicht hatte die Mücke, die neben dem offen stehenden Fenster sirrte, sie aus dem Schlaf geholt.

Sie stemmte sich von der durchgelegenen Matratze und ging in ihre Stube hinüber. Ihr Blick fiel auf den Tisch an der Wand, den sie normalerweise benutzte, um ihre Korrespondenz zu erledigen. Auch ein paar Bücher lagen dort, die sie schon lange hatte lesen wollen. Aber ihr Blick glitt weiter zu einem Zeichenblock neben einer Schale mit Buntstiften. Sie setzte sich und begann noch einmal, den Mann zu zeichnen, den Martin ihr beschrieben hatte – den Attentäter im Feuerwehrauto. Doch was sie zu Papier brachte, war genauso wenig hilfreich wie ihr erster Versuch.

Gab es zwischen dem Überfall auf Martin und dem auf Caro Gemeinsamkeiten? Nur eine einzige. Der Mann, der sie attackiert hatte, war ihnen gefolgt. Caro nach Cuxhaven und von dort zum Fort Kugelbake, wo er sie in dem einzigen Moment abfing, in dem sie allein war. Und Martin hinauf nach Bad Oldesloe in einer ähnlichen Situation. Offenbar beschattete er die Leute, auf die er es abgesehen hatte, er nahm sich Zeit, um seine Morde zu begehen. So weit war sie mit ihren Überlegungen ja schon gekommen.

Sie zeichnete Krakel, aus denen irgendwann Vögel wurden. Mit gerunzelter Stirn umgab sie die flatternden Gesellen mit einem Rahmen. Plötzlich riss sie das Blatt aus dem Block, warf es zu Boden und brachte mit wenigen klaren Strichen ein Gesicht zu Papier. Sie starrte darauf. War das logisch? Oder drehte sie allmählich durch? Ihr fehlte die Ruhe, um sich anzuziehen. Hastig schlüpfte sie in ihren Sommermantel, stürzte hinaus und hämmerte ein Stockwerk tiefer gegen die Tür.

Martin riss sie nach wenigen Sekunden auf – der hatte garantiert nicht geschlafen, so wie er aussah. Sie drängte sich an ihm vorbei und wedelte mit der Zeichnung vor seinem Gesicht. «Sieh dir das an!»

Er nahm ihr das Papier aus der Hand um und ging zum Fenster, um etwas erkennen zu können. «Du hast vergessen, dich anzuziehen», murmelte er.

«Herrgott, ja!»

Er starrte auf das Gesicht, das sie gezeichnet hatte. Wie laut ein Uhrenzeiger tickte, wenn man vor Aufregung den Atem anhielt. Schließlich ging er zum Sessel und sank darauf nieder. Sein Gesicht war so angespannt, dass sie erkennen konnte, wie sich die Muskeln bewegten. «Wo hast du den Kerl gesehen?»

Sie sagte es ihm. «Und du? Erkennst du ihn auch wieder?»

«Dieser Mann hat während der Fahrt nach Bad Oldesloe mit mir im selben Abteil gesessen. Und ich Idiot hatte geglaubt, dass er mit der Frau auf dem Nebenplatz verheiratet ist.»

Es war kurz vor sieben, als sie im Stadthaus ankamen. Und doch waren sie nicht die ersten. Sie hörten Schritte hinter der Tür der Mordbude – laute herrische Schritte, die sich rasch bewegten. Als sie ins Zimmer traten, erblickten sie Schlanbusch. Ihr Vorgesetzter stand vor dem Korkbrett und riss die Fotos darauf herab. Einige lagen bereits zerfetzt am Boden. Als er sie bemerkte, fuhr er herum.

«Wie konnten Sie nur? Wie konnten Sie so dämlich sein, und …»

«Das ist das Ergebnis unserer bisherigen Ermittlungen», erklärte Martin nüchtern mit dem Blick auf die halb entleerte Tafel.

«Ah ja! Ermittlungen nennen Sie das? Wollen Sie hören, wie *ich* es bezeichne? Als eine unprofessionelle Gewaltorgie, in der Sie die Geschädigte – eine verstörte, entsetzliche Qualen leidende Mutter, deren Kind entführt wurde – zum Opfer Ihrer perfiden Fantasiegespinste machen! Dr. Hammergau, der Anwalt der armen Frau, war so außer sich, dass er mich noch gestern Abend aufgesucht hat. Haben Ihre Leute eigentlich jegliche Menschlichkeit verloren?, hat er mich gefragt. Zumindest eines konnte ich ihm versichern: Ich werde dafür sorgen, dass Sie die Leitung dieser Abteilung verlieren, Broder, und auch in keiner meiner anderen Abteilungen mehr Fuß fassen! Und was Sie angeht, Fräulein Haydorn …»

Paula hätte nicht gedacht, dass er sie überhaupt bemerkte.

«Sie verschwinden ebenfalls! Zumindest von einer Frau hätte ich in einer solch schwierigen Situation Herz und Manieren erwartet. Ich hatte meine Zustimmung zu Ihrer Anstellung gegeben …»

Er hat seine Zustimmung überhaupt nicht gegeben. Er hat sich mit Händen und Füßen dagegen gewehrt!

«… und werde mich sofort nach meiner Rückkehr …»

Der Wutausbruch dauerte noch eine halbe Minute, dann knallte der Mann endlich die Tür hinter sich zu und war aus dem Zimmer.

Paula bückte sich und las die Schnipsel der Fotos auf. Schlanbusch hatte nur die Aufnahmen von Signe und die der Modersens entfernt, die er wahrscheinlich aus der Zeitung kannte, und außerdem die dazugehörigen Karteikarten. Sie starrte auf die Papierfetzen. «Das war ungerecht.»

Martin, der hinter dem Schreibtisch auf seinen Stuhl gesunken war, begann zu lachen.

«Was ist?»

«Weißt du, wie sehr ich das an dir mag? Diese erstaunlichen Dinge, die du manchmal sagst.»

Sie überlegte, ob sie beleidigt sein sollte.

«Wir haben noch eine Chance, Paula. Und weißt du, worin sie besteht?»

«Du wirst es mir sagen.»

«Schlanbusch ist in der kommenden Woche verreist.»

«Woher willst du das wissen?»

«Hörst du keinen Tratsch?»

«Nein», log sie.

«Die Tochter eines stinkreichen Werftbesitzers mit besten Beziehungen in die Politik heiratet dieses Wochenende, und Schlanbusch ist offenbar eingeladen. Das macht gerade überall die Runde. Und da er sich bereits in Schale geworfen hat …»

«Was hat er?»

«Ist dir das nicht aufgefallen? Wo bist du mit deiner Konzentration? Ich wette, er fährt gleich von hier aus los. Heute ist Freitag, vor uns liegt ein Wochenende, und mit ein bisschen Glück hat er anschließend ein paar Tage Urlaub genommen, um seine Kontakte zu pflegen. Ich glaube nicht, dass er so bald dazu kommt, eine neue Mordkommission einzusetzen. Außerdem kann er uns ohne die Zustimmung des Polizeipräsidenten gar nicht rausschmeißen. Also bleibt uns noch Zeit.»

«Und wofür?»

Er erklärte ihr, was er vorhatte.

Als wenig später ihre Kollegen kamen, berichtete er von Schlanbuschs Besuch, dann breitete er auch vor ihnen seine Idee aus. Zuerst zeigte er ihnen Paulas Zeichnung und erläuterte, dass es sich bei dem Makler, der ihr eine neue Wohnung hatte besorgen wollen, und dem Mann, der ihn selbst mit dem Feuerwehrauto verfolgt hatte, um ein und dieselbe Person handelte. Laut Blasse waren die Fingerabdrücke seines eigenen Angreifers mit denen identisch, die sie in dem Gewölbe in Cuxhaven gefunden hatten. Es gab also nur einen möglichen Schluss: Der Mann hatte es auf sie alle, auf die Mitglieder der Mordkommission, abgesehen. Und sie mussten ihn fassen, ehe das nächste Attentat folgte.

Volker wiegte den Kopf. «Ich denke, wir sollten vorsichtig sein, aber uns trotzdem vor allem auf das entführte Kind konzentrieren. Falls Schlanbusch seine Drohung wahr machen und auf die Zerschlagung der Mordkommission drängen sollte, ist die Auflösung des Falls unsere einzige Chance. Wenn der Polizeipräsident eine Untersuchung einleitet und den Eindruck gewinnt, dass wir um uns selbst kreisen, statt unsere Arbeit …»

«Ist denn auszuschließen, dass der Attentäter etwas mit unserem aktuellen Fall zu tun hat?», hielt Martin ihm hitzig entgegen. «Ich finde es naheliegend!»

«Und worin könnte dieser Zusammenhang bestehen?»

Martin blickte in die skeptischen Gesichter. «Wir werden uns aufteilen», ordnete er an. «Ich muss Signe gleich entlassen, und das werden wir uns zunutze machen. Ihr beide …», er sah Volker und Fritz an, «werdet sie beschatten. Und wir anderen…»

«Paula und Gretchen sollten Signe beschatten», widersprach Fritz. «Zwei Frauen sind unauffälliger, wenn es um eine weibliche Verdächtige geht.»

Zwei Frauen, von denen Signe eine als Kommissarin kannte? Erstaunlicherweise gab Martin Fritz recht. Während Paula und Gretchen also Dorles Mutter folgten, sollten Jens und Sigmund auf den Polizeiwachen nachforschen, ob einer der Schupos den Mann, dessen Gesicht Paula gezeichnet hatte, kannte. Und Volker und Fritz sollten sich mit derselben Frage bei den Zeitungen umhören. Er selbst … «Ich muss mir etwas durch den Kopf gehen lassen», erklärte Martin, plötzlich einsilbig.

Und das wäre? Wusste er wahrscheinlich selbst nicht. Sie steckten in einer Sackgasse, und alles, was sie taten, sollte sie wahrscheinlich nur von dieser Einsicht ablenken.

24. KAPITEL

FREITAG, 23. AUGUST

Martin steckte in der Zwickmühle. Er glaubte nicht daran, dass seine Männer über die Wachen oder die Zeitungsredaktionen die Identität von Caros Mörder herausbekommen würden. Er glaubte auch nicht, dass Signes Überwachung ihnen weiterhelfen könnte. Er hatte seine Kollegen einfach beschäftigen wollen, um … *Um genau das zu tun, was Schlanbusch mir vorwirft. Nämlich einem verzweifelten Menschen Salz in die Wunden zu streuen.*

Während Martin zum Auto humpelte, quälten ihn Selbstzweifel. War er vielleicht wirklich der Mann, als den Schlanbusch ihn beschrieben hatte: Einer, dem jedes menschliche Mitgefühl abging? Trieb sein Ehrgeiz ihn selbst über die weitgestreckten Grenzen des polizeilichen Anstands hinaus? Obwohl: Zu viel Ehrgeiz schrieb er sich eher nicht zu. Aber dass der Krieg in ihm Schäden hinterlassen hatte, war unbestreitbar. Und der Umgang mit Mördern und Totschlägern, den sein Beruf mit sich brachte, verhalf sicher auch nicht zur Milde. Jedenfalls konnte er sich nicht vormachen, dass er nicht wüsste, was er dem Mann, den er jetzt aufsuchen wollte, antäte, falls er sich irrte.

Obwohl – wenn er falsch lag, würde er es ja wissen, sobald er ihn sah. Vielleicht könnte er sich dann mit einer kleinen

Lüge herauswinden und wieder verschwinden, ohne Unheil angerichtet zu haben. Gleichwie: Wenn sein Handeln in eine Katastrophe führte, würde Schlanbusch sich zumindest nicht auf seine Kollegen einschießen können. Die waren brav dabei, die Aufgaben zu erledigen, die er ihnen aufgetragen hatte.

Martin holte sich einen der Polizeiwagen. Sein Weg führte ihn in den Norden Hamburgs, die Eimsbütteler Chaussee hinauf und dann zum Eidelstedter Weg. Er parkte sein Auto hundert Meter hinter seinem Ziel zwischen zwei Bäumen, wo es einigermaßen unsichtbar war. Der Mann, den er aufsuchen wollte, wohnte in einem hohen, mit Stuck verzierten Haus, das in ordentlicher Reihe mit ähnlichen Häusern stand. Hier lebten keine reichen Leute, aber solche mit ausreichend Geld für ein sorgenfreies Leben. Dem Bürgersteig war ein kleiner Vorgarten abgeknapst worden, den ein schwarzes Eisengitter zur Straße hin begrenzte. Im Erdgeschoss des Nebengebäudes befand sich eine Weinhandlung.

Martin öffnete das Gartentor, ging die wenigen Schritte zur Haustür und klingelte. Ihm fiel ein, dass die Wohnung sich in einem der oberen Geschosse befand, und er verfluchte die Schmerzen, die ihm immer noch jede Bewegung vergällten. Als sich die Haustür öffnete, tastete er nach seiner Waffe. Sie im Holster unter dem Jackett zu wissen, war entschieden beruhigend.

Die Hand am Geländer erklomm er die Stockwerke. Plötzlich bedauerte er doch, dass er keinen seiner Leute mitgenommen hatte. Aber dann dachte er wieder daran, wie vage sein Verdacht war und wie groß die Empörung des Mannes oben in der Wohnung sein würde, wenn er ihn zu Unrecht beschuldigte.

Die rechte Wohnungstür im vierten Geschoss stand offen.

Überraschenderweise war es eine Frau, die auf ihn wartete. Ihr blondes, dünnes Haar verlief in akkuraten Wellen, die sie mit Haarspray zementiert hatte, und endete in einem strengen Knoten, ihr fülliges Gesicht wirkte gutmütig. Allerdings nur einen Augenblick, dann wandelte es sich in einen Ausdruck unsicherer Abneigung. Sie hielt einen Kessel in der Hand, aus dem es dampfte, und er starrte darauf, als könnte sie ihm das heiße Wasser im nächsten Moment ins Gesicht schütten.

«Was wollen Sie?»

«Ist Kapitän Gerdes zu Hause?», fragte er.

«Leider nein, aber mein Schwager wird sicher bald heimkommen.»

Damit war klar, um wen es sich bei der Dame mit dem Kessel handelte. Um die Schwester von Mette Gerdes – der Mörderin, die Kriegsopfer aus Geldgier umgebracht hatte und im Hamburger Gefängnishof hingerichtet worden war. Jetzt fiel ihm auch die Ähnlichkeit auf. Sie selbst schien sich allerdings nicht sicher zu sein, was seine Person anging. Wahrscheinlich hatte sie ihn nur einmal während des Prozesses zu Gesicht bekommen.

Als sie beiseitetrat, um ihn in die Wohnung zu lassen, folgte er der unverhofften Einladung. Die Stube war geräumig und blitzte, anders als bei seinen letzten Besuchen, vor Sauberkeit. Auf den Fensterbänken standen Blumentöpfe, die mit frischen Topfblumen bepflanzt worden waren.

Sein Blick wanderte zu dem Hochzeitsbild an der Wand – ein Brautpaar in strahlendem Glück. Er erinnerte sich noch, wie seltsam ihn das Foto berührt hatte, als er Mette Gerdes hier befragte. Trotzdem hatte er Habbo Gerdes, den Ehemann der Hingerichteten, im Bahnabteil nach Bad Oldesloe nicht erkannt. Paula, deren Personengedächtnis phänomenal war, hätte den Zusammenhang vermutlich herstellen können.

«Darf ich fragen, was Sie von meinem Schwager wollen?»

Er räusperte sich. «Es geht um seine letzte Fahrt – um die nach Kalkutta», sagte er, und das war noch nicht einmal gelogen. Wäre Habbo Gerdes in Hamburg gewesen, als sie seine Frau wegen ihrer verstorbenen Schützlinge in die Mangel genommen hatten, hätte er ihm und Paula nicht unerkannt nachstellen können.

«Ach so. Sind Sie von der Woermann-Reederei?», fragte die Frau erleichtert. «Ich war gerade dabei, einen Tee aufzubrühen. Für Sie auch einen, Herr …»

«Ja, gern.» Er wusste nicht, ob sie seinen Namen kannte. Sie deutete auf einen der Sessel und verschwand, ohne nachzuhaken, in der Küche.

Martin setzte sich, um seine Hüfte zu entlasten. So einfach löste sich das Geheimnis um Caros Tod also auf? Das Brett vor seinem Kopf war beachtlich gewesen. Warum hatte er mit Mette Gerdes' Ende auf dem Richtblock ihren Fall aus seinem Kopf verdrängt? Warum war er bei allem, was danach geschah – dem Überfall auf Caro, dem Schaden an Blasses Auto – nur auf die Entführung fixiert gewesen?

Er hörte aus der Küche das Klirren von Teetassen und hörte auf zu grübeln. Sollte er seine Kollegen alarmieren? Oder die Schupos der Stadtwache, damit sie Habbo Gerdes bei seiner Rückkehr festnahmen? Gab es in dieser Wohnung überhaupt ein Telefon? Der Sessel war weich und tief. Sich daraus wieder hochzustemmen, würde Kraft kosten. Er versuchte es trotzdem – und ließ sich zurücksinken, als Mette Gerdes' Schwester ins Zimmer zurückkehrte.

Sie reichte ihm eine Teetasse und umrundete mit dem Tablett den Tisch, um auf der anderen Seite Platz zu nehmen.

Auf dem schwarzen Tee schwamm weiße Sahne, die sich aufzulösen begann. Er dankte ihr und trank einen Schluck. Ein verlegenes Schweigen trat ein.

«Gibt es hier im Haus ein Telefon?», fragte er. Der Tee war gesüßt, eigentlich mochte er keinen Zucker. Er trank trotzdem einen weiteren Schluck, und als sie nicht antwortete, noch einen.

«Leider nicht. Ach, wissen Sie …» Plötzlich begann Mettes Schwester zu plaudern. Der Segen der Industrialisierung … die vielen wunderbaren Erfindungen … Leider war das alles nur so teuer …

Er musste runter zum Auto, die Wache im Stadthaus alarmieren. Was, wenn er die Hilfe dieser Frau brauchte, um aus dem verfluchten Sesselloch zu kommen? Wie konnte eine so ernste Situation dermaßen ins Alberne abgleiten? Er schaffte es, sich vorzubeugen und die Tasse an der Tischkante abzusetzen. Und jetzt hoch. Ihm war, als knirschten in seiner Wirbelsäule die Knochen gegeneinander. Außerdem wurde ihm schwindlig. Kraftlos sank zurück – und versuchte es gleich ein zweites Mal. Es war nicht möglich. Der Schmerz schwand, dafür begann sich die Stube um ihn zu drehen.

Jemand lachte in seinem Rücken. Eine dunkle Stimme. Die Stimme eines Mannes.

Martin versuchte erneut, auf die Beine zu kommen.

«Kapieren Sie? Sie schaffen das nicht.» Die Stimme klang lässig, aber der Mann, der es irgendwie geschafft hatte, ohne ein Geräusch hinter ihn zu schlüpfen, handelte blitzschnell, als er sah, wie Martin unter sein Jackett griff. Er riss ihm die Waffe aus der Hand. Im nächsten Moment spürte Martin die kalte Eisenmündung an der Schläfe. Sekunden verstrichen. Dann tauchte Habbo Gerdes' Gesicht vor seinem eigenen auf.

«Ist Ihnen schwindlig?», höhnte der Mann. «Vielleicht auch schon übel? Haben Sie Schwierigkeiten zu denken?»

Martin starrte in die kreiselnde Grimasse.

«Ich habe vergessen, wie das Mittel heißt. Es macht gute Laune, wenn man nicht zu viel davon zu sich nimmt. Sie hatten allerdings eine saftige Portion im Tee.»

Martin öffnete den Mund – er konnte nicht sprechen. Sein Geist und sein Körper steckten in einem Korsett, die Welt drehte sich immer schneller.

25. KAPITEL

FREITAG, 23. AUGUST

Signes Kleider waren nach der Nacht in der Zelle zerknittert. Trotzdem schaffte sie es immer noch, selbstbewusst und elegant zu wirken. Paula und Gretchen, die fast zwei Stunden hatten warten müssen, bis die Bürokratie ihren Lauf genommen und die Zellentür sich für die Frau geöffnet hatte, beobachteten, wie sie den Eingangsbereich des Stadthauses durchquerte und bei einem der Schupos von der Stadthauswache herrisch nach einem Telefonapparat verlangte. Verwundert sah Paula, wie bereitwillig der Mann sie in das hintere Büro führte. Hatte es sich im Haus schon herumgesprochen, dass die Mordkommission gerade nicht in der Gunst des Kriminaldirektors stand und was der Grund dafür war?

«Sicher will sie ihren Chauffeur anrufen. Der wird doch im *Atlantic* auf sie warten, oder?», meinte Gretchen.

Vermutlich. «Bleib hier und beobachte, was passiert!» Paula flitzte in das kleine Zimmer, in dem die Schlüssel für die Polizeiwagen ausgegeben wurden. Als sie zum Eingang zurückwollte, kam Gretchen ihr bereits entgegengerannt.

«Sie ist weg. Aber der Schupo hat mir verraten, dass sie sich wirklich mit dem *Atlantic* verbinden ließ. Mehr hat er leider nicht mitbekommen.» Ihre Wangen glühten bis hinauf zu der runden Brille.

«Na, dann komm!»

Sie stürmten in den Innenhof und waren mit dem Polizeiwagen kaum durch das Tor, als sie den roten Ford mit Bucmeister am Steuer schon über die Stadthausbrücke heranrauschen sahen. Paula trat so heftig auf die Bremse, dass ihre Köpfe gen Windschutzscheibe flogen. Sie sah, wie der Chauffeur direkt neben den Gleisen der Tram hielt. Signe lief zu ihm hinüber und redete gestikulierend auf ihn ein, bis der Mann ausstieg und ihr den Platz hinter dem Steuer überließ. Er blickte dem Wagen, der sofort wieder anfuhr, bedrückt nach.

«Also los!» Auch Paula gab Gas.

Die Fahrt war kurz. Signe fuhr zunächst zu den Modersens, kehrte allerdings schon wenig später mit zornesrotem Gesicht aus dem Haus zurück und stieg wieder in den Wagen. Danach ging die Fahrt Richtung Osten aus dem Zentrum hinaus.

«Sie will zur Rennbahn, um dort nach Magnus zu suchen», meinte Paula.

«Was erhofft Kriminaloberkommissar Broder sich eigentlich davon, dass wir sie verfolgen?»

Kriminaloberkommissar Broder … Wie konnte man so umständlich sein? Sie duzten einander in der Mordkommission. Obwohl – war irgendjemand schon auf die Idee gekommen, auch Gretchen dieses Du anzubieten? Dass Fritz sie duzte, war klar – er machte das mit jeder Frau, die in seinem Alter oder jünger war. Aber die anderen? Vermieden sie es, Gretchen anzusprechen? Paula wusste es nicht – und ärgerte sich, dass sie sich selbst noch nicht zum Du hatte durchringen können.

«Ich glaube, wir können diese umständliche Sache mit den Titeln und so weglassen. Ich heiße Paula. Und du bist Gretchen, ja?»

Über das Gesicht ihrer jungen Kollegin huschte ein Lächeln, und Paula konzentrierte sich wieder aufs Fahren. Auf den Bürgersteigen eilten Hausfrauen und Küchenmädchen mit Körben voller Einkäufe nach Hause. Ein Briefträger in einem unförmigen Anzug leerte den Inhalt eines Postkastens in einen Sack. Zur Rechten lag ein idyllischer Friedhof, vor dem ein Leierkastenmann spielte, ohne damit Passanten anlocken zu können.

«Wie hast du Autofahren gelernt?», fragte Gretchen.

«Mein Vater hat mich ans Steuer gelassen und mit mir geübt, bis ich es konnte.»

«Jetzt fährst du so gut wie die Männer.»

War das eine nüchterne Einschätzung, Schmeichelei oder Neid?

«Wir hatten kein Auto», sagte Gretchen. «Nicht mal Fahrräder. Mein Vater war Lumpensammler. Und meine Mutter hat getrunken, sodass sie in den Backstuben ständig ihre Stelle verloren hat.»

Paula biss sich auf die Lippe. *Mensch, mit so was platzt man nicht raus! Schon gar nicht, wenn der Übergang zum Du gerade eben erst geschafft ist.* Da sie nichts erwiderte, füllte sich das Auto mit einer unangenehmen Stille, in der nur noch das Geräusch des Motors zu hören war. Der rote Ford bog nach rechts ab, in die Hammerstraße, wie das Straßenschild verriet.

«Dort hinter den Bäumen muss die Schlachterei mit dem Eiskeller liegen», sagte Gretchen.

Paula nickte. «Wie bist du eigentlich zur Polizei gekommen?»

«Ich wollte das.» Nach einer kurzen Pause fügte Gretchen hinzu: «Die Polizei sorgt für Ordnung. Ich mag Ordnung.»

«Hast du mal gesehen, wie es zugeht, wenn die Polizei eine

Spielhölle oder ein Bordell zerlegt?», fragte Paula spöttisch. «Da geht jede Ordnung zum Teufel.»

«Ja, aber wenn es darauf ankommt, setzt die Kripo das Gesetz durch. Das ist es, was ich will. Deshalb habe ich mich bei Frau Erkens beworben.»

Sie passierten eine Kaserne, bogen ein weiteres Mal ab, und dann tauchte auch schon die Rennbahn vor ihnen auf. Paula fuhr auf einen Feldweg hinter eine Hecke und wartete mit laufendem Motor. Wie sie vermutet hatte, hielt Signe vor dem Eingang der Rennbahn. Sie verließ das Auto und eilte zum Tor.

Sollten sie ihr folgen? Paula stellte den Motor aus.

«Ich kann mir nicht vorstellen, dass diese Frau etwas mit der Entführung ihrer Tochter zu tun hat. Was sollte für sie denn dabei rausspringen?», meinte ihre Kollegin, während sie ausstiegen und durch saftig grüne Zweige beobachteten, wie Signe hinter dem Tribünengebäude verschwand.

«Wenn Willy Modersen ihr Gewalt angetan hat – und so sieht es ja aus –, könnte sie angefangen haben, Kinder zu hassen. Und der Mann, den sie später heiratete: Wer sagt uns, dass es zwischen den beiden tatsächlich etwas wie Liebe gab? Vielleicht ist er ebenfalls über sie hergefallen, und Dorle hüpfte danach als lebendiges Zeichen ihrer Demütigung durch ihr Leben.»

«Dann können wir kaum damit rechnen, dass wir die Kleine noch lebend finden werden. Wenn du recht hast, hätte Signe sie zusammen mit Alma umgebracht», meinte Gretchen bedrückt. Sie spann den Faden weiter. «Bucmeister, der es rausgefunden hat, könnte sich die Sache mit der Entführung ausgedacht haben, um sie zu retten.»

«Warum hätte er das für sie tun sollen?»

«Aus Liebe. Oder aus Berechnung. Von da an wäre Signe

ja in seiner Hand. Er könnte sie auspressen wie eine Zitrone. Ich finde es schade, dass ich erst so spät zu den Ermittlungen dazugekommen bin», fügte sie hinzu. «Da muss man sich so viel zusammenreimen.»

Aha? Wärst du von Anfang an dabei gewesen, hättest du den Fall also schon aufgeklärt?

Paula merkte selbst, wie ungerecht sie war. Es ist wegen Caro, dachte sie. Caro stirbt, und Gretchen nimmt ihren Platz ein, als könnte sie sie einfach ersetzen. Nur trug ihre neue Kollegin keine Schuld an Caros Tod. Und dass sie ein völlig anderer Mensch als ihre Vorgängerin war, konnte man ihr ebenfalls schlecht vorwerfen.

«Los, wir schauen, was Signe auf der Rennbahn treibt», beendete sie das Gespräch.

Die Beschattung gestaltete sich zäh. Als sie das grüne, parkähnliche Gelände betraten, war von der eleganten Frau nichts mehr zu sehen. Gärtner harkten und wässerten Beete, auf dem Dach des Tribünengebäudes wurde eine Flagge ausgewechselt, auf einem abseits gelegenen Ring führten Stallburschen Pferde herum, und vor einem Gebäude, in dem einem Plakat zufolge die Wetten abgeschlossen wurden, gestikulierten mehrere Männer.

Sie setzten sich in das Lokal mit den Lindenbäumen, in dem Paula bereits mit Martin gegessen hatte, und bestellten sich Kaffee. Dabei beobachteten sie das Gelände, das Paula wie eine eigene kleine Welt vorkam. Ob ihr Vater auch gelegentlich hier war? Falls ja, dann hatte er nie darüber gesprochen. Vielleicht war ihm die Rennbahn zu versnobt.

«Da ist sie.» Gretchen wies unvermittelt zu der Tür des weißen Bürogebäudes, in dem Magnus arbeitete. Sie hatte recht. Signe war herausgetreten und stand jetzt zögernd vor der blendend weißen Mauer. Ihr gelbes Kostüm hob sich wie eine Butterblume davon ab. Unruhig ging sie mehrere Schritte, drehte wieder um, machte erneut kehrt …

«Er ist nicht da», meinte Gretchen.

«Warum wartet sie dann?»

«Weil sie gehört hat, dass er bald kommen soll?»

Das konnte sein. Vielleicht erledigte er auch noch eine unaufschiebbare Arbeit, bevor er seiner Mutter nach draußen folgte. «Komm! Wenn er da ist und die beiden sofort ins Auto steigen, schaffen wir es nicht, an ihnen dranzubleiben.»

Paula legte ein paar Münzen auf den Tisch, und sie kehrten zum Feldweg zurück und taten, womit Polizisten einen guten Teil ihrer Zeit verbrachen: Sie warteten. Ein behäbiger Gaul zog einen klapprigen Wagen voller Heu auf das Gelände der Rennbahn. Mehrere Männer, deren Kleidung Macht und Reichtum demonstrierte, nahmen den entgegengesetzten Weg. Ein junges Liebespaar küsste sich an der Außenseite der Tribüne. Die Zeit verrann.

«Gibt es noch einen anderen Ausgang?», fragte Gretchen.

«Nicht, dass ich wüsste.» In Wirklichkeit hatte sie keine Ahnung. Paulas Ärger stieg mit ihrer Nervosität. Warum hatte Martin sie für diese langweilige, nutzlose Tätigkeit eingeteilt? Was hätten sie denn schon erfahren, wenn Signe – allein oder mit ihrem Sohn – das Gelände verließ? Hatte er erwartet, dass die Frau sie schnurstracks zu Dorle führen würde? Oder sich mit jemandem aus der Unterwelt traf, den sie für die Entführung angeheuert hatte?

«Darf ich mal?», fragte Gretchen.

Im ersten Moment verstand Paula nicht, was sie wollte. Dann begriff sie: Es zog ihre Kollegin hinter das Steuer des Polizeiwagens. «Warum nicht?»

Gretchen nahm Platz, und Paula ließ sich auf den Beifahrersitz fallen. Die Scheiben des Wagens waren voller Staub. Sie begann, ihrer Kollegin zu erklären, welche Funktion die Hebel, Schalter und Pedale besaßen. «Warum gibt es denn zwei Bremsen?», fragte Gretchen.

Paula begann von Hand- und Fußbremsen zu reden, aber Gretchens Interesse erlosch bereits wieder. Sie stiegen wieder aus – ein Blick auf die Uhr zeigte, dass sie bereits anderthalb Stunden bei der Rennbahn verbracht hatten.

«Da!»

«Was?» Nun sah sie es selbst – der rote Ford hatte sich in Bewegung gesetzt. «Los, rein in den Wagen!»

Noch während ihre Kollegin sich auf den Beifahrersitz warf, gab Paula Gas. Aus den Augenwinkeln sah sie, wie der Ford mit zwei Insassen an ihnen vorbeirauschte. Am Steuer saß übrigens ein Mann, sicher Magnus, der dem Wunsch, den flotten Wagen zu fahren, nicht hatte widerstehen können. Sie bog ebenfalls auf die Straße ein – und musste feststellen, dass sich die beiden Autos allein auf der langen Asphaltstrecke befanden. Sie bildete sich ein zu sehen, dass sich Signes Hut bewegte, als würde sie sich nach ihnen umdrehen. Hatte sie sie bemerkt? Paula wurde langsamer und vergrößerte den Abstand.

Als der Ford unvermittelt nach links in eine kleinere Straße einbog, unterdrückte sie ein Stöhnen. Unmöglich, dass man dort nicht auf sie aufmerksam würde. Aber was half's? Wenn sie die beiden nicht verlieren wollten, mussten sie ihnen weiter folgen. Paula fuhr inzwischen sehr langsam und tat so, als würde sie sich intensiv mit ihrer Begleiterin unterhalten. Sie rang sich sogar ausladende Gesten ab, als würde sie ihr die Gegend zeigen – und kam sich entsetzlich lächerlich vor.

Der Rand des Feldes, an dem sie jetzt fuhren, wurde von zahllosen Haselnusssträuchern gesäumt, gegenüber erhob sich ein kleines Wäldchen. Zwischen den leuchtenden Blättern fuhr der Ford – nun fast im Schritttempo. Natürlich hatten die beiden sie erspäht.

Als der Wagen nach mehreren Hundert Metern erneut um eine Kurve bog, verloren sie ihn wegen der hohen Sträucher aus den Augen. Paula ließ sich trotzdem Zeit. Als sie ebenfalls die Abzweigung erreichten, hatte der Ford gerade das Ende des Feldwegs erreicht und bog nach rechts ab. Paula gab erneut Gas. Ihre Reifen wirbelten Sand auf. Der Weg führte zu einem Ort, der dörflich gewirkt hätte, wenn die Hauptstraße nicht von Villen gesäumt gewesen wäre. Ein Rückzugsort für wohlhabende Hamburger, schätzte sie. Sie nahm ebenfalls die Kurve – und trat abrupt auf die Bremse. Einen Steinwurf vor ihnen entfernt befand sich, umringt von uralten Linden, eine Backsteinkirche. Der Ford hatte direkt davor geparkt. An seiner Fahrertür lehnte Magnus Modersen, ein Grinsen im Gesicht, das eindeutig den beiden Frauen im Polizeiwagen galt.

«Signe ist weg», stellte Gretchen fest.

Ja doch!

Magnus zog seinen Hut, neigte den Kopf in ihre Richtung, setzte den Hut wieder auf und ging mit fromm gefalteten Händen den kleinen Weg hinauf zur Kirchentür.

«Vielleicht wartet sie drinnen auf ihn?», fragte Gretchen hoffnungsvoll.

Blödsinn. Als Signe und ihr Sohn bemerkt hatten, dass die Kommissarinnen ihnen folgten, hatten sie vermutlich einen Treffpunkt ausgemacht. Dann war Signe bei nächster Gelegenheit ausgestiegen – möglicherweise direkt bei den Haselnusssträuchern –, und ihr Sohn weiter zur Kirche gefahren. Sein Grinsen bewies, wie sicher er war, dass sie seine Mutter nicht wiederfinden würden.

Und jetzt? Umdrehen und versuchen, die Frau irgendwo zu erwischen? Um dann *was* mit ihr zu tun? Wieder verfluchte Paula Martin, der ihnen diesen unergiebigen Nachmittag aufgehalst hatte. Sie wendete mürrisch und fuhr den Weg zurück, den sie gekommen waren.

«Da drüben ist die Rennbahn.» Gretchen wies über das Feld, und Paula drehte unwillkürlich den Kopf. Das Bild des Tribünenhauses ließ in ihr eine Erinnerung aufblitzen. Wann hatte sie das Haus zuletzt aus dieser oder zumindest einer ähnlichen Perspektive gesehen?

«Was ist?», fragte Gretchen.

Es war bei der Schlachterei gewesen, die sie wegen der Mumie aufgesucht hatten. Paula suchte die gegenüberliegende Straßenseite ab. Tatsächlich entdeckte sie das von Bäumen und Zäunen umgebene Gebäude in der goldgelben Landschaft. Sie gab Gas.

«Was ist?», wiederholte Gretchen.

«Weiß noch nicht.» In der Nacht von Mittwoch auf Donnerstag hatte Signe die Mumie im Eiskeller aufgesucht. Hatte sie nun mit ihrem Sohn dorthin gewollt, um ihm den Ort zu zeigen, an dem sein Vater gestorben war? Aber das ergäbe doch keinen Sinn. Sie musste den finsteren Raum, in dem sie vergewaltigt worden war, hassen. Andererseits hatte Magnus vielleicht darauf bestanden?

«Wo wollen wir denn hin?», fragte Gretchen.

«Zum Eiskeller.»

«Warum?»

Weil Martin sie dazu verdammt hatte, ihre Zeit zu verplempern.

«Glaubst du etwa, dass Dorle dort festgehalten wird?»

Paula schüttelte den Kopf und bog noch zwei weitere Male ab. Dann tauchte das Grundstück mit der Schlachterei vor ihnen auf. Paula hielt auf dem verwilderten Gelände und schaute sich um. Konnte Signe über irgendwelche Schleichwege hierhergekommen sein, nachdem Magnus sie hatte aussteigen lassen? War das hier der vereinbarte Treffpunkt? Zu sehen war von ihr allerdings nichts. Nur eine Katze buckelte vor dem Tor zu dem Hof mit dem Steinblock.

Gretchen reckte den Hals. «Schau mal. Die Tür zum Keller steht offen.»

Sie hatte recht. Unschlüssig stieg Paula aus dem Wagen und starrte auf die vom Regen der vergangenen Nacht feuchte Schräge. Vermutlich hatten sensationslüsterne Nachbarn oder Jugendliche den Mumienfundort besichtigt und vergessen, die Tür wieder zu schließen. Vorsichtig kletterte sie über die glitschigen Steine hinab und stieß sie vollends auf.

Sonnenlicht fiel auf den grauen Bitumenboden des Eiskellers. Der Tür gegenüber stand noch eines der gelben Schilder, das Blasses Männer offenbar vergessen hatten. Und über diesem Schild baumelten zwei Beine.

Paula starrte auf den Menschen, der mit einem Strick um den Hals an einer Eisenstange hing, die quer an der Wand befestigt war.

«Ist da was?», rief die Nervensäge aus dem Auto.

Die Schultern des Mannes, der schmutzige Arbeitskleidung trug, hingen herab, der Kopf war seitlich auf die Brust gekippt, die Zunge zwischen den schlaffen Lippen hervorgequollen. Ein groteskes Bild, als hätte der Tod eine Fratze seines Triumphs über das Leben an die Stange gehängt. Paula erkannte den Erhängten trotz der entstellten Gesichtszüge: Es war der Mann, der am Alsterufer die Pferde gebadet hatte.

«O Gott», sagte Gretchen, die plötzlich neben ihr stand.

Neben der Leiche war mit weißer Kreide an die Wand geschrieben worden: *Ich bin ein Mörder.*

«O Gott im Himmel!», presste Gretchen hervor.

Ja doch! Sie mussten jetzt nachdenken. Erstens: Wie hatte der Mann noch geheißen? Hatte sie vergessen.

Zweitens …

«Müssen wir nicht sehen, ob er noch lebt?», fragte Gretchen.

«Er ist tot. Und wir dürfen keine Spuren verwischen.» Wenn sie sich allerdings irrte, wenn tatsächlich noch Leben in dem Erhängten war … Paula ging die wenigen Schritte zu dem Leichnam und fasste nach seiner Hand, die sie leicht schüttelte, um zu sehen, ob er ein Lebenszeichen von sich gäbe. Das tat er nicht, und außerdem war die Haut kalt. Er war eindeutig tot. Während des Sterbens hatte sich offenbar seine Blase entleert, denn unter seinen Füßen befand sich eine bereits teilweise eingetrocknete Pfütze. Paula überwand sich und fasste nach dem Stoff zwischen seinen Beinen. Der war bereits so gut wie trocken. Dass die Pfütze unter dem Gehenkten noch nicht komplett weggetrocknet war, mochte am Bitumenboden legen.

Sie entdeckte ein gefaltetes Papier, das dem Mann aus der Hosentasche lugte. «Hast du ein sauberes Taschentuch?»

Gretchen nickte und reichte es ihr, und Paula zog das zerknitterte Schreiben heraus. Sie starrte auf die gekrakelten Buchstaben und begann leise vorzulesen.

… heiße Otto Jungjohann … arbeite als Pferdepfleger auf Horster Rennbahn … ist plötzlich Signe gekommen … wollte, dass ich Tochter entführe … war gerade in Geldnot wegen verlorener Wetten … Signe so traurig … hab ich also gemacht … habe Dorles Foto in St. Georg rumgezeigt, dass mich keiner verdächtigt … wollte die beiden nach Bielefeld bringen … Signe

furchtbar wütend … Alma versuchte abzuhaun … konnte ich nicht zulassen … Signe mir noch mehr Geld gegeben … Dorle um die Ecke bringen … aber war doch ein Kind …

«Lieber Himmel», hauchte Gretchen.

… hat immer nur geweint … hab ihr die Hand auf das Gesicht gedrückt … Hier brach der Brief ab.

Dorle war also tatsächlich tot. Einen Moment fühlte es sich an, als hätte jemand Paula die Faust in den Magen geschlagen, obwohl sie ja bereits mit dem Schlimmsten gerechnet hatte. Ein Mord, von der eigenen Mutter in Auftrag gegeben!

Ihr Blick fiel erneut auf die weiße Kreideschrift, die ihr von der Wand entgegenstarrte.

… Ich bin ein Mörder …

Sie runzelte die Stirn und starrte auf die Buchstaben, von denen jeder für sich stand, als wäre es dem Schreiber schwergefallen, sie miteinander zu verbinden. Nur die beiden Striche über dem *ö* waren in einem Schwung geschrieben worden. Sie sahen aus wie ein schiefes gekrakeltes *n*. Das I war ein einzelner senkrechter Strich … Die Sache irritierte sie aus einem Grund, den sie selbst nicht verstand. Und sie war völlig unwichtig! «Wir müssen los!»

«Wieso? Was ist denn …»

Ohne darauf zu achten, ob Gretchen ihr folgte, rannte Paula die Rampe hinauf zum Auto. Sie ließ den Motor an, würgte ihn ab und drehte erneut den Anlasser. Gretchen hatte sie eingeholt. Sie raffte den Brief mit dem Geständnis, den Paula auf den Nebensitz geworfen hatte, an sich und ließ sich aufs Leder fallen. «Wo wollen wir hin?»

«Zur Rennbahn.»

«Aber …»

«Da hat der Tote gearbeitet, hast du nicht zugehört? Und womöglich hat er Dorle dort festgehalten.»

In Gretchens Kopf arbeitete es. «Wieso kannte Signe ihn überhaupt? Stand sie in Kontakt mit der Rennbahn? Wenn der Mann auf der Rennbahn arbeitete, müsste man doch meinen, dass ihn eher die Modersens angesprochen hätten. Hella Modersen vielleicht, weil sie sich an der Frau rächen wollte, die ihren Sohn umgebracht …»

«Das mit der Mumie wusste sie bei der Entführung doch noch gar nicht.»

«Vielleicht hat sie es sich aber zusammengereimt …»

«Jetzt sei mal bitte ruhig.»

«Sollten wir nicht zuerst bei der nächsten Wache vorbei, damit der Eiskeller gesichert wird?»

«Und wenn sie doch noch lebt?»

«Wer?»

«Dorle.»

Gretchen schaute sie überrascht an. «Aber der Mann hat doch geschrieben …»

«Und wenn sie trotzdem noch lebt?», fragte Paula – und trat im selben Moment auf die Bremse.

Drei Kinder, deren zerlumpte Hosen durch Flicken notdürftig zusammengehalten wurden, rannten vor ihr über den Weg. Sie brüllten einander martialische Warnungen zu und taten, als würden sie aufeinander schießen. Söhne unbelehrbarer Männer, die immer noch nicht begriffen hatten, dass Kriege Körper und Seelen zerstörten.

«Stehen bleiben!», schrie einer der Jungs seinen fliehenden Kameraden nach und warf einen Blick auf das Auto.

Paula beugte sich aus dem Fenster. «Ist hier vor Kurzem ein rotes Auto vorbeigekommen?»

Die beiden anderen Kinder waren verschwunden, aber der zurückgebliebene Junge trat ihnen selbstbewusst entgegen. «Wie kann ich helfen?»

Oh! Kein Kriegsheld, sondern ein kleiner Schupo. «Indem du uns sagt, ob hier ein rotes Auto …»

«Ein Ford, jawohl. Das Nummernschild war aber von auswärts. Hamburger Autos fangen mit HH an.» Er platzte vor Stolz, weil er sich so gut auskannte.

«Wer saß drin?»

«Ein Mann.»

«Und sonst noch jemand?»

Er schüttelte den Kopf.

«Er wird Signe einfach übersehen haben», spekulierte Gretchen.

Sigmund Zinn hatte einmal gemeint, dass Kinder die besten Zeugen seien. *Weil sie nur sagen, was sie wirklich gesehen haben. Die sind aufmerksam und haben noch keine Vorurteile, die ihre Sicht auf das, was geschieht, beeinflussen.*

«Hast du sonst noch jemanden bemerkt? Eine Frau, die hier vielleicht spazieren gegangen ist?», fragte sie.

Der Junge schüttelte den Kopf.

«Wohin ist das Auto gefahren?»

Er wies in Richtung der Rennbahnstraße.

Paula überlegte nur kurz. «Pass auf, Gretchen: Du läufst rüber zur Rennbahn und fragst, wo Otto Jungjohann wohnt und wo ein kleines Mädchen versteckt worden sein könnte. Klappere sämtliche Gebäude ab, in denen Dorle …»

«Und wohin willst du?»

«Nach Signe suchen natürlich. Aber eine von uns …»

«Verstanden. Bin schon unterwegs.» Gretchen sprang aus dem Wagen.

«Ruf von dort aus auch bei der nächsten Wache an! Sag ihnen, sie sollen sich mit dem Stadthaus in Verbindung setzen und eine Streife zum Eiskeller schicken, um ihn zu bewachen, bis die Kommissare eintreffen. Und das Wichtigste: Hab ein

Auge auf Magnus Modersen. Falls er auf der Rennbahn auftaucht, darf er sie auf keinen Fall wieder verlassen. Wir wissen nicht, was Signe plant!»

Ihre Kollegin begann in beachtlicher Geschwindigkeit den Weg hinaufzurennen. Klugerweise versuchte sie nicht, die Strecke über die erntereifen Felder abzukürzen, was sie zwischen den hochgewachsenen Ähren nur Zeit gekostet hätte.

Paula wendete und fuhr zurück in den Ort mit der Kirche, in der Hoffnung, Signe beim Gotteshaus oder in seiner Umgebung aufgabeln und festnehmen zu können. Doch schon nach wenigen Meter haderte sie mit ihrer Entscheidung. Wie groß waren ihre Aussichten, hier jemanden aufzustöbern, der nicht gefunden werden wollte? Und war Gretchen ihren Aufgaben allein überhaupt gewachsen? Sollte sie nicht selbst im Stadthaus anrufen, Martin die Situation schildern und mit ihm besprechen, was zu tun war?

Etwas lief falsch. Sie handelte kopflos. Ihr kribbelte jeder Nerv.

26. KAPITEL

FREITAG, 23. AUGUST

Das Atmen quälte ihn am meisten. In seinem Rachen steckte ein weiches, von Spucke durchtränktes Tuch aus dickem Stoff. Es wurde von einem Taschentuch, das Habbo Gerdes stramm über seinen Mund gebunden hatte, am Platz gehalten. Der Hustenreiz, der ihn quälte, ließ sich nur schwer unterdrücken. Atmen … Er musste sich aufs Atmen konzentrieren! Das funktionierte nur über die Nase, die allerdings von dem Taschentuch ebenfalls beinahe bedeckt wurde. Trotzdem: weiter atmen. Einen Zug nach dem anderen. Nicht hektisch werden, nicht durchdrehen …

Was wusste er? Sein wirrer Geist versuchte, sich zu erinnern.

Aber da war fast nichts. Er war in die Wohnung von Mette Gerdes' Ehemann gegangen. Ohne jemandem zu sagen, was er vorhatte, für den Fall, dass er sich irrte. Nur keine weiteren Beschwerden bei Schlanbusch. Und keine beschissenen Selbstvorwürfe. Bei diesem Fall hatte er schon oft genug fatal danebengelegen. Gerdes' Schwägerin hatte ihn eingelassen und …

Ein Hustenfall erstickte ihn beinahe. Schlucken … atmen … keine Panik! Ein Zug … noch ein Zug …

Tee, dachte er. Er hatte Tee aus einer blauweißen hanseatischen Tasse getrunk… O Gott, er erstickte. Der Drang, sich zu bewegen, sich über den Boden zu wälzen, wurde so schlimm wie die Atemnot. Nur konnte er sich nicht rühren. Seine Hände waren auf dem Rücken zusammengebunden, der dünne, aber feste Strick ließ sich nicht lockern. Ebenso wenig wie der andere, der seine Füße, und der dritte, der seine Knie aneinanderpresste.

Atmen …

Er lag in einem Keller, das wurde ihm allmählich klar. Ein Waschkeller. Das Loch im Boden mit dem Sieb darüber, das sich direkt neben seinem Gesicht befand, wies darauf hin, genau wie die kargen, weiß geputzten Wänden und die Wäscheleine …

Atmen …

Etwas musste in dem Tee …

Atmen … und noch ein Zug … ging doch!

Diese Frau musste ihm etwas in den Tee getan haben. Aber da war noch eine andere, eine viel beunruhigendere Sache gewesen. Er versuchte, sich zu entsinnen, doch seine Gedanken waren wie verklebt. Er nickte ein, er schreckte hoch, weil er keine Luft bekam.

Atmen …

Und dann hörte er ein Geräusch. Das eines Schlüssels, der sich in einem Schloss drehte. Die Tür musste sich hinter ihm befinden. Martin versuchte, den Kopf zu drehen, gab es aber sofort wieder auf. Es schmerzte wie die Hölle. Sein Herz begann zu rasen.

Schwere Schritte näherten sich – auf keinen Fall die einer Frau. Dann beugte sich ein Gesicht über ihn. Die Augen darin waren kalt, die Lachfältchen in den Augenwinkeln wirkten wie von einem Bildhauer eingeritzt. Sie starrten einander an, sicher eine Minute oder länger, der Mann so gierig, als wollte er sein Gesicht in sich aufsaugen. Dann holte er etwas aus einer Ecke und hielt es so vor sich, dass Martin es betrachten konnte. Es war ein Beil, blank poliert. Die Klinge glänzte, obwohl die Deckenfunzel nur trübes Licht von sich gab.

Der Mann begann zu lächeln.

«Richtzeit», sagte er.

27. KAPITEL

FREITAG, 23. AUGUST

Man traute ihr etwas zu. Endlich traute ihr jemand etwas zu! Gretchens Glück überwog die Strapaze des Dauerlaufs. Sie hatte die letzten Jahre bei der Fürsorge gearbeitet, wo sie zwar einigermaßen Geld verdiente – aber das Elend, das ihr dort begegnete, hatte ihr zugesetzt, bis sie es kaum mehr aushielt! Sie traf auf ausgemergelte Kinder, die ihr gerade bis zur Schulter reichten und bereits für das Familieneinkommen sorgen mussten, anstatt zur Schule zu gehen. Manche wurden brutal geschlagen, wenn sie nicht spurten, und in nicht wenigen Fällen stiegen Väter, Onkel oder Nachbarn zu ihnen ins Bett. Gelegentlich wurden sie zu diesem Zweck sogar an Fremde vermietet.

Das Schlimmste war ihre Machtlosigkeit gewesen, wenn sie dagegen vorgehen wollte. Als sie ihrer Vorgesetzten erzählte, dass der kleine Lothar von Onkel Friedhelm ins Bett genötigt wurde, winkte die Frau nur ab und sprach über die beschränkten Möglichkeiten der Fürsorge. Von einer Kollegin hörte sie den lakonischen Satz, dass der Krieg eben viele Männer verroht habe.

Als eines der Kinder, Harald Franzen, ein Bursche mit Geschick beim Hahnenkampfspiel, nach dem Besuch eines Freiers gestorben war, hatte sie es nicht mehr ertragen. Statt zu ihrer Vorgesetzten war sie direkt zur Kriminalpolizei gegangen und hatte dort Anzeige erstattet.

Josefine Erkens hatte sie sofort mit zwei Kommissarinnen losgeschickt. Diese beiden Frauen waren ganz anders aufgetreten, als Gretchen es von der Fürsorge kannte. Bestimmt und drohend und ohne sich einschüchtern zu lassen. Ein paar Tage später waren der Vater und der Freier verhaftet worden. Das allein hatte Gretchen mit großer Befriedigung erfüllt. Aber als Frau Erkens ihr dann auch noch angeboten hatte, bei der Weiblichen Kriminalpolizei einzusteigen …

Ich muss das hier jetzt professionell erledigen, beschwor sie sich. Sie hatte zwar keinen Funken Hoffnung, dass die kleine Dorle noch lebte – der Brief war ja eindeutig gewesen –, aber natürlich würde sie trotzdem nach ihr suchen. Sie würde nur nicht in der Reihenfolge vorgehen, die Paula vorgeschlagen hatte. Als Erstes würde sie mit Kriminaloberkommissar Broder – *mit Martin … O Mann, wenn sich das ergeben würde, dass sie ihn und alle anderen mit dem Vornamen ansprechen dürfte!* – telefonieren. Sie brauchten seinen klaren Verstand.

Als sie die Rennbahn erreicht hatte, fischte sie nach ihrer Dienstmarke und betrat das nächste offiziell wirkende Gebäude. Eines hatte sie bei der WKP bereits gelernt: Man durfte sich keine Unsicherheit anmerken lassen. Also fragte sie die Sekretärin, die hinter der erstbesten offen stehenden Tür arbeitete, von oben herab nach einem Telefon. Mit der Dienstmarke konnte die Frau nichts anfangen, aber als Gretchen von einem Toten zu reden begann, der hier angestellt gewesen war, horchte sie auf.

«Um wen handelt es sich denn?»

«Der Mann heißt Jungjohann.»

«Jung… Meinen Sie etwa Otto? Den Pferdepfleger? Otto Jungjohann?»

Als Gretchen nickte, ließ die Frau sich erneut die Marke zeigen – und dann brach ein Orkan los. Sie rief einen Mann herein, dem andere Männer folgten, und alle begannen, auf die junge Kommissarin einzureden.

Gretchen wusste, dass sie solchen Situationen nicht gewachsen war. Hektik, lautes Geschrei, überwallende Gefühle … das war, als würde sie in die keifende Familie ihrer Kindheit zurückversetzt. Etwas setzte dann bei ihr aus. Ihr Kopf leerte sich, als hätte jemand gegen eine volle Kanne getreten. Schließlich tat sie, was sich in solchen Situationen bewährt hatte: Sie konzentrierte sich auf einen einzigen Gedanken.

«Ich brauche ein Telefon», sagte sie laut in das Stimmengewirr hinein. Erstaunlicherweise nickte einer der Männer und brachte sie in ein größeres Büro, wo das entsprechende Gerät auf dem Tisch stand. Gretchen ließ sich mit der Stadthauszentrale verbinden und bat darum, zur Mordkommission durchgestellt zu werden. Ja, zu Kriminaloberkommissar Broder. Zu spät fiel ihr ein, dass sie den Mann, der in diesem Büro arbeitete, vorher hätte hinausschicken müssen. Jetzt traute sie sich nicht mehr. Er war zu gut gekleidet und trug teuer wirkende Manschettenknöpfe.

«Ja, hallo?» Jens Schmidtke war am Telefon, der Kollege mit dem schlimmen Bein.

Sie fragte nach Broder, aber der war noch unterwegs. Jedenfalls hatte Jens ihn nicht gesehen, seit er vor einer Viertelstunde mit Sigmund von seiner Tour zu den Wachen in die Mordbude zurückgekehrt war.

«Wo ist er denn hin?»

«Weiß ich nicht. Was wollen Sie denn von ihm?»

Gretchen fasste Mut. «Ich muss Sie bitten, für einen Moment das Zimmer zu verlassen», sagte sie zu dem Mann mit den teuren Manschettenknöpfen.

«Sie wollen mich aus meinem eigenen Büro werfen?», fragte er amüsiert.

Gretchen tat, als hätte sie ihn nicht gehört. Sie wartete einfach, und da ging er tatsächlich. Sie holte tief Luft, dann fasste sie zusammen, was passiert war: Im Eiskeller, wo sie die Mumie gefunden hatten, lag … nein, hing schon wieder eine Leiche, ein Angestellter von der Rennbahn, bei dem es sich offenbar um den Entführer handelte – den Mörder von Alma und wohl auch der kleinen Dorle. Sein Name war Otto Jungjohann. Dann ließ sie die zweite Bombe platzen: Dieser Otto hatte in einem schriftlichen Geständnis an der Wand und einem weiteren, das sie in seiner Tasche gefunden hatten, erklärt, dass Signe von Arnsberg ihn zu der Entführung gedrängt hatte. «Paula ist auf der Suche nach Signe unterwegs, und ich bin zu dem Arbeitsplatz des Toten gelaufen. Aber jemand müsste zum Eiskeller fahren, um die Leiche …»

«Sie sind jetzt auf der Rennbahn?», vergewisserte Jens sich.

«Ja.»

«Wir kommen rüber.»

Die Verbindung brach ab. Er hatte nicht einmal Tschüss gesagt. Aber sie kannten einander ja auch noch nicht so gut. «Tschüss», sagte Gretchen in die stille Leitung. Ihr Blick fiel auf einen Brief, der auf dem Schreibtisch lag. Adressat war Karl Modersen. Dann hatte sie also gerade den Adoptivvater von Magnus kennengelernt.

Und nun?

Sie blickte durch das Fenster und sah Modersen auf einen Stall zugehen, vor dessen Tür ein junger Mann mit einigen Arbeitern sprach – sein Sohn! Gretchens Herz machte einen erleichterten Satz. Rasch eilte sie aus dem Büro. Sie solle Magnus beschützen, damit er nicht ebenfalls einem Mordanschlag seiner Mutter zum Opfer fiel, hatte Paula gesagt!

Atemlos lief sie zum Tunnel, und als sie auf der anderen Seite wieder herauskam, traten ihr beide Männer entgegen. Magnus blieb stehen, als sein Vater ihm die Polizistin vorstellte.

«Sie haben sicher schon gehört, dass Ihr Angestellter Jungjohann zu Tode gekommen ist?», platzte Gretchen heraus.

Magnus nickte bedrückt.

«Ich muss Sie bitten, hier auf der Rennbahn zu bleiben, denn wir haben Grund zu der Annahme, dass Sie ebenfalls in Gefahr sind.»

«Ich?» Unglaube spiegelte sich in dem männlichen Gesicht. Der Mann sah gut aus, richtig gut – sicher ein Erbe der schönen Signe.

«Wohin ist Ihre Mutter denn gegangen, nachdem Sie sich getrennt haben?», fragte Gretchen.

«Das weiß ich nicht. Als sie merkte, dass man uns folgt – und *wer* ihr folgt …», trotz der ernsten Situation gestattete Magnus sich ein Lächeln, «wurde sie fuchsteufelswild und hat mich gebeten, sie hinter einer Hecke aussteigen zu lassen und später an derselben Stelle wieder aufzulesen. Ich fürchte, es ging ihr darum, Ihnen eine lange Nase zu drehen. Aber als ich zurückkam, war sie verschwunden. Ihr ist doch nichts passiert?»

«Nein, nein!»

«Tja …» Er zögerte. «War's das dann?»

Gretchen nickte. Karl Modersen war bereits Richtung Tunnel unterwegs, und auch Magnus verabschiedete sich nun mit einem Nicken und strebte auf ein Haus zu, in dem wohl sein Büro untergebracht war. Sie zögerte. Ihr Hauptauftrag bestand darin, Magnus vor seiner Mutter zu beschützen. Also folgte sie ihm. Sie sah ihn lächeln, als er in seinem Büro verschwand und bemerkte, dass sie sich davor postierte.

In dem Flur stand ein Stuhl, auf dem sie sich schließlich

niederließ. Die Aufregung hatte sie erschöpft. Sie hörte aus einigen Büros Wortfetzen und das Klappern von Schreibmaschinen und dachte an Dorle. Es war ausgeschlossen, dass sie an einem belebten Ort wie dem Rennplatz gefangen gehalten wurde. Paula machte sich da etwas vor. Zu glauben, dass Dorle noch lebte, war reines Wunschdenken.

Also beschränkte Gretchen sich auf ihren Hauptauftrag, nämlich das mögliche Opfer zu schützen.

28. KAPITEL

FREITAG, 23. AUGUST

Ich verrenne mich, dachte Paula. Sie war durch das kleine Dorf gefahren, auch durch die Seitenstraßen, in der Hoffnung, Signe irgendwo zu entdecken. Sogar in der Kirche hatte sie nachgeschaut, dort aber nur eine Frau gesehen, die den Boden wischte.

Innehalten! Nachdenken! Wohin hatte Signe mit Magnus ursprünglich fahren wollen? Falls sie ihre Verfolgerinnen erst auf dem Feldweg bei den Haselnusssträuchern entdeckt hatte, drängte sich der Eiskeller, der sich ja ganz in der Nähe befand, als Ziel auf – so weit, so richtig. Hatte sie Magnus an dem Ort, an dem sie damals von seinem Vater vergewaltigt worden war, ebenfalls beseitigen wollen, weil er die letzte Erinnerung an die böse Tat war? Hatte sie womöglich mit ihrem Sohn verabredet, dass er sie bei den Haselnusssträuchern abholen solle, sobald die Polizistinnen verschwunden waren, um anschließend zum Eiskeller zu fahren und ihre Mordabsicht in die Tat umzusetzen? Und ihren Plan erneut geändert, als sie vor der Schlachterei den Polizeiwagen entdeckte?

Paula kam plötzlich die heruntergekommene Villa in den Sinn, auf deren Gelände Alma gestorben und Dorle festgehalten worden war. War es Signe gewesen, die diesen Ort als Versteck ausgesucht hatte, als sie Jungjohann mit der Entführung beauftragte? Weil er für sie eine symbolische Bedeutung besaß? Hatte dort womöglich einer der Freier gewohnt, denen sie sich angedient hatte? Paulas Fantasie zeigte ihr das Bild eines Mädchens, das in der Villa und den angrenzenden Gebäuden Feuer legte. Gleichwie: Es war möglich, dass Signe ihren Sohn dorthin gelotst hatte, also gab sie Gas. War ja nicht weit.

Minuten später hielt sie an der *Blauen Brücke* neben der Bank. Langsam stieg sie die Treppe zu dem ehemaligen Fabrikgelände hinab. Keine Menschenseele weit und breit. Und nun? Die Villa durchkämmen? Sämtliche Fabrikgebäude absuchen? Zumindest flüchtig würde sie das tun, beschloss sie, da sie ja schon hier war. Anschließend würde sie zur Rennbahn zurückkehren und sicherstellen, dass inzwischen die Mordkommission und der Erkennungsdienst beim Eiskeller waren.

Sie ging zunächst in den Raum im Dachgeschoss hinauf, wo die arme Dorle zu Beginn ihrer Entführung gehaust hatte. Ihre Beklemmung verstärkte sich, als sie die Tür öffnete. Wenn die Horner Wache dem Kommunisten nur geglaubt und die Villa sofort nach seiner Anzeige durchsucht hätte! Welche Ängste musste die Kleine ausgestanden haben. Hatte sie an der Tür gerüttelt? Um Hilfe gerufen? Oder einfach nur verschreckt auf dem Boden gehockt? War sie womöglich gefesselt gewesen? Hatte Signe sie aufgesucht und ihr in ihrer verqueren Denkweise zu erklären versucht, warum es richtig wäre, wenn sie stürbe? Oder hatte sie sie ebenfalls bedroht?

Plötzlich meinte Paula, das Weinen der Kleinen in den Ohren zu haben – ein quälendes Geräusch. Der Wunsch, ihm zu entrinnen, ließ sie die Tür wieder ins Schloss ziehen.

Das eingebildete Weinen verstummte, aber … Einen Moment lang bildete sie sich ein, Schritte zu hören. Keine schweren, sondern leichte, trappelnde Schritte. Doch als sie lauschte, war das Geräusch wieder verklungen. Hatte es sich um eine weitere Sinnestäuschung gehandelt? Ihr wurde schwül, und sie zog ihre Waffe. Langsam stieg sie die Treppe hinab, entdeckte dort im Flur aber niemanden, genauso wenig wie im Erdgeschoss.

Als sie wieder im Freien stand, war sie froh, ohne ihre Kollegen hierher gefahren zu sein. Mehr als peinlich, wenn Martin sie in diesem Zustand ängstlicher Nervosität gesehen hätte.

Paula riss sich am Riemen und machte sich daran, die anderen Gebäude auf dem Grundstück zu durchsuchen. Sie irrte durch schmutzige Räume und Fabrikhallen voller verrosteter Maschinenteile, scheuchte dabei einen Vogelschwarm auf, der durch das kaputte Dach davonflatterte, und trat ungeschickterweise in ihren Kot. Angewidert wischte sie die Schuhsohlen an einer Wand ab und kehrte ins Freie zurück.

Und nun? Sie starrte auf ein Fenster im ersten Stock der Villa. Dort hatten wie durch ein Wunder Teile eines grauseidenen Vorhangs das Feuer überstanden. War es der Wind, der den dünnen Stoff gerade in diesem Moment aufbauschte? Allerdings wehte kein Lüftchen. Paula griff erneut zur Pistole. Es war unwahrscheinlich, dass Signe sich in dem Raum befand, aber sie würde trotzdem raufgehen und nachschauen, einfach, um sicher zu sein.

Sie hastete zurück zur Ruine und eilte die Treppe hinauf zu dem Zimmer, in dem sie den flatternden Vorhang vermutete. Als sie die Tür öffnete, stellte sie fest, dass es sich um das ehemalige Musikzimmer des Hauses handelte. Vor dem Fenster stand ein halb verbrannter, von Tierkot besudelter Konzertflügel. Sie tat zögernd ein paar Schritte, um hinter ein auf die Lehne gekipptes Sofa zu schauen – den einzigen

Ort, an dem man sich in diesem Raum verbergen konnte. Nur Schmutz und Vogelfedern bedeckten die staubigen Dielen.

Und dann – ein Knall.

Paula fuhr herum, die Pistole in ihrer Hand zitterte. So wenig, wie ein Windstoß vorhin den Vorhang bewegt hatte, so wenig konnte er nun die Tür zugeknallt haben. Jemand musste sie zugezogen haben. Drehte sich ein Schlüssel im Schloss? Mit hämmerndem Puls bewegte sie sich auf die Tür zu. Kurz zögerte sie, dann stellte sich mit dem Rücken an die Wand neben der Tür und griff vor dort aus vorsichtig nach der Klinke.

Im selben Moment durchschlugen Pistolenkugeln das Holz. Draußen im Flur erscholl hysterisches Gelächter.

29. KAPITEL

FREITAG, 23. AUGUST

Gretchen begann allmählich, sich zu langweilen. Magnus Modersen saß immer noch an seinem Schreibtisch – und ihre Kollegen ließen auf sich warten. Falls sie nicht schon auf der Rennbahn waren und nur vergessen hatten, nach ihr zu fragen.

Sie dachte an Paulas Auftrag, nach Dorle zu suchen, und erhob sich langsam. Da die anderen Büros voller Menschen waren, würde Magnus sich sofort bemerkbar machen können, wenn er in Gefahr geriet. Ob sie hier saß oder nicht, spielte überhaupt keine Rolle. Also lieber noch einmal rausgehen und zumindest so tun, als hätte sie die Anweisung ernst genommen.

Am sinnvollsten war es wohl, die Sekretärin nach einem möglichen Versteck zu befragen. Gretchen gab sich betont nüchtern, aber als sie merkte, wie reserviert die Frau darauf reagierte, änderte sie ihre Taktik. Sie erzählte von dem bedauernswerten einarmigen Mädchen, das zunächst in einer verfallenen Villa festgehalten worden war und sich nun eventuell auf dem Gelände der Rennbahn oder in deren näheren Umgebung befand. «Dorle heißt die Kleine. Und wenn sie hier irgendwo steckt, müsste es an einem Ort sein, den auch Otto Jungjohann kannte. Er …»

«Sie wollen doch nicht etwa andeuten, dass Otto …»

«Auf keinen Fall! Die Sache ist verwickelt. Leider darf ich Ihnen nichts Genaueres sagen, aber Otto … Er wäre von Herzen dankbar, wenn wir die Kleine retten würden, das können Sie mir glauben! Gibt es hier ein etwas abgelegeneres Gebäude – einen Ort, den kaum jemand aufsucht?»

Die Sekretärin verlor plötzlich alles Abgebrühte, sie seufzte. «Kommen Sie bitte mit.»

Zuerst führte sie Gretchen zu einem reetgedeckten Haus, das sich innerhalb der Jagdbahn zwischen weiträumigen, wetterfest gebauten Pferdeställen und einer kleinen Weide befand. Die Blicke der Männer und der wenigen Frauen, denen sie auf dem Weg begegneten, waren gleichgültig. Offenbar hatte sich das brutale Ende des Pferdepflegers noch nicht herumgesprochen. Umso besser.

Die Tür zu Ottos ehemaligem Zuhause war nicht abgeschlossen, möglicherweise weil es von der Tribüne und weiten Teilen des Innenrings her gut einsehbar war. Hier unbemerkt einzudringen, war fast unmöglich. Nachts, wenn es darum ging, heimlich ein kleines Kind hineinzutragen, mochte das allerdings anders sein.

Gretchen betrat, gefolgt von der Sekretärin, die sich inzwischen als Fräulein Lagerfeld vorgestellt hatte, ein trotz des sonnigen Tags dämmriges Zimmer. Es herrschte eine abstoßende Unordnung. In einer Blechwanne mit Kratzern und abgeschabten Rändern stapelte sich schmutziges Geschirr, auf dem Bett lagen ein fleckiges Kissen und eine schmutzige, dünne Decke, abgetragene Schuhe waren in die Ecken gepfeffert worden. Vielleicht wurde die Tür auch deshalb nicht verschlossen, weil es hier schlicht nichts gab, das zu stehlen sich gelohnt hätte.

In einem winzigen Raum mit unverputzten Wänden, der sich gleich nebenan befand, lagerte ein Kohlehaufen für die kommende Winterzeit. Auf zwei breiten Holzregalen standen Einmachgläser. Das war's. Kein Platz, um irgendjemanden zu verstecken. Nicht einmal ein kleines Kind.

Gretchen kehrte in den Wohnraum zurück und ließ sich von Fräulein Lagerfeld an andere Orte führen, wo möglicherweise ein Kind gefangen gehalten werden konnte: in Pferdeställe, in denen die kostbaren Vierbeiner unruhig mit den Hufen schabten, als ahnten sie, dass das bevorstehende Wochenende ihnen ein Abenteuer bringen würde. In Lagerräume für Heu und Stroh. In ein verwittertes Gebäude, das eine kleine Schmiede mitsamt Keller enthielt ... Nichts! Sie hatte es ja geahnt.

«Es wäre auch wirklich seltsam gewesen, wenn wir sie hier auf dem Gelände gefunden hätten», meinte die Sekretärin und wollte zurück zum Tunnel. «Was ist?», fragte sie, als sie merkte, dass die Kommissarin ihr nicht folgte.

Ja, was war los? Gretchens Stimmung war während der vergeblichen Suche umgeschlagen. Was hatte sie in den Stunden auf der Rennbahn eigentlich erreicht? Sie hatte einen Mann bewacht, der keines Schutzes bedurfte, und ein Kind gesucht, das sich woanders befand und vermutlich längst tot war.

Du kannst nichts, du bist nichts, du taugst nichts, glaubte sie plötzlich wieder, die Stimme ihrer Mutter zu hören. Wenn ihre Kollegen kämen, würden sie sich dieser Meinung wohl anschließen: Gretchen Sonderbusch brachte nichts zustande, das irgendwie bemerkenswert wäre. Keine Überraschung über ein plötzlich entdecktes Talent.

«Ich will mir noch einmal das Häuschen ansehen, in dem Jungjohann gewohnt hat, aber das kann ich auch ohne Sie», sagte sie. Plötzlich hatte sie das überwältigende Bedürfnis, allein zu sein. Sie steuerte wieder auf das Reetdachhaus zu.

Für den Fall, dass die Sekretärin sie beobachtete, kehrte

sie noch einmal in das schmutzige Zimmer zurück. Unentschlossen betrat sie erneut den Raum mit der Kohle und den Vorräten, um wenigstens sich selbst so etwas wie Zielstrebigkeit vorzugaukeln.

Jungjohann hatte in einer Ecke neben den Regalen einen Stapel Sättel gelagert. Das fand sie komisch. Eigentlich hätte er sie doch drüben in den Ställen unterbringen oder wegwerfen können, falls sie nicht mehr gebraucht wurden.

Draußen brandete plötzlich Gelächter auf, zuerst gedämpft, dann immer lauter. Es wurde von Klatschen und anfeuernden Rufen untermalt. Hatte das erste Rennen begonnen? Gretchen hatte keine Ahnung, wie es auf einer Rennbahn zuging. Ihr Blick glitt über die Regale. Das Obst in den Gläsern besaß eine merkwürdige Farbe, es war nachgedunkelt. Weil es schlecht geworden war? Auch das wusste sie nicht. Ihre Mutter hatte nie etwas eingekocht. Sie hatten ja immer von der Hand in den Mund …

In die Geräusche, die von draußen in die Hütte drangen, mischte sich ein weiteres. Es klang wie das klägliche Miauen einer Katze. Oder … als würde jemand weinen? Gretchen schüttelte den Kopf. Sie starrte auf den Boden unter ihren Füßen. Konnte das Geräusch von dort kommen? Es war leise, kaum hörbar. Unruhig blickte sie sich um. Die Regale an der Wand … Hastig verschob sie einige Gläser, konnte dahinter aber keine geheime Tür entdecken. War ja auch Schwachsinn! Wenn zu Jungjohanns Haus ein Keller gehörte, musste sie … Nach einer Falltür suchen? Eine Falltür und eine Leiter – so legten sie in ärmlichen Häusern ihre Vorratsräume an. Hatte sie doch Dutzende Male gesehen.

Tatsächlich lag ein abgewetzter Teppich auf dem dreckigen Boden. Gretchen zog ihn beiseite. Ihr Herz klopfte, als sie darunter eine Tür mit einem eisernen Ring zum Ziehen fand. Sie wuchtete die Falltür hoch. Die Leiter, die darunter eingehängt war, wackelte, als sie sie berührte. Kurz zögerte sie, in die Dunkelheit hinabzusteigen. Aber ihr Zaudern schwand sofort, als sie wieder das helle Kinderschluchzen vernahm. Ihre Ängste spielten keine Rolle. Dort unten saß ein verstörtes, einarmiges Mädchen. Sie drehte sich auf die Knie und begann eine Sprosse nach der anderen zu nehmen, bis sie den Boden erreicht hatte.

«Dorle?»

Das Kind begann zu weinen und dann hemmungslos zu schreien. Als Gretchen den herzzerreißenden Lauten folgte, prallte sie gegen einen Tisch, und etwas fiel zu Boden. Sie tastete sich an der Wand entlang und fasste schließlich in lockige Haare und dann auf eine weiche Wange. Im nächsten Moment umarmte sie einen kindlichen Körper. Ihr Herz wollte vor Mitleid zerfließen. Vorsichtig hob sie die Kleine hoch, begann sie in den Armen zu wiegen und wisperte: «Keiner wird dir etwas tun. Ich schwöre es dir, Liebes. Ich werde von jetzt an auf dich aufpassen. Ich bin von der Polizei. Pssst, Dorle, Kleines …»

Es gab nur einen Arm, der sich an sie klammerte. In Gretchens Mitleid mischte sich heilloser Zorn. Wie hatte dieser jämmerliche Selbstmörder nur so herzlos sein können! Der Mistkerl hatte in dem Brief angedeutet, dass er das Kind getötet habe. Hatte er gewollt, dass Dorle hier unten verhungerte?

«Pssst, mein Engel, pssst, ich bringe dich …»

Sie brach ab. Ein Quietschen drang in das Kellerloch. Als wäre oben die Tür gegangen? Dorle musste es ebenfalls gehört haben, denn ihr Weinen verstummte schlagartig, und sie presste sich die Faust in den Mund. Gretchen wollte rufen, auf sich aufmerksam machen – und brachte keinen Laut über die Lippen. Wer sagte, dass von dort oben Hilfe nahte? Hastig trug sie Gretchen an den einzigen von oben nicht einsehbaren Ort – den schmalen Spalt hinter der Leiter, wo sie sich mit ihr gegen die Wand quetschte.

Schritte wurden hörbar, dann ein Fluch. Der Mann, der ihn ausgestoßen hatte, musste die offene Falltür entdeckt haben. Plötzlich tanzten helle Schatten an der gegenüberliegenden Kellerwand. Eine Taschenlampe. Gretchen zitterte am ganzen Körper, während sie beruhigend Dorles Wange streichelte.

30. KAPITEL

FREITAG, 23. AUGUST

Martin bog durch den vertrauten Tortunnel auf den Parkplatz des Stadthauses ein. Die Kurve, die ihn neben den Mannschaftswagen der Schutzpolizei brachte, schaffte er knapp, ohne das andere Fahrzeug zu rammen. Er umkrallte das Lenkrad. Dann presste er die rechte Hand auf die Brust, um sein Herz zu beruhigen, das immer noch wie verrückt gegen die Rippen schlug. Er hatte getan, was möglich war, nämlich vom Telefon der Weinhandlung aus die nächstgelegene Wache anzurufen, damit die Kollegen dort versuchten, Habbo Gerdes zu verhaften, falls er wieder auftauchen sollte.

Raus aus dem Wagen, hoch ins Büro!, befahl er sich selbst. Doch als er das Lenkrad losließ, kochten sofort wieder die Szenen im Waschkeller hoch. Gerdes, der den Verband von seinem Hals entfernte und anschließend liebevoll sein Beil mit einem Messer schärfte, wobei er es ihm zwischendurch immer wieder auf die Kehle legte, als müsste er es anpassen.

«Meine Schwägerin meint, dass es Ihnen um Ihr berufliches Fortkommen gegangen ist. Das wollen ja die meisten Menschen – die berufliche Leiter rauf, egal, was es kostet. Egal, ob sie dabei über Leichen gehen», sagte er und ließ seinen Arm mit der schweren Axt wie beiläufig auf Martins

Nasenlöcher sinken, sodass er ihm sekundenlang die wenige Luft nahm.

Dann kam die giftgetränkte Frage, ob der Herr Kriminaloberkommissar noch einen Moment Ruhe benötige, um mit seinem Schöpfer ins Reine zu kommen.

Anschließend hatte er den Waschkeller verlassen, vielleicht um sein Opfer spüren zu lassen, wie seine Frau gelitten haben musste, während sie auf ihre Hinrichtung wartete. Damit hatte er Erfolg. Martins Gedanken verirrten sich in Nebeln der Schuld. Er hatte ermittelt, er hatte eine Mörderin entlarvt und deren künftigen Opfern das Leben gerettet. Dass sie hingerichtet werden sollte, war eine Entscheidung der Regierung und der Hamburger Justiz gewesen. Das waren die Fakten. Aber was taugten Argumente gegen das Leid, das Mette Gerdes hatte ertragen müssen?

Als die Tür erneut aufgeschlossen wurde, hatte er die Augen geschlossen. Er konnte nichts tun, um sich zu retten. Seemänner wussten, wie man zuverlässige Knoten knüpfte. Ihm waren – im wahrsten Sinn des Wortes – die Hände gebunden.

Dann hatte er ein leises Weinen gehört, und plötzlich hatte Habbos Schwägerin neben ihm gestanden. Er hatte ihr Gestammel nicht begriffen – sein Gehirn war so gelähmt gewesen wie sein Körper –, aber sie hatte das Tuch vor seinem Mund genommen und ihn angestarrt, als er den Lappen ausspuckte und gierig Luft einzusaugen begann.

«Das geht doch nicht», hatte sie immer wieder gesagt, während ihr Tränen über das Gesicht strömten. Schließlich hatte sie ein Küchenmesser aus der Schürzentasche genommen und seine Fesseln durchschnitten. Sie hatte ihn gestützt, sodass er die Treppe hinaufkam.

Wo ihr Schwager abgeblieben war, wusste sie nicht, aber

er hatte wohl das Haus verlassen. Martin hatte sie genötigt, mit ihm in das Weingeschäft nebenan zu gehen, von wo aus er telefonierte. Wie sonderbar, es waren offenbar nur knapp zwei Stunden vergangen, seit er in ihrem Wohnzimmer gesessen hatte. Durchlebt hatte er eine Ewigkeit!

Während er die Wache alarmierte, hatte er ihr eingeschärft, dass Habbo Gerdes niemals erfahren dürfe, wer ihm geholfen hatte – zumindest nicht, bis er in einer Zelle saß. Die Schupos kamen rasch und durchsuchten das Haus und dann die umliegenden Straßen. Keine Spur von Caros Mörder. Schließlich hatte Martin Gerdes' Schwägerin zu einer Freundin gebracht, bei der sie die weitere Entwicklung abwarten sollte. Wenn Habbo Gerdes schon von seiner Befreiung wusste, streifte er jetzt vermutlich durch die Stadt – blind vor Hass, taub für jedes Gefühl, besessen von dem Gedanken, den Tod seiner Frau zu rächen.

Ob er ins Stadthaus kommen würde, jetzt, da er als Mörder enttarnt worden war und nichts mehr zu verlieren hatte? Interessante Frage. Was, wenn er mit einem Maschinengewehr auftauchte und durch die Flure ballerte?

Martin fuhr zusammen, als jemand gegen das Blech seines Autos klopfte. Den Hals zu drehen, tat höllisch weh. Er erblickte Sigmund Zinn, der entsetzt zu ihm hereinstarrte, was sicher mit seinem Aussehen zu tun hatte.

«Hilf mir raus», sagte Martin rau.

Sigmund stützte sich auf den Fensterrahmen. «Gretchen hat angerufen. Sie und Paula haben im Mumienkeller eine weitere Leiche entdeckt, jemanden von der Rennbahn. Und ein Geständnis. Signe hat den Toten offenbar angestiftet, Dorothee zu entführen, und vielleicht will sie Magnus ebenfalls an den Kragen. Paula ist jetzt hinter Signe her, und Gretchen wartet auf der Rennbahn.»

Martin unterdrückte einen Fluch. «Was ist mit dem Leichenfundort? Ist schon jemand beim Eiskeller?»

Sigmund nickte. «Blasse sichert die Spuren. Fritz und Volker sind auch schon drüben, und Jens und ich wollten uns gerade auf den Weg machen.»

«Ich komme mit», sagte Martin und versuchte, so aus dem Auto zu steigen, dass es nicht allzu kläglich wirkte. Mit steifer Miene ging er hinüber zu dem Wagen, in dem seine Kollegen warteten. Sie starrten ihn ebenfalls entgeistert an. Was für ein beschissener Tag!

Die Spuren auf der Rampe waren von Blasses Leuten bereits gesichert worden, sodass sie von der Tür aus in den Eiskeller hineinsehen konnten. Dort stand auch schon Carl Schuppe, der Polizeiarzt, und wartete darauf, dass der Erhängte von der Stange genommen wurde. Martin erkannte den Toten: Es war der Mann, den Paula ihm kürzlich auf der Rennbahn gezeigt hatte, der Pferdepfleger.

«Er heißt Otto Jungjohann», erklärte Sigmund.

An der Wand hinter dem Toten standen, schräg mit Kreide hingeschmiert, die Worte: *Ich bin ein Mörder*. Sie hatten den Mistkerl, der Alma umgebracht hatte, also offenbar gefasst – wenn auch tot. Doch in Martin regte sich fast sofort Misstrauen. Alles schien plötzlich so eindeutig. *Zu* eindeutig? Wohin mochte Paula gefahren sein? Und was, zur Hölle, hatte sie dazu bewogen, Gretchen allein zur Rennbahn zu schicken? Warum blieben die beiden nicht zusammen, in einer Situation, in der ihre sämtlichen Erkenntnisse infrage gestellt wurden? Da lief man doch nicht allein los und begab sich in unkalkulierbare Situationen!

Er sah plötzlich Paulas Locken vor sich, die sie, seit er sie kannte, vergebens zu etwas Seriösem zu bändigen versuchte und die sie, wenn sie nachdachte, manchmal um ihren Zeigefinger wickelte …

Natürlich trennt man sich, wenn es notwendig erscheint, rief er sich selbst zur Ordnung. Er war doch auch allein zu Gerdes gefahren. «Hat Gretchen in ihrem Telefonat erwähnt, wohin Paula wollte?», fragte er Jens, doch der schüttelte den Kopf. Also mussten sie zunächst zu ihrer jüngeren Kollegin und hoffen, dass sie ihnen Auskunft geben konnte.

Martin grübelte weiter, während er mit seinen beiden Kollegen wenig später durch die Felder kurvte. Der Satz an der Wand – *Ich bin ein Mörder* – war zu plakativ. *Das* störte ihn. Und wenn Sigmund Gretchen bei ihrem Telefonat richtig verstanden hatte, gab es eine weitere schriftliche Beichte, die sie in der Tasche des toten Jungjohann gefunden hatten. Warum zwei Geständnisse? Auch das wollte ihm nicht in den Kopf. Hatte der Selbstmörder Sorge gehabt, dass man den Brief übersehen könnte, wenn man ihn fand?

Sigmund parkte den Wagen in der Nähe des Tribünengebäudes. Die Rennen schienen in Bälde zu beginnen, denn zahllose Autos blockierten den Straßenrand. Auch der rote Ford von Signe von Arnsberg war darunter, wie Martin feststellte – er parkte direkt hinter der Tribüne. Ein Blick auf die Uhr zeigte ihm, dass es mittlerweile halb drei war. Sie betraten an dem massigen Gebäude vorbei das Rennbahngelände. Er hatte richtig vermutet: Entlang der Rennstrecke drängten sich Besucher. Niemand nahm von ihnen Notiz.

«Natürlich nehmen sie Notiz. Du siehst aus wie scheintot. Sie beobachten dich mit Argusaugen», kommentierte Jens mit mehr Humor, als Martin ihm zugetraut hätte. Falls es überhaupt witzig gemeint gewesen war.

Sie fragten einen Arbeiter nach Karl Modersen und wurden, nachdem sie ihre Ausweise vorgezeigt hatten, in einen

Raum unterhalb der Tribüne geführt, wo mehrere gutbetuchte Männer und zwei perlenbehangene Damen hitzig über eines der Rennpferde diskutierten. Als Modersen sie erblickte, kam er zu ihnen herüber. Er begrüßte sie wenig erfreut, und als Martin nach Gretchen fragte, verwies er auf seine Sekretärin.

«Ist Ihr Sohn ebenfalls hier draußen?»

«Natürlich, er befindet sich irgendwo auf dem Gelände.»

Schließlich geleitete er sie widerwillig hinüber ins Haupthaus, wohl um sicherzugehen, dass sie nicht noch weitere Menschen belästigten. Nur kein Skandal. Auf Martins Frage nach Jungjohann deutete er lediglich unauffällig auf das Häuschen, in dem der Selbstmörder gewohnt hatte. Anschließend lud er sie bei seiner Angestellten ab.

Die Frau hatte Gretchen offenbar übers Gelände geführt und begann wortreich, das Schicksal des armen entführten Kindes zu beklagen. Ungeduldig fiel Martin ihr ins Wort. «Wo steckt meine Kollegin jetzt?»

«Sie wollte noch einmal in Ottos Haus, wenn ich sie richtig verstanden habe.»

«Gut, danke, Sie brauchen nicht mitzukommen.»

Der Weg zur Wohnstätte des Erhängten führte durch den Tunnel. Kurz darauf standen sie vor der Tür der Reetdachhütte. Martin öffnete sie und betrat mit Sigmund einen düsteren Raum. Er blickte sich um. Der Mann aus dem Eiskeller war kein glühender Verehrer von Sauberkeit und Ordnung gewesen, so viel stand fest. Aber das ging ja vielen alleinlebenden Männern so. Langsam schritt er weiter zum einzigen Nebenzimmer. Dort lagerte ein Kohlevorrat, über den sich im Lauf des Sommers Spinnweben gelegt hatten. Außerdem gab es einige Regale, die aber nur wenige Vorräte enthielten. Der Mann schien von seinem Arbeitgeber durchgefüttert zu werden. Vielleicht gab es eine Gemeinschaftsverpflegung. Egal –

er konnte auf den ersten Blick sehen, dass sich hier niemand aufhielt.

Und wo steckte nun Gretchen? Er hätte später keine Erklärung geben können, warum er ihren Namen rief, aber der schrille Schrei um Hilfe, der einen Herzschlag später unter seinen Füßen ertönte, ließ ihn nach Luft schnappen, als steckte plötzlich wieder der Lappen in seinem Rachen. Sigmund drängte ihn beiseite und zerrte den dreckigen Teppich hoch, auf dem er gestanden hatte. Darunter befand sich eine Falltür, die er rasch hochzog. Ein finsteres Loch tat sich vor ihnen auf.

«Gretchen?»

Noch während Sigmund sprach, kletterte er eine Leiter runter. Wenig später reichte er Martin ein kleines, schmutziges Kind hinauf, das sich sofort mit seiner Hand – es besaß nur eine, was die Geste besonders schrecklich machte – in seinem Hemdkragen verkrallte. Fassungslos starrte Martin in das rundliche, tränenverschmierte Gesicht. Er trat einen Schritt zurück, um Platz für Sigmund zu machen, der zurück in die Kammer kletterte, und für Gretchen, die ihm folgte. Mit dem Rücken gegen das Regal gepresst, hielt er das Kind, bis seine Kollegin sich die Brille geputzt hatte und ihm die Kleine abnahm. Sie küsste sie auf das schmutzige Haar und trug sie nach nebenan, wo sie sich mit ihr in einen Sessel fallen ließ.

Martin, der ihr mit Sigmund gefolgt war, starrte die beiden an. Dorle lebte. Das kleine, einarmige Würstchen hatte seine Tortur überstanden. Mit welchen Blessuren würde sich noch zeigen. Aber sie lebte.

Schließlich räusperte er sich. «Wo steckt Paula?»

Gretchen schreckte auf. Dann sagte sie leise: «Ich muss jetzt weg, Dorle, aber ich komme zurück. Und dann bleibe ich bei dir. Das verspreche ich dir. Du musst nur eine kurze

Weile bei einer netten Frau auf mich warten. Hörst du? Aber ich komme zurück und hole dich. Du kannst dich felsenfest darauf verlassen!»

Martin ging vor die Tür und winkte einen Arbeiter heran, dem er den Auftrag gab, die Sekretärin und Magnus Modersen zu holen. Dann kehrte er in das schmutzige Haus zurück und beugte sich vor, um seiner zierlichen Kollegin ins Gesicht zu sehen. «Wer hat dich in den Keller gesperrt?»

Gretchen räusperte ihre Stimmbänder frei. «Ich bin hinuntergestiegen, weil ich ein Weinen gehört habe. Dorle wurde hier seit einiger Zeit gefangen gehalten, von einem schmutzigen Mann, der auch Alma erschlagen hat, hat sie mir gesagt.»

«Ist das sicher? Ich meine das mit Alma.»

«Sie war dabei, als er es getan hat – so habe ich es verstanden. Und nach ihrer Beschreibung glaube ich, dass sie den Toten aus dem Eiskeller meint, dem ja auch dieses Haus hier gehört.»

«Wie bist du unten im Keller gelandet?»

Gretchens Bericht war verworren. Sie hatte sich offenbar auf der Rennbahn umgeschaut und war dann ein weiteres Mal in die Hütte zurückgekehrt, weil sie ein ungutes Gefühl gehabt hatte. Dort hörte sie plötzlich Dorle weinen und fand sie schließlich im Keller. Und dann war jemand oben an der Falltür erschienen.

«Wer?»

«Er kam die Leiter runter, mit einer Taschenlampe in der Hand, aber er hat nach wenigen Sprossen haltgemacht Ich konnte nur seine Hose erkennen. Er hat den Raum kurz ausgeleuchtet, uns aber nicht entdeckt. Danach ist er wieder weg – wohl, weil er dachte, dass Dorle und ihre Befreier längst über alle Berge sind.»

«Und du weißt nicht, wer es gewesen ist?»
Kurz zögerte sie. Dann nannte sie einen Namen.

Die Sekretärin, die wenig später eintraf und ihnen das verstörte Kind abnahm, wusste nicht, wo Magnus Modersen steckte. Er befand sich nicht in seinem Büro, wie sie wenig später feststellten. Der rote Ford parkte allerdings immer noch am alten Platz.

«Er kann überall sein», beschied ihnen Karl Modersen, den sie schließlich auf der Tribüne aufsuchten, reserviert. «Sie sehen doch, was hier los ist.»

Oh ja. Mittlerweile bevölkerten Hunderte, wahrscheinlich über tausend Menschen das Rennbahngelände, Männer mit Stehkragen und Westen und Frauen in bunten Jumperkleidern mit schmal anliegenden Topfhüten. Die Luft summte von ihrem Gelächter und den lauten Gesprächen. Auch die Pferde waren bereits zu sehen. Die behelmten Jockeys, die sie zum Sieg treiben sollten, saßen in den Sätteln und blickten angespannt zur Tribünenuhr. Einige Reporter hatten sich mit ihren Kameras neben der Ziellinie und an zwei Wassergräben platziert, um die Fotos zu schießen, die am nächsten Tag die Sportseiten der Hamburger Zeitungen zieren würden.

Martins Blick geisterte über die Menschenmenge. Unmöglich, hier jemanden zu finden. Kurz erwog er eine Lautsprecherdurchsage, verwarf die Idee jedoch sofort wieder.

Magnus Modersen hatte in den Keller geschaut, in dem Dorle eingesperrt gewesen war. Anschließend hatte er die Falltür wieder verschlossen und den Teppich darübergelegt. Das war eine Tatsache, Gretchen hatte ihn gesehen. Andererseits konnte der Mann aber nicht hinter Dorles Entführung und Almas Tod stecken, denn er hatte von der Existenz der beiden ja noch gar nichts gewusst, als die Taten verübt worden waren.

Eine Idee nahm in Martins Kopf Gestalt an – und machte ihn nervös, sehr nervös. «Kommt», sagte er zu seinen Kollegen. «Nein, du nicht, Jens. Sollte Magnus Modersen hier auftauchen, nimmst du ihn fest.» Er starrte auf Jens' Krücke. «Du bleibst auch hier», fügte er in Sigmunds Richtung hinzu. «Es reicht, wenn Gretchen mit mir kommt.» Als Letztes gab er die Anweisung, eine Streife von der Horner Wache zur *Blauen Brücke* zu schicken.

31. KAPITEL

FREITAG, 23. AUGUST

Das Gelächter war verklungen, und sie selbst blieb eingesperrt. Das waren die dürren Fakten. Leider konnte sie den Salon auch nicht auf anderem Wege als der Tür verlassen. Sie hatte als Erstes die Fenster überprüft. Aber bei einem Sprung ins Freie würde sie auf einer Terrasse landen, die zwar von Unkraut bedeckt war, aber trotzdem aus hartem Stein bestand.

Kurz hatte sie erwogen, auf das Türschloss zu schießen, war aber unsicher, ob die Kugel nicht am Eisen abprallen und durch das Zimmer schwirren würde. Sie bildete sich ein, etwas Derartiges einmal gehört zu haben. Martin hätte es gewusst.

Immer wieder spähte Paula vorsichtig zum Fenster hinaus. Kein Mensch war zu sehen. Auch nicht Signe, die sie in diese unerquickliche Lage gebracht hatte. Die es *vermutlich* getan hatte, schränkte sie ein. Paula hatte Gelächter gehört, aber war es tatsächlich möglich, einen Menschen anhand seines Lachens zu identifizieren? Ach was, rief sie sich ungeduldig zurecht. Signe von Arnsberg musste sie beobachtet haben und ihr gefolgt sein.

Ob es lange dauern würde, bis ihre Kollegen auf die Idee kamen, hier nach ihr zu suchen? Und wohin mochte Signe verschwunden sein? Was hatte sie vor?

ging um seine Fingerabdrücke. Magnus beseitigte gerade den Beweis, dass er ihre Waffe in der Hand gehalten hatte. Man würde später eine erschossene Polizistin finden und deren Mörderin, die ihre Fingerabdrücke auf der Mordwaffe hinterlassen und sich anschließend selbst gerichtet hatte. Der bestürzte Sohn würde dann das Erbe einstreichen.

«Nun komm schon», schnauzte Magnus seine Mutter an. Sie gehorchte unsicher. Wo zur Hölle blieb der Helfer aus dem Flur?

Signe war bei Magnus angekommen – und wand sich im nächsten Moment im Griff ihres Sohnes, der sich mit Brachialgewalt bemühte, ihr die Pistole in die Hand zu pressen. Gleichzeitig versuchte er, den Lauf auf die Polizistin zu richten. Paula stürzte nach vorn. Sie musste an die Waffe kommen, bevor Magnus Signes Zeigefinger …

Doch schon knallte ein Schuss – und plötzlich barst der Raum von Schreien. Paula duckte sich und rollte sich neben das Sofa. Eine panische Frauenstimme brüllte: «Ich schieße … aufhören … ich schieße …»

Magnus fluchte.

«… ich schieße …» Es folgte ein weiterer Knall, dem ein Splittern folgte.

Paula starrte zu Signe und Magnus, die langsam zu Boden glitten. Der junge Mann versuchte, seiner Mutter die Waffe, die sie schließlich doch ergriffen hatte, wieder zu entreißen. Aber hinter ihm stand … Gretchen. Sie feuerte erneut, und Magnus sackte über seiner Mutter zusammen. Blut strömte über sein Gesicht und den Hals. Er wälzte sich mehrere Male von einer Seite zur anderen, bis seine Augen glasig wurden.

Danach waren nur noch Signes Wimmern und das Klacken eines leeren Magazins zu hören, denn Gretchen feuerte wie von Sinnen weiter.

Wie kam Martin plötzlich in den Raum? Der Leiter der Mordkommission starrte auf den Toten, dessen zerschossenes Gesicht in einer roten Pfütze lag, und auf Signe, die sich neben ihm am Boden krümmte. Dann erblickte er Paula. «Bist du verletzt?» Rasch eilte er zu ihr und ging neben ihr auf die Knie. «Komm, sag was …»

Sie griff nach seiner Hand. Lieber Gott, wo war er gewesen? Und was war mit ihm passiert? Er sah aus, als wäre er in den Stunden, die sie einander nicht gesehen hatten, um Jahre gealtert. Als er die Fragen in ihren Augen las, lächelte er verzerrt.

Aber erst, als sie sich auf den Ellbogen stemmte, entspannten sich seine Züge. Schwerfällig erhob er sich und blickte sich um. Signe hielt sich den Arm, dessen Ärmel sich rot verfärbt hatte, schien aber nicht schwer verletzt zu sein. Martin ging zu Gretchen, die mit geschlossenen Augen mitten im Raum stand und immer noch wie eine Irre den Abzug ihrer Waffe betätigte. Vorsichtig legte er ihr die Hand auf die Schulter.

«Es ist genug. Du kannst jetzt aufhören. Du kannst aufhören, Gretchen. Alles ist gut.» Behutsam nahm er ihr die Waffe mit dem leer geschossenen Magazin aus der Hand.

32. KAPITEL

MITTWOCH, 28. AUGUST

Die Zeitungen berichteten von den Ereignissen am Ufer der Bille bereits am nächsten Tag. Besonders das *Hamburger Fremdenblatt* tat sich mit der Schlagzeile hervor: *Rennbahnfamilie Modersen: Tödlicher Skandal!* Ein Viertel der Seite wurde von einem Foto eingenommen, auf dem Signe mit bandagiertem Arm auf dem Sofa in ihrer *Atlantic*-Suite thronte. Im Text klagte sie dem Reporter ihr Schicksal: Der so viele Jahre schmerzlich vermisste Sohn habe sich als Abbild seines verrohten Vaters entpuppt und ihr aus Geldgier nach dem Leben getrachtet. Die Schuld an seiner Herz- und Gewissenlosigkeit gab sie auch den Großeltern, die ihn aufzogen und in seiner Verderbtheit bestärkt hatten.

Die Modersens verreisten und ließen über den Familienanwalt ausrichten, wie sehr es sie treffe, dass die uneigennützige Liebe, mit der sie ein elternloses Mädchen und später dessen Sohn aufgenommen hatten, auf so viel Undank treffe. Sie wollten sich aber nicht verbittern lassen.

Bucmeister war von den Reportern ebenfalls befragt worden. Er erzählte von den Qualen, die seine Arbeitgeberin nach der Entführung der Tochter hatte ertragen müssen, und von ihrem Glück, als sie die kleine Dorle endlich wieder in die Arme schließen konnte.

Die Arme, die sich um Dorle schlossen, gehörten allerdings nicht Signe, sondern Gretchen. Ihre Kollegin hatte sich, nachdem die Schupos der Horner Wache endlich an der Bille eingetroffen waren, zur Rennbahn fahren lassen und das kleine Mädchen wieder in ihre Obhut genommen. Niemand protestierte, da sich die Mutter im Krankenhaus befand und sonst keine Verwandten zu existieren schienen. Außerdem krallte Dorle sich an die Polizistin, als wäre sie der heilige Messias.

Gretchen nahm das Kind mit ins Stadthaus, und während es in ihren Armen schlief, diktierte sie der Sekretärin der WKP, was Magnus den beiden Frauen, die sich in seiner Gewalt befunden hatten, vor seinem Tod gestanden hatte. Paula gab ihre Aussage zeitgleich in der Mordbude zu Protokoll – nur nicht riskieren, dass ihre Aussagen wie abgesprochen wirkten. Schlanbusch hatte sich zwar noch nicht gemeldet, aber sie fand es schwer einzuschätzen, wie er sich verhalten würde, nachdem der Fall eine so unerwartete Wendung genommen hatte.

Auch Martin machte seine Aussage – er direkt vor dem Polizeipräsidenten, wohl ebenfalls, um Schlanbuschs Wut das Wasser abzugraben. Dr. Campe stand gewöhnlich hinter seinen Beamten, auch wenn er den offenen Streit mit Schlanbusch vermied.

Die Hamburger Zeitungen hatten nicht nur über das skandalöse Rennbahnverbrechen berichtet, sondern in einem separaten Artikel auch auf die Beerdigung der Kriminalkommissarin Caroline Wagner hingewiesen, die tragischerweise dem rachsüchtigen Ehemann einer hingerichteten Mörderin zum Opfer gefallen war und am kommenden Mittwoch auf dem Ohlsdorfer Friedhof beigesetzt werden sollte. Ein Foto neben dem Artikel zeigte die kreisrunde Begräbnisstätte der

Hamburger Polizei, die *Revier Blutbuche* genannt wurde. Im Dienst verstorbene Polizisten fanden dort ihre letzte Ruhestätte. Um zwölf Uhr mittags würden sich die Kollegen der Ermordeten in der nahe gelegenen Kapelle 3 zu einem Trauergottesdienst zusammenfinden, an dem allerdings nur die engsten Angehörigen teilnehmen würden, was man zu respektieren bat.

Paula hatte, als sie den Artikel las, gemeint: «Das ist zu offensichtlich.»

«Hass macht blind», hatte Martin erwidert. Und lag damit hoffentlich richtig.

Wie bedauerlich, dass sie Habbo Gerdes nicht bei der Immobilienbesichtigung hatten festnehmen können. Aber die war ja geplatzt, nachdem er sich durch den Anschlag auf Martin als Mettes Ehemann zu erkennen gegeben hatte.

Und so saßen sie nun in einer kleinen Fachwerkkapelle auf dem Ohlsdorfer Friedhof. Vor ihnen auf einem Podest stand ein dunkler, blumengeschmückter Sarg, wachsweiße Kerzen brannten in silbernen Haltern, steinerne Engel blickten auf sie herab, die Orgel spielte, der mutige Pastor, den sie um seine Mithilfe gebeten hatten, predigte.

Martin hatte einen schwachen Versuch unternommen, die weiblichen Kollegen von der Beerdigung auszuschließen – und war natürlich auf heftigen Widerstand gestoßen. Bei Josefine Erkens und den anderen Kommissarinnen der WKP aus Grundsatz, bei Paula, weil es ihr einfach schäbig vorgekommen wäre, wenn sie sich vor der Aktion, die den Mord an Caro vergelten und zugleich sie und ihre Kollegen vor künftigen Anschlägen schützen sollte, gedrückt hätte. Allerdings hatte sie nicht erwartet, wie sehr die trostlose Scharade sie schmerzen würde. Obwohl der Sarg, auf den sie starrte, leer war, machte sich tiefe Niedergeschlagenheit in ihr breit.

Gertrud, die neben ihr saß, schien sich besser im Griff zu haben – ihre Hand lag auf der blauen Tasche, in der sich ihre Dienstpistole befand, ihr Blick war klar. Sie teilten ihre Bank mit den übrigen Kommissarinnen. Josefine Erkens, die vor ihnen neben Martin Platz genommen hatte, harrte mit gewohnt nüchterner Miene der Ereignisse.

Die Einzige, die sich nicht in der Kapelle eingefunden hatte, war Gretchen. Sie hatte am Wochenende überraschend den Dienst quittiert. Paula hatte versucht, ihr die Kündigung auszureden. «Du hast der kleinen Dorle das Leben gerettet. Du hast sie mit klarem Kopf beschützt, als es darauf ankam. Und *du* bist es auch gewesen, die am Ende dafür gesorgt hat, dass Magnus Modersen mich nicht umgebracht hat, ist dir das klar? Martin wäre um die entscheidende Minute zu spät gekommen.»

Aber Gretchen wollte gar nicht gehen, weil sie sich unfähig fühlte oder Magnus' Tod oder ihre unkontrollierte Ballerei in der Brandvilla sie deprimiert hatten. Es ging ihr um ein Versprechen, das sie Dorle nach deren Rettung gegeben hatte, nämlich dass sie sie nicht im Stich lassen würde. Die Mutter des armen Mädchens sei zur Liebe unfähig, hatte sie Josefine Erkens erklärt, deswegen würde sie sich an dieses Versprechen halten.

Gretchen hatte bereits mit Signe geredet und von ihr die freigewordene Stelle des immer noch verschollenen, aber zweifellos toten Kindermädchens erhalten.

Während die Orgelklänge anschwollen, beugte sich Gertrud zu ihr. «Er wird nicht kommen. Er hat den Gedanken an Rache aufgegeben», flüsterte sie.

Paula nickte, obwohl sie diese Meinung nicht teilte. Ihre Nerven waren aufs Höchste angespannt. Als etwas gegen eines der bunten Kirchenfenster knallte, griff sie hektisch zur

Pistole. Sie sah, dass auch ihre Kollegen die Scheibe ins Visier nahmen, aber sie entspannten sich bald wieder. Ein Vogel – es war nur ein Vogel gegen das Glas geflogen.

Auf eine Handbewegung des Pastors hin erhoben sich sechs der uniformierten Beamten, und Paula sah zu, wie die Männer sich unbeholfen vor dem Sarg verneigten, ihn anhoben und Richtung Kapellentür trugen. Die Kommissare sammelten sich hinter dem Pastor und den Kollegen und folgten ihnen jeweils zu zweit durch den Mittelgang ins Freie. Paula ging neben Gertrud, der jetzt plötzlich doch die Tränen kamen. Verstohlen drückte sie ihre Hand.

Auf einem Beet gegenüber der Kapellentür arbeitete ein Friedhofsgärtner, der Haltung annahm, als der Sarg an ihm vorübergetragen wurde. Paula musterte ihn kurz. Handelte es sich um einen echten Friedhofsangestellten? Oder um einen der fast hundert Schupos, die der Polizeipräsident abgestellt hatte, um Caros Mörder dingfest zu machen? Es ließ sich nicht ausmachen.

Die Atmosphäre, die über dem weitläufigen Gräberfeld lag, war sonderbar, was vor allem am Wetter lag. Es nieselte, und gleichzeitig schien die Sonne golden durch die Kronen der alten Bäume, die die Wege säumten. Caro würde das gefallen, dachte Paula. Ihre Freundin hatte eine Abneigung gegen alles Klischeehafte gehabt, war stets mit ihrer Meinung und ihren Gefühlen zwischen allen Welten getrudelt und hatte sich dabei um nichts und niemanden geschert.

Sie starrte auf Martins Rücken. Er und Josefine Erkens gingen vor ihr, direkt hinter dem Sarg. Der Rest der vorgeblichen Trauergemeinde folgte ihnen. Alle mühten sich um bedrückte Gesichter. Was für ein unwürdiger Zirkus. Aber auch darüber hätte Caro wahrscheinlich gelacht.

Unauffällig musterte sie die Menschen, die auf den Gräbern Unkraut zupften. Wer von ihnen gehörte zur Schutzpolizei, wer war privat hier? Bei einigen Männern meinte sie ein auffälliges Interesse am Trauerzug wahrzunehmen. Sah einer von ihnen aus wie der Kapitän? Es war schwer zu erkennen, und es beruhigte sie, dass auch ihre Kollegen jeden Besucher ins Visier nahmen, der dem Foto, das sie ihnen von Habbo Gerdes gegeben hatten, ähnelte.

Vor ihnen tauchte der kleine Turm auf, der der Wasserversorgung des Friedhofsgeländes diente. Dies sei ein besonders heikler Punkt auf ihrem Weg zum Grab, hatte Martin gemeint. Es handelte sich um ein hohes, schlankes Gebäude mit einem Dach, das einem sechseckigen Hut ähnelte. Schmale Fenster durchbrachen die dicken, weißen Mauern. Wer sich dort verschanzt hatte, konnte in aller Ruhe seine Opfer ausmachen und auf sie zielen. Aber der Turm war am Morgen diskret durchsucht und seitdem beobachtet worden. Nein, Habbo Gerdes, wenn er denn gekommen war, würde ihnen an anderer Stelle auflauern.

Paula sehnte das Ende der vorgeblichen Beerdigung herbei. Der Totengräber hatte an der Stelle, an der Caro am kommenden Tag beerdigt werden sollte, eine Grube ausgehoben. Wenn der leere Sarg dort hinabgelassen worden war, konnten sie das schreckliche Schauspiel beenden. Und für den Rest unseres Lebens hoffen, dass Gerdes seine Rachepläne aufgegeben hat, dachte sie mit einem sarkastischen Lächeln.

Der Weg vor ihnen senkte sich ein wenig, es ging zwei breite Stufen hinab. Paula sah, wie die beiden vorderen Träger, als sie die erste Stufe nahmen, kurz ins Wanken gerieten und den Sarg fester packten, als hätten sie Angst, dass er ihnen aus den Händen glitt. Irritiert starrte sie an Martin vorbei auf die kleine Szene. Wenn man bedachte, dass dort sechs kräftige Kerle eine leere Holzkiste trugen … Einer der beiden, ein älterer Mann mit Glatze, sah sich über die Schulter nach seinen Kollegen um. Er wirkte verwirrt und besorgt.

Unauffällig knuffte Paula Martin, der sich leise mit Josefine Erkens unterhielt, in den Rücken. «Im Sarg ist doch nichts drin, oder?»

Er merkte auf, und sein Blick begegnete dem des Schupos, der ihm angespannt zunickte. Kurz zögerte Martin, dann eilte er an die Spitze des Zugs.

In Paulas Kopf begann es zu rattern: Was, wenn Habbo Gerdes bemerkt hatte, dass es sich bei der angeblichen Beerdigung um ein Täuschungsmanöver handelte, mit dem man ihm eine Falle stellte? War es ihm womöglich gelungen, nachts, während die Kapelle unbewacht gewesen war … Ja, was? Eine Bombe in den Sarg zu legen?

Sie wollte ebenfalls nach vorn eilen, um Martin ihren Verdacht mitzuteilen, aber sie wurde abgelenkt. Vor ihnen war der Kreis aufgetaucht, in dessen Mitte die Blutbuche wuchs, die dem Begräbnisort seinen Namen gegeben hatte. Und dort … Himmelherrgott, dort standen ihre Eltern! Mutter in schwarzer Kleidung mit angemessen bekümmerter Miene, Vater mit einem verlegenen Lächeln. Er hatte den Arm um Mutters Schultern gelegt und nickte Paula verkrampft zu, als er merkte, wie entgeistert sie ihn anstarrte. Was hatten sich die beiden nur gedacht? Wahrscheinlich hatten sie den Artikel in der Zeitung gelesen und …

O Gott, ich habe Mutters Geburtstag vergessen. Sie hat im Alsterpavillon auf mich gewartet, wollte sich womöglich endlich versöhnen, und ich kleine Dämlichkeit habe es einfach verschwitzt!

Paulas gehetzter Blick kehrte zu den Trägern zurück. Martin hatte mit ihnen gesprochen, nun machte er kehrt. Er ging langsam an dem kleinen Trauerzug entlang und flüsterte: «Irgendetwas ist im Sarg. Womöglich Sprengstoff. Setzt euch bitte ab. Aber unauffällig!»

Er argwöhnte also dasselbe wie sie? Während er Meter um Meter weiterschritt, wiederholte er die Warnung, und ihre Kollegen verschwanden hastig in Seitenwegen oder hinter Grabstätten, auch Gertrud.

Nur sie selbst … musste zu ihren Eltern. Der Sarg hatte mit seinen Trägern eine Stelle erreicht, an der sich der Weg teilte. Die Schupos hätten geradeaus weitergehen müssen, um zum *Revier Blutbuche* zu gelangen, doch stattdessen bogen sie nach rechts ab und steuerten auf einen größeren See zu, auf dem in idyllischer Eintracht Schwäne und Gänse dümpelten.

Paula sah über die Gräber hinweg, wie ihre Mutter die Stirn runzelte und etwas zu ihrem Vater sagte. Sie war eine ungeduldige Frau, immer schon gewesen. Erst löste sich der Trauerzug unverständlicherweise auf, und nun … Anstatt neben dem leeren Grab auf eine Erklärung zu warten, machte sie sich energisch auf den Weg, um dem Sarg – und ihrer Tochter! – von der anderen Seite des Teichs her entgegenzugehen.

Sprengstoff, hämmerte es in Paula Kopf. Hatte Gerdes seine Bombe zünden wollen, sobald sie die Blutbuche erreichten? Zuzutrauen war ihm solch ein Manöver. Als Kapitän eines großen Frachtschiffes besaß er sicherlich enorme technische Fähigkeiten. Aber sie hatte keine Zeit mehr zum Grübeln. Sie rannte los – vorbei an Martin und den Sargträgern, die den kümmerlichen Rest des angeblichen Trauerzugs bildeten, weiter zur Brücke und darüber hinweg direkt auf ihre Mutter zu, die dem Teich von der anderen Seite her bereits gefährlich nahe war.

Was, wenn Habbo Gerdes sich selbst in den Sarg gelegt

hatte, bereit, die Bombe, die er bei sich trug, zu zünden, sobald der Sarg abgesetzt wurde? War die Liebe zu seiner hingerichteten Frau so groß, dass er ihr in den Tod folgen wollte? Zumindest hatte sie ja ausgereicht, ihr die Morde nachzusehen, die sie verübt hatte.

Mit einem Schwung warf sie ihre Mutter zu Boden, presste ihr die Hand auf den Mund und zischte: «Kein Wort!»

Mutter starrte sie aus geweiteten, zornigen, ängstlichen Augen an. Angespannt drehte sich Paula um und schaute zum Sarg. Martin und die Träger hatten das andere Ende der Brücke erreicht. Viele der Menschen, die auf dem Friedhof Unkraut gejätet hatten – vor allem die entgeisterten Kollegen der Schutzpolizei, die nicht kapierten, was vor sich ging –, beobachteten sie. Niemand redete mehr, alle Tätigkeit war eingestellt. Das Lärmen einer Gänseschar, die sich flatternd vom Wasser erhob, klang in der Stille obszön.

Paula sah, wie Martin sich umdrehte und zum Teich wies. Die sechs Männer mit dem Sarg blieben stehen.

Sprengstoff …

Sie hievten die Holzkiste vorsichtig zum Geländer – um sie im nächsten Moment mit einem kräftigen Schwung darüber hinweg ins Wasser zu schleudern. Der Sarg explodierte, kurz bevor er die Wasseroberfläche berührte. Der Lärm war ungeheuerlich. Eine Druckwelle erreichte Paula, und sie kniff die Augen zusammen.

Als sie sie nach einer kurzen, bangen Wartezeit wieder öffnete, sah sie, dass die Schupos am Boden lagen, die Arme hatten sie schützend über Augen und Ohren gelegt. Ein Teil der Brücke war weggesprengt worden. Holzstücke wirbelten in dem Schaum auf dem Teich. Zwei der Sargträger strampelten im Wasser und versuchten, Boden unter die Füße zu bekommen.

Zittrig wälzte Paula sich von ihrer Mutter und richtete sich auf. Der Glatzkopf hatte sich erhoben, er stieß Martin mit dem Fuß an und beugte sich über ihn. Dann wandte er sich einem anderen Kameraden zu. Alle Polizisten bewegten sich, also lebten sie. Gut ging es ihnen aber nicht, sie pressten die Hände auf die Ohren und starrten auf das Wasser, wo ihre beiden Kameraden, von Holzteilen umgeben, hektisch in Richtung Ufer strampelten. War das Braune, das zwischen ihnen trieb, eine abgerissene Hand? Paula wollte es nicht sehen und schloss erneut die Augen.

Bis Vater sie packte und hochzog. Er murmelte Mutter, die wacklig neben ihm stand, zu: «Du hattest recht. Paulas Leben ist ... ein Irrentheater. Das ist doch ...»

Martin hatte es auf die Füße und zum Ufer geschafft, wo er einem der beiden Männer, die sich durch das Schilf mühten, die Hand reichte, um ihm aufs Trockene zu helfen. Der zweite Schupo schaffte es allein. Er weinte, ohne den Versuch zu machen, es zu verbergen.

«Jedenfalls hat das jetzt ein Ende», erklärte Vater mit brüchiger Stimme, «und zwar auf der Stelle. Paula, du hörst bei der Polizei auf. Ich werde dafür sorgen, dass du wieder in einem Büro ...»

«Harry ...» Mutter strich ihr Kleid zurecht und beugte sich zu ihrem Hut hinunter, der unter einen Strauch gerollt war. Sie platzierte ihn wieder auf der ramponierten Frisur und ruckelte ihn zurecht, bestrebt, die Kontrolle zurückzuerlangen.

«Geht es dir wirklich gut?» Vaters Hand wanderte von Paulas Arm auf den ihrer Mutter.

«Ja, ja ...» Amanda Haydorn starrte zu den Polizisten hinüber, die zusammengetreten waren und mit bleichen Gesichtern auf den Teich starrten. Ihr Blick blieb an Martin haften.

War das … Faszination in ihren Augen? Unmöglich. Paula trat zu ihr. «Es tut mir leid, dass du …»

«Nun lass schon.» Mutter streckte den Rücken – die Haltung, die Paula sich schon als Kind bei ihr abgeschaut hatte. Dann sagte sie an Vater gewandt: «Ich glaube, unsere Tochter will es so.» Kurz brach ihre Stimme, sie musste sie frei räuspern. «Es mag unsereinem … befremdlich erscheinen, was hier gerade geschehen ist, Harry, es mag uns erschrecken, aber … vermutlich hat es einen Sinn, was die Polizei getan hat. Womöglich war es gar heldenhaft, und …», ihr Blick ging zu Paula, «… vielleicht muss man junge Menschen ihren eigenen Weg finden lassen? Will das nicht jeder, der erwachsen wird, Harry? Seinen eigenen Weg gehen?»

Das Erstaunlichste an diesen Sätzen war die Zärtlichkeit in ihrer Stimme. Sie wischte sie mit einer Handbewegung fort und sagte zu Vater: «Bitte bring mich nach Hause.»

33. KAPITEL

SONNTAG, 8. SEPTEMBER

Nein», sagte Martin, als er aus dem kleinen, von einem üppigen Garten umgebenen Haus in Bad Oldesloe zur Straße zurückgekehrt und wieder zu Paula ins Auto gestiegen war. «Es gibt tatsächlich keinen Sohn. Es hat nie einen gegeben. Nora hat es eingeräumt. Soweit ist die Sache also klar. Aber ob die skandalöse Stunde in meinem Zimmer wirklich stattgefunden hat, konnte ich nicht herausfinden, da hüllte sie sich in Schweigen. Auf jeden Fall empfindet sie nichts mehr für mich. Zumindest in diesem Punkt wurde sie deutlich.»

Er lehnte sich zurück und schloss erschöpft die Augen, während Paula den Wagen anließ, den Vater ihr geliehen hatte, und sich darauf konzentrierte, zur Hauptstraße zurückzufinden.

«Jedenfalls bin ich erleichtert. Kein Sohn, der mich hasst», sagte Martin.

«Und wie nun weiter?»

«Tja, ich schätze, ich werde meine Mutter gelegentlich besuchen – und es furchtbar finden. Ich werde es aber trotzdem tun. Es gab auch gute Momente zwischen uns.»

«Lade sie in ein Kaffeehaus ein, dann kannst du sicher sein, dass ihr unter euch bleibt», schlug Paula vor.

Er nickte.

Das Fahren in der Dunkelheit war schwierig, es erforderte ihre komplette Aufmerksamkeit. Irgendwann erreichten sie wieder die große Straße, und nach einigen Minuten begannen ihre Gedanken zu wandern.

Die vergangenen Tage waren voller Hektik gewesen. Schlanbusch hatte keine Möglichkeit mehr gesehen, sie abzuservieren, er hatte es bei einigen hässlichen Beschimpfungen belassen, die ihnen aber gleichgültig gewesen waren. Doch Caros Beerdigung, die echte, hatte Paula zugesetzt. Sie hatte erst vor dem offenen Grab stehen müssen – das sich nicht im *Revier Blutbuche* befand, sondern auf einem kleinen Friedhof in Altona –, um zu begreifen, dass sie die Kollegin und Freundin endgültig verloren hatte. Sie und Gertrud hatten auf die Urne mit dem goldenen Kreuz gestarrt, die die Eltern für Caro ausgesucht hatten, obwohl ihre Tochter sich seit Jahren geweigert hatte, in die Kirche zu gehen. Als Caros Überreste in die Erde gebettet worden waren, waren sie gegangen, ohne den Eltern noch einmal die Hand zu reichen, wie sie es sich eigentlich vorgenommen hatten.

«Du hattest recht, es war gut, die Sache zu bereinigen», murmelte Martin. Sie hatte gedacht, er wäre eingeschlafen, aber er hatte offenbar nur gedöst. Nach einer Weile fügte er hinzu: «Ich werde der Einladung deiner Mutter übrigens folgen. Und wenn sie fragt, ob du uns etwas auf dem Klavier vorspielen sollst, werde ich sagen, dass mich das wahnsinnig freuen würde.»

«Undank ist der Welten Lohn!»

«Nur gut, wenn man's lernt.»

Sie hörte, dass er lächelte, und auch ihr eigenes Herz wurde leichter. Mutter hatte ihr Leben, nachdem sie auf dem Friedhof ihre Meinung über den Beruf ihrer Tochter geändert hatte, mit derselben Geschwindigkeit angeglichen, mit der sie jedes Projekt in Angriff nahm. Eine Woche nach Caros Beerdigung hatte sie den Kollegen aus dem Stadthaus auf Büttenpapier gedruckte Einladungen zugeschickt.

… geben wir uns die Ehre, Sie herzlich zu einem zwanglosen Abend zu bitten. Es wird uns ein Vergnügen sein, Sie kennenzulernen.

Und da Jens, Sigmund, Fritz und Volker sich darüber freuten – oder zumindest so taten –, würde dieser Abend auch stattfinden. Dass Martin sich den Kollegen anschließen würde, hatte Paula allerdings nicht erwartet.

«Ich bin überrascht, dass du dir einen Abend voller Langeweile antust.»

«Deine Eltern sind zur angeblichen Beerdigung einer Fremden gegangen, weil sie dich unbedingt wiedersehen wollten. Das ist nicht wenig, finde ich – falls dir an der Einschätzung eines gewieften Experten in Sachen Familienglück etwas liegt.»

Es wurde wieder still im Auto. Paulas Gedanken schweiften zu der hitzigen Stunde nach dem versuchten Attentat. Während ihre Eltern sich entfernten, hatte sich der Platz um die Brücke mit Polizisten und Krankenwagen gefüllt. Sie und ihre Kollegen hatten begonnen, über das Geschehene zu diskutieren, als würde sich etwas daran ändern, wenn sie es in jedem Punkt begriffen. Sie hatten noch einmal nachgehakt, warum den Schupos nicht schon in der Kirche aufgefallen war, dass der Sarg schwerer gewesen war, als man erwarten konnte. Die beiden Träger, die nicht ins Krankenhaus mussten, hatten mit den Schultern gezuckt. Habbo Gerdes war von schmaler Statur gewesen. Und ein Sarg wog ja auch für sich schon einiges. Doch bei den Treppenstufen war der Attentäter offenbar ins Rutschen geraten und mit den Füßen gegen das Ende des Sargs gestoßen. Und da war bei ihnen der Groschen gefallen.

Blasse hatte später spekuliert, dass der Attentäter zu wenig von dem explosiven Stoff bei sich getragen oder anstelle von Dynamit etwas anderes in die Luft gejagt haben könnte, das weniger Wirkung erzielte. Er hatte von einem Attentat in New York zu schwafeln begonnen, bei dem eine Bombe in einem Pferdewagen zahllose Menschen tötete. Und einem anderen, das den Attentäter selbst umbrachte, weil er nicht bedacht hatte …

Spielt alles keine Rolle mehr, dachte Paula und versuchte, die bedrückte Stimmung, die sie plötzlich wieder ergriffen hatte, abzuschütteln. Martin hatte neben ihr zu schnarchen begonnen. Ihm war es leichter gefallen, den Friedhofsschock zu verdauen. Vielleicht, weil er im Krieg oft genug Ähnliches erlebt hatte? Oder irrte sie sich, und die Sache hing ihm genauso nach wie ihr, er verbarg es nur besser?

Sie warf dem Mann mit dem stets lakonischen Gesichtsausdruck einen Blick zu. Als Martin ihr am vergangenen Abend erzählt hatte, was sich in seinem Elternhaus in Bad Oldesloe abgespielt hatte, hatte sie ihm geraten, Nora noch ein weiteres, ein letztes Mal aufzusuchen. Als er zögerte, hatte sie versprochen, ihn zu fahren.

Mutter hätte ihr Verhalten vermutlich kurios genannt, ihr wahrscheinlich vorgeworfen, sich aus blinder Liebe billig zu verkaufen. Aber ihr war es richtig vorgekommen – und so dachte sie immer noch. Martin vertraute ihr wie keinem anderen Menschen. Und sie vertraute ihm ebenfalls. Das war viel. Mehr, als es in den meisten Ehen gab. Außerdem hatte sie die Angst in seinen Augen gesehen, als er sie in der Brandvilla am Boden liegen sah. Und ihre eigene Angst gespürt, als sie von Habbo Gerdes' Überfall erfahren hatte, der für ihn so übel hätte enden können. Zwischen ihnen existierte ein Band, das stark und voller Zärtlichkeit war.

Warum nahm er sie nicht in die Arme? Warum küsste er sie nicht? Sicher gab es auch dafür Gründe, und sie hoffte, dass er sie ihr ebenfalls einmal anvertrauen würde.

Aber das eilte nicht.

Sie hatten Zeit.

Helga Glaesener

Die stumme Tänzerin

Historischer Kriminalroman

Ein Serienmörder auf St. Pauli – gejagt von den ersten weiblichen Kriminalpolizistinnen

368 Seiten

Hamburg, 1928: Seit einem Jahr gibt es im Hamburger Stadthaus eine weibliche Kriminalpolizei unter Leitung der resoluten Josefine Erkens. Auch die freiheitsliebende Paula heuert dort an. Als eine Tänzerin ermordet und obszön entstellt wird, gelingt es Erkens, Paula und eine weitere Kommissarin in der bisher rein männlich besetzen Mordkommission unterzubringen. Angeführt wird diese Ermittlungsgruppe von Martin Broder, der der Hölle von Flandern entkam. Zu Beginn tut er sich schwer mit den «unfähigen Weibern», doch die Frauen arbeiten mit präziser Logik und kühlem Witz. Zunächst führen ihre Ermittlungen ins Rotlichtmilieu, als aber ein weiteres Opfer aufgefunden wird, keimt in Paula ein ungeheuerlicher Verdacht auf ...

Ein spannender St. Pauli-Krimi aus der Weimarer Zeit: atmosphärisch, gut recherchiert und sehr unterhaltsam.

Weitere Informationen finden Sie unter **rowohlt.de**

Weitere Titel

Das Seehospital

Hamburgs erste Kommissarinnen

Die stumme Tänzerin